노스트로모 2

Nostromo

세계문학전집 415

노스트로모 2

Nostromo

조지프 콘래드
이미애 옮김

민음사

일러두기

1 이 책은 Joseph Conrad, *Nostromo*(Oxford University Press, 1984, New Edition 2007)를 저본으로 번역했다.

2 모든 주석은 옮긴이주이다.

3 본문에 나오는 고유 명사는 모두 개정된 외래어 표기법을 따르는 것을 원칙으로 했다.

차례

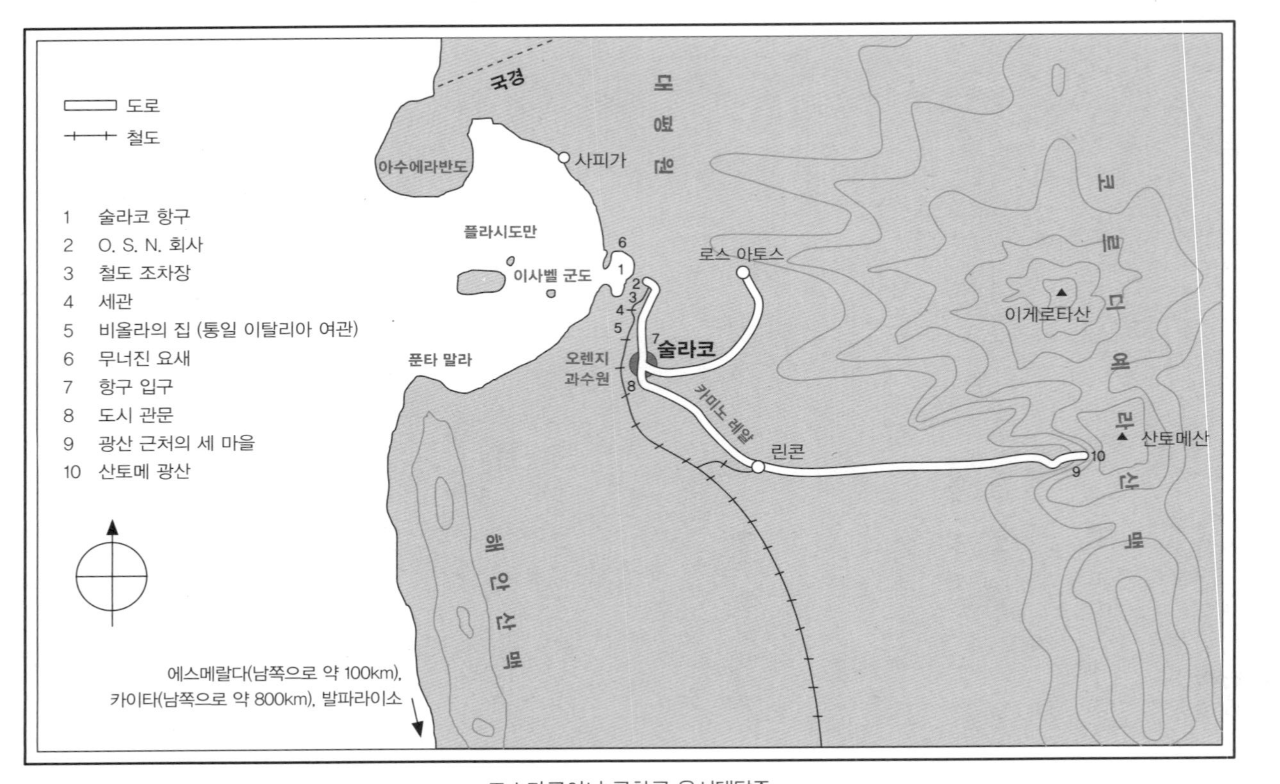

코스타구아나 공화국 옥시덴탈주

3부

등대

1

짐을 실은 거룻배가 미끄러지듯 부두를 벗어나 항구의 어둠 속으로 묻혀 버리자 술라코의 유럽인들은 곧 바다뿐 아니라 산맥을 넘어 술라코로 진격해 오는 몬테로 정권의 수립에 대비하기 위해서 뿔뿔이 흩어졌다.

이처럼 은괴를 손수 선적한 일은 그들이 마지막으로 협력한 작업이었다. 이것으로 사흘간의 위기가 종결되었다. 그동안 그 도시를 전체적 혼란의 재앙에서 구한 것은 그들의 힘이었다고 유럽의 신문들은 보도했다. 방파제 끝에 서 있던 미첼 선장은 작별 인사를 하고 돌아섰다. 그는 에스메랄다의 기선이 나타날 때까지 부두의 판교를 걸어 다닐 생각이었다. 철도 회사의 간부 기술자들은 바스크와 이탈리아 출신의 일꾼들을 집결시켜 철도 조차장으로 데려갔고, 폭동 첫날에 엄중하게 지켜졌던 세관은 사방팔방에서 불어오는 바람에 방치되었다. 철도 노동자들은 그 유명한 술라코의 '사흘 폭동'에서 용감하고 충실하게 행동했다. 그들의 충실함과 용기는 찰스 굴드가 절대적으로 믿는 물질적 이익의 대의를 위해서라기보다는 대체로 자기방어를 위한 것이었다. 폭도들이 내지른 함성 중에 외국인을 죽이라는 구호가 적지 않았던 것이다. 외국인 노동자들과 이 나라 사람들의 관계가 처음부터 늘 나빴던 것은 실로 술라코에 다행스러운 일이었다.

모니검 의사는 비올라의 부엌문으로 가다가 이제 외국인의 개입이 끝났음을 알리는 이들의 퇴각을 지켜보았다. 물질적 진보의 군대가 코스타구아나 혁명의 싸움터에서 물러난 것이다.

움직이는 무리의 가장자리에서 운반되는 쥐엄나무 횃불 냄새가 그의 콧구멍을 찔렀다. 횃불이 집 앞을 지나면서 긴 벽에 '통일 이탈리아 여관'이라고 적힌 검은 글자를 끝에서 끝까지 훤히 비췄다. 그 환한 불빛에 모니검 의사는 눈을 끔벅거렸다. 대개 금발의 키 큰 청년 몇 명이 번쩍이는 라이플 총신을 비스듬히 매달고 암갈색 머리칼의 무리를 이끌면서 지나는 길에 그에게 친숙하게 고개를 끄덕였다. 의사는 잘 알려진 인물이었다. 몇몇 청년들은 의사가 그곳에서 무엇을 하고 있는지 의아해했다. 그들은 일꾼들 옆에서 철로를 따라 터벅터벅 걸었다.

"일꾼을 항구에서 철수시키는 거요?" 의사가 철도 회사의 수석 기술자에게 물었다. 수석 기술자는 시내로 돌아가는 찰스 굴드를 따라 비올라의 집까지 안장 앞가지에 손을 올려놓고 막 옆에서 걸어온 것이었다. 일꾼들이 길을 건너도록 그들은 열린 문 밖에서 걸음을 멈추었다.

"가급적 신속하게 철수할 겁니다. 우리는 정치 파벌이 아니거든요." 기술자가 의미심장하게 대답했다. "그리고 새 지배자가 철도 건설에 반대할 구실을 주지 않을 겁니다. 제 생각에 찬성하십니까, 굴드 씨?"

"물론이오." 열린 문틈으로 새어 나온 빛이 길 위에 어슴푸레한 평행사변형 무늬를 만든 곳 너머에서 찰스 굴드의 냉정한 목소리가 들려왔다.

한쪽에서는 소티요가, 다른 쪽에서는 페드로 몬테로가 쳐들어오리라고 예상되는 이때, 수석 기술자의 걱정거리는 그 어느 쪽과도 충돌을 피하는 것이었다. 그에게 술라코는 기차역으로서 종착역이고 작업장이자 자재가 많이 비축된 창고였다. 폭도에 대항해서 철도 자산을 지켰지만, 정치적으로는 중립이었다. 수석 기술자는 용감한 사람이었고, 그런 중립적 정신으로 대중당의 자칭 우두머리인 푸엔테스와 가마초 의원에게 정전 협정을 제안했다. 그 임무를 수행하려고 그는 아마리야 클럽의 식탁에서 집어 온 흰 냅킨을 머리 위로 흔들며 사방에서 총알이 날아오는 광장을 건너갔다.

그는 이 공적을 다소 자랑스럽게 여겼다. 그러고는 하루 종일 굴드 저택의 안뜰에서 부상자를 치료하느라 바빴을 의사가 소식을 듣지 못했으리라고 생각하고 간단히 들려주었다. 그는 철도 부설 캠프에서 받은 페드로 몬테로에 관한 정보를 두 의원에게 알려 주었다. 승리자 장군의 동생이 이제 당장이라도 술라코에 들이닥칠 수 있다고 장담했다. 가마초 씨가 이 소식을 (수석 기술자의 예상대로) 창밖으로 소리쳐 알리자 폭도들은 평원 길을 따라 린콘으로 돌진했다. 두 의원도 감격스러운 기분으로 그와 악수하고는 말에 올라 그 위대한 인간을 마중하러 달려갔다. "시간을 좀 착각하게 만들었죠." 수석 기술자가 솔직히 고백했다. "페드로가 아무리 기를 쓰고 달려도 아침이 되기 전에는 이곳에 도착할 수 없을 겁니다. 그렇지만 난 목적을 달성했어요. 패배한 쪽이 몇 시간의 평화를 누릴 수 있게 되었으니까. 그렇지만 소티요에 대해서는 아무 말도 하지 않았죠. 그들이 다시 항구를 점령해야겠다고 생각할까 봐 걱정이 됐거든요. 소티요에게 대항하기 위해서든 그를 환영하기 위해서든, 어느 쪽일지 알 수 없지만. 굴드의 은괴가 있고, 우리의 남은 희망은 그것에 달려 있지요. 드쿠의 피신도 생각해야 했고요. 우리 철도 회사는 가망 없이 신용을 잃을 짓은 하지 않으면서도 우리 벗들 옆에서 꽤 잘해 냈다고 생각합니다. 이제 각 당파는 스스로 알아서 해 나가야지요."

"코스타구아나는 코스타구아나인들에게." 의사가 냉소적으로 끼어들었다. "멋진 나라요. 증오와 복수, 살인과 약탈이라는 멋진 결실을 거두었지. 그 나라의 아들들이."

"글쎄, 나도 그 아들 중 하나입니다." 찰스 굴드의 목소리는 평온하게 들렸다. "그리고 내가 뿌린 고충의 결실을 계속 보살펴야겠지요. 내 아내는 곧바로 마차를 타고 갔소, 의사 선생?"

"네, 여긴 조용했습니다. 굴드 부인은 두 아이를 데리고 가셨어요."

힐스 굴드는 말을 계속 달렸고, 수석 기술자는 의사를 따라 집 안으로 들어갔다.

"저분은 침착함 그 자체입니다." 그는 벤치에 털썩 앉아서 자전거용 양말을 신은 멋진 다리를 문간 너머로 쭉 뻗으며 감탄하듯이 말했다. "자기 자신을 절대적으로 확신하는 게 틀림없어요."

"그가 확신하는 것이 자기뿐이라면, 아무것도 확신하지 못하는 거요." 의사가 말했다. 그는 다시 탁자 끝에 앉았다. 한 손바닥으로 뺨을 괴고 다른 손으로는 팔꿈치를 잡았다. "그건 절대 확신해선 안 되는 거니까." 반쯤 타 버린 긴 심지에서 희미한 빛을 발하던 양초가 고개 숙인 그의 얼굴 밑에서 타올랐다. 뺨에 그어진 흉터로 인해 그의 표정은 어딘가 부자연스럽고 지나치게 회한에 찬 신랄함을 띠었다. 그는 그곳에 앉아 불길한 일에 대해 숙고하는 분위기를 풍겼다. 수석 기술자는 그를 잠시 보다가 반박했다.

"난 그렇게 생각하지 않습니다. 달리 믿을 게 없는 것 같거든요. 어떻든……."

그는 영리한 사람이었지만 그런 역설적인 말에 대한 경멸은 숨길 수 없었다. 사실 술라코의 유럽인들은 모니검 의사를 좋아하지 않았다. 그의 부랑자 같은 모습은 굴드 부인의 응접실에 갈 때도 달라지지 않았는데, 그런 외모로 인해 부정적인 비판을 받았다. 그의 지성에 대해서는 의심의 여지가 없었다. 그리고 이 나라에서 이십 년 넘게 살아왔으므로 그의 비관적 전망을 전적으로 무시할 수도 없었다. 그러나 그의 말을 듣는 사람들은 자신들의 행동과 소망을 본능적으로 방어하면서 그의 비관적인 생각이 그에게 숨어 있는 어떤 결함 때문이라고 설명했다. 오래전 꽤 젊었던 시절에 그가 구스만 벤토의 최고 군의관으로 임명되었다는 사실은 잘 알려져 있었다. 당시 코스타구아나의 관직에 있던 어떤 유럽인도 모니검 의사만큼 그 흉악하고 늙은 독재자의 총애와 신뢰를 받지 못했다.

그 후 그에게 일어난 일은 그리 분명하지 않았다. 그것은 독재자에게 대항한 수많은 음모와 반역의 소문에 묻혀 버렸다. 마치 강줄기가 모래 깔린 건조한 지역에서 사라졌다가 한참 지나 반대쪽에서 수량이 줄어든 채 간신히 흘러나오듯이. 그는 코스타구아나의 가장 미개한 지역에서 여러 해를 살았고, 커다란 강들의 수원지인 먼 오지의 밀림에서 거의 알려지지 않은 인디언 부족들과 함께 방랑했다는 것도 숨기지 않았다. 하지만 그것은 목적 없는 방랑이었다. 그가 책을 쓴 것도 아니고, 무엇을 수집한 것도 아니며, 과학의 발전을 위해 어두운 원시림에서 무엇을 가져온 것도 아니었다. 그 방랑벽은 술라코를 절뚝거리며 돌아다니는 그의 망가진 육신에 들러붙어 있는 것 같았다. 그는 우연히 술라코에 흘러들었다가 결국 그 해안에 좌초한 것이다.

굴드 부부가 유럽에서 오기 전까지 그가 몹시 궁핍하게 살았던 것도 잘 알려진 사실이다. 돈 카를로스와 에밀리아 부인은 그 미치광이 영국인 의사가 야만적인 독자성을 갖고 있기는 하지만 친절로 길들일 수 있다는 것을 알게 되자 그를 후원했다. 어쩌면 그를 길들인 것은 굶주림이었을지 모른다. 과거에 그는 분명 산타마르타에서 찰스 굴드의 부친과 아는 사이였다. 과거의 어두운 단면이야 어떻든, 지금 그는 산토메 광산의 의사로서 인정받고 있었다. 인정을 받기는 했으나, 온전히 받아들여진 것은 아니었다. 지나치게 도전적인 기이한 언행과 인간에 대한 노골적인 경멸은 무분별한 판단력이나 죄의식의 허세를 보여 주는 것 같았다. 게다가 그가 얼마간 중요한 인물이 된 후에는 오래전, 이른바 대역 음모 사건이 일어나 구스만 벤토에게 수모를 당하고 감옥에 갇혔을 때 그가 음모자들 중 가장 친한 친구 몇 명을 배신했다는 모호한 소문이 돌았다. 어느 누구도 그 소문을 믿는 척하지 않았다. 대역 음모 사건에 대한 소문 전부가 풀 수 없이 복잡하게 뒤얽혀 있고 확실치 않았다. 그 음모라는 것이 독재자의 병든 상상력 속에만 있었지 실제로는 존재하지 않았다고 코스타구아나 사람들은 인정했다. 그러므로 배신할 것도 배신할 사람도 없었다는 것이다. 그렇지만 코스타구아나의 가장 유명한 사람들이 그 죄목으로 투옥되고 처형되었다. 그 과정이 몇 년이나 지속되었고, 페스트처럼 상류층 인물들을 대거 죽음으로 몰아넣었다. 처형된 친지의 운명을 슬퍼하기만 해도 사형을 당했다. 이루 말할 수 없는 그 폭정의 전모를 아는 유일한 생존자가 돈 호세 아베야노스였을 것이다. 그도 그 잔인한 처사로 인해 고통을 당했다. 하지만 노인은 어깨를 으쓱하고 갑자기 불안하게 팔을 휘저으며 그 사건에 대한 언급을 사실상 거부하곤 했다. 모니검 의사는 굴드 광산의 경영에 중요한 인물로서, 광부들은 그를 존경과 경외감이 어린 태도로 대했으며 굴드 부인은 그의 특이한 면을 너그럽게 받아들였지만, 그 이유가 무엇이든 간에 여하튼 그는 계속 아웃사이더였다.

수석 기술자가 평원의 여관에서 머뭇거렸던 것은 그 의사를 좋아해서가 아니었다. 그는 비올라 영감을 훨씬 더 좋아했고, 통일 이탈리아 여관을 철도 회사에 부속된 숙소로 여겼다. 그의 많은 직원들이 그곳에서 기숙했다. 굴드 부인이 그 가족을 돌보고 있었기에 그 여관은 특별한 곳으로 여겨졌다. 많은 노동자를 거느린 수석 기술자는 그 늙은 가리발디노가 자신의 동향인에게 미치는 정신적 감화를 고맙게 생각했다. 노인의 준엄한 구세계적 공화주의는 이 세상이 많은 노획물을 차지하기 위해서가 아니라 보편적 사랑과 우애를 추구하기 위해 싸워야 하는 전쟁터인 양 엄격한 충성심과 의무의 기준을 군인답게 견지해 나갔다.

"가엾은 영감!" 그는 의사로부터 테레사의 병세에 대해 듣고 나서 말했다. "노인장이 이 집을 혼자 운영할 수는 없을 텐데 걱정입니다."

"그는 저 위에 혼자 있소." 모니검 의사가 좁은 층계 쪽으로 무거운 머리를 끄덕이며 투덜거렸다. "살아 있는 사람은 죄다 갑자기 떠났거든. 굴드 부인이 딸들을 조금 전에 데려가셨고. 오래지 않아 여기서는 아이들이 안전하지 않을 거요. 물론 의사로서 내가 여기서 더 할 수 있는 일은 없소. 다만 굴드 부인이 비올라와 함께 있어 달라고 부탁하셨고, 광산에 가야 하지만 말이 없어 돌아갈 수 없기에 불평하지 않기로 했소. 시내에선 내가 없어도 그럭저럭 괜찮을 거요."

“오늘 밤 항구에서 무슨 일이 벌어지는지 확인할 때까지 나도 여기 함께 있겠어요. 의사 선생.” 수석 기술자가 말했다. “곧 이리 밀려들지 모를 소티요의 군인에게 저분이 괴롭힘을 당해선 안 되죠. 굴드 저택이나 클럽에서 만났을 때 소티요는 내게 아주 상냥하게 굴었어요. 그 작자가 여기 지인들의 얼굴을 감히 어떻게 보려는지 상상이 안 되는군요.”

“어색한 대면을 피하려고 몇 사람에게 총을 쏴 대는 걸로 시작할 거요.” 의사가 말했다. “이 나라에서 당파를 바꾼 군인에게 가장 편리한 방법은 몇 사람을 즉결 처형하는 거지.” 그는 이의를 제기할 여지도 남기지 않고 단정적으로 우울하게 말했다. 수석 기술자는 반박하려 하지 않았다. 그저 유감스러운 듯이 고개를 몇 번 끄덕이고 말했다.

“아침에 당신을 말에 태워 드릴 수 있을 겁니다. 놀라서 달아난 우리 회사의 말을 일꾼들이 몇 마리 찾았거든요. 반드시 린콘을 피하고 멀리 우회해서 로스 아토스와 숲가를 따라 힘껏 달리면 방해받지 않고 산토메 다리에 도착할 수 있을 겁니다. 내 생각에는, 지금 위태로운 사람에게 가장 안전한 장소는 광산입니다. 철도도 광산처럼 손대기 어려웠다면 걱정이 없을 텐데.”

“내가 위태롭다는 말이오?” 모니검 의사가 잠시 침묵한 후에 천천히 말을 꺼냈다.

“굴드 광산 전체가 위태롭습니다. 광산이 언제까지나 이 나라의 정치 활동에서 벗어나 있을 수는 없거든요. 그런 격변을 정치 활동이라고 부를 수 있다면 말이죠. 문제는 곧바로 광산에 손을 댈 수 있는가 하는 겁니다. 중립을 지키는 것이 불가능할 때가 반드시 올 테고, 찰스 굴드는 그것을 잘 알아요. 나는 그가 극단적 상황에 대비하고 있다고 믿습니다. 굴드 같은 사람은 무지와 타락에 한없이 끌려다닐 생각이 절대 없을 거예요. 그건 주머니에 몸값을 갖고 산적의 동굴에 갇힌 포로가 하루하루 목숨을 사서 연명하는 것과 같으니까. 자유가 아니라 그저 일신의 안전을 사는 거죠. 이 점은 분명합니다. 당신이 어깨를 으쓱하며 무시해 버리는 그 비유가 딱 들어맞아요. 더욱이 그 포로가 포획자의 손이 닿지 못하는 멀리 있는 수단으로 마술처럼 호주머니를 다시 채울 능력이 있다면 말이죠. 당신도 나처럼 그 사실을 잘 알 겁니다, 의사 선생. 굴드는 황금 알을 낳는 거위거든요. 나는 오래전에 존 경이 여기를 방문하셨을 때 그 점을 지적했습니다. 아둔하고 탐욕적인 산적들의 포로는 늘 제일 먼저 나서는 천치 같은 불한당의 먹이가 됩니다. 악당은 발작적으로 화가 났거나 당장 큰돈을 손에 넣을 거라는 기대로 포로의 머리를 쏴 버리지요. 황금 알을 낳는 거위를 죽이는 이야기가 인류의 지혜에서 생겨난 것은 그만한 이유가 있기 때문이에요. 절대로 진부해지지 않을 이야기죠. 바로 그런 이유 때문에 찰스 굴드가 헤아리기 어려운 그 나름의 방식으로 말없이 리비에라 위임 통치령을 후원한 겁니다. 매수가 아니라 다른 기반에서 그에게 안전을 약속해 준 첫 번째 공공 법령이었으니까요. 리비에라 당은 실패했어요. 이 나라에서 합리적이기만 한 것은 죄다 실패로 돌아가듯이 말입니다. 하지만 굴드는 여전히 합리적인 방식으로 이 엄청난 은괴를 지키고 싶어 합니다. 드쿠의 역(逆)혁명 계획은 실현될 수도, 되지 않을 수도 있겠죠. 기회를 얻을 수도, 얻지 못할 수도 있습니다. 혁명이 들끓는 이 대륙에서 많은 것을 경험해 왔지만 나는 아직도 그들의 방식을 진지하게 볼 수 없습니다. 드쿠는 자기가 작성한 선언서를 우리에게 읽어 주고 그의 행동 계획에 대해 두 시간이나 열변을 늘어놓았어요. 그의 주장은 꽤 신빙성 있게 들렸을 겁니다. 다만 새로운 국가라는 개념이 자기 목숨을 부지하려고 달아난 냉소적인 젊은이의 머리에서 나왔다는 사실이, 우리처럼 오래되고 견고한 정치적, 국가적 조직체의 구성원을 깜짝 놀라게 했죠. 그는 호주머니에 선언서를 넣고, 여기서 장군이라 불리는 거칠고 입버릇이 고약하고 본데없는 허풍쟁이에게로 달아났어요. 한 편의 코믹 동화 같지요. 그런데 말입니다. 그게 실현될 수도 있어요. 이 나라의 풍조에 딱 들어맞거든요."

"그렇다면 그 은은 실어 간 거요?" 의사가 음울하게 물었다.

수석 기술자는 시계를 꺼냈다. "미첼 선장의 계산으로는, 그가 잘 알겠지요, 지금쯤 항구를 벗어나 5~6킬로미터쯤 갔을 거랍니다. '노스트로모는 기회를 최대한으로 이용할 줄 아는 선원'이라고 하더군요." 이 말에 의사가 거칠게 툴툴거리자 상대가 어조를 바꾸었다.

"그 조치를 탐탁지 않게 여기십니까? 왜 그렇죠? 찰스 굴드는 자기가 가진 수를 끝까지 써 봐야 해요. 남들에게는 고사하고 스스로에게도 자기 행동을 명확히 밝힐 사람이 아니지만. 그 수를 홀로이드가 일부 제안했을 수도 있겠죠. 하지만 그것은 그의 성격에도 잘 맞아요. 그렇기 때문에 그만큼 성공했던 겁니다. 산타마르타의 사람들은 그를 '술라코의 왕'이라고 부르잖아요? 성공을 알려 주는 가장 좋은 증거가 별명일 겁니다. 그건 진실의 몸에 농담의 얼굴을 올려놓은 거라고 말할 수 있죠. 산타마르타에 처음 갔을 때 온갖 언론인이며 정치 선동가, 국회 의원, 장군이며 판사들이 개업도 하지 않은, 눈이 게슴츠레한 변호사 앞에서 굽실대는 것을 보고 놀랐어요. 그가 굴드 광산의 대변인이기 때문이었죠. 존 경도 거기 들렀을 때 깊은 인상을 받으셨어요."

"새로운 국가라. 그 퉁퉁한 멋쟁이 드쿠가 초대 대통령이 되고." 모니검 의사는 뺨을 어루만지고 다리를 계속 흔들며 생각에 잠겨 말했다.

"뭐 그래서 안 될 이유라도 있습니까?" 수석 기술자가 뜻밖에도 진지하게 비밀을 털어놓는 어조로 반박했다. 코스타구아나의 대기에 만연한 미묘한 무언가가 '쿠데타'에 대한 그 지역민들의 신념을 그에게 불어넣은 것 같았다. 갑자기 그는 카이타에 아직 남아 있는 군대를 쉽게 넘겨받을 방법에 대해 노련한 혁명가처럼 말하기 시작했다. 드쿠가 곧장 해안을 따라 내려갈 수만 있다면 그 군대는 며칠 내로 술라코에 돌아올 수 있을 것이다. 그 사령관으로 바리오스를 임명할 수 있다. 그는 과거의 직업상 적수이자 철천지원수인 몬테로에게서 총알밖에 기대할 것이 없다. 그러므로 바리오스의 협력은 확실하다. 그의 군대도 몬테로에게서 기대할 것이 없다. 한 달치 급료도 기대할 수 없다. 이런 관점에서 볼 때 보물의 존재는 엄청나게 중요하다. 보물을 몬데고 페거리에게 빼앗기지 않았다는 사실만 알려 줘도 카이타의 부대가 새 국가의 명분을 지지하도록 강력하게 유도할 수 있을 것이다.

의사는 고개를 돌리고 말벗을 한동안 물끄러미 바라보았다.

"이 드쿠라는 작자가 구변이 좋은 젊은이라는 건 알겠소." 그가 마침내 말했다. "그런데, 그렇다면, 이런 목적으로 찰스 굴드가 은괴 전부를 그 노스트로모라는 녀석에게 맡겨 바다로 내보냈다는 말이오?"

"찰스 굴드는," 수석 기술자가 말했다. "내심의 동기에 대해서는 평소처럼 입도 뻥긋하지 않았어요. 아시다시피 그는 말을 안 합니다. 하지만 여기 있는 우리는 그의 동기를 알죠. 그의 동기는 단 하나뿐이니까. 홀로이드와 맺은 계약에 따라 굴드 채굴권을 보전하면서 산토메 광산을 안전하게 지키는 것이죠. 홀로이드도 비범한 사람입니다. 그들은 서로의 상상을 잘 이해하고 있어요. 한쪽은 서른 살이고 다른 쪽은 육십에 가깝지만 서로 잘 맞는 거지. 백만장자가 되는 것, 홀로이드 같은 백만장자가 된다는 것은 영원한 젊음을 누리는 것과 같아요. 젊은이들은 대담하게 무한한 시간을 상상하며 마음대로 쓸 수 있을 거라고 생각하죠. 하지만 백만장자는 무한한 수단을 장악하고 있으니, 그게 더 낫지 않겠어요? 지상에서 사람이 누릴 수 있는 시간은 불확실하지만, 수백만 달러가 머나먼 곳까지 영향을 미칠 수 있다는 것은 의심할 여지가 없으니까. 이 대륙에 순수한 형태의 기독교를 도입하겠다는 것은 열정적인 젊은이에게 적합한 꿈이죠. 내가 하려는 말은, 쉰여덟 살의 홀로이드가 왜 인생을 막 출발하려는 젊은이와 같은지, 그리고 왜 젊은이보다 더 나은지를 설명하려는 겁니다. 그는 선교사는 아니지만, 산토메 광산은 그에게 그런 소명 같은 것이죠. 실은 사실대로 말하자면, 홀로이드는 이 년 전에 존 경과 코스타구아나의 재정 상태에 대해 순전히 사업적인 논의를 했을 때도 그 점을 배제하지 않았어요. 존 경이 고국으로 돌아가는 길에 샌프란시스코에서 쓴 편지에서도 그 점이 놀랍다고 하셨더군요. 정말이지 의사 선생, 사물은 그 자체로는 아무 가치도 없는 것 같습니다. 사물에서 단 하나 틀림없는 것은 사람이 자기 나름의 행위에서 발견하는 정신적 가치라고 믿게 되었죠……."

"흥!" 의사가 한가하게 발을 계속 흔들어 대면서 끼어들었다. "우쭐해하는 거지. 자신이 세상을 돌아가게 만든다는 그런 허영심의 충족이고. 그런데 그 대단한 카파타스와 대단한 정치가와 함께 만에 떠 있는 보물은 어떻게 될 것 같소?"

"그것을 왜 걱정하십니까, 의사 선생?"

"내가 걱정한다고? 그 일이 대체 나와 무슨 상관이 있다고? 난 내 욕망이나 의견이나 행동에 정신적 가치를 부여하지 않소. 내가 우쭐해할 만큼 그런 것들이 거창하지도 않고. 가령, 저 가엾은 여자의 마지막을 편안하게 해 줄 수 있다면 분명 좋았겠지. 그런데 그렇게 할 수 없소. 불가능해요. 당신은 불가능한 일에 직면해 본 적이 없소? 아니면 철도 회사의 나폴레옹이라도 되는 양 당신의 사전에는 불가능이라는 단어가 없는 거요?"

"부인이 심한 고통을 겪을 것 같습니까?" 수석 기술자가 친절한 마음으로 걱정스레 물었다.

부엌 천장의 무겁고 단단한 대들보 위의 판자를 육중한 발걸음이 천천히 가로질렀다. 그러고는 두꺼운 벽 사이에서 한 사람이 스무 명의 적을 물리칠 수 있을 만큼 좁은 계단을 통해 중얼거리는 두 목소리가 흘러 내려왔다. 기운 없는 목소리는 가끔 끊어졌고, 그것에 대답하는 나직하고 부드러운 목소리는 더 침통한 음색으로 가느다란 목소리를 감쌌다.

속삭임이 멈출 때까지 두 사람은 조용히 있었다. 이윽고 의사가 어깨를 으쓱하고 중얼거렸다.

"그래요, 그럴 수밖에 없소. 내가 지금 올라가도 할 수 있는 일이 없소."

위층과 아래층에서 긴 침묵이 이어졌다.

"아마도," 수석 기술자가 소리 죽여 말을 꺼냈다. "미첼 선장의 카파타스를 믿지 못하시는 모양이군요."

"믿지 못한다고!" 의사가 이를 악물고 중얼거렸다. "난 그가 무슨 일이든 할 수 있다고 믿소. 심지어 터무니없는 충성도 바칠 수 있다고. 그가 부두로 나가기 전에 마지막으로 얘기를 나눈 상대가 나였소. 저 위층의 가엾은 여자가 그 친구를 보고 싶어 해서 올려 보냈지. 알다시피, 죽어 가는 사람의 소망을 거스르면 안 되니까. 그때만 해도 부인은 꽤 차분하고 체념한 듯이 보였소. 그런데 그 악당 같은 녀석이 십분 남짓한 사이에 무슨 짓을 했는지 부인이 절망에 빠지고 말았소. 알다시피," 의사가 망설이듯 말을 이었다. "지위나 나이와 상관없이 여자들에겐 도무지 이해할 수 없는 이상한 구석이 있지. 그래서 나는 부인이 어떤 면에서는, 이를테면, 그를 사랑한다고 이따금 생각했소. 그 카파타스를. 그 악당이 나름대로 매력이 있다는 건 의심할 수 없겠지. 그렇지 않고서야 모든 주민을 사로잡을 수 없었을 테니까. 아니, 내 말이 터무니없는 건 아니오. 그 녀석에 대한 부인의 강렬한 감정이나, 한 남자에 대한 한 여자의 불합리하고 단순한 감정적 태도를 잘못 정의했을지도 모르지. 부인은 내 앞에서 자주 그 녀석을 비난했소. 하지만 물론, 내 눈엔 그렇게 보이지 않았소. 전혀. 내가 보기에 부인은 늘 그 녀석을 생각하는 것 같았소. 그가 자기 인생에 중요한 존재였던 거요. 아시다시피 나는 이 가족을 자주 보았소. 내가 광산에서 내려올 때마다 굴드 부인은 이 가족을 보살펴 달라고 부탁하셨으니까. 부인은 이탈리아인들을 좋아해요. 내가 알기로는 이탈리아에서 오래 살았고, 가리발디노 노인을 특히 좋아하시지. 노인은 아주 독특한 사람이오. 구름 위에 떠 있듯 젊은 시절의 공화주의 이념에 빠져 사는 강인한 몽상가니까. 그는 카파타스의 터무니없는 생각을 많이 부추겼소. 흥분하기 좋아하는 숭고한 가난뱅이 영감이!"

"터무니없는 생각이라니?" 수석 기술자가 물었다. "나는 카파타스가 아주 영리하고 분별력 있으며 겁이 없고 남달리 쓸모가 많은 친구라고 생각했어요. 나무랄 데 없이 부리기 좋은 사람이지. 존 경은 산타마르타에서 육로로 여기 오셨을 때 그의 풍부한 재간과 배려에 깊은 인상을 받으셨어요. 아시겠지만 후에 그는 전문 강도단이 시내에 들어왔다고 당시 경찰

국장에게 알려 줘서 우리에게 큰 도움을 주었죠. 우리 회사의 급료를 운반하는 기차를 부수고 약탈하려고 멀리서 온 녀석들이었지. 확실히 그는 O. S. N. 회사의 거룻배 운항을 아주 유능하게 조직했어요. 외국인인데도 사람 부리는 법을 알죠. 하긴 여기 부두 노동자들도 대부분 외지인이긴 해요. 다른 섬에서 온 이민자들."

"그에게는 신망이 곧 재산이오." 의사가 심술궂게 말했다.

"그 사내는 수많은 경우에 온갖 방법으로 자신이 믿을 만한 사람이라는 것을 완벽하게 입증했어요." 기술자가 말했다. "은괴 처리 문제가 제기되었을 때 미첼 선장은 그 일의 적격자는 당연히 노동자 감독뿐이라고 열렬히 피력했지요. 선원으로 보면 나도 그가 적격자라고 생각해요. 그러나 인간으로 볼 때는 사실 누가 가더라도 전혀 문제 될 게 없다고 굴드와 드쿠와 나는 판단했어요. 보트를 젓는 법만 알면 누구든 괜찮았을 겁니다. 사실 도둑놈이라 해도 그 많은 은괴를 어떻게 하겠어요? 그것을 갖고 달아나더라도 결국 어딘가에는 상륙해야겠죠. 그러면 그 큰 짐을 해안 사람들에게 어떻게 숨길 수 있겠어요? 그래서 우리는 그런 점을 고려하지 않았어요. 게다가 드쿠도 함께 가기로 했고. 예전처럼 카파타스를 무조건 신뢰한 건 아닙니다."

"그의 생각은 좀 달랐소." 의사가 말했다. "바로 이 방에서 그것이 자기 평생의 가장 필사적인 과업이 될 거라고 단언하더군. 여기 내가 듣는 데서 유언 같은 것을 했고 비올라 영감을 유언 집행인으로 지정했소. 그런데, 제기랄! 아시는지 모르지만, 그는 당신네 철도 회사와 항구의 높은 분들에게 그렇게 충성을 바치고도 부자가 되지 못했소. 아마도 그가 얻은 것은, 뭐랄까, 자기 노동에 대한 어떤 정신적 가치였을 거요. 그게 아니면 대체 무엇 때문에 그가 당신과 굴드, 미첼, 그 밖의 다른 사람에게 충성을 바쳐야 하는지 모르겠군. 그는 이 나라를 잘 알아요. 가령 자비라의 의원 가마초가 비루하기 그지없는 사기꾼이었고 평원의 시시한 행상인이었다는 것을 알고 있소. 그러다가 안자니에게서 신용으로 물건을 받아 황무지에 조그만 가게를 열었고 그에게 빚진 시골 장원의 술주정뱅이 하인들과 지독하게 가난한 소작농들 덕분에 의원으로 뽑혔지. 내일이면 여기 고관이 될 가마초도 외지인으로 다른 섬에서 왔소. 숲에서 어떤 행상인을 살해하고 훔친 보따리로 새 인생을 시작하지 않았더라면(린콘의 여관 주인이 그 사실을 기꺼이 증언할 거요.) O. S. N. 항구의 부두 노동자가 되었을 사람이지. 그랬더라면 가마초가 여기 서민들에게 카파타스 같은 영웅이 되었을 것 같소? 절대 아니지. 그 절반에도 못 미치는 인간이지. 그렇소. 내 생각에 확실히 노스트로모는 바보요."

철도 부설자는 의사의 말이 마음에 들지 않았다. "그 점에 대해서는 왈가왈부할 수 없군요." 그가 달관한 듯이 말했다. "누구에게나 재능이 있습니다. 거리에서 가마초가 제 패거리에게 떠벌린 열변을 들으셨어야 해요. 그는 늘 악을 쓰며 말하는데, 몸뚱어리를 절반쯤 창밖으로 내밀고 주먹을 꽉 움켜쥐어 머리 위로 휘두르면서 미친 듯이 소리 지르더군요. 말이 중단될 때마다 밑에 있던 어중이떠중이들이 '과두제 타도! 자유

만세!'라고 고함을 질러 댔어요. 안에 있던 푸엔테스는 참담한 표정입디다. 알다시피 그는 몇 년 전에 육 개월간 내무부 장관을 지낸 호르헤 푸엔테스의 동생이지요. 물론 양심이 없는 인간이지만, 좋은 집안 출신이고 교육을 잘 받았어요. 한때 카이타의 세관장이었고. 그런데 백치 같은 야만인 가마초가 비천한 부하들과 함께 푸엔테스를 꼼짝 못 하게 만들었어요. 그 불한당이 무서워서 창백하게 질린 푸엔테스의 꼴은 상상할 수 없을 만큼 재미있는 광경이었지요."

그는 일어서서 문 쪽으로 걸어가 항구를 내다보았다. "온통 조용하군." 그가 말했다. "소티요가 정말로 여기 나타날 작정인지 모르겠군요."

2

미첼 선장도 부두를 거닐며 똑같은 질문을 스스로 던지고 있었다. 에스메랄다의 전신 기사가 보내다 만 단편적인 메시지의 경고를 제대로 이해한 것인지 의심스러웠다. 그렇더라도 어떻든 날이 샐 때까지는 잠자리에 들지 않겠다고 이 선량한 사내는 마음먹었다. 자신이 찰스 굴드에게 큰 도움을 주었다고 생각하며, 지켜 낸 은괴를 떠올릴 때마다 흐뭇한 마음으로 두 손을 비볐다. 그는 그 기발한 조치에 자신이 기여한 것이 자랑스러웠다. 바다에서 북쪽으로 향하는 기선을 붙잡을 가능성을 제안함으로써 그 조치를 현실적으로 구체화했던 것이다. 그 방안은 그의 회사에도 유익했다. 보물을 육지에 두었다가 빼앗겼다면 선박 회사로서 귀중한 화물을 운송하지 못했을 것이다. 또한 몬테로 패거리에게 실망을 안겨 준 것도 꽤나 기쁜 일이었다. 기질적으로도 그렇고 또 오랫동안 명령을 내려온 습관 탓에 권위적이었던 미첼 선장은 민주주의자가 아니었다. 그는 심지어 의회 정치를 대놓고 멸시하기도 했다. "돈 빈센트 리비에라 각하는," 그는 이렇게 말하곤 했다. "나와 내 부하 노스트로모가 기쁘고 명예롭게도 잔인한 죽음에서 구해 드린 바 있는데, 의회의 결정을 지나치게 존중하셨소. 그건 잘못이오. 명백한 잘못이지."

O. S. N. 선박 운항을 지휘하는 이 정직한 노선장은 지난 사흘간 온갖 놀라운 일이 벌어진 이 코스타구아나에 더는 정치적으로 놀랄 일이 없으리라고 생각했다. 그래서 그 후에 벌어진 사건들은 자신의 상상을 초월한 것이었다고 훗날 여러 차례 고백했다. 무엇보다도 술라코는(통신 시설 점유와 기선 운항의 중단으로) 포위된 도시처럼 이 주일간 꼬박 외부 세계와 단절되었다.

"그런 일이 가능하리라고 어느 누가 생각이나 했겠소? 그런데 실제로 그랬다니까요. 꼬박 이 주일이나."

그 기간에 일어난 특별한 사건들과 자신이 겪은 강렬한 감정을 그 나름대로 젠체하고 과장하며 털어놓았기에 그의 이야기는 지루하면서도 인상적이었다. 그는 이야기를 꺼낼 때면 늘 자신이 '처음부터 끝까지 사건의 중심'에 있었다고 장담했다. 그러고는 은괴를 실어 내보낸 일과 거룻배를 책임진 '내 부하'가 혹시라도 실수를 저지를까 봐 당연히 가슴을 졸였다고 말하며 이야기를 끌어갔다. 만일 그런 일이 일어난다면 그 많은 귀금속의 손실은 말할 것도 없고, 유쾌하고 부유하며 유식한 젊은 신사 마틴 드쿠의 목숨이 정적의 손아귀에 넘어가 위태로웠으리라는 것이다. 미첼 선장은 또한 항구에서 혼자 밤을 지새워 지켜보면서 그 나라의 미래에 대해 불안감을 느꼈다고도 인정했다.

"그런 감정은," 그가 설명했다. "지체 높은 가문이나 상인들, 독자적 재산이 있는 토착민 신사들에게서 많은 호의를 받고 고맙게 여기는 사람이라면 당연히 느낄 만한 것이죠. 우리는 그분들을 난폭한 폭도에게서 간신히 구했는데, 그분들의 신체나 재산은 토착민 군인들의 먹이가 될 운명으로 보였거든요. 잘 알다시피 폭동으로 내란이 일어나면 군인들은 유감스럽게도 주민들을 야만적으로 취급하니까요. 누구보다도 굴드 부부가 있었지요. 남편과 아내, 그 두 분이 베풀어 준 환대와 친절에 대해서는 한없이 다정한 애정을 품지 않을 수 없었어요. 또 아마리야 클럽의 신사들도 위태로웠어요. 그분들은 나를 명예 회원으로 만들어 주었고, 영사 대리인이자 큰 기선 운항사 감독관으로서 늘 존중하고 정중하게 대해 주었거든요. 내가 영광스럽게도 말을 걸 수 있었던 더없이 아름답고 교양 있는 아가씨 안토니아 아베야노스 양은, 고백하건대, 적잖이 내 마음을 차지하고 있었지요. 곧 지방 관리들이 바뀌면 우리 회사의 이익에 어떤 영향을 미칠 것인지도 중요한 관심사였고요. 간단히 말해서, 짐작하시겠지만, 작으나마 나도 일정 부분 역할을 한 그 흥미롭고 기억할 만한 사건으로 인해 나는 몹시 불안하고 지친 상태였어요. 오 분 거리에 있는 회사 건물 안 숙소에 차려진 저녁 식사와 해먹(나는 늘 밤에는 해먹에서 쉽니다. 여기 기후에는 해먹이 안성맞춤이니까요.) 생각이 굴뚝같았지요. 그런데 어째서인지, 근방을 서성이다 누구를 도와줄 일도 없었는데, 항구를 떠날 수가 없었어요. 너무 피곤해서 간신히 비틀거리며 걷기도 했지요. 그날 밤은 너무 캄캄했고, 내 기억으로는 살아오면서 그렇게 칠흑같이 어두운 밤은 두 번 다시 없었어요. 그래서 에스메랄다 수송선이 만을 항해하기 어려울 테니 동틀 때까지 도착할 수 없을 거라고 생각했지요. 모기들이 맹렬히 덤벼들더군요. 최근의 개량 공사 이전에는 모기가 들끓었어요. 바닷가에 서식하는 특이한 종인데 극성맞기로 유명하죠. 내 머리에 모기들이 구름처럼 몰려들었는데, 그놈들에게 뜯기지 않았다면 걷다가 깜빡 잠이 들어 넘어졌대도 놀라지 않았을 겁니다. 나는 연달아 시가를 피워 댔는데, 담배 맛을 즐겨서가 아니라 산 채로 모기에게 먹히지 않도록 날 보호하기 위해서였어요. 그런데 시간을 보려고 시계를 시가 불에 스무 번째쯤 갖다 대고 놀랍게도 아직 십 분 더 있어야 자정이 된다는 것을 알았을 때, 철벅거리는 프로펠러 소리가 들렸어요. 그처럼 고요한 밤에 선원이라면 착각할 수 없는 소리였지요. 사실 소리가 희미하기는 했어요. 그 녀석들은 조심스럽게 아주 천천히 다가오고 있었으니까요. 캄캄하기도 하고 또 자기들의 존재를 너무 빨리 드러내고 싶지 않았을 겁니다. 전혀 불필요한 걱정이었죠. 드넓은 항구 주위에 살아 있는 인간은 나밖에 없었다고 진심으로 믿으니까요. 평상시에 보초를 서던 경비원들과 다른 이들도 폭동 때문에 며칠 밤 자리를 비웠거든요. 나는 시가를 떨구어 밟아 끈 다음에 목석처럼 가만히 있었어요. 다음 날 아침에 얼굴을 보니 모기들이 아주 즐겁게 포식을 한 것 같더군요. 하지만 그 정도 불편은 내가 소티요에게 당한 야만적인 행패에 비하면 아무것도 아니었어요. 도무지 생각도 할 수 없는 일이었죠. 아무리 명예심이나 체면 의식이 없는 인간이더라도 제정신이라기보다는 미친놈처럼 굴었어요. 소티요는 강탈 계획이 수포로 돌아가자 분해서 발광했던 겁니다."

미첼 선장의 이 말은 옳았다. 소티요는 실로 미치도록 격분했다. 하지만 미첼 선장이 당장 체포된 것은 아니었다. 그는 왕성한 호기심 때문에 부대의 하선 광경을 전부 보려고, 아니 오히려 참아 주려고 (거의 250미터에 달하는) 부두에 남아 있었다. 은괴 수송에 사용된 후 방파제의 해안 끝으로 돌아간 화물 열차 뒤에 몸을 숨긴 미첼 선장은 소규모 분견대가 하선한 후 평원에서 여러 갈래로 나아가는 것을 지켜보았다. 그사이에 군인들이 배에서 내려 종대를 형성했고, 그 선두가 점점 자기 쪽으로 가까이 다가오더니 단 몇 미터 떨어진 곳에서 넓은 부두 전체를 거의 가로막았다. 그러자 발을 끌거나 중얼거리고 짤랑이던 소리가 멎었다. 대규모 군대는 정찰병이 돌아오기를 기다리면서 한 시간쯤 꼼짝 않고 조용히 서 있었다. 뭍에서는 아무 소리도 들리지 않았다. 철도 조차장에서 맹견들이 나지막하게 짖어 대자 시내 외곽에 몰려다니는 똥개들이 멀리서 응답했을 뿐이다. 대열의 선두에는 몇몇 검은 형체들이 외따로 서 있었다.

항구 끝에 서 있던 초계병이 곧 평원 쪽에서 다가온 형체들을 하나씩 나지막하게 검문하기 시작했다. 정찰대에서 돌아온 전령들은 동료들에게 짧은 말 몇 마디를 급히 던져 주고는 참모진에게 소식을 전하려고 부동의 거대한 집단 속으로 재빨리 사라졌다. 미첼 선장은 자신의 위치가 불편하고 위험할 수도 있겠다고 생각했다. 바로 그때 갑자기 방파제 끝에서 큰 명령 소리와 집합 나팔 소리가 울리자 무기를 덜컥거리고 움직이며 웅성거리는 소리가 대열에 퍼져 나갔다. 가까이서 다급하게 명령을 내리는 큰 목소리가 들렸다. "저 화물차를 밀어 치워!" 이 명령을 수행하려고 맨발들이 달려오는 소리에 미첼 선장은 한두 걸음 물러섰다. 여러 손이 달려들어 한꺼번에 힘주어 밀자 화물차는 선로를 따라 멀리 굴러갔고, 영문도 모르는 사이에 그는 팔과 코트 깃을 붙잡힌 채 군인들에게 둘러싸였다.

"여기 숨어 있는 놈을 잡았습니다, 하사님." 그를 붙잡은 군인 중 하나가 소리쳤다.

"후위 부대가 지나갈 때까지 옆에서 잡고 있어." 어떤 목소리가 대답했다. 전 대열이 구보로 전진하며 미첼 선장을 지나쳐 갔고, 해안가에서 천둥처럼 울리던 발소리가 갑자기 사라졌다. 미첼 선장은 자기를 사로잡은 군인들에게 자신은 영국인이라고 말하고 지휘관에게 당장 데려다달라고 큰 소리로 요구했지만 묵살당하고는 결국 당당한 침묵에 빠져들었다. 손으로 끄는 야포 두 대가 널빤지 위에서 바퀴를 덜컹거리며 굴러갔다. 그러고 나서 쇠 칼집을 짤랑거리며 앞장서 걸어간 네댓 명을 호위한 군인 무리가 행군한 다음 미첼 선장은 팔이 당겨지는 것을 느꼈고 따라오라는 명령을 받았다. 부두에서 세관으로 이동하는 동안 유감스럽게도 군인들은 그를 모욕적으로 취급했을 것이다. 갑자기 비틀거나, 목을 탁 내려치거나, 라이플총의 개머리로 옆구리를 힘껏 찔렀을지도 모른다. 그들의 속도 개념은 그의 품위 개념과 맞지 않았던 것이다. 그는 당황한 나머지 얼굴이 벌게진 채 어쩔 줄 몰랐다. 세상이 끝나 버린 기분이었다.

긴 건물을 둘러싼 군인들은 벌써 무기를 여러 곳에 쌓아 놓고 판초를 두른 채 마대를 베고 땅에 누워 밤을 지새울 준비를 하고 있었다. 상등병들은 등불을 들고 사방을 돌아보며 문이나 입구마다 보초를 세우고 있었다. 소티요는 자신이 차지한 건물에 실제로 보물이 있기라도 한 듯이 방어 조치를 취했다. 비상한 재주를 부려서 단숨에 큰 재산을 얻으려는 대담한 욕망이 합리적인 추론 능력을 압도해 버렸다. 그는 실패의 가능성을 믿지 않으려 했다. 그런 가능성이 넌지시 암시되기만 해도 머릿속이 맹렬히 끓어올랐다. 실패의 가능성을 드러내는 정황은 죄다 믿을 수 없어 보였다. 그의 욕망에 돌이킬 수 없는 치명타를 가한 허시의 말을 도저히 받아들일 수 없었다. 사실 허시는 심한 정신 착란 징후를 드러내며 앞뒤가 맞지 않는 말을 늘어놓았기에 참말 같지 않아 보였다. 속담에도 있듯이, 그의 이야기는 어디가 머리이고 어디가 꼬리인지 분간하기 어려웠다. 허시가 구출된 직후에 선교에 있던 소티요와 장교들은 흥분하고 조급해져서 그 가엾은 인간에게 남아 있는 정신을 가다듬을 시간도 주지 않았다. 차분해지도록 그를 달래고 안심시켜야 했지만 오히려 거칠게 다루고 수갑을 채워 마구 흔들며 위협했다. 그가 몸부림치며 꿈틀거리다가 무릎을 꿇고 애걸복걸하고 그러다가는 참지 못하고 갑판 너머로 뛰어내리려는 듯이 맹렬히 도망치려고 발악하며 비명을 지르고 몸을 잔뜩 웅크린 채 광기 어린 눈으로 쳐다보자 그들은 처음에 너무 놀랐고 다음 순간에는 그가 온전한 정신인지 의심했다. 또 그가 스페인어와 독일어를 마구 섞어 썼기 때문에 그의 말을 태반은 알아들을 수 없었다. 그는 그들을 '호흐볼게보렌 헤렌(존경하는 나리)'이라고 부르며 그들의 비위를 맞추려 했는데, 그런 말도 수상쩍게 들렸다. 실없는 소리를 하지 말라고 엄중하게 경고하자 그는 충성을 호소하고 무고함을 주장했는데 고집스럽게 또다시 독일어로 말했다. 자신이 어떤 언어를 쓰고 있는지도 몰랐던 것이다. 물론 에스메랄다 주민이라는 정체는 분명히 밝혀졌지만 그렇다고 상황이 명료해진 것은 아니었다. 그는 드쿠의 이름을 자꾸 잊어버리고 굴드 저택에서 보았던 다른 사람들과 혼동했기에 그 사람들이 모두 거룻배에 탄 것 같았다. 그래서 소티요는 처음에 술라코의 유명한 리비에라 지지자들을 모조리 물에 빠뜨린 줄 알았다. 하지만 그런 일은 가능하지 않았으므로 그의 말을 모두 미심쩍어했다. 허시는 미쳤거나 기만적으로 행동하고 있고, 진실을 은폐하려고 즉석에서 공포와 정신 착란을 흉내 내고 있는 것이다. 엄청난 노획물을 가로채려는 소티요의 탐욕은 극에 달했으므로 그와 상반되는 정황은 절대로 믿을 수 없었다. 이 유대인은 갑자기 사고를 당해 공포에 빠졌지만 은이 어디 숨겨져 있는지를 알고 있고, 자신을 헛짚게 하려고 유대인다운 교활함으로 이야기를 꾸며 내는 것이라 믿었다.

소티요는 검고 육중한 대들보가 있는 위층의 넓은 방을 거처로 삼았다. 그러나 그 방에는 천장이 없어서 눈을 들면 높은 지붕 밑 어둠 속에 아무것도 보이지 않았다. 두꺼운 덧문은 열려 있었다. 긴 탁자 위에는 큰 잉크스탠드와 잉크가 묻은 짤막한 깃펜, 20킬로그램 정도의 모래가 담긴 네모난 나무 상자 두 개가 있었다. 회색의 거친 공식 서류 뭉치들이 바닥에 흩어져 있었다. 탁자 뒤에는 큰 가죽 안락의자가 있고 그 주위에 등받이가 높은 의자들이 여기저기 있는 것으로 보아 세관의 높은 관리가 쓰던 방이었음이 분명했다. 대들보 한 곳에 그물 해먹이 걸려 있었는데, 물론 그 관리가 낮잠을 자기 위해 마련해 둔 것이었다. 긴 쇠 촛대에 꽂힌 양초 두 개가 흐릿하게 불그스름한 빛을 발했다. 양초 사이에 대령의 모자와 칼, 권총이 놓여 있고, 그의 심복인 장교 두 명이 음울하게 탁자에 기대서 있었다. 대령이 안락의자에 털썩 앉자, 너덜너덜한 소매에 하사 계급장을 단 거구의 흑인이 무릎을 꿇고 그의 신발을 벗겼다. 소티요의 새카만 콧수염은 창백한 뺨과 극도의 대조를 이루었다. 거무스름한 눈은 머릿속 깊숙이 들어가 박혀 있었다. 그는 당황해서 기운이 빠지고 실망감으로 맥이 풀린 듯 보였다. 그러나 층계참의 보초가 머리를 들이밀고 포로가 왔다고 알리자 즉시 생기를 되찾았다.

"들여보내." 그가 사납게 소리쳤다.

문이 활짝 열리고, 미첼 선장이 모자도 없이 조끼는 벌어지고 나비넥타이는 귀 밑으로 돌아간 채 방 안으로 떠밀려 들어왔다.

소티요는 당장 그를 알아보았다. 그보다 더 귀중한 포로는 있을 수 없었다. 소티요가 알고 싶은 모든 것을 마음만 내키면 다 말해 줄 수 있는 사람이 붙잡혀 온 것이다. 그러자 이 사내가 핵심적인 내용을 털어놓게 하려면 어떤 게 최선의 방법일까라는 생각이 즉시 머리에 떠올랐다. 소티요는 외국의 분노 따위는 전혀 겁내지 않았다. 미첼 선장을 모욕과 학대에서 구하기 위해 유럽 전체가 무장해서 무력을 행사했더라도, 이 영국인은 험하게 다루면 고집불통이 될 거라는 소티요의 신속한 생각만 못했을 것이다. 어떻든 간에 소티요 대령은 찡그린 이마를 폈다.

"아니! 고명하신 미첼 씨 아니오!" 그는 당황한 척하며 외쳤다. 그러고는 화가 난 듯 재빨리 다가가서 "이 신사분을 얼른 풀어 드려!" 하고 소리쳤다. 너무 실감나는 연기에 깜짝 놀란 군인들이 포로에게서 물러났다. 억세게 움켜잡았던 손들이 갑자기 떨어져 나가자 미첼 선장은 넘어질 듯이 비틀거렸다. 소티요는 친근하게 그를 부축하고 의자에 앉힌 다음 모두에게 손을 내저었다. "모두 나가 있어." 그가 명령했다.

단둘이 남자 그는 말없이 망설이며 고개를 숙이고 서서, 미첼 선장이 기운을 되찾아 말을 할 수 있을 때까지 기다렸다.

은괴를 옮기는 데 관여한 사람 중 하나가 여기 잡힌 것이다. 소티요의 성질대로라면 그 사람을 두들겨 패고 싶은 욕구가 간절했다. 예전에 그 신중한 안자니에게서 돈을 빌리려고 어렵게 협상할 때도 그 상점 주인의 목을 조르고 싶어 손가락이 늘 근질거렸다. 갑자기 전혀 예상하지 못한 일이 벌어지자 미첼 선장은 머릿속이 혼란스러웠다. 게다가 숨이 가빠 헐떡거렸다.

"부두에서 여기까지 오는데 세 번이나 맞아서 넘어졌소." 그가 마침내 헐떡이며 말했다. "누군가 그에 대한 대가를 치러야 할 거요." 분명 그는 한 번 이상 곱드러졌고, 다시 걸음을 옮길 수 있기 전에 한참을 질질 끌려왔다. 숨을 좀 돌리고 나자 분노가 폭발할 듯 끓어올랐다. 얼굴이 시뻘게지고 흰 머리칼이 곤두선 채 복수심에 불타는 듯 눈을 부라리며 그는 벌떡 일어섰고, 당황한 소티요 앞에서 찢어진 조끼 자락을 마구 흔들었다. "보시오! 아래층에 있는 당신의 그 무식한 도둑놈들이 내 시계를 강탈했소."

늙은 선원의 모습은 무척 위협적이었다. 소티요는 칼과 권총이 놓인 탁자로부터 자신이 차단되어 있음을 알아차렸다.

"반환과 사과를 요구하겠소." 미첼 선장은 완전히 이성을 잃고 우레처럼 소리쳤다. "당신에게서! 그래, 당신에게서 받아야겠소!"

일이 초쯤 대령은 지극히 무표정한 얼굴로 서 있었다. 그때 미첼 선장이 권총을 낚아채려는 듯이 탁자 쪽으로 팔을 내뻗었다. 소티요는 깜짝 놀라 고함을 지르며 문 쪽으로 달아나 번개처럼 사라져서는 밖에서 문을 쾅 닫았다. 그 때문에 놀란 미첼 선장은 분노를 가라앉혔다. 닫힌 문 밖 층계참에서 외치는 소티요의 목소리와 나무 층계에서 법석을 떠는 발소리가 들렸다.

"저놈의 무기를 빼앗아! 묶어 버려!" 대령의 고함 소리가 들렸다.

미첼 선장이 바닥에서 6미터 정도 높이에 세 개씩 수직 쇠창살이 달린 창문들을 흘끗 돌아볼 틈밖에 없었을 때 방문이 활짝 열리더니 군인들이 달려들었다. 믿을 수 없이 짧은 사이에 그는 등 높은 의자에 가죽 밧줄로 친친 감겨 묶였고 머리만 간신히 움직일 수 있었다. 문간에 기대서 분명 떨고 있었을 소티요는 그때까지도 안으로 들어올 엄두를 내지 못했다. 군인들은 포로를 사로잡으려고 내려놓았던 라이플총을 바닥에서 집어 들고 줄지어 방을 나섰다. 장교들은 칼에 기대서서 바라보았다.

"시계! 시계!" 대령이 우리에 갇힌 호랑이처럼 서성거리며 사납게 고함쳤다. "저 사람의 시계를 가져와."

소티요 앞에 끌려오기 전 아래층 홀에서 무기 수색을 당할 때 미첼 선장이 시계와 시곗줄을 빼앗긴 것은 사실이었다. 그런데 대령이 아우성치자 시계가 어디에선가 곧 나타났고, 한 상등병이 두 손에 받쳐서 조심스럽게 가져왔다. 소티요는 시계를 움켜잡고 꽉 쥔 주먹을 내밀었다. 거기 매달린 시계가 미첼 선장의 얼굴 앞에서 흔들렸다.

"자, 보라고! 오만한 영국 놈! 감히 우리 군인을 도둑이라고 부르다니! 당신 시계를 보란 말이야."

그는 포로의 코를 한 방 먹일 듯이 주먹을 휘둘렀다. 미첼 선장은 포대기에 감싸인 아기처럼 꼼짝 못 한 채 금박을 입힌

60기니짜리 항해용 정밀 시계를 걱정스레 바라보았다. 몇 년 전에 화재로 완전히 소진될 뻔한 배를 구해 준 일로 해양 보험업자 위원회에게서 선물받은 시계였다. 소티요도 값비싸 보이는 모양새를 알아본 모양이었다. 갑자기 입을 다물더니 옆 탁자로 걸어가서 촛불 빛에 자세히 살펴보기 시작했다. 그렇게 멋진 시계는 처음이었다. 장교들이 다가가서 그의 등 너머로 목을 빼고 흘끔거렸다.

소티요는 시계에 관심이 쏠린 나머지 귀중한 포로를 잠시 잊었다. 열정적이고 단순한 남부 종족의 탐욕은 늘 어린애 같은 데가 있다. 약간의 격려만 받아도 지구 정복을 꿈꾸는 북부 종족의 모호한 이상주의에서는 찾아볼 수 없는 점이다. 소티요는 보석이나 금 장신구로 치장하기를 좋아했다. 잠시 후 그는 돌아서서 몸짓으로 장교들에게 물러서라고 명령했다. 그런 다음 무심하게 시계를 탁자에 내려놓고는 그 위에 자기 모자를 올려놓았다.

"하!" 그는 미첼이 앉아 있는 의자 옆으로 가서 말했다. "감히 에스메랄다 연대의 용감한 내 부하들을 도둑이라고 불러? 당신이 감히! 대단히 뻔뻔스럽군! 당신네 외국인들은 우리 나라의 보물을 훔쳐 가려고 왔잖아. 아무리 가져도 성에 차지 않겠지! 당신네들의 뻔뻔스러움은 끝이 없어."

그가 장교들을 돌아보자, 그들 사이에서 옳다고 중얼거리는 소리가 들렸다. 늙은 소령은 이렇게 주장하기도 했다.

"맞아요, 대령. 그놈들은 모두 역적입니다."

"아무 말 않겠어." 소티요가 꼼짝없이 무력하게 앉아 있는 미첼을 노기등등한 눈으로, 하지만 어딘지 불안한 시선으로 쏘아보며 말을 이었다. "그럴 자격도 없는 당신을 배려해서 잘해 주려 했는데 그사이에 내 권총을 집어 날 쏘려고 한 반역적 시도에 대해서는 말하지 않겠어. 당신 목숨은 끝났어. 당신이 기댈 건 내 자비심뿐이야."

그는 자기 말이 어떤 효과를 내는지 살펴보았지만, 미첼 선장의 얼굴에는 두려운 기색이 전혀 보이지 않았다. 선장의 흰 머리칼은 먼지에 뒤덮였고 무력한 몸도 마찬가지였다. 그는 아무 말도 듣지 못한 듯 눈썹을 씰룩거려 눈썹 사이에 매달린 지푸라기를 떨어 냈다.

소티요는 한 다리를 내밀고 양손을 허리에 댔다. "도둑은 바로 당신이야, 미첼." 그가 힘주어 말했다. "내 부하들이 아니라고!" 그는 아몬드 모양의 긴 손톱이 달린 집게손가락으로 포로를 가리켰다. "산토메 광산의 은은 어디 있어? 이 세관에 쌓여 있던 은이 어디 있냐고 묻는 거야, 미첼. 대답해! 당신이 훔쳤지. 당신 일당이 그걸 훔쳤어. 정부에서 훔친 거라고. 아하! 내가 알지도 못하는 말을 한다고 생각하겠지. 하지만 난 너희 외국 놈들에게 속지 않아. 그 은은 없어졌어! 아니라고? 너희 거룻배에 실려 간 거야, 이 파렴치한 놈! 어떻게 감히 그런 짓을 해?"

이번에는 그가 바라던 효과가 나타났다. '소티요가 도대체 어떻게 알았지?' 미첼은 생각했다. 그가 몸에서 유일하게 움직일 수 있는 부분인 머리를 갑자기 홱 젖히며 놀란 기색을 드러냈다.

"하! 떨고 있군." 소티요가 갑자기 소리쳤다. "이건 반역질이야. 국가에 대한 범죄라고. 정부의 권리가 충족될 때까지 그 은은 공화국 소유라는 거 몰랐어? 어디 있어? 어디에 숨겼냐고? 이 야비한 도둑놈아!"

미첼 선장의 낙심한 마음은 이 질문에 기운을 얻었다. 알 수 없는 어떤 방법으로 소티요가 거룻배에 대한 정보를 얻었다 해도 아직 그 배는 포획하지 못한 것이다. 그 점은 분명했다. 몹시 격분한 마음에 미첼 선장은 이토록 수치스럽게 묶여 있는 한 한마디도 하지 않겠다고 결심했었다. 그러나 은괴가 멀리 벗어나도록 돕고 싶은 생각에 그 결심을 깨뜨릴 수밖에 없었다. 그는 부지런히 머리를 굴렸다. 소티요가 뭔가 의혹을 품은 채 망설이고 있다는 것을 알아차렸다.

'저 녀석은 제 입으로 내뱉은 말을 확신하지 못하고 있어.' 그는 속으로 중얼거렸다. 사람들과 어울릴 때 허세를 부리기는 했지만 미첼 선장은 실제 현실과 맞닥뜨릴 때 결연하고 신속하게 대처할 줄 알았다. 이제 가혹한 취급으로 처음에 받았던 충격을 넘어서자 그는 꽤 냉정하고 차분해졌다. 소티요에 대해 지독한 경멸을 느꼈기에 침착한 마음으로 수수께끼처럼 말했다. "틀림없이 지금쯤은 잘 숨겨졌을 거요."

소티요도 머리를 식힐 시간이 있었다. "좋소, 미첼," 그는 냉정하고 위협적으로 말했다. "그런데 광산 사용료에 대한 정부의 영수증과 세관의 선적 승인서를 제시할 수 있소, 어? 할 수 있느냐고? 못 하겠지. 그렇다면 그 은은 불법 반출된 거고, 범죄를 저지른 놈들은 처벌을 받아야 해. 지금부터 닷새 안에 은을 내놓지 않는다면." 그는 포로의 결박을 풀어 아래층의 가장 작은 방에 감금하라고 명령했다. 그러고는 언짢은 얼굴로 말없이 방 안을 서성였고, 마침내 미첼 선장은 양 겨드랑이를 두 사람에게 잡힌 채 일어서서 몸을 흔들고 발을 흔들어 보았다.

"묶여 있으니 어떻소, 미첼?" 소티요가 조롱하듯이 물었다.

"믿을 수 없이 가증스러운 권력 남용이오." 미첼 선장이 큰 소리로 단언했다. "그리고 당신의 목적이 뭐든 간에 아무것도 얻어 내지 못할 거요. 장담하지."

키가 크고 납빛이 도는 얼굴에 고수머리와 콧수염이 새까만 대령은 고개를 숙여 키가 작고 뚱뚱한 데다 얼굴이 붉고 흰머리가 뒤엉킨 포로의 눈을 들여다보고 말했다.

"그건 두고 봐야지. 당신을 활대 기둥에 묶어서 온종일 햇빛을 쬐게 하면 내 힘을 잘 알게 될걸." 그는 거만하게 몸을 일으켰고 미첼 선장을 끌고 가라고 신호했다.

"내 시계는?" 선장이 문 쪽으로 잡아끄는 군인들에게서 몸을 빼며 소리쳤다.

소티요는 장교들에게로 몸을 돌렸다. "아니! 저 무뢰한의 말 좀 들어 보게, 제군들." 그가 경멸하듯이 말하자 그 응답으로 조롱조의 웃음이 일제히 터져 나왔다. "시계를 달라니!" 그는 미첼 선장에게 다시 달려갔다. 이 영국인에게 주먹을 날려서 화풀이하고 싶은 욕구가 너무나 강했던 것이다. "네 시계라고! 너는 전시 포로야, 미첼! 전시라고! 네겐 권리도 재산도 없어! 제기랄! 네 몸이 숨을 쉬느냐 마느냐도 내 마음에 달렸어. 그

걸 명심해."

"허튼소리!" 미첼 선장은 불쾌한 감정을 감추며 말했다.

아래층 큰 홀의 흙바닥 한쪽 구석에는 흰개미들이 쌓아 올린 작은 언덕 같은 것이 있었고 아치형 입구 옆에는 군인들이 부서진 의자와 탁자를 모아 피워 놓은 불이 작게 타오르고 있었다. 그 입구를 통해 바닷물이 부두에 찰랑거리는 소리가 희미하게 들렸다. 미첼 선장이 층계를 끌려 내려올 때 한 장교가 소티요에게 포로를 또 잡았다고 보고하려고 그를 지나쳐 뛰어 올라갔다. 널찍하고 어둠침침한 방에는 연기가 자욱했고 장작불이 딱딱 소리를 내고 있었다. 부연 연기 속에서 미첼 선장은 총검을 겨눈 작달막한 군인들에 둘러싸인 키가 큰 세 포로의 얼굴을 알아보았다. 의사와 수석 기술자, 그리고 사자 갈기 같은 흰머리의 비올라 영감이었다. 비올라 영감은 다른 이들을 약간 등진 채 턱이 가슴팍에 닿도록 고개를 숙이고 팔짱을 낀 자세로 서 있었다. 미첼은 말할 수 없이 놀랐다. 그가 놀라서 고함을 치자 다른 두 사람도 탄성을 질렀다. 그러나 그는 큰 굴 같은 홀을 비스듬히 가로질러 끌려갔다. 머릿속에 수많은 생각과 추측, 조심하라는 암시, 그 밖의 것이 밀려들어 정신이 하나도 없었다.

"정말로 당신을 잡아 가두는 거요?" 수석 기술자가 외쳤다. 그의 외알 안경이 불빛에 번쩍였다.

계단 꼭대기에서 장교가 급하게 소리쳤다. "모두 데려와. 셋 다."

왁자지껄한 목소리들과 철컥대는 무기 때문에 미첼 선장의 목소리가 잘 들리지 않았다. "망할! 저놈이 내 시계를 훔쳤소."

층계에 올라선 수석 기술사는 밀치는 손에 저항하며 간신히 소리쳤다. "뭐라고? 뭐라고 했소?"

"내 해양 시계!" 격렬하게 소리친 순간 미첼 선장은 작은 문 안으로 밀쳐져서 시커먼 감방 같은 곳에 고꾸라졌다. 너무 좁은 곳이라 몸이 반대편 벽에 부딪치고 말았다. 즉시 쾅 소리와 함께 문이 닫혔다. 선장은 그곳이 어디인지 알았다. 바로 몇 시간 전에 은괴를 꺼낸 세관 금고실이었다. 복도처럼 좁은 방의 맞은편 끝에는 굵은 쇠창살로 막힌 작고 네모난 구멍이 있었다. 미첼 선장은 몇 걸음 비틀거리다가 흙바닥에 주저앉아 등을 벽에 기댔다. 그의 사색을 방해할 것이 전혀 없었고, 어디서도 빛줄기 하나 들어오지 않았다. 그는 열심히 생각하긴 했으나 광범위한 생각은 아니었다. 암울한 일을 예상하지도 않았다. 이 늙은 선원은 사소한 결함과 우스꽝스러운 면이 있기는 해도 기질적으로 자신의 안위를 오랫동안 걱정하고 있을 사람이 아니었다. 그것은 영혼이 강건해서라기보다는 어떤 상상력이 부족한 탓이었다. 이런 상상력의 과잉 발달로 인해 허시는 극심한 고통에 시달려야 했는데, 그 상상력은 순전히 육신에 일어나는 사고로 예상되는 신체적 고통과 죽음에 대한 맹목적 공포를 존재의 의식 밑바닥에 있는 온갖 불안감에 더해 준다. 불행히도 미첼 씨는 어느 모로 보나 통찰력이 그리 뛰어나지 않았다. 특별한 의미를 밝혀 줄 사소한 표정이나 행동, 동작을 그는 전혀 알아채지 못했다. 그는 너무나 젠체하며 순진하게 자신의 존재만 의식했기에 다른 존재를 관찰할 겨를

이 없었다. 가령 자기가 총을 쏠까 봐 소티요가 정말 겁을 먹었을 거라고는 생각하지 못했는데, 그로서는 아주 절박한 자기방어가 아닌 이상 누구에게도 총을 쏠 생각 같은 건 절대 하지 않기 때문이었다. 누가 봐도 자신은 살인을 할 인간이 아니라는 것을 알 수 있다고 선장은 진심으로 생각했다. 그렇다면 소티요가 왜 그렇게 모욕적으로 문책한 것일까 하고 그는 자문해 보았다. 그렇지만 그의 생각은 대체로 그 녀석이 은을 거룻배에 실어 보낸 사실을 어떻게 알았을까 하는 놀랍고 불가사의한 의문을 중심으로 맴돌았다. 소티요가 은을 손에 넣지 못한 것은 분명했다. 분명 아무리 애써도 거룻배를 사로잡을 수 없었을 것이다! 이것이 그가 부두에서 긴 밤을 지새우고 날씨를 관찰하면서 잘못된 가정으로 얻은 결론이었다. 그는 그날 밤 만에 평소보다 바람이 더 분다고 생각했지만 실은 그 반대였다.

"희한하기도 하지. 도대체 그 망할 녀석이 어떻게 낌새를 챘을까?" 그가 이렇게 자문한 순간 우당탕 소리와 함께 빛이 번쩍이며 문이 열리더니(그가 고개를 들기도 전에 문은 다시 닫혀 버렸다.) 감방에 다른 사람이 들어왔다. 영어와 스페인어를 섞어 욕설을 퍼붓던 모니검 의사의 목소리가 끊어졌다.

"당신이오, 미첼?" 그는 무뚝뚝하게 말했다. "이 망할 벽에다 황소도 쓰러질 만큼 이마를 세게 박았소. 어디 있소?"

어둠에 익숙해진 미첼 선장은 맹인처럼 내뻗는 의사의 손을 알아보았다.

"여기 바닥에 앉아 있소. 내 다리 위로 넘어지지 마시오."

미첼 선장은 품위 있게 말했다. 어둠 속에서 돌아다니지 말라는 말은 듣기 의사는 바닥에 주저앉았다. 소티요의 두 포로는 머리가 맞닿을 정도로 붙어 앉아 이야기를 나누기 시작했다.

"그렇소." 의사가 미첼 선장의 열렬한 질문에 나지막하게 답했다. "우린 비올라 영감의 집에서 붙잡혔소. 한 장교가 이끈 전초대가 도시 성문까지 진격한 것 같소. 시내에 들어가지는 말고 평원에 있는 사람을 모조리 끌고 오라는 명령을 받은 모양이야. 우리는 그 집에서 문을 열어 놓고 얘기를 나누고 있었는데, 그 집의 불빛을 보고 한참 접근해 왔겠지. 수석 기술자는 난롯가 구석 의자에 누웠고, 나는 환자를 살펴보러 위층에 올라갔소. 한참 동안 위에서 아무 소리도 들리지 않았거든. 내가 올라가자 비올라 영감이 팔을 들어 조용히 하라고 하더군. 나는 발끝으로 살금살금 걸었소. 실로 그의 아내는 잠이 들었더군. 정말 자고 있었다니까! '의사 선생,' 비올라가 내게 속삭였지. '아내의 병이 나아 가는 것 같소.' '네.' 내가 깜짝 놀라서 말했소. '부인은 놀라운 여성입니다, 조르조.' 바로 그 순간 부엌에서 총소리가 나는 바람에 우리는 벼락이라도 맞은 듯 벌떡 일어나 몸을 움츠렸지. 군인들이 살금살금 다가와서 한 명이 문으로 기어들었던 모양이오. 안을 들여다보고는 아무도 없는 줄 알고 총을 들고 살그머니 들어왔겠지. 수석 기술자는 바로 그때 눈을 잠시 감았다더군. 눈을 떠 보니 군인이 벌써 방 한가운데 서서 어두운 구석을 살펴보고 있었다고. 수석 기술자가 너무 놀라서 아무 생각도 없이 구석에서 난로 앞으로 대뜸 뛰어나온 거요. 그 병사도 그 못지않게 놀라서 방아쇠를 당겼는데 기술자는 귀가 먹먹하고 좀 그을렸지만 상대가 워낙 허둥댄 탓에 총알은 완전히 빗나갔소. 그런데 무슨 일이 있었는지 알겠소? 잠들었던 여자가 총소리가 나자 용수철이 튀어 오르듯, 벌떡 일어나 앉더니 날카롭게 비명을 질렀소. '아이들, 잔 바티스타! 애들을 구해 줘!' 그 소리가 지금도 귀에 쟁쟁해요. 지금껏 들어 본 적 없는 진짜 고통의 외침이었소. 나는 마비된 듯이 서 있었지만 늙은 남편은 침대로 달려가 손을 내밀었소. 그녀는 그 손에 매달렸지! 그녀의 눈빛이 흐리멍덩해지더군. 노인은 아내를 베개에 눕히고 나를 돌아보았소. 그녀가 죽은 거요! 오 분도 안 되는 사이에 일어난 일이었지. 그러고 나서 나는 무슨 소동인지 알아보려고 내려왔소. 저항해도 소용없었지. 우리가 뭐라고 말해도 그 장교는 막무가내였으니까. 그래서 내가 자진해서 병사 두 명과 같이 올라가서 비올라 영감을 데리고 내려왔소. 그는 침대 발치에 앉아 아내의 얼굴을 쳐다보고 있었는데, 내 말을 못 알아듣는 눈치였소. 그렇지만 내가 시트를 끌어 그녀의 머리를 덮어 주자 그가 일어서서 깊은 생각에 잠긴 듯 조용히 우리를 따라 내려왔소. 그 녀석들은 문을 열어 놓고 타오르는 촛불도 내버려 둔 채 우리를 몰고 왔소. 수석 기술자는 말 한마디 없이 성큼성큼 걸었지만 나는 한두 번 흐릿한 불빛을 돌아보았지. 한참 걷고 난 후에 옆에 있던 가리발디노가 갑자기 말하더군. '나는 이 대륙의 전쟁터에서 많은 사람을 매장했소. 신부들은 성스러운 땅이라고 말하지! 흥! 하느님이 만드신 땅은 어디나 성스럽겠지. 그렇지만 왕이니 신부니 독재자니 하는 것들이 없는 바다야말로 가장 성스러운 곳이오. 의사 선생! 나는 아내를 바다에 묻고 싶소. 야단스러운 의식이나 양초나 향이나 신부들이 중얼거리며 끼얹는 성수도 없이. 바다에는 자유의 정신이 있소.' 놀라운 노인이지. 혼잣말하듯이 조용히 이런 말을 이어 갑디다."

"아, 그래." 미첼 선장이 조급하게 끼어들었다. "가엾은 노인! 그런데 저 불한당 소티요가 어떻게 정보를 입수했는지 아시오? 화물차를 옮긴 우리 부두 노동자를 붙잡은 건 아니겠지, 그렇지 않소? 아, 그건 있을 수 없는 일이오! 근 오 년간 우리 배에서 일한 인부들 중에서 뽑은 사람이고, 내가 직접 특별 수당을 줬고, 적어도 스물네 시간 동안은 이 근방에 얼씬도 하지 말라고 지시했소. 이탈리아인들과 함께 철도 조차장으로 간 그들을 내 눈으로 똑똑히 봤소. 수석 기술자는 그들이 거기 있는 동안은 식량을 배급하겠다고 약속했소."

"글쎄," 의사가 천천히 말했다. "아마 당신의 거룻배와 그 부두 노동자 감독에게는 영원히 작별 인사를 하는 편이 좋을 거요."

이 말에 너무 흥분한 나머지 미첼 선장은 벌떡 일어섰다. 그에게 소리칠 시간도 주지 않고 의사는 지난밤에 허시가 경험한 일을 간단히 말해 주었다.

미첼 선장은 극심한 충격에 휩싸였다. "물에 빠져 죽었다고!" 그는 혼란스럽고 놀란 심정으로 중얼거렸다. "물에 빠졌다고!" 그러고는 귀를 기울이는 듯이 입을 다물었지만 그 엄청난 재앙에 얼이 빠져서 의사의 이야기를 귀담아듣지 못했다.

소티요 앞에서 의사는 아는 바가 전혀 없다는 태도를 취했지만 소티요는 급기야 허시를 끌어와서 다시 자백하게 만들었다. 허시가 매 순간 탄식을 토해 냈기 때문에 이야기를 끌어내기는 극도로 어려웠다. 마침내 허시가 살아 있다기보다는 송장 같은 꼴로 끌려갔고 위층 가까이 있는 방에 감금되었다. 의사는 자신이 산토메 광산 경영진의 내부 회의에 낄 수 있는 인물이 아니라고 주장하면서 허시의 이야기를 믿을 수 없다고 말했다. 물론 자신은 부상자를 돌보고 돈 호세 아베야노스를 간호하면서 일에 몰두해 있었기 때문에 유럽인들이 어떤 조처를 취했는지 모른다고 말했다. 그가 극히 중립적이고 무관심한 어조로 말했기에 소티요는 완전히 속은 것 같았다. 그때까지의 심문은 의례적인 것 같았다. 한 장교가 탁자에 앉아 질문과 답변을 적었고, 방 안을 서성이던 다른 장교들은 긴 시가를 빼끔대면서 의사를 바라보며 주의 깊게 듣고 있었다. 그런데 그 순간 소티요가 모두에게 밖으로 나가라고 명령했다.

3

단둘이 남자 소티요 대령의 근엄하고 공식적인 태도가 돌변했다. 자리에서 일어나 의사에게 다가와서는 탐욕과 희망으로 눈을 반짝이며 비밀을 털어놓듯이 은근히 말했다. "은괴를 정말 거룻배에 실을 수야 있겠지만, 바다로 내보냈다는 것은 생각할 수 없소." 그의 한마디 한마디에 주목하며 듣던 의사는 소티요가 호의의 표시로 건넨 시가를 겉으로 보기에는 맛있게 피우며 고개를 약간 끄덕였다. 다른 유럽인들에게 냉정하게 거리를 둔 그의 태도 때문에 소티요는 추측의 꼬리를 물고 나아가다가 마침내 그것은 찰스 굴드가 엄청난 보물을 독차지하려고 꾸며 낸 일이라는 의견을 내비치기에 이르렀다. 침착하고 주의 깊게 관찰하던 의사가 중얼거렸다. "그러고도 남을 사람이지."

이 말을 듣자 미첼 선장은 기가 차고 어처구니없고 화도 나서 소리쳤다. "당신이 찰스 굴드에 대해 그렇게 말했다고!" 혐오감과 의혹이 스민 목소리였다. 다른 유럽인들처럼 선장도 의사를 수상쩍은 인물로 여겼던 것이다.

"시계나 훔치는 불한당에게 대체 왜 그런 말을 한 거요?" 그가 물었다. "그런 얼토당토않은 거짓말을 해야 할 이유가 뭐요? 그 빌어먹을 소매치기는 그 말을 정말로 믿었을 텐데."

그가 툴툴거렸다. 의사는 잠시 어둠 속에서 조용히 있었다.

"그렇소. 바로 그렇게 말했소." 이윽고 의사가 입을 열었는데, 마지못해 침묵한 것이 아니라 깊은 생각에 잠겼기 때문이라는 것을 제삼자도 분명히 알 수 있는 말투였다. 미첼 선장은 평생 이처럼 뻔뻔스럽고 건방진 말은 처음 듣는다고 생각했다.

"내 참!" 그는 중얼거렸지만 속생각을 입 밖에 낼 배짱은 없었다. 그 생각은 너무도 놀랍고 애석한 다른 생각에 밀려났다. 견디기 어려운 좌절감이 그를 짓눌렀다. 은괴의 손실과 노스트로모의 죽음은 그에게 실로 엄청난 타격이었다. 아랫사람을 편히 부리는 것이 좋기도 하고 무의식중에 고마운 마음이 있어서 애착을 느끼는 사람들처럼 그 역시 카파타스에게 애착을 느꼈던 것이다. 드쿠도 익사했다고 생각하자 그 비참한 최후에 그의 감정은 압도되고 말았다. 그 가엾은 아가씨에게 얼마나 큰 타격일까! 미첼 선장은 심술궂은 노총각이 아니었다. 오히려 젊은 여자에게 애정을 쏟는 젊은이를 보면 즐거웠다. 그것은 자연스럽고 온당한 일이라고 생각했다. 특히 온당한 일이었다. 하지만 선원의 경우에는 사정이 달랐다. 선원은 결혼할 처지가 아니라고 그는 주장했다. 그것은 금욕의 문제로서 도덕적으로 타당한 근거가 있었다. 배 위에서의 생활이 최고 수준이라도 여자에게는 적합하지 않기 때문이라고 그는 설명했다. 또한 아내를 육지에 두고 떠난다는 건 그 자체로 온당치 않은 일이고 두 번째로는 아내가 괴로워하거나 개의치 않게 될 텐데 어느 쪽이든 고약한 일이다. 그는 가장 심란한 문제가 찰스 굴드가 입은 어마어마한 물질적 손실인지, 자신에게 엄청난 손실인 노스트로모의 죽음인지, 아름답고 교양 있는 아가씨가 깊은 애도에 빠질 거라는 사실인지 분간할 수 없었다.

"그렇소." 다른 생각에 빠져 있던 의사가 다시 말을 꺼냈다. "그 작자는 내 말을 곧이곧대로 믿었소. 나를 부둥켜안을 기세였지. '맞아, 맞아.' 그가 말했소. '굴드는 자기 동업자에게, 샌프란시스코의 미국인 부자에게 은을 몽땅 잃었다고 편지를 보낼 거야. 안 그럴 이유가 없지! 많은 사람이 나눠도 될 만큼 은은 많으니까.'"

"그건 정말 바보 같은 소리군!" 미첼 선장이 소리쳤다.

소티요는 진짜 바보라고, 제 꾀에 제가 넘어갈 교묘한 재간을 부리는 바보라고 의사가 말했다. 자기는 소티요를 아주 살짝만 유도했다는 것이다.

"보물이란 바다에 띄워 내보내기보다는 대개 땅속에 파묻는 거라고 내가 지나가듯이 말했소." 의사가 말했다. "그랬더니 소티요가 제 이마를 치면서 '물론 그렇지. 틀림없이 출항하기 전에 이 해안 어딘가에 은을 파묻었겠군.'이라고 하더군."

"맙소사!" 미첼 선장이 중얼거렸다. "그런 바보 천치가 있다니……." 그가 말을 멈추었다가 서글프게 이어 나갔다. "하지만 그래 봐야 무슨 소용이 있소? 거룻배가 아직 물에 떠 있다면 기막힌 거짓말이 됐겠지. 그 엉터리 같은 바보가 증기선을 내보내 만을 수색하지 않도록 막을 수 있었을 테니까. 혹시 그럴까 봐 내가 한없이 마음을 졸였지." 미첼 선장이 깊은 한숨을 내쉬었다.

"한 가지 목적이 있었소." 의사가 천천히 말했다.

"그렇소?" 미첼 선장이 중얼거렸다. "그렇다면 다행이군. 그렇지 않다면 당신이 재미삼아 그를 속였다고 생각했을 테니. 그게 당신의 목적이었을지 모르지. 나라면 체면을 버리고 그런 일을 하진 않았을 거요. 내 취향에는 맞지 않는 일이거든. 그래, 벗의 인격을 모독하는 것은 재미있는 일이 아니오. 세상에서 제일가는 악당을 속이기 위해서라도."

엄청난 소식에 울분을 느끼지만 않았더라면 미첼 선장은 모니검 의사에 대한 혐오감을 더욱 거리낌 없이 표현했을 것이다. 그러나 호감을 느낀 적 없는 저 남자가 이제 무슨 말을 하고 어떤 행동을 하든 전혀 중요하지 않다고 생각했다.

"참으로 이상하군." 선장이 투덜거렸다. "왜 우리를 함께 가둬 놓았을까? 아니 소티요가 당신을 왜 가둬 놓았지? 저 위에서는 꽤 사이가 좋았던 모양인데."

"그렇소, 나도 궁금하군." 의사가 단호하게 말했다.

미첼 선장은 너무 기분이 침울해서 얼마간은 아무리 좋은 벗이라도 함께 있기보다는 혼자 있는 편을 택했을 것이다. 그러나 누군가와 함께 있어야 한다면 누구든 이 의사보다는 나을 것 같았다. 이 의사는 실추된 품위를 약간 되찾은, 뛰어난 머리의 백인 부랑자로서 늘 미심쩍게 보였다. 이런 감정으로 선장은 이렇게 물었다.

"저 악당이 다른 두 사람은 어떻게 했소?"

"수석 기술자는 어떻든 풀어 줄 거요." 의사가 말했다. "소티요는 철도 회사와 분쟁을 일으키고 싶지 않을 테니까. 어떻든, 아직은 아니오. 당신은 소티요의 입장을 정확히 이해하지 못하는 것 같소, 미첼 선장……."

"내가 왜 그따위 일로 골치를 썩어야 하는지 모르겠군." 미첼 선장이 으르렁댔다.

"그렇소." 의사는 여전히 냉정하고 차분하게 동의했다. "그럴 이유가 없지. 당신이 어떤 문제에 대해 아무리 열심히 생각해도 이 세상 누구에게도 도움이 되지는 않을 테니."

"그래요." 미첼 선장이 분명 맥이 풀려서 간단히 대답했다. "이 망할 깜깜한 굴에 갇혀 있으면 누구에게도 도움이 되지 않지."

"비올라 영감은 풀려났소." 의사가 이 말을 듣지 않은 듯이 말을 이었다. "이제 곧 당신도 풀어 줄 거요. 역시 같은 이유에서."

"어? 뭐라고?" 미첼 선장이 어둠 속에서 올빼미처럼 눈을 동그랗게 뜨고 소리쳤다. "나와 비올라 영감에게 무슨 공통점이 있다고? 그 영감에겐 소매치기들이 탐낼 시계와 시곗줄이 없어서 풀어 줬겠지. 한 가지 말해 주겠소, 모니검 의사." 그는 더 화를 내며 말을 이었다. "그놈은 날 내보내기가 그리 쉽지 않다는 걸 알게 될 거요. 정말이지 앞으로 그 일로 호되게 혼이 날 거요. 우선, 내 시계를 돌려받지 않는 한 나는 나가지 않겠소. 다른 소행에 대해서는 앞으로 두고 보시오. 당신은 갇히더라도 큰 문제가 아니겠지. 하지만 조 미첼이란 사람은 다르단 말이오. 모욕과 강탈을 순순히 참지 않겠소. 나는 공인이란 말이오."

이렇게 말하면서 미첼 선장은 벽 구멍의 쇠창살이 보이는 것을 의식했다. 네모난 잿빛 바탕에 검은 창살이 드러났다. 날이 밝기 시작하자 미첼 선장은 이제 앞으로 그 어느 날에도 카파타스의 귀중한 도움을 받지 못하리라는 생각이 떠오른 듯 입을 다물었다. 그는 가슴에 팔짱을 낀 채 벽에 기댔고, 의사는 다친 다리로 살금살금 걷듯이 특유의 절뚝거리는 걸음으로 방 한쪽 끝에서 다른 끝까지를 서성거렸다. 쇠창살에서 가장 멀어질 때면 그의 모습은 어둠 속에 완전히 묻혀 버리곤 했다. 약간 절뚝거리며 발을 끄는 소리만 들렸다. 쉴 새 없이 지속된 고통스러운 배회에는 침울한 괴리감이 배어 있었다. 갑자기 감방 문이 활짝 열리더니 큰 소리로 그의 이름이 불렸지만 그는 전혀 놀라는 기색이 없었다. 걸음을 내딛다가 재빨리 돌아서더니 신속한 행동에 의해 많은 것이 좌우된다는 듯이 즉시 밖으로 나갔다. 그러나 미첼 선장은 어깨를 벽에 댄 채 한참 동안 움직이지 않았고, 분한 마음에 항의하는 의미에서 팔다리를 꼼짝도 하지 않는 편이 더 낫지 않을지 갈등했다. 실려 나갈까 하는 생각도 했지만, 문을 연 장교가 놀라서 타이르는 어조로 서너 번 소리치는 바람에 걸어서 나가 주기로 했다.

소티요의 태도는 눈에 띄게 달라져 있었다. 이런 상황에서 정중한 태도가 적절한 것인지 의심스러운 듯이 약간 망설이면서 그는 무뚝뚝하고 정중하게 대했다. 그는 탁자 뒤의 큰 안락의자에 앉아서 미첼 선장을 주의 깊게 주시하다가 생색내는 목소리로 말을 꺼냈다.

"당신을 억류하지 않기로 했소, 미첼 씨. 나는 용서를 잘하는 성격이니 관용을 베풀어 주지. 하지만 이 일을 교훈으로 삼으시오."

멀리 서쪽으로 퍼져 나가는 듯하다가 산그늘로 다시 기어드는 술라코 특유의 새벽빛이 불그레한 촛불 빛과 뒤섞였다. 미첼 선장은 경멸과 무관심을 드러내며 눈을 돌려 방 안 전체를 돌아보고 의사를 맹렬히 쏘아보았다. 그는 이미 창틀에 걸터앉아서 무심하게 생각에 잠긴 듯, 아니면 수치심을 느끼는 듯 눈을 내리깔고 있었다.

큰 안락의자에 파묻힌 소티요가 말했다. "신사다운 감정으로 적절히 대답할 줄 알았는데."

그는 대답을 기다렸다. 하지만 미첼 선장은 심사숙고한 의도가 있어서가 아니라 끓어오르는 분노 때문에 입을 꾹 다물었다. 그러자 소티요는 망설이며 의사를 바라보았고, 의사가 고개를 끄덕이자 약간 애를 쓰며 말했다.

"여기 당신 시계가 있소, 미첼 씨. 애국적인 내 부하들에 대해 당신이 얼마나 성급하고 부당한 판단을 했는지 명심하시오."

의자에 등을 기댄 채 그는 탁자 위로 팔을 뻗어 시계를 약간 밀었다. 미첼 선장은 거리낌 없이 재빨리 다가가서 시계를 귀에 대 보고는 태연히 주머니에 넣었다.

소티요는 내키지 않는 마음을 억누르는 것 같았다. 또다시 고개를 돌려 의사를 바라보았고, 의사는 눈도 깜빡이지 않고 그를 응시했다.

그러나 미첼 선장이 고개를 끄덕이거나 쳐다보지도 않고 몸을 돌리자 소티요가 급히 말했다.

"아래층에서 의사를 기다려도 좋소. 그도 곧 풀어 줄 거요. 당신네 외국인들은 내게 시시한 존재니까."

그는 억지로 거친 웃음소리를 냈고, 그러자 미첼 선장은 처음으로 관심을 갖고 그를 쳐다보았다.

"당신의 범법 행위에 대해서는 나중에 법이 처리할 거요." 소티요가 서둘러 말했다. "그러나 나는 당신이 감시나 주목을 받지 않고 자유롭게 살도록 두겠소. 알아듣겠소, 미첼 씨? 돌아가서 자기 일을 해도 좋소. 당신은 고려할 가치도 없는 사람이니까. 나는 가장 중요한 문제에 관심을 쏟아야 하거든."

미첼 선장은 격분한 나머지 대꾸를 할 뻔했다. 이렇게 모욕을 당하며 풀려나려니 몹시 불쾌했다. 그러나 잠도 못 잔 데다 지속된 걱정과 파국으로 끝난 은 구출 작업에 대한 절망감 때문에 몹시 우울했다. 기껏해야 불안감을 숨길 수 있을 뿐이었다. 자신에 대해서가 아니라 전반적인 상황에 대한 불안감이었다. 틀림없이 뭔가 비열한 일이 몰래 진행되고 있다는 생각이 들었다. 그는 보란 듯이 의사를 무시하며 밖으로 나갔다.

"짐승 같은 놈!" 문이 닫혔을 때 소티요가 말했다.

모니검 의사는 창틀에서 내려와 긴 회색 먼지막이 외투의 주머니에 양손을 찔러 넣고 방 한가운데로 몇 걸음 내디뎠다.

소티요도 일어나 의사 앞에 서서 머리끝부터 발끝까지 훑어보았다.

"그래, 당신 동포들은 당신을 그리 신뢰하지 않는군, 의사 선생. 당신을 좋아하지 않는 모양이지? 왜 그런지 궁금하군."

의사는 고개를 들고 생기 없는 눈으로 한참 동안 쳐다보며 이렇게 대답했다. "내가 코스타구아나에서 너무 오래 살아서 그렇지 않겠소?"

소티요는 검은 콧수염 밑으로 흰 이를 반짝였다.

"하하! 그렇지만 당신은 자신이 마음에 들겠지." 그가 부추기듯 말했다.

"그들은 그냥 두면 곧 본심을 드러낼 거요." 의사가 여전히 활기 없는 눈으로 소티요의 잘생긴 얼굴을 응시하며 말했다. "그동안 내가 돈 카를로스의 입을 열게 하면 되겠소?"

"아! 의사 선생," 소티요가 연신 고개를 끄덕이며 말했다. "당신은 머리가 아주 잘 돌아가는 사람이야. 우리는 서로를 잘 이해하도록 타고났소." 그는 얼굴을 돌렸다. 깊고 어두운 심연처럼 꿰뚫을 수 없이 텅 빈 듯한 무표정하고 고정된 시선을 더 이상 견딜 수 없었던 것이다.

아무리 도덕의식이 없는 사람이라도 비열함을 감지하는 능력은 남아 있다. 비열함은 인습적인 것이기에 명확하게 드러난다. 소티요는 모니검 의사가 여타의 유럽인들과 아주 다르기 때문에 산토메 은의 지분을 조금 받는다면 그의 동포들과 고용주인 찰스 굴드를 팔아넘길 거라고 생각했다. 그렇다고 해서 의사를 경멸하지는 않았다. 대령의 도덕의식 결핍은 깊이 박혀 있으면서도 순진한 면이 있었다. 그것은 도덕적 아둔함에 가까웠다. 자신의 목적에 도움이 되는 것이라면 무엇이든 비난할 여지가 없다고 여겼다. 그럼에도 그는 모니검 의사를 경멸했다. 매우 흡족한 경멸이었다. 그는 의사에게 조금도 보상해 줄 생각이 없었기에 온 마음으로 경멸했다. 그 의사에게 신의와 명예심이 없어서가 아니라 바보라서 경멸했다. 소티요는 자신의 성격을 꿰뚫어 본 모니검 의사의 통찰력에 완전히 속아 넘어갔다. 그래서 의사를 바보라고 생각했던 것이다.

술라코에 도착한 후 대령은 몇 가지 생각을 수정하지 않을 수 없었다.

우선 몬테로 정권에서의 정치적 출세를 더 이상 바라지 않게 되었다. 그 길이 과연 안전할지 내내 의심스러웠다. 아침이 되면 거의 틀림없이 페드로 몬테로와 대면하게 되리라는 것을 수석 기술자에게서 듣고 난 후 그 점에 대한 불안감이 꽤 커졌다. 몬테로 장군의 동생인 게릴라 대원 — 흔히 페드리토라고 불린 — 은 그 나름 유명한 인물이었다. 안전하게 다룰 수 있는 사람이 아니었다. 소티요는 보물을 탈취할 뿐만 아니라 술라코 전체를 장악하고 나서 여유 있게 협상하려는 막연한 계획을 갖고 있었다. 그러나 수석 기술자(그는 현재 상황을 솔직하게 털어놓았다.)에게서 사실을 알아냈을 때, 처음부터 기세등

등하지 못했던 그의 대담성은 지극히 조심스러운 망설임으로 바뀌었다.

"군대가, 페드리토 휘하의 군대가 벌써 산맥을 넘었단 말이지." 그는 놀라움을 감추지 못하고 계속 중얼거렸다. "당신 같은 고위직에게서 듣지 않았더라면 그 소식을 절대 믿지 않았을 거요. 놀라운 일이군!"

"무장 병력이오." 수석 기술자가 기분 좋게 그의 말을 정정했다.

수석 기술자는 목적을 이룬 것이다. 그것은 겁에 질린 사람들이 시내를 빠져나갈 수 있도록 몇 시간이라도 술라코가 무장 세력에게 점령되지 않도록 막는 것이었다. 사람들이 우왕좌왕하는 가운데 일부는 희망을 품고 로스 아토스 쪽으로 달아나고 있었다. 그쪽 길은 푸엔테스와 가마초 휘하의 무장한 오합지졸이 페드로 몬테로를 열광적으로 환영하기 위해 린콘으로 몰려갔기 때문에 막혀 있지 않았다. 그것은 시급하고 위험한 탈출이었다. 그리고 에르난데스가 산적들과 함께 로스 아토스 인근의 숲을 점령하고 피난민을 받아들이고 있다는 소문이 돌았다. 수석 기술자는 많은 지인들이 탈출을 생각하고 있다는 것을 잘 알고 있었다.

코벨랑 신부가 신앙심 깊은 산적에게 들인 노력은 결코 헛되지 않았다. 신부의 끈질긴 요청에 굴복해서 술라코의 주지사는 마지막 순간에 에르난데스를 장군으로 임명하는 임시 임명장에 서명했고, 이 새로운 자격으로 시내의 질서를 유지하라고 공식적으로 명령했다. 사실 주지사는 사태가 절망적이라는 것을 깨달았기에 무엇에 서명하든 개의치 않았던 것이다. 그 임명장은 그가 O. S. N. 회사 건물로 피신하려고 주 청사를 떠나기 직전에 마지막으로 서명한 공식 문서였다. 주지사가 그 임명서의 효력을 혹시 기대했더라도, 이미 너무 늦은 상태였다. 코벨랑 신부가 그를 두고 주 청사를 나선 지 한 시간도 지나지 않아 그가 두려워하며 예상했던 폭동이 일어난 것이다. 코벨랑 신부는 거처로 삼았던 도미니크 수도원에서 노스트로모와 만나기로 약속되어 있었지만 결국 갈 수 없었다. 그는 주 청사를 나와서 매부에게 소식을 알리려고 곧장 아베야노스의 집으로 갔고, 그곳에서 삼십 분도 머물지 않았지만 수도원으로 가는 길이 차단되었음을 알게 되었다. 노스트로모는 얼마간 수도원에서 기다리다가 거리에서 점점 격렬해지는 소동을 불안하게 지켜보며 포르브니르 신문사로 갔고, 드쿠가 누이에게 보낸 편지에서 언급했듯이, 새벽이 될 때까지 그곳에 있었다. 이렇게 되어 카파타스는 에르난데스의 임명장을 전달하러 로스 아토스 숲으로 말을 달린 것이 아니라 시내에 있다가 대통령의 목숨을 구했고 폭동 진압을 돕고는 결국 광산 은괴를 싣고 바다로 나간 것이다.

그러나 에르난데스에게 달아난 코벨랑 신부의 주머니에는 그 문서가 들어 있었다. 그것은 정직과 평화, 진보를 슬로건으로 내건 리비에라 당의 잊지 못할 마지막 공식적 증서로서 산적을 장군으로 임명한 공식 문서였다. 그것의 아이러니를 신부도, 산적도 느끼지 않았을 것이다. 코벨랑 신부는 시내에 보낼 심부름꾼을 찾아냈음이 분명하다. 폭동이 일어난 지 이틀

째 되는 날 아침 일찍 에르난데스가 보호를 받으려는 사람들을 맞으려고 로스 아노스로 가고 있다는 소문이 돌았던 것이다. 기이한 차림새에 대담한 고령의 남자가 말을 타고 시내에 나타나서는 높은 건물을 처음 본다는 듯이 높은 저택들을 유심히 살피며 천천히 말을 몰았다. 그 사내는 성당 앞에 이르자 말에서 내려 광장 한복판에 무릎을 꿇고는 고삐를 팔에 걸고 모자를 앞에 내려놓은 채 고개를 숙이더니 성호를 긋고 한참 가슴을 두드렸다. 그러고는 다시 말에 올라 대담하지만 적의 없는 눈빛으로 자신이 기도 드리는 동안 주위에 모인 사람들을 둘러보더니 아베야노스 저택으로 가는 길을 물었다. 수십 개의 손이 뻗어 나와 콘스티투시온 거리를 가리켰다.

말에 탄 사람은 모퉁이의 아마리야 클럽 창문을 호기심 어린 눈으로 슬쩍 올려다보고 지나갔다. 텅 빈 거리에서 이따금 큰 목소리로 "아베야노스 저택이 어디요?"라고 소리쳤고 마침내 겁에 질린 문지기가 대답하자 그 문으로 들어가 사라져 버렸다. 그는 코벨랑 신부가 돈 호세에게 보내려고 에르난데스의 캠프 불가에서 연필로 쓴 편지를 가져왔다. 신부는 그의 위독한 상태를 알지 못하고 있었다. 안토니아는 그 편지를 읽고 찰스 굴드와 상의한 후 아마리야 클럽을 지키고 있는 신사들에게 알리려고 편지를 보냈다. 그녀는 이미 마음을 정했다. 삼촌인 신부에게 갈 생각이었다. 아버지의 마지막 날을, 어쩌면 마지막 시간을, 산적들의 보호에 믿고 맡기려는 것이다. 산적의 존재는 딱히 어느 당이라 할 것 없이 모든 당의 무책임한 폭정에 대항하는 항의, 그 땅의 도덕적 암흑에 대한 항의였다. 로스 아토스 숲의 어둠이 차라리 더 나았다. 산적 패거리를 따라다니며 고생스럽게 사는 것이 덜 수치스러운 일이었다. 안토니아는 역경에 완강하게 도전하는 외삼촌의 방식을 온 마음으로 열렬히 받아들였다. 그 바탕에는 그녀가 사랑한 남자에 대한 믿음이 깔려 있었다.

코벨랑 주교 대리는 자기 목숨을 걸고 에르난데스의 충성심을 보장한다고 편지에 썼다. 에르난데스의 능력에 대해서는, 아주 긴 세월 동안 진압되지 않고 살아남았음을 지적했다. 또한 새 옥시덴탈(이곳의 융성과 안정은 이제 널리 알려진 사실이었다.) 공화국을 수립하자는 드쿠의 생각은 설득력 있는 주장이라고 처음 공식적으로 언급했다. 리비에라 정부가 마지막으로 임명한 장군인 산적 에르난데스는 헌신적인 애국자 돈 마틴 드쿠가 술라코를 되찾기 위해 바리오스 장군을 데려올 때까지 로스 아토스의 숲과 해안 산맥 사이의 땅을 지킬 수 있으리라고 자신했다.

"하늘도 그것을 바라고 있소. 신의 은총은 우리 편에 있소." 코벨랑 신부는 이렇게 썼다. 그의 진술을 숙고하거나 논박할 시간이 없었다. 아마리야 클럽에서 이 편지가 공개되자 격렬한 토론이 일어나긴 했어도 금방 끝나고 말았다. 모두들 당혹스러운 좌절감을 느끼던 터라 어떤 사람들은 기막힌 새 희망을 찾은 듯이 즐겁고 놀라운 기분으로 그 제안을 흔쾌히 수락했다. 다른 이들은 당장 부녀자를 안전하게 지킬 수 있다는 기대감에 매료되었다. 대다수는 물에 빠진 사람이 지푸라기라도 잡듯이 그 제안에 매달렸다. 뜻밖에도 코벨랑 신부가 무장

한 오합지졸을 이끄는 푸엔테스와 가마초, 그들과 연합한 페드리토 몬테로 일당으로부터의 피난처를 그들에게 제공하고 있었던 것이다.

그날 오후가 저물 무렵 아마리야 클럽의 큰 회의실에서는 열띤 토론이 이어졌다. 오합지졸이 다시 돌아와 공격할 경우에 대비해서 길모퉁이를 지키려고 라이플총과 카빈총을 들고 창가에 배치되어 있던 회원들도 어깨 너머로 각자의 의견과 주장을 외쳤다. 땅거미가 질 무렵 돈 후스테 로페스는 자신과 생각이 같은 신사들에게 따라오라고 말한 후 복도로 물러났다. 그곳의 작은 탁자에 촛불 두 개를 피워 놓고 그는 시내에 남아 있기로 한 지방 의회 의원들의 대표단이 페드리토 몬테로에게 제시할 연설문, 아니, 엄숙한 선언문을 바삐 작성했다. 그는 최소한 의회 제도의 형식이라도 지킬 수 있도록 페드로의 비위를 맞출 생각이었다. 백지를 앞에 놓고는 거위 깃펜을 들고 주위에서 밀쳐 대는 사람들 가운데 앉아서 그는 좌우로 고개를 돌리며 엄숙하게 강조하곤 했다.

"여러분, 잠시 조용히! 조용히 해 주시오! 우리는 기정사실에 충실히 굴복한다는 점을 명시해야 합니다."

이런 말을 입에 올리면서 그는 우울한 만족감을 느끼는 것 같았다. 긴장이 고조되면서 주위에서 웅성거리던 목소리들이 점점 거칠어지고 있었다. 갑자기 소리가 끊어지면 흥분해서 찡그린 얼굴들이 곧 깊은 낙담의 침묵에 빠져들었다.

그동안에 집단 탈출이 시작되었다. 부녀자를 가득 태운 수레들이 흔들리며 광장을 가로질렀고 남자들은 옆에서 걷거나 말을 타고 따라갔다. 노새와 말에 탄 무리들이 그 뒤를 이었다. 가난한 사람들은 걸어서 길을 나섰고 남자나 여자나 모두 보따리를 들고 아기들을 팔에 안고 노인들을 이끌면서 큰 아이들을 끌고 갔다. 찰스 굴드가 의사와 수석 기술자를 비올라의 집에 남기고 항구 입구에서 시내에 들어섰을 때, 피신할 작정이었던 사람들은 이미 모두 다 떠났고 나머지 사람들은 각자 집 안에 바리케이드를 쳐 놓고 있었다. 거리는 온통 캄캄했는데 오직 한곳에서만 빛이 깜박이고 형체들이 움직였다. 아베야노스의 집 문 앞에서 대기 중인 아내의 마차가 보였다. 그는 사람들의 주목을 거의 받지 않고 그곳으로 말을 달렸고, 자기 하인 몇 명이 돈 호세 아베야노스를 운반하여 나오는 동안 묵묵히 지켜보았다. 눈을 감고 미동도 않는 노인의 얼굴은 목숨이 붙어 있는 듯 보이지 않았다. 그의 아내와 안토니아는 임시로 만든 들것 양옆에서 걸어 나왔고, 들것은 바로 마차에 실렸다. 두 여자는 서로를 끌어안았다. 마차 건너편에서는 코벨랑 신부의 밀사가 줄무늬처럼 회색 털이 섞인 텁수룩한 턱수염과 햇볕에 그을린 광대뼈가 두드러진 얼굴로 안장 위에 꼿꼿이 앉아서 응시했다. 안토니아는 눈물을 닦고 마차에 올라 들것 옆에 앉아서는 급히 성호를 그은 다음 두꺼운 베일로 얼굴을 가렸다. 하인들과 도와주러 온 이웃 사람 서너 명이 뒤로 물러나 모자를 벗었다. 마부석에서 이그나시오는 이제 밤새 마차를 몰아야 하는(어쩌면 날이 새기 전에 목이 잘릴) 상황에 체념하고는 어깨 너머로 시무룩하게 돌아보았다.

"조심해서 몰아요." 굴드 부인이 떨리는 목소리로 소리쳤다.

"네, 조심해서, 네, 마님." 그는 입술을 깨물며 중얼거렸다. 가죽처럼 두꺼운 그의 둥근 뺨이 떨리고 있었다. 마차는 천천히 굴러 어둠 속으로 들어갔다.

"내가 여울목까지 전송하겠소." 찰스 굴드가 아내에게 말했다. 그녀는 보도 모서리에 두 손을 가볍게 맞잡고 서서 마차를 따라가는 남편에게 고개를 끄덕였다. 이제 아마리야 클럽의 창문은 완전히 새카맸다. 저항의 마지막 불꽃이 꺼져 버린 것이다. 모퉁이에서 고개를 돌린 찰스 굴드는 불이 밝혀진 좁은 거리에서 길을 건너 집으로 들어가는 아내를 보았다. 그 지역의 유명한 상인이자 지주인 이웃이 아내 옆에서 큰 몸짓을 해 가며 말하고 있었다. 그녀가 집에 들어서자 길가의 불빛이 완전히 꺼지고, 거리는 끝에서 끝까지 텅 빈 어둠에 잠겼다.

넓은 광장의 집들도 어둠에 묻혔다. 성당의 어느 탑에선가 나온 작은 빛이 하늘 높이 떠 있는 별처럼 희미하게 가물거렸다. 승마상이 혁명의 현장을 떠도는 왕의 유령처럼 알라메다 거리의 검은 가로수를 배경으로 흐릿하게 드러났다. 그들과 마주친 몇몇 노숙자들은 벽에 일렬로 몸을 기댔다. 마지막 집을 지나자 마차는 부드럽게 쌓인 먼지 위를 소리 없이 굴러갔고, 더욱 컴컴해지면서 시골길 양옆에 늘어선 가로수의 이파리에 신선한 느낌이 내려앉는 것 같았다. 에르난데스 캠프의 밀사가 말을 몰아 찰스 굴드에게 다가왔다.

"신사님," 그가 호기심 어린 목소리로 말했다. "술라코의 왕이라고 불리는 분, 광산의 주인이 맞으시지요? 그렇지 않습니까?"

"그렇소. 내가 광산 주인이오." 찰스 굴드가 말했다.

그 남자는 잠시 말없이 느린 구보로 나아가다가 말했다. "제 동생이 산토메 계곡에서 경비원으로 일하고 있습니다. 신사님은 정의로운 분임을 보여 주셨어요. 신사님께서 광산으로 불러 일하게 한 사람들 중에 해를 입은 사람이 없습니다. 제 동생의 말로는, 개울 건너 광산에서는 정부 관리나 평원 지대의 폭군을 본 적이 없답니다. 신사님께서 고용하신 관리들은 골짜기의 사람들을 괴롭히지 않는다더군요. 그 관리들은 엄격한 신사님을 무서워하겠지요. 신사님은 정의롭고 강력한 분입니다." 그가 덧붙였다.

그는 자존심이 강한 어조로 퉁명스럽게 말했지만, 어떤 목적이 있어서 말을 걸고 있음이 분명했다. 자신은 옛날에 먼 남부의 낮은 지대 골짜기의 목동이었고 에르난데스의 이웃이자 그의 장남의 대부였다고 말했다. 병사 징발을 위한 습격에 에르난데스와 함께 저항했는데, 바로 그것이 그들이 겪게 된 온갖 불행의 시발점이었다. 동료들이 끌려갔을 때 그는 군인들에게 살해된 아내와 아이들을 매장해야 했다.

"그렇습니다." 그가 쉰 목소리로 중얼거렸다. "운 좋게도 잡히지 않은 저와 두세 명이 잿더미가 된 목장 근처의 나무 그늘 아래 한 구덩이에다 모두 묻었어요."

또한 삼 년 후에 탈영한 에르난데스가 찾아간 사람도 그였다. 에르난데스는 소매에 하사관의 줄무늬 계급장이 달린 군복을 입고 있었는데, 손과 가슴에 상관 대령의 피가 묻은 채였다. 처음에는 그를 추격하다가 자유를 위해 냅다 달아난 군인들 중에서 세 명이 에르난데스를 따라왔다. 친구 몇 명과 바위 뒤에 매복해 있던 그는 군인을 보고 방아쇠를 당기려다가 옛 이웃을 알아보고 뛰어나와 그의 이름을 소리쳐 불렀다. 에르난데스가 부당하게 탄압할 목적으로 돌아왔을 리 없다고 믿었기 때문이었다. 이 군인 셋과 바위 뒤에 잠복했던 일행이 그 유명한 산적단의 핵심이 되었다. 이 이야기를 들려준 그 자신은 아주 오랫동안 에르난데스의 부관으로 신뢰를 받아 왔다. 그는 자기 머리에도 현상금이 걸려 있다고 자랑스럽게 말했다. 그랬어도 자기 어깨 위에 달린 머리가 희끗희끗하게 세는 것을 막지 못했다는 것이다. 그렇게 살다 보니 이제는 동료가 장군이 되는 경사도 보게 되었다.

그는 숨죽여 웃음을 터뜨렸다. "이제 저희는 강도에서 군인이 되었습니다. 하지만 저희를 군인으로 만들고 그를 장군으로 만든 사람들을 보십시오, 신사님! 이 사람들을 보시라고요!"

이그나시오가 고함을 질렀다. 둑 양쪽을 뒤덮은 노팔선인장 울타리를 따라 달리던 마차의 등불 빛이 영국 시골의 오솔길처럼 초원 지대의 부드러운 흙에 움푹 파인 길에서 옆으로 비켜선 사람들의 겁먹은 얼굴들을 비췄다. 몸을 웅크린 그들의 부릅뜬 눈이 순간 번뜩였다. 그러고 나서 등불 빛은 앞으로 달려가며, 또다시 뻗어 있는 노팔 선인장 울타리 너머로 솟은 큰 나무의 반쯤 벗겨진 뿌리에 쏟아졌고 근심스러운 눈빛을 번득이는 또 다른 얼굴들을 포착했다. 세 여자 — 한 명은 아이를 안고 있었다 — 와 민간인 복장의 두 남자 — 한 사람은 기병도로, 다른 사람은 총으로 무장하고 있었다 — 가 담요로 둘둘 만 꾸러미 두 개를 지고 있는 당나귀 옆에 서 있었다. 더 나아가서 이그나시오는 이륜 짐마차를 추월하려고 다시 소리를 질렀다. 높은 바퀴 두 개 위에 긴 본채가 얹혀 있고 뒤쪽 문이 열려서 덜거덕거리는 짐마차에 탄 부인네들이 흰 노새들을 알아보았음이 분명했다. 그들이 "당신이에요, 에밀리아 부인?" 하고 날카롭게 소리를 질렀던 것이다.

굽은 길을 돌자 머리 위로 나뭇가지들이 서로 만나 지붕처럼 덮은 짧은 길에 큰 불빛이 번쩍이고 있었다. 얕은 여울목 근처의 길가 오두막에 우연히 불이 붙었는데, 골풀을 엮고 목초로 지붕을 이은 오두막을 태우는 불꽃이 사납게 식식거리며 말과 노새, 어수선하게 소리치는 사람들로 가로막힌 빈 공간을 비추었다. 이그나시오가 마차를 멈추자 걸어가던 몇몇 부인네들이 마차에 달려들어 안토니아에게 태워 달라고 간청했다. 그들의 아우성에 그녀는 대답 대신 아버지를 말없이 가리켰다.

"여기서 작별해야겠소." 그 북새통에서 찰스 굴드가 말했다. 불꽃이 하늘 높이 솟구치고, 길 건너에서 태울 듯이 밀려드는 열기에 뒷걸음치며 밀려드는 피난민들이 마차를 압박했다. 검은 실크 드레스를 입었지만 거친 두건을 머리에 쓰고 지팡이 대신 거친 나뭇가지를 손에 쥔 중년 부인이 앞바퀴에 부딪쳐 비틀거렸다. 겁에 질린 어린 두 소녀가 말없이 부인의 팔에 매달렸다. 찰스 굴드는 그 부인을 잘 알았다.

"자비를 내리소서! 이 북적대는 사람들 속에서 심한 타박상을 입었어요!" 그녀가 용감하게 미소 지으며 소리쳤다. "우리는 걸어서 출발했어요. 하인들이 죄다 민주당파에 합세하려고 어제 달아나 버렸거든요. 우리는 고벨랑 신부님, 당신의 성스러운 외숙부님의 보호를 받을 거예요, 안토니아. 그분은 무자비한 강도의 마음에 기적을 일으키셨어요. 기적을!"

큰 소리로 고함을 치고 채찍을 찰싹거리며 여울목에서 전속력으로 올라오는 짐마차들을 피하려는 사람들에 떠밀려 그 부인의 목소리는 점점 높아지다가 날카로운 비명이 되었다. 어마어마하게 큰 불똥이 검은 연기와 뒤섞여 길 위로 날아다녔다. 대나무 벽이 이따금 일제히 총성 터지는 소리를 내며 화염 속에서 활활 타올랐다. 그러고 나자 휘황한 불꽃이 갑자기 사그라졌고 불그스름한 어스름 속에 검은 그림자들만 가득히 사방팔방으로 떠다녔다. 불꽃과 더불어 시끄러운 목소리도 사그라진 것 같았다. 말다툼을 벌이며 흥분했던 머리와 팔, 욕설이 달아나듯 어둠 속으로 사라졌다.

"이제 돌아가야겠소." 찰스 굴드가 안토니아에게 다시 말했다. 그녀는 천천히 고개를 돌리고 베일을 걷었다. 에르난데스의 밀사이자 동무인 자가 말을 가까이 몰아왔다.

"광산 주인께서는 평원의 주인 에르난데스에게 보낼 전갈이 없습니까?"

이 적확한 비교에 찰스 굴드는 충격을 받았다. 자신은 확고한 목적을 품고 광산을 차지하고 있었고, 그 불굴의 산적도 위태로운 점유권을 갖고 평원을 차지하고 있었다. 무법천지인 이 나라에서 두 사람은 다를 바가 없었다. 인간의 행위를 그 가치를 떨어뜨릴 사회적 관계로부터 떼어 놓는 것은 불가능했다. 온 나라에 범죄와 부패의 그물이 촘촘히 덮여 있었다. 극심한 실망감과 피로가 몰려와 그는 한동안 입을 떼지 못했다.

"신사님은 정의로운 분입니다." 에르난데스의 밀사가 촉구했다. "제 동무를 장군으로 만들고 우리 모두를 군인으로 만든 저 사람들을 보세요. 등에 옷만 걸치고 목숨을 건지려고 달아나는 저 과두제 지지자들을 보십시오. 제 동무는 그런 생각을 하지 않지만 우리 부하들은 무척 궁금해할 겁니다. 그래서 제가 대신 말씀드립니다. 보십시오! 오랫동안 평원 지대는 우리 것이었습니다. 우리는 누구에게든 무엇도 요구할 필요가 없습니다. 그렇지만 군인은 전쟁이 끝나면 정직하게 살아가기 위해서 급료가 필요합니다. 신사님의 영혼은 매우 정의롭기 때문에 한마디만 기도하시면 그 정직한 판사의 연설처럼 모든 짐승의 병을 고치실 거라고 다들 믿습니다. 짐승도 아니고 전부 사람들인 우리 도당의 의혹을 부적처럼 없애 줄 말씀을 신사님의 입으로 직접 들려주십시오."

"저 사람의 말을 들었소?" 찰스 굴드가 안토니아에게 영어로 말했다.

"비참한 우리를 용서해 주세요!" 그녀가 급히 말했다. "아직 우리 모두를 구할 수 있는 무궁무진한 보물은 당신의 인격이에요. 당신의 재산이 아니라, 당신의 인격이에요, 카를로스. 제 외삼촌이 그들의 대장과 합의한 사항은 무엇이든 받아들이시겠다고 저 사람에게 약속해 주시길 간청합니다. 한마디만 하시면 돼요. 그는 더 이상 바라지 않을 거예요."

길옆의 오두막이 서 있던 자리에 엄청난 잔불 더미가 남아 거무스레한 붉은빛을 멀리 보냈고, 그 불빛에 어린 안토니아의 얼굴은 흥분으로 몹시 상기되어 보였다. 찰스 굴드는 딱 한 순간 망설인 후 요구대로 언약을 해 주었다. 그는 돌아설 곳이 없는 벼랑길에서 위험을 무릅쓰고 한 발을 내딛는 심정이었다. 그 길에서 안전할 수 있는 방법은 앞으로 나아가는 것뿐이었다. 그 순간 그는 꼿꼿하게 앉은 안토니아 옆에서 몸을 뻗은 채 숨도 거의 쉬지 않는 돈 호세를 내려다보며 그것을 속속들이 깨달았다. 노인은 썩은 구렁텅이에서 소름 끼치는 범죄와 끔찍한 망상을 낳는 도의적 암흑 세력과 평생을 투쟁했건만 끝내 패배한 것이다. 에르난데스의 밀사는 완전히 흡족한 마음을 몇 마디로 표현했다. 안토니아는 드쿠의 탈출에 대해 묻고 싶은 갈망을 억누르며 강한 자제력으로 베일을 내렸다. 그러나 이그나시오는 언짢은 듯이 어깨 너머로 곁눈질하며 바라보았다.

"저 노새들을 잘 봐 두세요, 나리," 그가 투덜거렸다. "다시는 못 보실 테니!"

4

찰스 굴드는 시내 쪽으로 말 머리를 돌렸다. 멀리 시에라산맥의 뾰족한 봉우리들이 서서히 밝아 오는 새벽빛에 온통 시커먼 윤곽을 드러냈다. 그의 말발굽 소리가 울리자 여기저기에서 몸을 잔뜩 감싼 천민들이 잡초가 무성한 거리 모퉁이를 돌아 모습을 감췄다. 정원 담벼락 뒤에서 개들이 짖어 댔다. 산에 쌓인 눈의 냉기가 무색 투명한 빛과 함께 부서진 포장도로와 덧문 내린 집 위에 내려앉는 것 같았다. 집들은 처마의 돌림띠가 부서지고 정면의 편평한 돌기둥들 사이로 군데군데 회반죽이 벗겨져 있었다. 새벽빛이 광장의 아케이드 밑에 깔린 어둠을 몰아내려고 몸부림쳤다. 매일매일 장사를 하려고 커다란 멍석 차일 밑의 낮은 벤치에 곡물을 늘어놓거나 과일을 수북이 쌓아 놓고 채소 다발을 펼치며 꽃으로 장식하던 시골 사람들이 코빼기도 보이지 않았다. 이른 아침이면 쾌활하게 소리를 떨던 마을 사람들이나 여자와 아이들, 짐 실은 당나귀도 없었다. 그 넓은 공간에 몇 군데 흩어져 있던 혁명군만이 모자를 눌러쓰고 린콘에서 소식이 오는지 알아보려고 모두 한쪽을 바라보고 있었다. 찰스 굴드가 지나가자 그중 가장 큰 무리가 다 같이 고개를 돌리고 그에게 위협하듯이 "자유 만세!"라고 소리쳤다.

찰스 굴드는 계속 말을 몰아 자기 집 아치문에 들어섰다. 밀짚이 널린 안뜰에서 모니검 의사를 돕는 원주민 의사 훈련생이 샘터에 등을 기대고 땅바닥에 앉아 조심스럽게 기타를 치고 있었고, 하층민 아가씨 둘이 그 앞에 서서 발을 조금씩 끌고 팔을 흔들며 유행하는 춤곡을 콧노래로 부르고 있었다. 지난 이틀간의 폭동에서 부상당한 사람들 대부분은 이미 친지들이 데려갔지만 붕대 감은 머리를 노래 박자에 맞춰 흔들며 앉아 있는 사람도 몇 명 볼 수 있었다. 찰스 굴드는 말에서 내렸다. 졸린 눈을 한 하인이 빵 굽는 곳에서 나와 말고삐를 잡았다. 의사 훈련생은 급히 기타를 감추려 애썼다. 아가씨들은 부끄러운 기색 없이 미소를 지으며 물러섰다. 찰스 굴드는 층계로 가면서 안뜰의 어두컴컴한 구석에 있는 다른 무리를 보았다. 치명상을 입은 노동자 옆에 꿇어앉은 여자가 재빨리 기도를 웅얼거리며 죽어 가는 남자의 뻣뻣해진 입술에 오렌지 한 조각을 넣어 주려고 애쓰고 있었다.

세상사의 잔인한 부질없음이 그 어쩔 도리 없는 사람들의 경박함과 고통에 적나라하게 드러나 있었다. 어떤 문제에 대한 영원한 해결책을 얻으려고 헛된 노력을 바치며 내던진 삶과 죽음의 잔인한 부질없음이. 드쿠와 달리 찰스 굴드는 비극적 소극(笑劇)의 한 역할을 가볍게 떠맡을 수 없었다. 도의상 그것은 너무나 비극적이었고, 소극적인 요소는 전혀 찾아볼 수 없었다. 그는 돌이킬 수 없이 어리석은 일을 저질렀다는 확신에 말할 수 없이 괴로웠다. 그는 너무나 엄격하게 실제적이고 너무나 이상주의적이었기에, 상상력이 풍부한 유물론자 마틴 드쿠가 냉담한 회의주의적 시각으로 보았듯이, 소극의 소름 끼치는 유머를 재미있게 받아들일 수 없었다. 우리 모두 그렇듯 그에게도 자기 양심과의 타협은 실패를 가정할 때 더 추하게 보였다. 그는 의도적으로 과묵한 태도를 취해 왔으므로 누구도 그의 생각에 공개적으로 간섭하지 못했다. 하지만 굴드 채굴권은 자기도 모르는 사이에 그의 판단력을 오염시켰다. 리비에라 당파의 이념이 결국 어떤 결실도 맺지 못하리라는 것을 미리 알 수도 있었을 거라고 그는 주랑 난간에 기대어 속으로 말했다. 그저 하루하루 간섭받지 않고 작업을 해 나가기 위해 신물이 나도록 뇌물을 주고 술책을 꾸미게 함으로써 광산은 그의 판단력을 변질시켰다. 아버지와 마찬가지로 그도 강탈당하는 것을 좋아하지 않았다. 그러면 그는 격분했다. 개혁에 대한 돈 호세의 희망을 지지하면, 더 고귀한 이념에 대한 고려는 별도로 치더라도, 자기에게 이익이 된다고 스스로를 설득했다. 서재에 걸린 기병도의 주인인 가엾은 삼촌과 마찬가지로 그는 조직 사회의 가장 일반적인 질서를 유지하기 위해 어리석은 싸움에 끼어들었던 것이다. 다만 그의 무기는 광산의 보물이라서, 단순한 놋쇠 안전장치에 끼워진 진짜 강철 칼날보다 더 멀리까지 미묘한 영향을 미칠 수 있었다.

그런데 재력이라는 이 무기는 그 칼을 휘두르는 사람에게 더 위험한 것이었다. 인간의 물욕과 빈곤이라는 양날을 가진 데다, 독초 뿌리로 조제한 약에 취하듯 온갖 자기 방종의 악덕에 빠지고, 그 칼을 뽑아야 했던 대의명분 그 자체를 오염시키고, 언제라도 손안에서 다루기 위험해질 수 있었다. 이제는 그 칼을 계속 휘두를 수밖에 없었다. 하지만 그는 움켜쥔 그 칼을 빼앗기느니 차라리 산산조각으로 박살 내겠다고 다짐했다.

결국, 영국인 혈통에 영국식 교육을 받은 사람으로서 그는 자신이 코스타구아나에서 부와 권력을 추구한 모험가였음을 깨달았다. 외국 군대에 들어가서 혁명전에서 출세의 길을 찾고 혁명을 도모하고 혁명을 믿었던 모험가들의 후손이었다. 올곧은 성격에도 불구하고 그는 자신의 행동을 윤리적으로 평가할 때 일신의 위험을 셈에 넣는 모험가의 안이한 도덕성 같은 것을 갖고 있었다. 그는 필요하다면 산토메 광산 전체를 폭파시켜 이 공화국 밖으로, 하늘 높이 날려 보낼 각오가 되어 있었다. 이 결심은 그의 집요한 성격을 드러냈고, 더는 아내만을 생각하지 않는 남편으로서 자신의 미묘한 배신에 대한 가책, 부친의 상상력 결핍 같은 것, 그리고 배를 적에게 빼앗기느니 차라리 불붙은 성냥을 화약고에 던져 버리는 해적 기질 같은 것을 드러내기도 했다.

저 아래 안뜰에서 부상당한 노동자가 숨을 거두었다. 옆에 있던 여자가 즉시 소리를 질렀고, 뜻밖의 날카로운 비명에 부상자들이 일어나 앉았다. 의사 훈련생은 기타를 들고 엉거주춤 일어서서 눈썹을 치키고 그 여자 쪽을 응시했다. 두 아가씨는 이제 부상당한 친척 옆에 무릎을 세우고 앉아 긴 시가를 입에 물고는 의미심장하게 서로 고개를 끄덕였다.

찰스 굴드는 난간 밑을 내려다보다가 흰 셔츠에 검은 프록코트 정장을 차려입고 유럽식 둥근 모자를 쓴 남자 셋이 거리에서 안뜰로 들어서는 것을 보았다. 두 사람보다 머리와 어깨가 껑충 올라온 키 큰 남자가 앞장서서 유난히 근엄한 태도로 걸어왔다. 돈 후스테 로페스가 두 동료 의원과 이른 시간에 산토메 광산의 경영자를 찾아온 것이었다. 그들도 그를 보고 급히 손을 흔들며 행진하듯이 계단을 올라왔다.

불에 그슬린 턱수염을 다 밀어 버려 놀랍게 달라진 돈 후스테는 수염과 함께 위엄도 다 잃은 모습이었다. 찰스 굴드는 진지한 생각에 잠겨 있었지만 그 남자의 우스운 꼴을 주목하지 않을 수 없었다. 그의 동료들은 풀이 죽고 졸린 기색이었다. 한 사람은 바싹 마른 입술을 계속 혀끝으로 핥았고, 다른 사람은 주랑의 타일 바닥 너머를 멍하니 응시했다. 그들 앞에서 돈 후스테는 산토메 광산의 경영자에게 열변을 토했다. 형식을 준수해야 한다는 것이 그의 확고한 생각이었다. 새로운 주지사가 부임하면 시 의회 카빌도와 통상 위원회 콘술라도의 대표들이 언제나 방문한다. 적어도 의회 제도가 존재하고 있음을 주장하기 위해서라도 지방 의회는 마땅히 대표를 보내야 한다. 돈 후스테는 이 지방의 가장 저명한 시민으로서 돈 카를로스 굴드가 지방 의회의 대표에 합류할 것을 제안했다. 이 나라 방방곡곡에 잘 알려진 인사이므로 그의 위상은 특별하다. 마음속으로는 피를 흘리더라도 공식적인 격식을 무시해서는 안 된다. 기정사실을 받아들여야 의회 제도의 소중한 흔적이라도 그나마 지켜 낼 수 있을 것이다. 돈 후스테의 눈은 무기력한 빛을 발했다. 그는 의회 제도를 믿었고, 확신에 찬 그의 단조로운 목소리는 볼품없는 벌레의 나지막한 웅웅 소리처럼 집 안의 정적에 묻혀 버렸다.

찰스 굴드는 몸을 돌려 난간에 팔꿈치를 대고 참을성 있게 귀를 기울였다. 그렇지만 거의 화가 나서 지방 의회 의장의 불안한 시선에 거절의 표시로 고개를 약간 가로저었다. 그 어떤 공식적 절차에든 산토메 광산을 엮어 넣는 것은 찰스 굴드의 방침이 아니었다.

"여러분, 나는 각자 집에 들어앉아서 운명을 기다리라고 권고하고 싶습니다. 여러분이 공식적으로 몬테로의 손에 스스로를 넘겨줄 필요는 없어요. 돈 후스테의 말씀대로 불가피한 운명에 순종하는 것은 좋습니다. 그러나 과연 페드리토 몬테로가 그 불가피한 운명인지 밝혀질 때까지는, 얼마나 굴복할 것인지를 분명히 보여 줄 필요가 없습니다. 이 나라의 결함은 정치 행위에 적절한 한도가 없다는 겁니다. 불법에 납작 엎드려 순종하고 난 다음에 피비린내 나는 반항을 이어 가지요. 그건 안정과 번영의 미래로 나아가는 길이 아닙니다, 여러분."

찰스 굴드는 슬픈 기색에 당황한 얼굴과 놀라고 근심에 찬 시선 앞에서 말을 멈췄다. 나라 전역에 살인과 약탈이 횡행하는 상황에서 어떤 말을 철석같이 믿고 있는 이들에 대한 연민 때문에 그는 공허한 다변을 늘어놓은 것이다. 돈 후스테가 중얼거렸다.

"당신은 우리를 저버리고 있소, 돈 카를로스……. 그렇지만 의회 제도는……."

참담한 심정에 그는 말을 끝맺지 못했고 한순간 두 눈을 손으로 가렸다. 찰스 굴드는 공허한 다변이 이어질까 염려스러워서 이런 비난에 대답하지 않았다. 그는 그들의 정중한 절에 말없이 답례했다. 과묵함은 그의 피신처였다. 그는 그들이 산토메 광산의 위력을 끌어들이려 한다는 것을 잘 알았다. 그들은 굴드 광산의 비호를 받으며 정복자를 회유하러 나서고 싶었던 것이다. 카빌도와 콘술라도 같은 다른 공공 기관도 곧 그를 찾아와 이 지역에서 가장 안정되고 가장 강력한 힘의 원조를 구할 것이다.

모니검 의사가 절뚝거리며 날쌘 걸음으로 찾아온 것은 집주인이 자기 방으로 물러나 어떤 일이 있어도 방해하지 말라고 지시를 내린 다음이었다. 의사는 당장 찰스 굴드를 만나볼 생각은 아니었다. 그는 환자들을 신속히 보살피며 얼마간 시간을 보냈다. 엄지와 검지로 턱을 문지르며 환자들을 차례로 내려다보고, 말없이 묻는 얼굴로 쳐다보는 그들을 표정 없는 시선으로 차분히 바라보았다. 환자들은 별 탈 없이 회복되고 있었다. 그러나 죽은 부두 노동자 앞에서 그는 조금 더 오래 멈춰 서서는 더 이상 고통을 못 느끼는 사나이를 본 것이 아니라, 경직된 얼굴의 오그라든 콧구멍과 덜 감긴 눈의 희뿌연

빛을 무릎 꿇고 말없이 바라보는 여자를 쳐다보았다. 그녀는 천천히 고개를 들고 기운 없이 말했다.

"부두 노동자가 된 지 얼마 안 됐어요. 겨우 몇 주일 됐는데. 여러 번 간청한 다음에야 숭배하던 카파타스가 허락해 줬어요."

"그 대단한 카파타스의 소행은 내가 책임질 일이 아니오." 의사는 걸어가며 중얼거렸다.

위층으로 발을 돌려 찰스 굴드의 방으로 가려다가 의사는 마지막 순간에 망설였다. 비틀린 어깨를 한 번 으쓱하고는 손잡이 앞에서 몸을 돌려 굴드 부인의 하녀를 찾으려고 살그머니 복도를 따라 재빨리 걸음을 옮겼다.

레오나르다는 안주인이 아직 일어나지 않았다고 말했다. 부인이 돌봐 주라고 맡긴 이탈리아인 여관 주인의 두 딸을 레오나르다는 자기 방에서 재웠다. 금발의 아이는 울다 잠이 들었지만 검은 머리의 큰아이는 아직 깨어 있었다. 그 아이는 침대에 앉아서 시트 자락을 끌어당겨 턱 밑에서 움켜쥐고는 어린 마녀처럼 뚫어지게 앞을 응시하고 있었다. 레오나르다는 비올라의 아이들을 집에 데려온 것이 불만이었고, 아이들의 엄마가 죽었는지 무관심한 어조로 물어보면서 그런 감정을 분명히 드러냈다. 마님은 틀림없이 주무실 것이다. 송장이나 다름없는 아버지를 모시고 출발한 안토니아를 전송한 후 방에 들어간 후로는 기척이 없었다.

깊은 생각에 잠겨 있던 의사는 갑자기 정신을 차리고 얼른 마님을 불러 달라고 하녀에게 말했다. 그러고는 굴드 부인을 기다리기 위해 절뚝거리며 응접실로 들어갔다. 몹시 피곤했지만 너무 흥분해서 앉을 수도 없었다. 지금은 텅 빈 이 큰 응접실, 말라 버린 그의 영혼이 무미건조한 세월을 보낸 후 기운을 얻고 버림받은 그의 정신이 수없이 너그러운 눈길을 묵묵히 받아들였던 이 응접실에서 그는 의자와 탁자 사이를 되는대로 걸어 다녔다. 이윽고 굴드 부인이 실내복 차림으로 급히 들어섰다.

“아시다시피 저는 은을 실어 나르는 계획에 반대했습니다.” 의사는 다짜고짜 이렇게 말을 꺼냈고, 전날 밤에 소티요의 본부에서 미첼 선장, 수석 기술자, 비올라 영감과 함께 겪었던 일을 이야기했다. 이 정치적 위기에 대한 의사 나름의 독특한 관점에서 보면, 은을 빼돌린 것은 불합리하고 불길한 조처였다. 그것은 전투 전날에 장군이 이해할 수 없는 구실을 대며 자기 부대의 정예 군인을 멀리 보내는 것과 마찬가지다. 굴드 광산의 안정을 위협하는 위험을 피해 나가기 위해서는 그 은괴를 손이 닿는 곳에 숨겨 둘 수 있었다. 경영자는 마치 정직한 수단과 유용성의 가치에 입각해서 광산의 강력하고 막대한 번영을 이룬 듯이 행동해 왔다. 하지만 그런 것과는 전혀 무관했다. 지금까지 따른 방식이 유일하게 가능한 방식이었다. 굴드 광산은 지금까지 오랜 세월 동안 뇌물을 바침으로써 독자적으로 살아남을 수 있었다. 그것은 구역질 나는 과정이었다. 찰스 굴드가 그것에 염증을 느끼고 평소의 노선을 이탈하여, 개혁을 추구하는 그 가망 없는 시도를 지지하기로 한 사정을 의사는 전적으로 이해할 수 있다. 하지만 의사는 코스타구아나의 개혁을 믿지 않았다. 이제 이 광산은 다시 예전 궤도로 돌아왔고, 이제부터는 광산의 엄청난 보물이 일으킨 탐욕뿐 아니라 광산을 도덕적 타락의 속박에서 떼어 내려 했기에 일어난 분노를 상대해야 하므로 더 불리해졌다. 이것이 실패에 따른 벌이다. 의사는 찰스 굴드가 예전의 방식으로 공공연히 돌아갈 수밖에 없었던 결정적 순간에 약해진 것 같았다는 점이 걱정스러웠다. 드쿠의 무모한 계획에 귀를 기울인 것은 나약한 탓이었다.

의사는 양팔을 들어 흔들며 소리쳤다. "드쿠라! 드쿠라니!" 그는 화가 나 헛웃음을 터뜨리고 절뚝거리며 방 안을 돌았다. 오래전 산타마르타의 성에서 군인들로 구성된 위원회에게 심문을 받다가 발목에 양쪽 다 심각한 손상을 입었었다. 구스만 벤토가 얼굴을 잔뜩 찌푸리고 눈알을 번뜩이며 광포한 목소리로 한밤중에 갑자기 그 군인들을 임명한 것이다. 별안간 일어난 의심에 발광한 늙은 독재자는 침을 튀기며 저주와 무서운 위협을 뒤섞어 그들의 충성에 호소했다. 언덕 위에 있던 산타마르타 성의 감방과 포대는 이미 죄수들로 가득 차 있었다. 이제 그 위원회는 그 나라의 시민-구세주에 반항하는 사악한 음모를 찾아낼 임무를 맡게 되었다.

미쳐 날뛰는 독재자에 대한 공포는 조급하고 포악한 심문으로 옮겨졌다. 그 시민-구세주는 기다림에 익숙하지 않았다. 그러니 음모를 찾아내야만 했다. 그 성의 앞마당에서 절거덕 부딪치는 족쇄 소리, 구타 소리, 고통스러운 비명 소리가 끊임없이 울려 퍼졌다. 그 위원회의 고급 장교들은 미친 듯이 일했고, 각자의 고민과 걱정을 서로에게 숨겼으며, 특히 서기관이자 당시 시민-구세주의 큰 신임을 받던 군목 베론 신부에게 숨겼다. 베론 신부는 체구가 크고 어깨가 둥근 사람으로 납작한 정수리의 삭발한 부분에 머리카락이 너무 많이 자라 불결하게 보였다. 거무스레한 피부에 얼굴은 누리끼리하고, 투실투실 살이 찐 데다, 군복 앞자락은 기름에 절어 얼룩지고, 왼쪽 가슴에 흰 실로 작은 십자가가 수놓아져 있었다. 코는 두툼하고 입술은 늘어진 모습이었다. 모니검 의사는 아직도 그를 기억했다. 잊으려고 온 힘을 다해 애썼지만 아직도 기억이 났다. 구스만 벤토는 특히 계몽적인 열정으로 그 위원회를 도와주라고 베론 신부를 합류시켰다. 모니검 의사는 베론 신부의 그 열정이나 "이제 자백할래?"라고 말할 때의 얼굴과 무자비하고 단조로운 목소리를 아무리 애써도 잊을 수 없었다.

이런 기억을 떠올리며 그가 몸서리를 친 것은 아니었다. 하지만 그로 인해 그는 점잖은 사람들의 눈에 현재의 모습으로 비치게 되었다. 상식적 예의를 개의치 않는 인간, 교활한 부랑자와 악명 높은 의사의 중간쯤 되는 인물. 그러나 점잖은 사람이 모두, 산토메 광산 진료소의 모니검 의사가 군목이자 한때 군사 위원회의 서기관이었던 베론 신부를 얼마나 고통스러운 마음으로 생생하게 기억하는지를 이해할 만큼 감수성이 섬세한 것은 아니었다. 그 오랜 세월이 흐른 후에도 모니검 의사는 산토메 골짜기의 진료소 한 끝에 있는 자기 방에서 지금도 생생하게 베론 신부를 떠올렸다. 때로는 밤에 꿈속에서도 그 신부를 기억했다. 그런 밤이면 의사는 촛불을 켜고 날이 새기를 기다렸고, 양팔로 옆구리를 꼭 감싸고 맨발을 내려다보며 두 칸짜리 방의 한끝에서 다른 끝까지 계속 서성였다. 꿈속에서 베론 신부는 길고 검은 탁자 끝에 앉아 있곤 했다. 그 탁자 뒤쪽으로 자신의 무고함을 하늘에 맹세하는 죄수의 항변을 따분한 듯이 깃펜의 깃털을 물어뜯으며 성마르게 비웃으면서 듣고 있는 군인들의 머리와 어깨, 견장이 일렬로 나타났다. 마침내 신부가 갑자기 소리를 질렀다. "이 한심한 헛소리에 시간을 낭비하는 게 무슨 소용이야! 내가 저 작자를 잠시 데리고 나갔다 오지." 베론 신부는 두 군인에 끌려 절거덕거리며 밖으로 나간 죄수를 따라 나가곤 했다. 이런 막간극이 숱하게 많은 날들에 여러 번씩, 많은 죄수들에게 벌어졌다. 죄수가 다시 들어올 때면 완전히 실토할 준비가 되어 있을 거라고 베론 신부는 고개를 숙이며 장담하곤 했는데 이럴 때 그의 얼굴엔 배불리 먹고 난 후 식탐 많은 사람의 눈가에 떠오르는 포만감에 젖은 둔한 표정이 어려 있었다.

꼬치꼬치 캐내기를 좋아하는 신부의 심문 본능은 종래의 고문 도구가 없어서 제약을 받는 일이 거의 없었다. 세계 역사상 그 어느 때라도 인간이 더불어 살아가는 인간에게 정신적, 육체적 고통을 입히는 방법을 몰라서 쩔쩔맨 적은 없었다. 그 능력은 인간의 격정과 더불어 점점 복잡해졌고 일찍부터 인간의 교묘한 재주를 다듬어 정교해졌다. 그러나 원시 시대의 인간은 애써 고문 기구를 만들어 내지 않았다고 말해도 틀리지 않을 것이다. 원시인들의 마음은 나태하고 단순했다. 그들은 필요에 따라서 아무 악의도 없이 이웃의 머리통을 흉포하게 돌도끼로 때려 부쉈다. 아무리 머리가 아둔한 사람이라도 가슴에 사무칠 말을 꾸며 낼 수 있고 무고한 자를 잔인한 비방으로 낙인찍을 수 있다. 끈 한 가닥과 쇠꼬챙이 하나, 긴 가죽 밧줄로 묶은 구식 소총 몇 대, 묵직하고 단단한 나무로 만든 단순한 망치라도 인간의 손가락이나 신체 관절에 휘두르기만 하면 더없이 효과적인 고문을 가할 수 있다. 그 의사는 매우 완강하게 버텼고, (베론 신부의 말로는) 그 '고약한 성질머리' 때문에 결국 그의 징벌은 매우 참혹했고 매우 완벽했다. 그의 절뚝거리는 걸음과 비틀린 어깨, 뺨의 흉터가 그토록 두드러진 것은 그 때문이었다. 마침내 그가 자백하게 되었을 때, 그 자백은 매우 완벽했다. 때로 한밤중에 방에서 서성이면서 그는 진실과 명예, 자존심, 목숨마저도 하찮게 만드는 극심한 고통에 시달렸을 때 자신의 상상력이 얼마나 풍부해졌던가를 생각하며 수치심과 분노로 이를 갈곤 했다.

그는 견딜 수 없는 고통에 정신이 혼미해져서 말을 제대로 알아들을 수 없는 상태에서도 끝없이 반복되며 명료하게 전달되던 "이제 자백할래?"라는 베론 신부의 단조로운 말을 잊을 수 없었다. 도저히 잊을 수 없었다. 그러나 그것이 최악이 아니었다. 이 오랜 세월이 지났어도 길거리에서 베론 신부와 마주친다면 자신이 틀림없이 공포에 질려 벌벌 떨 거라고 모니검 의사는 믿었다. 그런 우연한 조우를 염려할 필요는 없었다. 베론 신부는 이미 죽었다. 하지만 그 구역질 나는 확신 때문에 모니검 의사는 누구의 얼굴도 똑바로 바라볼 수 없었다.

어떤 의미에서 모니검 의사는 유령의 노예가 되어 버린 것이다. 베론 신부의 기억을 갖고 유럽의 고국으로 돌아간다는 것은 분명 생각할 수도 없는 일이었다. 군사 위원회에서 어쩔 수 없이 자백하게 되었을 때 모니검 의사가 죽음을 모면하려 했던 것은 아니다. 오히려 죽음을 갈망했다. 감방의 벗이었던 거미들이 그의 엉클어진 머리칼에 거미줄을 칠 정도로 몇 시간이나 꼼짝 않고 축축한 흙바닥에 반벌거숭이로 앉아서 그는 자신이 사형당할 정도의 큰 범죄를 자백했다고 — 그가 당한 고문이 너무 혹독했기에 그가 그런 이야기를 떠벌리도록 살려 둘 리 없다고 — 예리하게 추론하며 비참한 영혼을 달랬다.

그러나 계획적으로 꾸민 잔혹한 처사였는지, 모니검 의사는 무덤처럼 캄캄한 감방에서 서서히 썩어 가도록 몇 달간 방치되었다. 그러면 일부러 수고스럽게 처형하지 않아도 그가 끝나리라고 기대했음이 분명하다. 그러나 모니검 의사는 무쇠 같은 체질을 갖고 있었다. 죽은 자는 오히려 구스만 벤토였는데, 반역자의 칼이 아니라 뇌일혈로 사망했다. 모니검 의사는 곧 석방되었다. 촛불이 비치고 족쇄가 풀렸을 때, 어둠 속에서 여러 달을 지내 불빛에 눈이 시렸던 그는 양손으로 얼굴을 감싸야 했다. 사람들이 그를 일으켜 세웠다. 그의 심장은 자유에 대한 두려움으로 격렬하게 뛰었다. 걸음을 옮기려니 희한하게도 발이 너무 가벼워서 쓰러지고 말았다. 양손에 막대기 두 개가 억지로 쥐어진 채 그는 떠밀려 복도 밖으로 나갔다. 땅거미가 지고 있었다. 안뜰 주위의 장교 숙소에서는 촛불이 벌써 창가에서 희미한 빛을 발했다. 그러나 어스름이 깔린 하늘의 방대하고 압도적인 빛은 시리도록 눈부셨다. 뼈만 앙상하고 헐벗은 그의 어깨에 얇은 판초가 걸쳐졌고, 넝마 같은 바지는 무릎 아래로 내려오지 않았다. 열여덟 달간 자란 머리칼은 지저분한 잿빛 타래처럼 튀어나온 광대뼈 옆으로 흘러내렸다. 그가 몸을 질질 끌면서 수위실을 지났을 때 밖에서 빈둥거리던 군인 한 명이 뭔지 모를 충동에 이끌려 묘한 웃음을 지으며 달려와 낡고 부서진 밀짚모자를 그의 머리에 쑤셔 박았다. 모니검 의사는 비틀거린 후 걸음을 옮겼다. 작대기 하나를 앞으로 내밀고 그런 다음에 불구가 된 한쪽 발을 옮겼고 그러고 나서 다른 작대기를 내밀었다. 다른 발은 너무 무거워 들리지 않는 듯이 고통스럽게 바닥에서 질질 끌리며 아주 조금밖에 나아가지 못했다. 그렇지만 늘어진 판초 자락 밑으로 드러난 그의 다리는 손에 쥔 막대기 두 개보다도 가늘어 보였다. 끊이지 않는 떨림에 그의 구부정한 몸과 쇠약한 팔다리, 뼈만 남은 머리, 다 해진 맥고모자의 원뿔형 춤이 쉴 새 없이 흔들렸다. 모자의 넓고 평평한 테두리가 어깨에 닿았다.

이런 모습과 차림새로 모니검 의사는 자신의 자유를 향해 걸어갔다. 이 상황은 무시무시한 귀화 과정처럼 그를 코스타구아나 땅에 뗄 수 없이 묶어 버린 것 같았다. 이로 인해 그는 이 나라의 삶에 깊이 끌려들었고, 어떤 성공이나 명예보다도 깊이 말려들었다. 그것은 그의 유럽인 마음을 완전히 없애 버렸다. 모니검 의사는 스스로 만든 불명예에 대한 이상적 관념을 갖고 있었다. 그것은 장교와 신사에게 딱 들어맞고 적합한 관념이었다. 코스타구아나에 오기 전에 모니검 의사는 영국 보병 연대의 군의관이었다. 그 관념은 생리적인 사실이나 합리적인 주장을 도외시했지만 그렇다고 해서 어리석은 것은 아니었다. 그것은 난순한 관념이었다. 대체로 엄격한 배제에 입각한 행위 원칙이란 단순할 수밖에 없다. 그 원칙에 따라 자신이 마땅히 해야 할 것에 대한 모니검 의사의 견해는 엄격했다. 그 견해는 온당한 감정을 상상력을 통해 과장한 것이라는 점에서 관념적이었다. 또한 그것의 힘과 영향력, 지속성에 있어서 탁월하게 충직한 성품이 가질 수 있는 견해이기도 했다.

모니검 의사는 성품이 대단히 충직한 사람이었다. 그는 그 충직함을 전부 굴드 부인에게 바쳤다. 그녀는 온갖 헌신을 받을 자격이 있는 사람이라고 믿었다. 마음속 깊은 곳에서 그는 번영하는 산토메 광산에 대해 분노와 불안을 느꼈다. 광산의 발전이 부인에게서 마음의 평화를 모두 빼앗고 있기 때문이었다. 코스타구아나는 부인과 같은 여자에게 적합한 곳이 아니었다. 찰스 굴드는 대체 무슨 생각으로 그녀를 그곳으로 데려온 것일까! 잔인하기 이를 데 없는 일이었다! 그래서 의사는 한탄스러운 자신의 과거사로 인해 어쩔 수 없이 스스로에게 강요한 모질고 냉정한 침묵으로 상황이 전개되는 과정을 지켜보았다.

의사는 굴드 부인에게 충직했지만 그렇다고 그 남편의 안전을 도외시할 수는 없었다. 찰스 굴드를 믿지 않았기 때문에 위급한 시기에는 가급적 시내에 있으려고 애썼다. 그는 굴드가 혁명의 광기에 구제할 도리 없이 감염되었다고 생각했다. 그렇기 때문에 그날 아침 굴드 저택의 응접실에서 고뇌에 찬 슬프고도 짜증 섞인 목소리로 "드쿠라! 드쿠라니!"라고 소리치며 절뚝거렸던 것이다.

굴드 부인은 상기된 얼굴로 눈을 반짝이며 갑자기 눈앞에 펼쳐진 엄청난 재앙을 똑바로 응시했다. 작고 나지막한 옆 탁자에 손가락 끝을 가볍게 올려놓았지만 그 팔은 어깨까지 떨리고 있었다. 느지막이 술라코를 비추는 태양은 눈 덮인 이게로타의 눈부신 산등성이 뒤에서 하늘 높이 올라 온 힘을 다해 강렬한 햇살을 쏟아 냈고 새벽녘에 도시를 휘감았던 섬세하고 부드러운 진줏빛 광선을 맹렬히 몰아내면서 검고 선명한 그림자 덩어리와 눈이 멀 정도의 섬광이 뜨겁게 내리쬐는 공간으로 나누어 놓았다. 응접실 창문을 통해 긴 직사각형 모양의 햇볕이 세 군데에서 쏟아져 들어왔다. 반면에 바로 길 건너 아베야노스의 집 정면은 충만하게 쏟아지는 빛 속에서도 그 자체의 그림자에 잠겨 아주 어둡게 보였다.

어떤 목소리가 문가에서 들려왔다. "드쿠가 어떻다는 말이오?"

찰스 굴드였다. 그들은 그가 복도를 따라 오는 소리를 듣지 못했다. 그의 시선은 아내를 슬쩍 스쳤고 의사를 정면으로 주시했다.

"무슨 소식이라도 있소, 의사 선생?"

모니검 의사는 곧 모든 상황을 간략하게 알렸다. 그가 말을 마치자 산토메 광산 경영자는 아무 말 없이 그를 한참 동안 바라보았다. 굴드 부인은 낮은 의자에 주저앉아 손을 무릎에 올려놓았다. 미동도 없는 세 사람 사이에 침묵이 흘렀다. 이윽고 찰스 굴드가 입을 열었다.

"아침을 드셔야겠군."

그는 아내가 먼저 나가도록 옆으로 비켜섰다. 그녀는 지나가면서 남편의 손을 잡아 꼭 눌렀고 손수건을 들어 눈에 댔다. 남편을 보니 안토니아의 처지가 떠올랐고, 그 가엾은 아가씨를 생각하자 눈물을 참을 수 없었던 것이다. 그녀가 세수를 하고 식당의 두 남자에게 갔을 때 찰스 굴드는 식탁 너머로 의사에게 말하고 있었다.

"아니, 의심할 여지가 전혀 없는 것 같군요."

의사가 동의했다.

"네. 그 재수 없는 허시의 이야기는 의심할 여지가 없는 것 같습니다. 유감스럽게도, 틀림없는 사실일 겁니다."

그녀는 우울하게 식탁의 상석에 앉아 두 사람의 얼굴을 번갈아 바라보았다. 딱히 외면한 것은 아니지만 두 남자는 그녀의 시선을 가급적 피하려고 애썼다. 의사는 심지어 배고픈 척하기도 했다. 그는 나이프와 포크를 잡고 연극을 하듯이 과장된 몸짓으로 식사를 하기 시작했다. 찰스 굴드는 그런 식의 가장은 하지 않았다. 팔꿈치를 직각으로 세우고 타오르는 듯한 콧수염의 양끝을 잡아 비틀었다. 수염이 너무 길어서 그의 손은 얼굴에서 꽤 떨어져 있었다.

"놀라운 일은 아니었어요." 그는 수염을 놓고 한 팔을 의자 등받이에 올려놓으며 중얼거렸다. 고요한 그의 얼굴은 표정 하나 바뀌지 않은 채로 격렬한 정신적 갈등을 드러냈다. 그는 이 사건이 자신이 의식적, 무의식적으로 선택한 행동 노선에서 비롯된 온갖 결과를 끌어냈다고 느꼈다. 자신의 품위를 안전하게 지키느라 방어막으로 사용했던 고요한 과묵함, 꿰뚫을 수 없는 태도는 이제 끝내야 했다. 그것은 그의 지성과 강직함, 정의감에 상처를 준, 문명 제도를 우스꽝스럽게 흉내 낸 정세 때문에 그가 어쩔 수 없이 써야 했던 가면 중에서 그나마 덜 비열한 것이었다. 그는 그의 부친과 닮아서, 사물을 아이러니하게 바라보는 눈이 없었다. 이 세상에 만연된 부조리를 보고 우습게 느끼지 않았다. 오히려 타고난 진지함으로 인해 부조리한 일에서 상처를 받았다. 가엾은 드쿠의 비참한 죽음으로 인해 그는 배후의 막강한 세력과 함께 범접할 수 없었던 자신의 위상이 사라져 버린 느낌이 들었다. 그로 인해 이제 그는 공개적으로 자신의 의사를 밝히지 않을 수 없었다. 그 게임을 포기할 생각이 아니라면. 그리고 포기란 불가능했다. 물질적 이익은 그에게 초연함을 버리도록 요구했고…… 어쩌면 그의 안전도 버리도록 요구할 것이다. 그는 잃어버린 은괴와 함께 드쿠의 분리주의 계획도 바닷속에 가라앉은 것은 아니라고 생각했다.

단 하나 변하지 않은 것은 홀로이드 씨에 대한 그의 입장이었다. 그 은과 강철 이권 사업의 수장은 일종의 열정 같은 것을 느끼며 코스타구아나 사태에 개입했다. 코스타구아나는 그의 삶에 꼭 필요한 요소가 되었다. 사람들이 연극이나 미술, 위험하고 매력적인 스포츠에서 얻을 법한 상상력의 만족을 그는 산토메 광산에서 얻은 것이다. 광산이라는 특별한 형태에 그 거물은 엉뚱하게도 사치를 부리듯 거금을 투입했고, 어떤 도덕적 의도로 그것을 정당화했으며, 그것은 그의 허영심을 채워 줄 만큼 규모가 막대했다. 이처럼 그의 비범한 재능이 일탈한 경우에도 그는 세계의 진전에 이바지했다. 찰스 굴드는 거물이 자신을 정확히 이해할 것이고, 자신들이 공유한 열정으로 너그럽게 판단할 거라고 확신했다. 이제 그 거물을 놀래거나 펄쩍 뛰게 할 일은 아무것도 없었다. 그래서 그는 샌프란시스코에 이런 말로 편지를 쓰는 자신의 모습을 상상했다. "…… 그 운동의 수뇌부에 있던 사람들은 죽거나 달아났습니다. 이 지역의 시민 조직은 현재로서는 수명이 다했습니다. 술라코의 블랑코 당은 변명의 여지 없이, 그렇지만 이 나라만의 독특한 방식으로 붕괴하고 말았습니다. 그러나 카이타에 무사히 남아 있는 바리오스는 아직 쓸모가 있습니다. 저는 술라코의 번영 및 평화와 결부된 막대한 물적 이익을 영원히 안전하게 지키는 방법으로 이 지역의 혁명을 택하지 않을 수 없게 되었습니다……." 이것은 명백했다. 그가 멍하니 쳐다보고 있는 벽 위에 그 글자들이 불로 새겨진 듯이 선명하게 박혀 있었다.

굴드 부인은 남편의 멍한 얼굴을 두려운 마음으로 지켜보았다. 그녀에게 그것은 뇌운이 태양을 가리고 지나가듯, 집 안에 어둠과 냉기가 스며들게 하는 무서운 일이었다. 찰스 굴드는 이따금 멍한 상태에 빠져들면서 어떤 고정 관념에 사로잡힌 의지의 강력한 집중을 드러냈다. 고정 관념에 사로잡힌 남자는 온전한 마음을 잃어버린다. 설사 정의라는 고정 관념에 사로잡혔더라도 그는 위험인물이다. 그가 사랑하는 사람의 머리 위에 무자비하게 하늘을 무너뜨리지 않을까? 남편의 열얼굴을 바라보던 굴드 부인의 눈에 다시 눈물이 고였다. 또다시 그녀는 불행한 안토니아의 절망을 보는 것 같았다.

'우리가 약혼했을 때 찰리가 물에 빠져 죽었다면 난 어떻게 했을까?' 그녀는 속으로 공포를 느끼며 외쳤다. 그녀의 마음은 얼음처럼 차가워졌고, 반면에 그녀의 뺨은 현세의 모든 애정을 태워 버리는 화장용 장작더미의 불길에 그을린 듯 달아올랐다. 눈물이 솟아 흘렀다.

"안토니아는 죽어 버릴 거예요!" 그녀가 소리쳤다.

이 외침은 이상하게도 별다른 효과를 내지 못하고 방 안의 정적에 묻혀 버렸다. 다만 의사가 고개를 한쪽으로 기울인 채 빵 조각을 부수다가 얼굴을 들었고, 그가 눈살을 찌푸리자 텁수룩한 눈썹에서 삐져나온 긴 털 몇 가닥이 흔들렸다. 모니검 의사는 드쿠가 어떤 여자로부터도 애정을 받을 가치가 없는 인간이라고 진심으로 생각했다. 그러고는 입술을 비죽거리고 굴드 부인에 대한 애정 어린 찬탄을 가슴속 가득 품으며 다시 고개를 숙였다.

'부인은 그 아가씨를 생각하는군.' 그가 속으로 말했다. '부인은 비올라네 아이들을 생각하고, 나를 생각하고, 환자들과 광부들을 생각하지. 언제나 가난하고 불행한 사람들을 생각해! 그런데 그 빌어먹을 아베야노스가 끌어들인 이 지긋지긋한 난투극에서 찰스가 만일 실패한다면 부인은 어떻게 될까? 누구도 부인에 대해서는 생각하지 않는 것 같아.'

찰스 굴드는 멍하니 벽을 바라보며 치밀하게 생각을 이어 갔다.

"산토메 광산은 새 국가의 수립을 떠맡을 수 있을 만큼 광내하나고 올로이드에게 편지를 쓰겠소. 그 편지를 받으면 기뻐하실 거요. 위험을 감수하시겠지."

그러나 바리오스의 병력을 실제로 이용할 수 있을까? 아마 가능할 것이다. 그러나 그에게 연락할 방법이 없었다. 소티요가 항구를 장악하고 제멋대로 기선을 사용하기 때문에 이제는 카이타에 배를 보낼 수 없었다. 또한 이 지역의 민주주의자들이 모두 들고일어났고 평원 지대의 마을이 모두 혼란에 빠진 상태에서, 적어도 열흘간 말을 달려 카이타에 전갈을 전할 사람을 어디서 찾을 수 있을까? 체포되거나 살해될 위험을 피하고, 만일 체포된다면 충실하게 문서를 삼켜 버릴 사람을? 부두 노동자 십장이 바로 그런 사람이었는데. 그러나 그 십장은 이제 존재하지 않았다.

찰스 굴드는 벽에서 눈을 떼며 나직하게 말했다. "그 허시라는 사람! 참으로 희한한 일이군! 닻에 매달려 목숨을 구했다고요? 나는 그가 아직 술라코에 있는지 몰랐소. 일주일도 더 전에 육로를 통해 에스메랄다로 돌아간 줄 알았지. 여기 와서 쇠가죽 장사와 다른 것들에 대해 얘기한 적이 있었소. 나는 할 수 있는 일이 없다고 그에게 분명히 밝혔고."

"에르난데스가 도처에서 출몰하니 겁이 나서 못 돌아갔지요." 의사가 말했다.

"그가 없었더라면 우리는 어떤 일이 일어났는지 전혀 몰랐겠지." 찰스 굴드가 놀랍다는 듯이 말했다.

굴드 부인이 소리쳤다.

"안토니아는 알면 안 돼요! 그 아가씨에게 말하면 안 돼요. 지금은 아니에요."

"아무도 소식을 전하지 않을 겁니다." 의사가 말했다.

"누구도 관심 두는 일이 아니니까요. 게다가 여기 사람들은 에르난데스를 악마라도 되는 양 두려워합니다." 의사가 찰스 굴드에게로 몸을 돌렸다. "그래서 더 곤란하지요. 피난을 간 사람들과 연락을 하고 싶어도 소식을 전할 사람을 구할 수 없어요. 에르난데스가 여기서 수백 킬로미터 떨어진 곳에서 떠돌아다닐 때 술라코 주민들은 그가 포로를 산 채로 굽는다는 소문에 몸서리를 치곤 했어요."

"그렇소." 찰스 굴드가 중얼거렸다. "미첼 선장의 노동자 감독이 이 도시에서 유일하게 에르난데스의 얼굴을 대면한 사람이었지요. 코벨랑 신부가 그를 고용했고. 그가 먼저 연락을 시작했는데. 유감스럽게도……."

그의 목소리는 요란하게 울리는 성당의 큰 종소리에 묻혀 버렸다. 종 치는 소리가 연달아 세 번 폭발하듯이 터져 나와 깊고 감미로운 울림 속에서 사라졌다. 그러자 도시의 모든 교회와 수도원, 예배당의 탑에 있는 종들이, 수년간 폐쇄되어 있던 교회의 종들까지 다 함께 요란하게 쨍그랑거리기 시작했다. 이처럼 맹렬하게 밀려드는 금속성 소음은 투쟁과 폭력의 이미지를 강렬하게 연상시켰기에 굴드 부인의 뺨은 하얗게 질려 버렸다. 식탁에서 시중들던 바실리오는 움찔하고 이를 딱딱 부딪치며 찬장에 매달렸다. 자기 목소리도 들리지 않았다.

"창문을 닫게!" 찰스 굴드가 화가 나서 그에게 고함을 질렀다. 다른 하인들은 그 종소리를 전체적 대학살의 신호탄으로 여긴 듯 잔뜩 겁을 먹고 위층으로 뛰어 올라오며 서로의 몸 위에 고꾸라지기도 했다. 네모난 안뜰을 둘러싼 아래층에서 대체로 눈에 띄지 않게 살아온 사람들이었다. 여자들은 "자비로우신 하느님!"이라고 비명을 지르며 방으로 뛰어 들어와서는 벽에다 무릎을 꿇고 경련을 일으키듯 성호를 긋기 시작했다. 눈을 부릅뜬 남자들의 머리가 순식간에 문간을 막았다. 마구간 하인들, 정원사, 인심 좋은 이 집에서 얻어먹으며 살아가는 정체 모를 일꾼들이었다. 찰스 굴드는 문지기에 이르기까지 자기 집의 가솔 전원을 바라보았다. 문지기는 긴 백발이 어깨까지 늘어진 반신불수의 노인인데 여러 세대에 걸쳐 일해 온 그를 찰스 굴드는 효심으로 받아들였다. 노인은 영국인으로 2세대의 코스타구아나인이었고 술라코 지역의 주지사였던 헨리 굴드를 기억했다. 아주 오래전에는 전시나 평상시에 헨리 굴드의 하인으로서 감방에 갇힌 주인의 시중을 들 수 있었다. 그 운명의 날 아침 그는 발사대를 따라가서 프란체스코 수도원의 담벼락에 늘어선 사이프러스 나무 뒤에서 몰래 엿보다가 돈 엔리케가 양손을 번쩍 들고 쓰러져 얼굴이 흙먼지에 박히는 것을 보고는 눈알이 튀어나올 만큼 놀랐다. 그 광경을 목격한 증인의 족장처럼 큰 머리가, 다른 하인들 뒤에 있는 것을 찰스 굴드는 특히 주목했다. 그런데 놀라운 것은 자기 집에 사는지도 몰랐던 주름투성이 노파 한둘을 보게 된 것이었다. 하인들의 어머니거나 할머니가 분명했다. 또한 아이들도 몇 명 있었는데 거의 알몸으로 울면서 어른들의 다리에 매달려 있었다. 그는 자기 집 안뜰에서 어린애라곤 흔적도 본 적이 없었다. 굴드 부인의 시중을 드는 레오나르다도 겁에 질려 비올라의 딸들의 손을 잡아끌고는 총애받는 하녀 특유의 버릇없고 뾰루퉁한 얼굴로 들어왔다. 식탁과 찬장의 식기들이 달그락거렸고, 귀청이 터질 듯한 소리의 파도에 온 집 안이 뒤흔들리는 것 같았다.

5

지난밤에 기대에 들뜬 오합지졸들이 페드리토 몬테로를 환영하려고 시내의 종탑을 전부 점령했던 것이다. 몬테로는 린콘에서 밤을 보내고 시내로 진군하고 있었다. 제일 먼저 술라코 국민 수비대라고 자칭한 무장 폭도들이 가마초의 지휘하에 육로 입구로 무질서하게 들이닥쳤다. 갖가지 피부색과 안색에 가지각색의 누더기를 걸친 온갖 유형의 인간들이었다. 거리 한복판으로 대규모 밀짚모자와 판초, 총대가 쏟아지는 쓰레기 더미처럼 먼지구름을 일으키면서 맹렬한 북소리에 맞춰 흘러 들어왔다. 그 가운데서 녹색과 황색의 큰 깃발이 펄럭였다. 구경꾼들은 뒤로 물러나 담벼락에 붙어 서서 "만세!"를 외쳤다. 그 오합지졸 뒤에서 페드로 몬테로의 '군대'인 기병대가 창을 들고 나타났다. 그는 눈 폭풍을 뚫고 이게로타산맥의 황무지를 넘는 위업을 이룬 평원 주민들의 선두에서 푸엔테스와 가마초를 양옆에 거느리고 진군했다. 그들은 그 주의 북부 지역을 급히 달려오다가 길가의 상점에서 허겁지겁 약탈한 가지각색의 옷을 입고 평원에서 몰수한 말을 타고 4열로 달렸다. 페드로 몬테로는 술라코를 점령하려고 몹시 서둘렀던 것이다. 그들의 맨목에 느슨하게 묶은 손수건은 눈에 띌 정도로 새것이었고, 면 셔츠의 오른쪽 소매는 올가미를 더 편하게 던질 수 있도록 어깨까지 모두 잘려 있었다. 수염이 희끗희끗한 쇠약한 노인들이 여위고 가무잡잡한 청년들 옆에서 말을 달렸고, 날고기 조각을 엮어 모자 춤에 걸고 맨발에 커다란 쇠박차를 묶어 종군의 고난을 역력히 드러냈다. 산의 협곡을 지나면서 창을 잃어버린 자들은 초원의 소몰이꾼들이 사용하는 작대기를 들고 있었다. 3미터는 족히 될 가느다란 종려나무 장대에 쇠를 끼운 작대기 밑에는 많은 고리가 달려 흔들리며 짤랑거렸다. 그들은 칼과 권총으로 무장하고 있었다. 햇볕에 시커멓게 그을린 그 얼굴들은 초췌하면서도 대담무쌍한 표정을 하고 있었다. 그들은 맹렬한 눈으로 거만하게 군중을 쏘아보거나, 무례하게 고개를 들고 눈을 깜박이며 창가의 여자들 가운데 어느 하나를 서로 손가락질로 가리켰다. 광장에 들어와서 밀어닥치는 군중의 머리 위로 우뚝 솟은 거대한 왕의 기마상이 언제나 인사하는 몸짓으로 정지된 채 햇빛을 받아 눈부시도록 하얗게 빛나는 것을 보자, 병사들의 행렬에서 웅성거리는 소리가 퍼져 나갔다. "큰 모자를 쓴 저 성인은 누구지?" 그들은 서로에게 물었다.

그들은 페드로 몬테로가 장군인 형을 승승장구하도록 도울 때 동원한 평원 기병대의 좋은 실례였다. 해안가 마을에서 자란 그 남자가 단기간에 평원 주민에게 큰 영향을 미칠 수 있었던 것은 대단히 효과적인 기만술 덕분이었다. 그것은 극도의 야만적인 상태에서 거의 벗어나지 못한 난폭한 사람들의 눈에 완벽한 지혜와 미덕으로 보였음에 틀림없다. 어느 나라에나 전승되는 민담을 보면, 원시적인 사람들은 용기보다는 완력과 결합된 기만술과 교활함을 영웅적 미덕으로 간주하는 것을 알 수 있다. 적을 정복하는 것은 인간의 삶에서 중요한 사건이다. 용기는 당연한 것이고, 지능의 사용은 경이감과 존경심을 일깨웠다. 전략은 실패하지만 않는다면 명예로운 것이다. 아무 낌새도 차리지 못하는 적을 쉽게 대량 학살하는 것은 즐거움과 자부심, 그리고 찬탄을 일깨우는 일이었다. 그 원시인들이 오늘날의 후손들보다 신의가 없어서가 아니라, 자신들의 목적에 더 매진했고 어떤 가식도 없이 성공을 도덕의 유일한 기준으로 삼았기 때문이었다.

이후 사람들은 달라졌다. 지능을 사용해도 경이감이나 존경심을 느끼지 않았다. 그러나 내란에 휩싸인 무지하고 야만적인 평원 거주자들은 종종 적을 사로잡아서, 이를테면, 자기들 손에 넘겨준 지도자를 자발적으로 따랐다. 페드로 몬테로는 적이 안전하다고 느끼도록 속여 넘기는 재주가 있었다. 사람이란 게 지혜를 얻는 데는 몹시 더디고 자신의 은밀한 희망을 부추기는 약속은 언제나 재빨리 믿기 마련이라서, 페드로 몬테로는 거듭거듭 성공할 수 있었다. 파리 주재 코스타구아나 공사관의 하인에 불과했든 하급 관리였든 간에 그는 자기 형이 국경 지역에서 무명의 사령관으로 이름을 날렸다는 소식을 듣자마자 곧바로 고국으로 돌아왔다. 그는 그럴싸한 말재주로 수도에 있는 리비에라 당파의 우두머리들을 속일 수 있었고, 산토메 광산의 예리한 대변인조차 그를 속속들이 꿰뚫어 보지는 못했다. 그는 바로 형에게 엄청난 영향을 끼치게 되었다. 그들은 외모가 아주 비슷했는데 둘 다 대머리에 귀 위쪽에 곱슬곱슬한 머리카락이 뭉쳐 있는 것이 흑인의 피가 약간 섞여 있음을 알려 주었다. 다만 페드로는 장군보다 작고 전체적으로 가늘었으며, 세련되고 품위 있어 보이는 몸짓을 원숭이처럼 흉내 내는 능력과 앵무새처럼 말을 따라 하는 능력을 갖고 있었다. 형제는 자기들의 부친이 시종으로서 내지 여행에 동행했던 한 대단한 유럽인 여행자의 아낌없는 후원 덕에 기초 교육을 받았다. 그 덕분에 몬테로 장군은 낮은 신분에서 출세할 수 있었다. 동생 페드리토는 구제불능의 나태한 게으름뱅이로 해안가 마을을 떠돌아다녔고 회계 사무소에서 빈둥거리며 현지 시종처럼 외지인들에게 달라붙어 잔일을 해 주며 안이하고 평판 나쁜 생활을 이어 갔다. 글을 읽을 줄 알아서 한 일이라고는 터무니없는 상상으로 머리를 채운 것뿐이었다. 그의 행동은 너무나 황당한 동기에 의해 결정되었기에 합리적으로 사고하는 사람들은 간파할 수 없었다.

그러므로 산타마르타의 굴드 광산 대리인은 처음에 페트리토를 온건한 견해를 가진 인물로 보았고 그 장군의 만족할 줄 모르는 끝없는 허영심을 억제할 수 있으리라고 믿었다. 시종이거나 하급 서기였던 페드리토 몬테로가 코스타구아나 공사관이 외교관 숙소로 제공한 파리의 여러 호텔 다락방에서 뒹굴거리며 프랑스어로 쓰인 경박한 역사서, 가령 제2제국에 관한 앵베르 드 생타망[1]의 책을 탐독했다는 사실을 그는 결코 알지 못했을 것이다. 페드리토는 화려한 궁정의 호사스러움에 깊은 감명을 받았고 자신도 모르니 공작처럼 공사를 지휘하며 온갖 쾌락을 마음껏 누리고 다방면에서 최고 권력을 휘두르며 살겠다는 생각을 품었다. 어느 누구도 이것을 알아채지 못했을 것이다. 그러나 바로 그것이 몬테로가 혁명을 일으킨 직접적인 이유 중 하나였다. 혁명의 근본적 원인이란 늘 매한가지여서, 대중의 정치적 미성숙과 상류층의 나태함과 하류층의 무지몽매함에 그 뿌리가 있다는 점을 생각하면 이것도 믿기 어려운 일은 아닐 것이다.

페드리토 몬테로는 형이 출세하자 자신의 무모한 상상을 실현할 길이 활짝 열렸다고 생각했다. 이렇게 되어 몬테로의 쿠데타를 미리 막을 수 없었던 것이다. 장군 하나라면 아마 매수하거나 아첨으로 달래고 외교 임무를 맡겨서 유럽에 보낼 수 있었을 것이다. 그러나 그의 동생이 처음부터 끝까지 장군을 선동했다. 페드리토는 남아메리카의 가장 화려한 정치가가 되고 싶어 했다. 그가 최고 권력을 바란 것은 아니었다. 실은 그에 따른 노고와 위험이 두려웠을 것이다. 유럽에서의 경

---

1) Imbert de Saint-Amand(1834~1900). 19세기 프랑스의 귀족이자 역사가. 가까이에서 관찰한 왕족과 귀족들의 삶을 서술한 것으로 유명하다.

험으로 배운 바가 있었던 페드리토 몬테로는 무엇보다도 큰 재산을 차지할 작정이었다. 그런 목적으로 그는 전투에서 승리한 바로 다음 날 계속 공세를 밀어붙여 산맥을 넘어 술라코를 점령하겠다고 주장했고 형의 허락을 받았다. 술라코는 장차 번영할 땅이었고, 물질적 진보를 꽃피우기 위해 선택된 땅이며, 이 나라에서 유럽 자본가들의 관심을 끄는 유일한 지역이었다. 페드리토 몬테로는 모르니 공작의 선례를 본받아 이 번영하는 사업체에서 자기 몫을 챙길 작정이었다. 정확히 말해서 바로 이것이 그의 의도였다. 이제 형이 대통령이나 절대 권력자, 심지어 황제 — 황제가 못 될 이유도 없지 않은가? — 등 그 무엇이 되든 간에 이 나라의 주인이므로 그는 모든 사업 — 철도, 광산, 사탕수수 재배, 방적 공장, 부동산 회사 등등 — 에 자신이 보호해 주는 대가로 한몫을 요구할 작정이었다. 약 200명의 평원 주민을 이끌고 산맥을 넘어온 그 유명한 행군의 진짜 목적은 일찌감치 현장을 차지하는 것이었다. 그의 조급한 마음에 이 계획의 위험 요소는 처음에는 분명히 보이지 않았다. 연전연승을 거듭하다 보니 자신이 나타나기만 하면 상황을 지배할 수 있으리라고 생각했던 것이다. 하지만 이제는 이런 환상 때문에 자신이 무모한 짓을 저질렀다는 것을 그는 의식하게 되었다. 평원 주민의 선두에서 말을 달리며 보니 군인이 너무 적다는 사실이 유감스러웠다. 그러나 오합지졸의 열성적인 환호에 기운이 났다. 그들은 "몬테로 만세! 페드리토 만세!" 하고 소리쳤다. 더 열렬한 환호를 받으려고, 그리고 가식적으로 꾸미는 것을 천성적으로 좋아하기 때문에, 그는 말고삐를 말의 목에 내려놓고 푸엔테스와 가마초의 겨드랑이를 양팔로 감으며 아주 효과적으로 친근하고 자신만만한 인상을 연출했다. 비루한 하인에게 그의 말고삐를 잡게 하고는 그 자세로 의기양양하게 말을 달려 광장을 가로지른 후 주 청사 문 앞에 이르렀다. 낡고 칙칙한 건물 벽은 요란한 성당 종소리를 압도한, 하늘을 찌를 듯한 환호성에 뒤흔들리는 것 같았다.

장군의 동생 페드로 몬테로는 넝마를 걸친 국가 방위군이 맹렬히 떠밀어 댄 열성적 지지자들의 함성과 땀범벅 속에서 말을 내렸다. 몇 계단을 오른 그는 입을 벌리고 있는 대규모 군중과 햇빛에 비친 자욱한 먼지에 뿌옇게 가려진 건너편 집들의 총알 박힌 벽을 훑어보았다. 넓은 공간을 가로질러 '포르브니르'라고 쓰인 검은 글자가 깨진 창문들 사이로 이어지며 그를 바라보았다. 드쿠를 사로잡을 수 있다고 믿었기에 복수의 시간을 생각하니 기분이 좋았다. 그의 왼쪽에 서 있던 큰 체구의 가마초는 몸이 달아서 땀에 젖은 털투성이 얼굴을 닦으면서 바보처럼 싱글거리며 누런 어금니를 드러냈다. 오른쪽에 있는 작고 여윈 몸집의 푸엔테스는 입을 꼭 다물고 주위를 둘러보았다. 군중은 그 위대한 게릴라 전사, 그 유명한 페드리토가 당장 눈에 보이는 선물을 아낌없이 뿌리기를 간절히 열망하는 듯이 침묵하면서 말 그대로 입을 활짝 벌리고 쳐다보았다. 그가 뿌리기 시작한 것은 선물이 아니라 연설이었다. 그는 광장 한복판에 있는 사람들도 들을 수 있을 만큼 "시민 여러분!" 하고 크게 외치며 연설을 시작했다. 그러고 나자 대다 수 군중은 오로지 그 연설자의 동작에 매료되었다. 까치발로 서고, 불끈 쥔 주먹을 머리 위로 내뻗고, 가슴 위에 펼친 손바닥을 대고, 희뿌옇게 빛나는 눈을 부라리며 노려보고, 휩쓸고 손가락질하고 포옹하는 몸짓을 하고, 가마초의 어깨에 친숙하게 손을 올리고, 지지자이자 정치가이며 민중의 진정한 벗으로 작은 몸집을 검은 코트로 감싸고 있는 푸엔테스 씨를 향해 정중하게 손을 흔들었다. 그 웅변가 옆에 있던 사람들에게서 갑자기 터져 나온 만세 소리는 마른 풀밭에 번지는 불길처럼 일정치 않게 군중의 맨 뒤까지 퍼져 나갔고 거리들이 뻗어 나간 곳에서 가라앉았다. 만세 소리가 잠시 멎은 사이에는 사람들이 꽉 찬 광장에 무거운 침묵이 깔렸고, 그사이 연설가의 입은 계속 벌어졌다 닫히기를 반복하면서 말을 뱉어 냈는데 — '민중의 행복', '이 나라의 아들', '온 세계' — 그 말은 사람들이 들어찬 성당 계단까지 모기 소리처럼 가늘게 울리며 희미하면서도 명확하게 전해졌다. 연설자는 자기 가슴을 두드렸고, 두 지지자 사이에서 의기양양하게 날뛰는 것 같았다. 열변을 마무리하려고 한껏 노력을 기울인 것이다. 그러고 나자 체구가 비교적 작은 두 사람은 대중의 시야에서 사라졌고, 거구의 가마초가 혼자 남아 앞으로 나오면서 모자를 머리 위로 높이 쳐들었다. 그러고는 자랑스럽게 모자를 쓰고 "시민 여러분!" 하고 외쳤다. 과거 평원의 행상이었던 국가 방위군 사령관 가마초 씨를 단조로운 함성이 맞아 주었다.

주 청사의 위층으로 올라온 페드리토 몬테로는 부서진 방들을 성마르게 걸어 다니며 끊임없이 으르렁거렸다.

"이런 바보 같은 짓거리가 있나! 다 부서졌잖아!"

뒤따르던 푸에테스 씨가 과묵한 입을 열어 중얼거렸다.

"이건 죄다 가마초와 그 국가 방위군의 소행이오." 그러고는 고개를 왼쪽 어깨로 기울이고 양 입술을 꽉 다물자 입꼬리에 조그맣게 움푹 파인 부분이 드러났다. 그의 주머니에는 술라코의 주지사 임명장이 들어 있었는데 그는 그 직책을 수행하고 싶어 좀이 쑤실 지경이었다.

긴 회의실의 큰 거울은 전부 다 돌에 맞아 별무늬로 금이 가고 커튼은 찢어졌으며 위쪽 연단 위에 지붕처럼 늘어뜨린 덮개는 갈기갈기 찢어져 있었다. 어둑하고 황폐한 곳에 한가하게 서 있는 그들에게 저 밑에서 악을 쓰는 가마초의 목소리와 군중의 크고 나지막한 중얼거림이 덧문을 통해 들려왔다.

"짐승 같은 놈!" 돈 페드로 몬테로 각하께서 이를 악물고 말했다. "저 작자와 방위군을 내보내 에르난데스와 싸우게 할 방법을 가급적 빨리 궁리해야겠소."

새 주지사는 그저 고개를 옆으로 홱 돌렸고, 가마초와 성가신 폭도를 시내에서 몰아낼 방법을 찾으라는 말에 대한 동의의 표시로 담배를 한 모금 빨았다.

페드리토 몬테로는 아무것도 깔리지 않은 맨바닥과 방 안을 띠처럼 두른 무거운 금테 그림 액자를 불쾌하게 바라보았다. 찢어지고 베어진 화포의 남은 조각들이 더러운 누더기처럼 액자에 매달려 흔들렸다.

"우리는 야만인이 아니오." 그가 말했다.

이 각하께서, 그 유명한 페드리토가, 잠복하고 기다리는 전

술에 능한 게릴라 전사가, 민주주의의 원칙에 입각해서 술라코를 조직하겠다고 자청해서 형의 허락을 받은 자가, 바로 이렇게 말한 것이다. 전날 밤 그를 환영하러 린콘에 간 도당과의 회의에서 그는 푸엔테스 씨에게 의도를 털어놓았다.

"우리는 조국의 운명을 무적의 장군이자 영웅이신 형님의 지혜와 용기에 맡기는 것에 대해 찬반을 묻는 보통 선거를 치를 거요. 국민 투표 말이오. 이해하시겠소?"

푸엔테스 씨는 가죽 같은 뺨을 부풀리고 고개를 조금 왼쪽으로 기울이고는 오므린 입술 사이로 푸르스름하고 가느다란 연기를 내뿜었다. 그는 이해했다.

그 각하는 약탈의 흔적에 몹시 격분했다. 주 청사 접견실에는 의자나 탁자, 소파, 작은 탁자, 콘솔 하나 남아 있지 않았다. 각하는 화가 나서 온몸이 부들부들 떨렸지만 자신이 외딴 곳에 고립되어 있다는 느낌 때문에 분노를 격렬하게 드러내지 않고 억제했다. 영웅인 형은 아주 먼 곳에 있었다. 그런데 어떻게 해야 오후의 낮잠을 잘 수 있을까? 술라코로 과감하게 진군하면서 온갖 고난과 결핍을 겪은 그는 일 년이나 이어진 고된 캠프 생활을 끝내고 주 청사에 들어서면 안락과 호사를 누릴 수 있으리라 기대했다. 이 지방은 재력과 영향력에 있어서 이 나라의 다른 영토를 모두 합친 것보다 더 가치가 컸다. 그는 천천히 가마초에게 앙갚음을 할 작정이었다. 대중의 귀에 흥미롭게 들린 가마초 씨의 연설은 백열을 내뿜는 용광로에 던져진 하급 악마가 거칠게 악쓰는 소리처럼 열기와 눈부신 빛이 넘쳐 나는 광장에서 이어졌다. 매 순간 그는 땀이 줄줄 흐르는 얼굴을 맨팔로 닦아야 했다. 코트를 벗어 던졌고 셔츠 소매를 팔꿈치 위로 걷어 올렸지만 흰 깃털이 달린 커다란 삼각모는 벗지 않았다. 그는 순진하게도 국가 방위군의 사령관으로서 자기 지위를 드러내는 이 표시를 소중하게 여겼다. 가마초가 말을 마칠 때마다 동의를 뜻하는 나지막한 웅얼거림이 울려 퍼졌다. 연설의 요지는 프랑스와 영국, 독일, 미국에 즉시 선전 포고를 해야 한다는 것이었다. 그 나라들은 철도 사업과 광산업, 식민화를 도입하고 그런 얄팍한 구실로 실은 가난한 사람들의 땅을 빼앗으려 하며, 귀족들은 그런 무법자들과 반병신들의 도움을 받아서 빈민을 힘겹게 일하는 비참한 노예로 만들고 있다는 것이었다. 그 천민들은 더러운 흰 모포 자락을 흔들며 찬동의 뜻으로 고함을 질렀다. 애국적 임무를 떠맡을 수 있는 사람은 몬테로 장군뿐이라고 가마초는 확신하며 울부짖었다. 군중은 그 말에도 동의했다.

오전 시간이 지나고 있었다. 군중은 이미 떼 지어 움직이며 소용돌이를 일으키고 뿔뿔이 흩어질 조짐을 드러냈다. 어떤 사람은 담장이나 가로수의 그늘을 찾고 있었다. 말에 탄 사람들은 소리를 지르며 말을 몰았다. 수직으로 내리쬐는 햇빛을 막으려고 맥고모자를 머리에 수평으로 올려놓았던 무리들이 서서히 거리로 몰려갔고, 길가 술집의 열린 문 사이로 기타 소리가 부드럽게 흘러나오며 매혹적으로 어둑한 실내를 드러냈다. 국가 방위군은 오후의 낮잠 생각이 간절했고, 그들의 대장 가마초의 웅변은 조금씩 맥이 빠졌다. 오후 들어 선선해진 시간에 그들이 공무를 의논하려고 다시 소집했을 때, 알라메다

거리에서 야영하던 몬테로의 기병대가 예고도 없이 급히 그들을 공격했고, 달아나는 그들의 등에 긴 창을 겨누어 거리 끝까지 몰아냈다. 술라코의 국가 방위군은 이 조처에 놀랐지만 분개하지는 않았다. 코스타구아나 사람들은 군대의 기이한 행동에 이의를 제기하는 법을 알지 못했다. 그것은 자연스러운 순리의 일부였다. 그 사건은 틀림없이 모종의 행정적 조치일 거라고 그들은 결론 내렸다. 하지만 그 동기가 무엇인지는 그들의 지능으로 간파할 수 없었다. 그들의 대장이자 웅변가인 가마초, 국가 방위군 사령관은 술에 취해 가족의 품에서 잠들어 있었다. 그늘진 곳에서 그의 맨발은 시체처럼 혐오스럽게 뒤집혀 있었고, 웅변을 늘어놓던 그의 입은 축 벌어져 있었다. 그의 막내딸이 한 손으로 머리를 긁적이며 다른 손으로 초록색 나뭇가지를 들고 햇볕에 타서 껍질이 벗겨지는 그의 얼굴에 부채질을 했다.

6

기울어 가는 태양이 시내 집들의 그림자를 서쪽에서 동쪽으로 옮겨 놓았다. 태양은 드넓고 방대한 평원 전역에서 그림자의 위치를 옮겼다. 멀리 초록색 들판에서 솟아오른 작은 언덕 위 저택들의 흰 담벼락과 강둑 옆 우묵한 땅에 웅크린 초가지붕의 오두막들, 바다처럼 깨끗하게 펼쳐진 풀밭에 검은 섬처럼 군생한 나무들, 그리고 거인 나라의 황량한 해안처럼 굽이치는 낮은 숲에서 거대한 요지부동의 산세로 솟구친 코르디예라의 가파른 산맥에서도 그림자의 자리가 바뀌었다. 멀리서 석양이 눈 덮인 이게로타 산비탈을 비추자 장밋빛 청춘의 분위기가 감돌았고, 저 멀리 깔쭉깔쭉한 산봉우리들은 작열하는 불길에 타서 재가 되어 버린 듯 시커멓게 보였다. 굽이치는 숲은 위에 연한 금빛 가루가 뿌려진 것 같았다. 린콘을 지나 숲이 울창한 두 지맥에 가려 시내에서는 보이지 않는 산토메 골짜기의 바위들은 꼭대기에 거대한 양치류가 뒤덮인 평평한 산벽과 함께 따뜻한 갈색과 노란색을 띠었고, 불그레한 녹색 줄무늬가 기다랗게 그어지고 갈라진 바위틈에는 암녹색 덤불이 박혀 있었다. 평지에서 보면 쇄광기가 있는 헛간과 광산 건물들은 절벽 턱에 모인 새 둥지처럼, 아주 높은 곳에 있는 작고 까만 점처럼 보였다. 꾸불꾸불한 산길은 거대한 요새의 담벼락에 긁어 놓은 흐릿한 자국 같았다. 다리 옆으로 시냇물을 따라 늘어선 나무 그늘에서 카빈총을 들고 경계하는 눈으로 어슬렁거리며 낮에 보초를 서던 두 경비원의 눈에는 고지대에서 길을 따라 내려오는 돈 페페가 커다란 딱정벌레 크기로 보였다.

바위 표면을 하릴없이 오가는 벌레처럼 보이던 돈 페페의 형체는 꾸준히 산을 내려왔고, 바닥 가까이 이르자 이윽고 창고와 용광로, 작업장 지붕 너머로 사라졌다. 다리 앞에서 잠시 서성이던 두 경비원은 손에 커다란 흰색 봉투를 든 말 탄 사람을 멈춰 세웠다. 그때 돈 페페가 광산의 경계인 다리에서 그리 가깝지 않은 집들 사이의 마을길에 나타나더니 다가왔다. 그는 흰 리넨 재킷에다 폭 넓은 검은색 바지를 승마용 구두 속에 찔러 넣고 옆구리에는 기병도를 차고 허리띠에 권총을 찬 채 성큼성큼 걸어왔다. 이 혼란스러운 시절에 이 총독은, 속담에 나오는 말 그대로, 구두를 벗는 일이 절대 없었다.

경비원 하나가 고개를 약간 끄덕이자 시내에서 전갈을 가져온 남자는 말에서 내려 고삐를 잡고 말을 끌어 다리를 건

넜다.

돈 페페는 그 남자가 다른 손으로 건넨 편지를 받고는 안경 케이스를 더듬어 찾느라 왼쪽 옆구리와 엉덩이를 차례로 두드렸다. 은이 박힌 무거운 안경을 콧잔등에 올려놓고 귀 뒤에 조심스럽게 고정한 다음 그는 봉투를 뜯고 눈에서 30센티미터쯤 되도록 들어 올렸다. 그가 꺼낸 종이에 적힌 글자는 달랑 세 줄이었다. 그는 그것을 한참 바라보았다. 그의 희끄무레한 콧수염이 조금 씰룩거렸고, 눈꼬리에서 퍼져 나간 주름도 함께 움직였다. 그는 태평하게 고개를 끄덕였다. "좋아," 그가 말했다. "답장은 없네."

그러고 나서 그는 조용하고 친절하게 그 남자와 조심스레 대화를 나누었다. 그 남자는 최근에 운 좋은 일이라도 있었던 듯 쾌활하게 얘기를 나누고 싶어 했다. 그는 세관 양쪽의 해안가에 주둔한 소티요의 보병대를 멀리서 보았다. 그 군대는 세관 건물에 피해를 입히지 않았다. 철도 회사의 외국인들은 조차장 안에 갇혀 있었다. 소티요 군대는 더 이상 가난한 사람들에게 총질을 하지 않았다. 그는 외국인들에 대해 욕설을 퍼붓고는 몬테로가 술라코에 진입한 사실과 시내에 떠도는 소문을 들려주었다. 가난한 자들은 이제 부자가 될 것이다. 아주 좋은 일이다. 그는 그 이상은 알지 못한다고 말했다. 그러고는 비위를 맞추듯 미소를 지으며 배가 고프고 목이 마르다고 넌지시 암시했다. 노소령은 그에게 첫 번째 마을의 읍장에게 가라고 말했다. 그 남자가 말을 타고 가자 돈 페페는 작은 목제 종각이 있는 곳으로 천천히 걸어가서 울타리 너머로 작은 정원을 들여다보았다. 사제관 앞의 오렌지 나무 두 그루 사이에 매달린 하얀 해먹에 로만 신부가 앉아 있었다.

거대한 타마린드 나무의 짙푸른 잎사귀가 흰 목조 가옥 전체에 그늘을 드리웠다. 긴 머리칼에 눈이 크고 손발이 작은 인디언 소녀가 나무 의자를 갖고 나왔고, 여윈 노파가 베란다에서 까다로운 감시의 눈길로 소녀를 계속 지켜보았다. 돈 페페는 의자에 앉아 시가에 불을 붙였다. 신부는 우묵한 손바닥에서 엄청난 양의 코담배를 집어 냄새를 맡았다. 부서진 듯이 움푹 파이고 초췌한 신부의 적갈색 얼굴에서 생기 있고 솔직한 두 눈이 검은 다이아몬드처럼 빛났다.

돈 페페는 페드리토 몬테로가 정상적으로 조업 중인 광산을 소규모 군대의 호위를 받는 합법적 조직 애국 시민 위원회에 어떤 조건으로 양도할 것인지를 푸엔테스 씨의 필체로 물어 왔다고 부드럽고 익살스러운 목소리로 로만 신부에게 알려주었다. 신부는 눈을 들어 하늘을 올려다보았다. 돈 페페는 그 편지를 가져온 하인의 말로는 돈 카를로스 굴드가 살아 있으며 아직까지는 괴롭힘을 당하지 않고 있다고 말을 이었다.

광산 경영자가 안전하다는 말을 듣자 로만 신부는 고마운 마음을 몇 마디 말로 표현했다.

작은 종루에서 은방울 같은 종소리가 울리는 가운데 연설 시간은 지나가 버렸다. 골짜기 입구를 가로막고 길게 늘어선 숲들이 나지막하게 걸린 태양과 마을길 사이에 병풍처럼 서 있었다. 그 바위투성이 협곡이 끝나는 곳에 현무암과 화강암 산벽 사이로 가파르게 솟아오른 울창한 언덕이 산토메 주민들의 시야에서 모든 산맥을 가리면서 녹음이 우거진 꼭대기까지 햇살을 받았다. 자그마한 장밋빛 구름 세 개가 그 위로 거대하고 깊은 창공에 걸려 꼼짝도 하지 않았다. 욋가지로 엮은 오두막들 사이의 길가에 사람들이 옹기종기 모여 앉아 있었다. 읍장의 집 앞에는 벌써 부하를 소집하려고 모인 야간 경비대장들이 둥근 가죽 모자를 쓰고 땅바닥에 둥글게 쭈그리고 앉아서 구릿빛 등을 굽혀 마테 차가 든 호리병박을 돌리고 있었다. 달인 차가 담긴 시커메진 호리병박이 이 손에서 저 손으로 돌아가는 동안 시내에서 온 하인이 문 앞 말뚝에 말을 묶어 놓고는 술라코 소식을 알려 주었다. 근엄한 읍장은 소매가 달린 꽃무늬 사라사 무명 가운을 뚱뚱한 맨몸에 활짝 벌어지도록 걸치고는 흰 허리띠를 둘러서 야한 수영복을 입은 듯한 인상을 풍겼다. 그는 거친 비버 모자를 뒤로 밀어 쓰고 은 손잡이가 달린 큰 지팡이를 움켜쥐고 옆에 있었다. 이 위엄의 상징은 명예와 번영과 평화의 원천인 광산 경영자에게서 받은 것이었다. 읍장은 이 골짜기에 제일 먼저 살러 온 사람 중 하나였다. 그의 여러 아들들과 사위들도 이 산에서 일했다. 높은 언덕에서 우레처럼 울리는 광물 활송 장치를 통해 내려온 보물로 산은 복지와 안정과 정의라는 선물을 노동자들에게 쏟아 붓는 것 같았다. 읍장은 시내 소식에 호기심을 느끼면서도 무관심하게, 자기와는 아무 상관 없는 다른 세계의 소식인 듯 귀를 기울였다. 실로 그 소식은 그렇게 느껴졌다. 세파에 시달려 온 약간 미개한 이 인디언들은 지난 몇 년간 강력한 조직에 소속되어 있다는 의식을 키워 온 것이다. 그들은 광산을 자랑스러워했고 애착을 느꼈다. 광산은 그들에게 자신감과 믿음을 주었다. 인디언들은 광산이 자신들의 손으로 만들어 낸 물신인 양 거기에 자기들을 지켜 주는 무적의 힘이 있다고 믿었다. 그들은 무지했고, 다른 점에서 보더라도 스스로 창조한 것을 무한히 신뢰하는 여타 인간들과 별반 다르지 않았다. 읍장은 광산의 보호와 막강한 힘이 사라질 수 있다고는 생각해 본 적이 없었다. 정치란 시내와 평원 지대 사람들에게나 관련된 것이다. 콧구멍이 넓고 표정 변화가 없는 그의 둥글고 누런 얼굴은 험상궂은 보름달 같았다. 하인이 흥분해서 늘어놓는 허풍을 들으며 그는 불안해하거나 놀라지 않았고 격렬한 감정도 전혀 느끼지 않았다.

로만 신부는 맥없이 양손으로 해먹 모서리를 움켜잡고 발이 땅에 닿을락 말락 한 상태로 균형을 잡고 앉았다. 자신의 양 떼처럼 자신만만하지는 않지만 그만큼 무지한 그는 소령에게 앞으로 어떤 일이 벌어질 것 같으냐고 물었다.

돈 페페는 의자에 말뚝처럼 꼿꼿하게 앉아 넓적다리 사이에 수직으로 세워 놓은 칼 손잡이에 태평하게 양손을 겹쳐 놓고는 자기도 모른다고 대답했다. 광산을 점령하려고 어떤 병력이 오더라도 그에 대항해 광산을 지킬 수는 있을 것이다. 하지만 골짜기는 건조한 지역이라 평원 지대에서 정기적으로 공급되는 물품이 차단된다면 세 마을 주민은 굶주리다가 항복하게 될 것이다. 돈 페페는 이런 우발적 가능성을 차분하게 로만 신부에게 설명했고, 과거에 노병이었던 신부는 군인의 추론을 잘 이해했다. 그들은 꾸밈없이 솔직하게 얘기를 나눴다.

로만 신부는 자신의 양 떼가 뿔뿔이 흩어지거나 노예가 될지 모른다는 생각에 슬퍼졌다. 그는 그들의 운명에 대해 어떤 환상도 갖지 않았다. 통찰력이 있어서가 아니라 잔혹한 정치를 오랫동안 경험했고, 그 잔혹성이 한 국가의 생활상에서 피할 수 없는 파멸적 숙명으로 보였기 때문이다. 대체로 공공 기관이 하는 일이라고는 무엇보다도 평민들을 불시에 덮치는 재앙의 연속으로 보였고, 그 재앙은 증오와 복수, 어리석음과 탐욕을 통해 각각으로부터 필연적으로 흘러 나오는 것 같았다. 마치 신의 섭리이기라도 한 듯이. 로만 신부는 교육을 받지 못했지만 영리한 사람이었기에 명료한 인식을 갖고 있었다. 그러나 살육과 강탈, 폭력의 현장에서도 애정을 잃지 않은 그의 가슴은 희생자들과 더욱 친밀한 유대감을 느끼면서 그런 재앙에 대한 혐오감을 더욱 키웠다. 그는 골짜기의 인디언들에 대해 아버지다운 우월감을 품고 있었다. 오 년 이상 위엄 있게 종교적 열정을 품고 산토메 광산의 노동자들을 결혼시키고, 세례를 주고, 고백을 듣고, 죄를 사해 주고, 장례식을 치러 왔다. 그는 성사의 신성함을 믿었고, 그래서 그들은 정신적 의미에서 그의 자녀들이었다. 그들은 성직자로서 그의 주권에 소중한 존재들이었다. 게다가 굴드 부인이 이들에 대해 깊은 관심을 갖고 있었기에 신부의 눈에는 그들이 한층 더 중요하게 보였다. 자신의 중요성을 실로 더 증대시켰기 때문이다. 마을의 수많은 마리아와 브리지다에 대한 이야기를 부인과 나누다 보면 자신의 인간애가 더 넓어지는 느낌이었다. 로만 신부는 부끄러울 정도의 광신도는 될 수 없었다. 영국인 부인은 이교도가 분명한데 그의 눈에는 영락없이 경이로운 천사로 보였던 것이다. 일과 기도서를 겨드랑이에 끼고 타마린드 열대수의 넓은 그늘 아래서 어슬렁거리다가 그런 혼란스러운 생각에 빠질 때면 그는 걸음을 멈추고 코담배를 잔뜩 집어 킁킁 들이마시고는 심각하게 고개를 젓곤 했다. 머지않아 그 훌륭한 부인에게 어떤 일이 일어날지를 생각하자 불안감이 점점 커졌다. 그는 흥분해서 그런 감정을 웅얼웅얼 내비쳤다. 그러자 돈 페페도 잠시 침착함을 잃었고, 뻣뻣하게 몸을 앞으로 숙였다.

"자, 신부님. 술라코에 모인 저 도둑놈들이 내 명예를 얼마에 살 수 있는지를 알아내려 한다는 것 자체가 돈 카를로스와 부인이 안전하다는 증거요. 내 명예에 대해 말하자면, 남녀노소 할 것 없이 죄다 알듯이, 그것도 안전하지. 그런데 술라코를 습격해서 낚아챈 검둥이 자유주의자들은 그걸 모르고 있소. 좋아. 앉아서 기다리라지. 기다리는 동안은 해를 입히지 못할 테니까."

이렇게 말하고 그는 평정을 되찾았다. 그가 쉽게 다시 차분해질 수 있었던 것은 무슨 일이 일어나더라도 파에스의 노병으로서 자신의 명예는 안전하기 때문이었다. 그는 만일 무장 세력이 접근한다면 대량으로 장치된 다이너마이트로 광산의 발전 설비와 건물, 작업장을 체계적으로 완전히 파괴할 시간을 벌 수 있을 만큼은 골짜기를 방어하겠다고 찰스 굴드에게 약속했었다. 그렇게 해서 큰 갱도를 부서진 파편으로 막아 버리고 길을 끊고 수력 댐을 폭파시켜 그 유명한 굴드 광산을 산산이 박살내서 겁에 질린 세상 밖으로 하늘 높이 날려 버리겠다는 것이었다. 광산은 그 부친에게 그랬듯이 찰스 굴드를 치명적인 힘으로 움켜잡았나. 하지만 이 극단적인 결심은 돈 페페에게 세상에서 가장 자연스러운 일로 보였다. 그는 신중하게 조치를 취해 왔다. 모든 것이 꼼꼼하고 완벽하게 준비되었다. 이제 돈 페페는 칼자루에 평온하게 손을 포갠 채 신부에게 고개를 끄덕였다. 이 말을 듣고 흥분한 로만 신부는 코담배 한 줌을 얼굴에다 뿌렸고, 코담배로 범벅이 되어 눈을 동그랗게 뜬 채 어쩔 줄 모르고 해먹에서 벌떡 일어나 탄성을 지르며 주위를 서성였다.

돈 페페는 윤곽이 뚜렷한 턱 밑으로 늘어진 잿빛 수염을 쓰다듬으며 자신의 평판에 대해 자부심을 느끼면서 말했다.

"그러니 신부님, 난 무슨 일이 일어날지 몰라요. 하지만 내가 여기 있는 한, 돈 카를로스가 그 도둑놈 페드리토 몬테로에게 광산을 폭파하겠다고 위협할 수 있다는 것은 알고 있어요. 완전히 확신을 갖고 위협할 테니 진담으로 들리겠지. 사람들은 나를 아니까."

그는 입에 문 시가를 약간 불안하게 돌리기 시작하더니 말을 이었다.

"하지만 그건 다 말뿐이고…… 정치가들이나 하는 거지요. 난 군인이오. 무슨 일이 일어날지 몰라요. 하지만 무엇을 해야 하는지는 알지. 총과 도끼, 칼을 동여맨 막대기를 들고 광산이 시내로 쳐들어가야 합니다. 맹세코! 내가 할 일은 바로 그거라니까. 다만……."

칼자루에 포개진 그의 손이 씰룩거렸다. 그의 입꼬리에 물린 시가가 더 빨리 돌아갔다.

"그런데 그 행군을 이끌 사람이 나 말고 누가 있겠소? 알다시피 불행히도 난 이 광산이 도둑놈들 손에 넘어가게 하지 않겠다고 돈 카를로스에게 명예를 걸고 약속했어요. 전쟁을 하다 보면, 신부님도 아시겠지만, 전투의 운명은 불확실한 법이지. 그런데 혹시 패배할 경우에 나 대신 행동할 사람으로 누구를 여기 남겨 둘 수 있겠소? 폭발물은 이미 준비되어 있어요. 그렇지만 파괴 계획을 실행에 옮기려면 높은 명예심과 지능, 판단력, 용기를 갖춘 사람이 있어야 하지. 내가 나 자신을 신뢰하듯이 내 명예를 걸고 믿을 수 있는 누군가가. 가령 파에스의 다른 노병이라든지, 아니면 어쩌면 파에스의 옛 신부 중 하나도 괜찮을 거요."

그는 일어섰다. 여윈 장신에 곧고 단단한 체격, 군인답게 수염이 나고 뼈가 앙상한 얼굴 골격에서 움푹 들어간 눈이 날카로운 빛으로 신부를 꿰뚫는 것 같았다. 신부는 빈 코담배 상자를 거꾸로 든 채 가만히 서서 광산 총독을 말없이 쏘아보았다.

7

거의 같은 시간에 술라코의 주 청사에서 찰스 굴드는 그곳으로의 출석을 요구한 페드리토 몬테로에게 광산을 약탈한 정부에 이익이 되도록 자기 손에서 내놓는 일은 결코 없을 거라고 장담하고 있었다. 굴드 채굴권은 정부에게 되돌아가지 않을 것이다. 부친은 그것을 바란 적이 없다. 그 아들 역시 그것을 절대로 양도하지 않을 것이다. 그가 살아 있는 한 그것을 양도하는 일은 결코 없을 것이다. 그리고 그가 죽는다면, 파괴되어 잿더미와 폐허가 된 광산에 다시 활력과 재력을 소생시킬 힘이 어디 있겠는가? 이 나라에는 그만한 힘이 없다. 또한 그처럼 재수 없는 잔해에 위험을 무릅쓰고 손을 댈 외국 기술과 자본이 어디 있겠는가? 찰스 굴드는 오랫동안 분노와 경멸을 감출 때 사용해 온 냉정한 어조로 말했다. 그는 고통스러웠다. 자신이 해야 하는 말에 넌더리가 났다. 그것은 너무나 과장된 엄포 같았다. 그의 내면에서는 철저히 실용적인 본능이 자신의 권리에 대한 거의 신비로운 관점과 심각한 갈등을 일으키고 있었다. 굴드 채굴권은 추상적 정의의 상징이었다. 하늘이 무너져도 상관없었다. 그런데 산토메 광산은 세계적인 명성을 얻을 정도로 개발되었으므로 굴드의 협박은 하찮은 역사적 일화밖에 모르는 페드로 몬테로의 깨이지 못한 머리에도 파고들 만큼 강력하고 효과적이었다. 굴드 광산은 이 나라의 재정에, 더욱이 많은 관리들의 지갑에 아주 중요한 자산이었다. 그것은 관례가 되었고, 익히 알려져 있었고, 널리 언급되었고, 확실히 믿을 수 있었다. 내무부 장관들은 모두 산토메 광산에서 월급을 받았다. 그것은 자연스러운 일이었다. 그리고 페드로 몬테로는 형의 정부에서 내무부 장관과 지방 의회 의원장이 될 생각이었다. 모르니 공작은 프랑스 제2제정 시절에 그런 높은 직책을 차지하고 제 호주머니에 엄청난 이득을 챙겼던 것이다.

페드리토 귀하를 위해 탁자 하나와 의자 하나, 목제 침대가 마련되어 있었다. 술라코에 진입하면서 애쓰고 허세를 부리느라 꼭 필요했던 낮잠을 잠시 자고 일어나서 그는 약속을 잡고, 명령하고, 성명서에 서명하며 행정 기관을 장악하는 중이었다. 접견실에서 찰스 굴드를 혼자 대면했을 때 그는 짜증스럽고 당혹스러운 심정을 그 유명한 말솜씨로 잘 숨겼다. 처음에는 거드름을 피우며 몰수 운운하기 시작했다. 그러나 광산 경영자의 표정에 적절한 감정과 변화가 일어나지 않자 결국 그의 능란한 말재주는 타격을 받게 되었다. 찰스 굴드는 같은 말을 되풀이했다. "정부는, 원한다면, 분명 산토메 광산을 파괴할 수 있겠지요. 하지만 내가 없다면 정부가 할 수 있는 일은 그게 다요." 이 말은 무서운 선언이었고, 승리의 전리품이 간절한 정치가의 감정을 상하게 하려고 의도된 말이었다. 또한 찰스 굴드는 산토메 광산의 파괴가 다른 사업들을 파산시키고 외국 자본을 철수시킬 것이며 외국 차관의 마지막 불입금을 유보시킬 것이 거의 확실하다고 말했다. 무표정한 악마처럼 그 남자는 (그 각하의 지능으로도 이해할 수 있는) 이런 이야기를 소름 끼칠 정도로 냉정하게 말했다.

페드로 몬테로의 태도는 파리 호텔의 다락방에서 더러운 침대에 큰대자로 드러누워 하찮은 임무나 다른 잡일도 소홀히 하며 오래도록 읽었던 경박한 잡담풍의 역사책에서 영향을 받은 것이었다. 만일 지금 그가 눈을 들어 옛 주 청사의 호화스러운 장식과 근사한 태피스트리, 벽을 따라 배치된 금박 가구들을 볼 수 있었다면, 만일 그가 네모난 멋진 적색 카펫 위 연단에 서 있었다면, 그는 승리감과 의기양양함에 취해 극히 위험한 인물이 되었을 것이다. 그러나 넓은 방 한가운데 초라한 가구 세 점이 아무렇게나 놓인 이 황량하고 황폐한 공간에서 페드리토의 상상력은 불안정하고 덧없는 감각에 억눌렸다. 이런 감정과 '각하'라는 단어를 한 번도 입에 올리지 않는 찰스 굴드의 단호한 태도 때문에 그는 자기 눈에도 왜소하게 보였다. 그는 찰스 굴드에게 경계심을 일으키는 것은 모두 깨끗이 잊어버리라고 세상 물정을 잘 아는 교양인 같은 말투로 간청했다. 찰스가 지금 대화를 나누는 상대는 이 나라 주인의 동생으로서 개혁의 임무를 맡고 있다고 상기시켰다. 이 나라 주인의 신뢰받는 동생이라고 되풀이했다. 그 현명한 애국적 영웅은 파괴에 대해서는 꿈조차 꿔 본 일이 없다. "당신의 반민주적 편견에 빠져들지 말라고 간청하겠소, 돈 카를로스." 거들먹거리며 토로하듯이 그가 소리쳤다.

처음 봤을 때 페드리토는, 확 벗겨진 앞이마와 윤기 없이 새까맣고 곱슬곱슬한 머리털 사이에 넓게 퍼진 번들거리는 누런 얼굴, 매력적으로 생긴 입과 뜻밖의 세련된 목소리로 사람을 놀라게 했다. 매부리코 양쪽에 새로 칠한 듯이 반짝거리는 두 눈을 완전히 뜨면 둥글고 희망 없는 눈길이 새의 눈 같기도 했다. 그런데 지금 그는 기분 좋게 눈을 가늘게 뜨고 각진 사각턱을 치켜 올려 이를 약간 맞물고는 콧소리를 내며, 귀족의 매너라고 여겨지는 몸짓을 하며 말하고 있었다.

그런 태도로 그는 갑자기 민주주의의 최고 형태는 전제 정치, 즉 국민의 직접 선거에 입각한 황제의 통치라고 선언했다. 전제 정치는 보수적이고 강력하다. 그것은 질서, 직위, 수훈을 요구하는 적법한 민주적 요구를 인정한다. 그런 것들을 자격이 있는 사람들에게 쏟아 줄 것이다. 전제 정치는 평화롭다. 그것은 진보적이다. 그것은 국가의 번영을 확보한다. 페드로 몬테로는 자신의 말에 도취되었다. 제2제정이 프랑스에 어떻게 공헌했는지를 보라. 그 제도는 돈 카를로스 같은 유형의 인간에게 기꺼이 경의를 표했다. 제2제정은 무너졌지만 그것은 몬테로 장군을 명성과 영광의 정점에 올려놓은 군인으로서의 재능이 그 지배자에게 부족했기 때문이다. 페드리토는 명성의 정점을 구체적으로 보여 주려고 갑자기 손을 높이 쳐들었다. "앞으로 우리는 많은 이야기를 나누게 될 거요. 서로를 완전히 이해하게 될 거요, 돈 카를로스!" 그는 동지 의식이 담긴 어조로 소리쳤다. 공화주의는 그 소임을 다했다. 미래의 동력은 전제적 민주주의다. 게릴라 전사인 페드리토는 힘주어 목소리를 낮추며 속내를 털어놓았다. 동료 시민들에게 술라코의 왕이라는 명예로운 별명으로 불리는 사람이라면 전제적 민주주의 체제에서는 위대한 실업가이자 비중 있는 발언권을 가진 사람으로서 최대한 존중받지 않을 수 없다. 그런 사람의 대중적 칭호는 오래지 않아 더 실속 있는 작위로 바뀔 것이다. "그렇지 않소, 돈 카를로스? 아니! 어떻게 생각하시오? 술라코 백작 — 어? — 아니면 후작……."

그의 말이 중단되었다. 서늘한 공기가 감도는 광장에서 기병대가 거리로 들어가지 않고 빙빙 순찰을 돌고 있었다. 거리의 열린 술집 문에서 고함 소리와 서투른 기타 소리가 울려 퍼졌다. 사람들의 오락을 방해하지 말라는 명령이 내려져 있었다. 주 청사 창문에서 보면 지붕들 너머 수직으로 서 있는 성당의 탑들 옆으로 눈 덮인 이게로타 봉우리의 곡선이 검푸르러지는 넓은 하늘을 가로막고 있었다. 잠시 후 페드리토 몬테로는 코트의 가슴 부분에 손을 밀어 넣고는 천천히 품위 있게 고개를 숙였다. 접견이 끝난 것이다.

밖으로 나가면서 찰스 굴드는 손으로 이마를 쓸어내렸다. 괴상하고 터무니없는 언행이 육신의 위험과 지적 부패의 뒷맛을 묘하게 남기는 악몽의 여운을 떨쳐 내려는 듯이. 오래된 관저의 복도와 층계에서 몬테로의 병사들이 거들먹거리며 빈둥거렸고, 담배를 피우면서 누구에게도 길을 비켜 주지 않았다. 온 건물에 기병도와 박차의 쩔그렁 소리가 울려 퍼졌다. 새카만 옷을 입은 민간인 세 무리가 말없이 큰 회랑에서 기다리고 있었다. 공적 임무를 수행하면서도 사람들의 이목을 피하려는 욕구에 사로잡힌 듯이 격식을 차리면서도 무기력하게 몸을 웅크린 세 무리는 각기 떨어져 있었다. 접견을 기다리는 대표단이었다. 초조하고 불안한 표정의 지방 의회 대표단의 머리 위로 돈 후스테 로페스의 큰 얼굴이 두드러졌다. 부드럽고 희멀건 그의 얼굴은 눈꺼풀이 두드러졌고 짙은 구름에 감싸인 듯 꿰뚫을 수 없는 엄숙한 분위기가 감돌았다. (영국을 본떠 만든) 의회 제도의 마지막 파편이라도 건지려고 용감하게 나온 지방 의회 의장은 산토메 광산의 경영자를 외면함으로써 유일한 구원의 방침을 믿지 않는 그를 품위 있게 질책했다.

찰스 굴드는 그 침울하고 준엄한 질책에 전혀 영향을 받지 않았다. 하지만 그의 얼굴에서 자신들의 운명을 읽으려는 듯이 비난의 기색은 전혀 없이 그를 똑바로 바라보는 다른 사람들의 시선은 의식했다. 모두 굴드 저택의 큰 응접실에서 말하고 소리치고 변론하던 사람들이었다. 도덕적 퇴보의 올가미에 걸려 이상하게도 무력해진 그 사람들에 대해 동정심을 느꼈지만 그는 아무런 표시도 하지 않았다. 그들과 악폐를 너무 많이 공유한 것이 괴로웠다. 그는 방해받지 않고 광장을 건너갔다. 아마리야 클럽은 신나게 노는 부랑자들로 가득했다. 추레한 사람들이 창문마다 머리를 내밀고 있었고, 그 너머에서 술에 취한 고함 소리와 발을 탕탕 구르는 소리, 하프의 현을 뜯는 소리가 들려왔다. 그 밑의 보도는 부서진 술병으로 뒤덮여 있었다. 자기 집에 들어섰을 때 찰스 굴드는 아직 떠나지 않은 의사를 보았다.

모니검 의사는 셔터 틈으로 거리를 내려다보다가 물러섰다.

"아! 마침내 돌아오셨군요!" 그는 안도한 목소리로 말했다. "부인께는 절대로 안전하시다고 말씀드렸지만 그 작자가 그냥 보내 줄지는 확신할 수 없었어요."

"나도 그랬어요." 찰스 굴드가 모자를 탁자에 내려놓으며 솔직히 말했다.

"조치를 취하셔야 합니다."

찰스 굴드의 침묵은 그럴 수밖에 없음을 인정하는 것 같았다. 그가 자신의 의도를 최대한으로 표현하는 것이 그 정도였다.

"무엇을 할 작정인지 몬테로에게 경고하지 않으셨기 바랍니다." 의사가 걱정스럽게 말했다.

"광산의 존재는 내 일신의 안전과 뗄 수 없이 엮여 있다는 것을 그에게 알려 주려 했어요." 찰스 굴드가 의사에게서 눈을 돌려 벽에 걸린 수채화를 뚫어지게 바라보며 말을 이었다.

"그 말을 믿던가요?" 의사가 열렬히 물었다.

"누가 알겠소!" 찰스 굴드가 말했다. "그 정도라도 말한 건 아내 덕분이었어요. 그는 잘 알고 있더군요. 광산에 돈 페페가 있다는 것도 알고. 푸엔테스가 말해 줬겠지요. 그들은 노

소령이 추호의 망설임이나 거리낌 없이 산토메 광산을 폭파시켜 버릴 수 있다는 것을 잘 알아요. 그렇지 않았다면 내가 자유로운 몸으로 시청에서 나올 수 없었을 겁니다. 돈 페페는 충성심과 증오심으로, 자칭 자유주의자라는 자들에 대한 증오심으로 모든 것을 날려 버릴 겁니다. 자유주의자라! 잘 알려진 그런 단어들이 이 나라에서는 악몽 같은 의미를 갖고 있어요. 자유, 민주주의, 애국심, 정부, 이런 단어들은 우행과 살육의 냄새를 풍깁니다. 그렇지 않소, 의사 선생? 돈 페페를 제지할 수 있는 건 나뿐이오. 그들이 나를 제거하려 한다면, 그 무엇도 그를 막을 수 없을 거요."

"그들은 그를 매수하려 할 겁니다." 의사가 생각에 잠겨 넌지시 말했다.

"그럴 수 있겠지요." 찰스 굴드는 여전히 벽에 걸린 산토메 골짜기의 스케치를 바라보며 혼잣말처럼 나직이 말했다. "그래요, 그 작자들은 그런 시도를 하겠지요." 찰스 굴드가 처음으로 의사를 바라보았다. "그러면 난 시간을 벌 수 있고요." 그가 덧붙였다.

"맞습니다." 모니검 의사는 흥분을 억누르며 말했다. "특히 돈 페페가 전략적으로 행동한다면 말이지요. 그가 그들에게 성공의 희망을 좀 주는 게 어떨까요? 그러지 않으면 시간을 많이 얻지 못할 겁니다. 그에게 지시를 보낼 수 없을까요……."

찰스 굴드는 의사를 응시하면서 고개를 저었지만 의사는 흥분해서 말을 이었다.

"그래, 광산을 양도하기 위한 협상에 들어가는 겁니다. 좋은 생각이에요. 경영자께서는 천천히 계획을 뜸들일 수 있어요. 물론 그 계획에 대해서는 묻지 않겠어요. 알고 싶지 않으니. 말해 주신다 해도 듣지 않을 겁니다. 나는 신뢰를 받을 수 있는 사람이 아니오."

"무슨 터무니없는 말씀을!" 찰스 굴드가 화를 내며 중얼거렸다.

그는 의사가 먼 과거의 사건을 과민하게 의식하는 걸 좋게 생각하지 않았다. 그 기억에 너무나 집착하는 것이 놀라웠다. 병적으로 보였다. 다시 그는 고개를 저었다. 돈 페페의 숨김없는 강직함에 간섭하는 것은 자신의 성향과도 맞지 않고, 전략적으로도 불가능하다고 말했다. 통지를 하려면 말로 하거나 글로 써 보내야 할 터였다. 어느 쪽이든 중간에 가로채일 위험을 무릅써야 했다. 심부름꾼이 광산까지 갈 수 있을지도 확실하지 않았다. 게다가 보낼 사람도 없다. 어느 정도 성공할 가능성이 있고 신중함을 신뢰하며 고용할 수 있는 사람은 이미 사망한 부두 노동자의 십장뿐이라는 말이 찰스 굴드의 입에서 맴돌았다. 하지만 그는 그 말을 하지 않았다. 다만 그것이 좋지 않은 전략일 거라고 의사에게 말했다. 그 작자들이 돈 페페를 매수할 수 있다고 생각한다면 그 즉시 광산 경영자와 친지들의 안전이 위협받을 것이다. 그럴 경우에는 온건하게 자제할 이유가 없을 테니까. 돈 페페가 매수될 수 없는 인물이라는 사실이 그들을 저지하는 가장 중요한 요인이었다. 의사는 고개를 떨어뜨리고 어떤 면에서는 그것이 사실이라고 인정했다.

의사는 굴드의 추론이 꽤 타당하다는 것을 부정할 수 없었다. 돈 페페의 유용성은 때 묻지 않은 그의 성품에 있었다. 자신의 유용성을 따져 보면 그것도 자신의 성격에 있다고 그는 쓰라린 마음으로 생각했다. 그는 소티요가 적어도 당분간은 몬테로의 군대에 합류하지 않게 할 방법이 있다고 찰스 굴드에게 말했다.

"그 은괴가 여기 있었다면," 의사가 말했다. "아니면 그것이 광산에 있다고 알려지기만 했어도 소티요를 매수해서 그가 최근에 표방하게 된 몬테로 주의를 내팽개치게 할 수 있었겠지요. 그는 기선을 타고 떠나 버리거나 아니면 이쪽에 합세했을 겁니다."

"그와 손잡는 것은 절대 안 됩니다." 찰스 굴드가 단호하게 말했다. "나중에 그런 사람과 무엇을 할 수 있겠어요? 생각해 보십시오, 의사 선생. 그 은괴는 사라졌고, 그래서 차라리 다행입니다. 은은 직접적이고 강력한 유혹이 됐을 테니까요. 눈에 보이는 전리품을 차지하려고 서로 싸우다가 파국적인 결과를 불러왔겠지요. 나도 그것을 지켜야 했을 테고요. 그 은괴를 치워 버려 홀가분합니다. 비록 잃어버렸더라도. 그것은 위험을 부르는 원인이자 저주가 되었을 거예요."

"어쩌면 경영자님 말씀이 옳을 겁니다." 한 시간 후에 의사는 복도에서 굴드 부인과 마주치자 재빨리 말했다. "그건 끝난 일이죠. 하지만 그 보물의 그림자라도 그 실체만큼 쓸모가 있을지 모릅니다. 내 악명을 최대한 이용해서 봉사하고 싶습니다. 이제 가서 소티요를 배신하는 게임을 하여 그가 시내에 진입하지 못하게 막아 보겠어요."

그녀는 충동적으로 두 손을 내밀었다. "보니검 선생님, 무서운 위험을 무릅쓰시는군요." 그녀는 눈물이 고인 눈을 그의 얼굴에서 돌려 남편의 방문을 흘끗 바라보며 속삭였다. 그녀는 그의 두 손을 꼭 잡았고 의사는 그 자리에 못 박힌 듯이 서서 그녀를 내려다보고 입술을 비틀어 미소를 지으려 했다.

"아, 부인께서 저를 기억해 주시겠죠." 마침내 그는 이렇게 말하고 비트적거리며 계단을 내려가서 안뜰을 지나 집을 나섰다. 거리에 나선 그는 의료 도구 상자를 겨드랑이에 끼고 날렵하게 절뚝거리며 속도를 내어 걸었다. 그는 정신 나간 사람으로 알려져 있었다. 누구도 그에게 간섭하지 않았다. 바다 쪽 도시 입구에서 나지막한 덤불이 군데군데 박혀 있는 먼지투성이 건조한 평원을 가로질러 1.5킬로미터 이상 떨어진 곳에 거대한 흉물인 세관과 당시 술라코 항구를 구성한 두세 개의 다른 건물이 보였다. 항구의 해안선은 멀리 남쪽의 야자나무 숲으로 곡선을 그리며 나아갔다. 코르디예라산맥의 봉우리들은 땅거미가 짙어지는 짙푸른 동쪽 하늘에 잠겨 선명한 윤곽을 잃어 가고 있었다. 의사는 활기차게 걸었다. 어두워지는 그림자가 천정(天頂)에서 그의 머리 위로 떨어져 내린 것 같았다. 이게로타의 눈은 석양을 받아 한참 타올랐다. 세관으로 곧장 이어지는 길에 들어서서 칙칙한 덤불 사이를 날개가 부러진 큰 새처럼 총총걸음으로 걷는 의사의 모습이 외롭게 보였다.

항구의 맑은 수면에 반사된 자주색과 금색, 진홍색 햇살이

영롱하게 빛났다. 기슭 안쪽에서 분명히 보이는, 바다 쪽으로 담처럼 쭉 뻗은 긴 곶이 둥근 초록색 봉분처럼 잡초가 무성한 부서진 요새가 함께 둥근 호를 마물렀다. 플라시도만 너머에서는 다시 빛나는 색채의 향연이 더 광대하고, 더 어둑하고 장엄하게 펼쳐졌다. 만의 끝부분을 뒤덮은 거대한 구름 덩어리는 둘둘 말린 잿빛 구름과 검은 구름 사이로 붉은 얼룩이 길게 드러나서 핏자국으로 얼룩진 망토가 떠 있는 것 같았다. 바다와 하늘을 분간할 수 없을 정도로 어둠에 잠긴 잔잔한 수면에서 세 개의 이사벨섬이 또렷이 드러나 흑자줏빛으로 공중에 떠 있는 듯이 보였다. 잔파도가 모래사장에 작은 불똥을 내던지는 것 같았다. 수평선을 따라 띠를 이룬 유리처럼 투명한 물결은 마치 방대한 바다 밑바닥에서 불과 물이 뒤섞인 듯 타오르는 붉은 섬광을 발산했다.

이윽고 세상의 끝에서 타오르며 서로 맞닿아 얼싸안고 잠들었던 바다와 하늘의 큰 불길이 사라졌다. 물속의 붉은 불꽃은 플라시도만의 어둑한 끝자락을 감싸고 있던 검은 망토의 핏자국과 함께 자취를 감췄다. 갑자기 한줄기 바람이 일더니 부서진 요새의 둑에 자란 덤불을 와삭와삭 흔들고 사라졌다. 열네 시간의 긴 잠에서 깨어난 노스트로모가, 누워 있던 긴 수풀에서 벌떡 일어섰다. 와삭거리며 물결치는 풀 속에 무릎까지 빠진 채 서 있는 그는 방금 세상에 태어난 사람처럼 어리둥절한 기색이었다. 잘생기고 건장하며 유연한 몸으로 머리를 뒤로 젖힌 채 팔을 쭉 뻗고 허리를 서서히 비틀어 기지개를 켜더니 그는 으르렁거리듯 흰 이를 드러내며 여유롭게 하품했다. 잠에서 깨어난 이 순간 그는 당당하고 무심한 야생 동물처럼 사익한 구식 없이 자연스러웠다. 그러다 이맛살을 잔뜩 찌푸리고 갑자기 뚫어지게 허공을 응시하자 그 시선에서 인간의 모습이 드러났다.

8

헤엄쳐서 뭍에 올라온 후 노스트로모는 물을 뚝뚝 흘리며 옛 요새의 넓은 안뜰로 기어올랐다. 그곳의 부서진 담벼락과 썩어 가는 지붕과 황폐한 헛간에서 그는 온종일 내처 잠을 잤다. 산 그림자가 드리워졌을 때도, 정오의 흰 섬광이 내리쬘 때도, 거의 감싸인 타원형 항구와 드넓은 반원형 만 사이에 잡초들이 마구 자란 고요하고 고적한 폐허에서 잠을 잤다. 그는 죽은 듯이 누워 있었다. 푸른 하늘에서 작은 반점처럼 보이던 큰 독수리가 나타나 급강하하더니 그렇게 체구가 큰 새치고는 놀랍게도 살며시 날아 신중하게 빙빙 돌았다. 은백색 몸과 꼬랑지가 까만 날개의 그림자가 풀 위에 드리워졌을 때처럼 독수리는 소리 없이 아직도 시체처럼 꼼짝 않고 누워 있는 남자에게서 3미터도 떨어지지 않은 쓰레기 더미에 내려앉았다. 번쩍이는 얼룩덜룩한 색깔이 추악한 그 새는 열렬히 탐하는 기색으로 고요히 잎어서 있는 몸을 향해 맨 모가지를 뻗고 대머리를 쑥 내밀었다. 그러고는 부드러운 깃털 속에 머리를 푹 파묻고 기다리기 시작했다. 잠에서 깬 노스트로모의 눈에 제일 먼저 들어온 것은 이처럼 참을성 있게 죽음과 부패의 징후를 기다리는 망꾼이었다. 그가 벌떡 일어서자 독수리는 큰 날개를 퍼덕이며 깡충 옆으로 물러났다. 새는 언짢고 내키지 않는 듯이 잠시 머뭇거리다가 날아올라 불길하게 부리와 발톱을 오그리고 빙빙 맴돌았다.

독수리가 사라지고 한참이 지난 후에야 부두 노동자 십장은 눈을 들어 하늘을 보고 중얼거렸다. "내가 아직 죽지 않았군."

시간이 좀 지나서야 노스트로모는 현실을 다시 의식할 수 있었다. 열두 시간이 넘도록 깊은 잠에 빠져 있는 동안 그것이 완전히 빠져나간 것이다. 사슬처럼 이어진 경험에서 연속성이 깨진 것 같았다. 그는 시공간 안에서 자신을 되찾아야 했고, 자신이 돌아온 시간과 장소에 대해 생각해야 했다. 이것은 새로운 경험이었다. 대체로 그는 잠에 곯아떨어져도 깨어나면 정신이 말짱해서 완벽하게 행동하는 유능한 선원이었다. 부두 노동자 십장은 배에서 훌륭한 선원이었다. 일반 선원으로도 훌륭했고 갑판장으로도 최고였다. 선상에서는 그런 탁월한 자질이 있더라도 상을 받지 못한다. 다만 자신이 훌륭한 인물이라는 과장된 의식과 윗사람들의 신뢰가 있을 뿐이다. 그가 선원 생활을 그만두고 배를 떠났을 때 제네바 배의 선장은 너무나 슬프고 화가 나서 희끗희끗한 머리칼을 쥐어뜯으며 돌아다녔다. 그는 이탈리아인이었고 진심에서 우러나온 감정을 부끄러워하지 않았기에 사람들 앞에서도 그렇게 했다. 선창가의 사람들이나 뱃짐을 내리는 거룻배 사공들 앞에서, O. S. N. 사무실의 미첼 선장 앞에서도 노스트로모를 잃은 것에 대한 비탄과 배은망덕에 대한 저주를 뒤섞어 늘어놓았다. 미첼 선장은 일면 공감을 표했지만 나중에는 그를 우스꽝스럽고 몹시 성가신 사람이라고 생각했고 그가 떠나서 영영 볼 수 없게 되자 다행으로 여겼다.

노스트로모는 그 배가 출항하기 전 사흘 동안 술집의 뒷방에 숨어 지내면서 이 한탄과 협박과 저주를 들었지만 전혀 흔들리지 않았다. 하지만 그것을 들으면서 만족감을 느꼈다. 당연히 그래야 했다. 그는 소중한 일꾼이었다. 그보다 나은 인정을 어떻게 기대할 수 있겠는가? 그의 허영심은 순진하고 끝없이 탐욕적이었지만, 생각의 폭은 좁고 제한적이었다. 후에 육지에서 얻은 일거리를 잘해 내자 일신의 명예를 얻으려는 쪽으로 생각이 확대되었다. 이 선원은 자기 영역에서 공인으로 생활해 왔다. 공인으로의 생활은 그에게 꼭 필요했다. 그의 콧구멍을 들락거리는 숨결과 같았다. 그것이 진정한 탁월함이 아니라고 누가 말할 수 있겠는가? 공인으로의 생활은 내면의 무엇, 그의 과도한 허영심(그가 정치적으로 쓸모가 있을 거라고 생각한 드쿠만이 애써 알아낸)에 기반했으므로 진정한 것이었다. 사람은 누구나 어떤 기질적 감수성을 갖고 있고 그것에 의해 자신을 발견한다. 노스트로모에게 있어서 그것은 꾸밈없는 허영심이었다. 그것이 없었다면 그는 아무것도 아니었을 것이다. 그 허영심이 그의 내남함과 근면함, 독창적인 재주를 이끌어 냈다. 또한 그의 작업을 많이 도와주었고 비슷하게 타고난 지휘 능력을 갖고 있던 원주민들에 대한 경멸을 끌어내기도 했다. 그것이 그를 부패할 수 없는 맹렬한 인간으로 보이게 해 주었다. 그 덕분에 그는 행복감을 느끼기도 했다. 그는 세상 물정을 모르는 선원답게 사심이 없었는데, 돈을 탐내는 본능이 없어서라기보다는 그저 무지하고 장래에 대해 태평하기 때문이었다. 그는 스스로에게 만족했다. 그것은 어떤 북방 인종의 차갑고 사납고 관념적인 자부심이 아니라, 즉물적이고 상상력이 풍부한 자부심이었다. 그것은 실리적이지 않은 따뜻한 감정이었고, 독창적으로 발전한 그의 개성이자, 소박하게 성장한 자의식이었다. 미첼 선장이 그를 터무니없이 자랑스러워하며 그의 기발한 재주를 여러모로 이용하고, 어떤 충성심에나 매료되는 숭고한 감정을 지닌 말 없는 비올라 영감이 중얼거리고 고개를 끄덕이며 인정해 준 통에 그의 자부심은 더욱 커졌다. 술라코의 부두 노동자 십장은 실로 보물 은괴가 실린 거룻배를 떠맡은 그 순간까지 찬란한 명성을 누리며 살아왔다.

노스트로모가 술라코에서 마지막으로 했던 일은 그의 허영심에 완벽하게 들어맞았고, 그 자체로는 더할 나위 없이 진심 어린 행동이었다. 마지막 남은 동전을 쇠락한 아치문 밑에서 아들을 찾다가 슬픔과 피로에 지쳐 신음하는 비참한 노파에게 준 것이다. 아는 사람도 없고 목격자도 없었지만 그 행동은 그래도 찬란한 명성의 특징적 요소를 다 갖추고 있었으므로 그의 평판에 전적으로 걸맞은 것이었다. 그러나 이처럼 폐허가 된 요새에서 자신을 지켜보는 독수리 말고는 아무도 없이 홀로 눈을 뜨는 것에는 그런 요소가 없었다. 처음에 그를 압도한 혼란스러움은 바로 이것, 이런 상황이 자신의 평판에 걸맞지 않다는 것이었다. 온 세상이 끝나 버린 것 같았다. 정신을 차리고 나서 얼마 동안일지 몰라도 어떻게든 숨어 지내야 한다는 생각이 떠오르자, 지난 몇 년간 있었던 모든 일이 갑자기 끝나 버린 의기양양한 꿈처럼 헛되고 어리석게 보였다.

그는 무너져 내린 누벽 비탈을 올라서 덤불을 옆으로 밀고 항구를 바라보았다. 마지막 석양빛을 반사하고 있는 넓은 수면에 배 두 척이 정박해 있고 소티요의 기선이 선창에 계류하고 있었다. 희끄무레하게 보이는 세관의 긴 정면 너머로 멀리 두꺼운 나무들이 늘어선 평원의 숲처럼 도시의 전모가 드러났다. 앞쪽의 성문, 둥근 지붕들과 탑들, 그리고 나무들 너머로 솟아오른 전망 탑은 이미 어둠에 굴복한 듯이 완전히 캄캄했다. 저녁마다 그랬듯이 멕시코인 도밍고의 여관에서 카드 게임을 하기 위해 거리를 달려가며 신분이 높거나 낮은 사람들의 인정을 받는 일이 더는 가능하지 않을 테고 또한 상석에 앉아서 노래를 듣거나 춤을 구경할 수도 없으리라 생각하자 저 도시가 자기에게는 존재하지 않는 곳처럼 여겨졌다.

그는 한참 동안 응시했다. 그러고는 벌려 놓은 덤불에서 손을 떼어 되돌려 놓고는 요새의 반대편으로 넘어가서 텅 빈 광막한 만을 바라보았다. 이사벨 군도는 띠처럼 좁고 기다란 서쪽의 붉은 수면 위에서 육중한 모습을 드러냈고, 그 검은 형체들 사이로 붉은빛이 어슴푸레 빛났다. 노스트로모는 그곳에 보물과 홀로 있을 누구를 생각했다. 자신이 몬테로 도당에게 잡힐지 아닐지를 걱정할 사람은 드쿠밖에 없다고 생각하니 씁쓸했다. 그마저도 그저 드쿠 자신을 위한 걱정일 터였다. 그 밖의 사람들은 알지도 못하고 신경도 쓰지 않는다. 예전에 들었던 조르조 비올라의 말은 참으로 진실이었다. 왕이나 장관, 귀족, 부자들은 대부분의 평민이 계속 가난하고 종속된 상태에서 살아가게 한다. 개를 사육하듯이 자기들을 위해 싸우고 사냥하도록 평민을 그런 상태에 두는 것이다.

하늘의 어둠이 수평선으로 내려와 온 만과 작은 섬들과 큰 이사벨섬에서 보물과 홀로 있는 안토니아의 연인을 감쌌다. 눈에 보이지는 않지만 존재하는 이런 것들에 등을 돌리고 앉아서 부두 노동자 십장은 두 주먹으로 얼굴을 괴었다. 난생처음 가난의 고통이 느껴졌다. 노동자들이 밤마다 모여 도박하고 노래하고 춤추던 도밍고 여인숙의 담배 연기 자욱하고 나지막한 방에서 카드 게임에 재수가 없어 돈을 다 잃었을 때도, (그리 마음에 들지 않았던) 황금빛 머리빗을 꽂은 아가씨나 다른 사람에게 공공연히 선심을 쓰고 나서 호주머니가 비었을 때도 이처럼 굴욕적인 결핍감은 느낀 적이 없었다. 늘 떠들썩한 칭찬과 명성을 누렸기 때문이다. 하지만 이제 거리를 활보할 수도 없고 여가 시간에 자주 들르던 단골집에서 존경과 환영을 받을 수도 없게 되니 이 선원은 실로 궁핍한 느낌이 들었다.

그는 입이 말랐다. 깊은 잠을 잤고 극심한 걱정에 사로잡혀 있다 보니 전에 없이 입이 바짝 말랐다. 노스트로모는 칭찬을 받으려는 욕망으로 덥석 베어 문 인생의 열매에서 먼지와 재를 맛보았다고 말할 수 있을 것이다. 두 주먹으로 머리를 괸 채 그는 퉤 뱉어 내려 했고 모든 부자들의 이기심에 욕설을 퍼부었다.

환히 빛나는 별무리 사이로 거대한 산들이 봉우리의 윤곽을 드러내고 있었다. 그리고 그 기슭에 자리한 이 항구에, 미래의 혼란스러운 번영이 선과 악을 구별하지 못하는 사람들의 부지런함보다는 그들의 공포와 필요와 범죄에 의해 결정되는 고요하고 외로운 해안의 약간 거친 물결이 이는 매끄럽고 검은 수면에, 외톨이가 된 외국 선박 두 척이 항해 규칙에 따라 정박용 불빛을 높이 매달고 있었다. 그러나 노스트로모는 항구를 다시 바라보지 않았다. 그 두 척의 배는 이미 그의 마음에 각인되어 있었다. 둘 중 어느 배라도 그에게 피난처가 될 수 있을 것이다. 배까지 헤엄쳐 가는 것은 일도 아니었다. 한 척은 철로에 쓰일 목재를 퓨젓사운드[2]에서 실어 온 이탈리아의 세대박이 돛배[3]였다. 그는 그 배의 선원들을 알고 있었다. 항구에서 일어나는 모든 일을 관장하는 십장으로서 그는 그 배의 물탱크를 채우는 것과 관련된 소소한 일로 그 선장을 도와준 적이 있었다. 구릿빛 살갗, 검은 구레나룻에 당당하며 너무나 강건해서 구부러질 수 없는 남자답게 엄숙한 노스트

2) 미국 워싱턴주 서북부의 만.

3) 돛대를 세 개 세운 배.

로모는 그 배의 선실에 초대되어 이탈리아산 베르무트 포도주를 마신 적도 여러 번 있었다. 그 해안에 교역하러 다니는 배의 선장들은 술라코의 부두 노동자 십장에게 사소한 대접으로 비위를 맞추는 것이 상책이라는 걸 알고 있었다. 그는 그런 대접을 당연한 권리로 여기는 듯했다. 사실 그는 미첼 선장의 절대적 신뢰를 받고 있었으므로, 누군가 말했듯이 항구 전체를 완전히 장악한 거나 다름없었다. 그 밖의 점에 있어서는 아주 정직하고 뛰어난 인물이라는 데 모두들 동의했다.

이제 술라코에서 무일푼이 된 것 같으므로(잠에서 깼을 때의 느낌이 그랬다.) 이 나라를 완전히 떠나자는 생각이 들었다. 저 배를 타면 은신처를 얻을 수 있고 결국은 이탈리아에 상륙할 것이다. 이런 생각이 들자 또 다른 꿈이 펼쳐지듯이 조수 간만이 없는 가파른 해안과 높은 언덕의 검푸른 소나무들, 새파란 바다 가까이 낮은 곳에 자리 잡은 하얀 집들의 풍경이 떠올랐다. 대저택들로 뒤덮인 언덕의 아름다운 가슴에 많은 배를 끌어안은 큰 항구의 부두가 보였다. 연안을 항해하는 작은 범선들이 움직이지 않는 날개처럼 큰 삼각돛을 펼치고, 서로 각을 이루어 튀어나온 네모꼴 선대가 길게 이어진 방파제 사이로 고요히 미끄러져 들어오는 광경이 보였다. 이 광경이 떠오르자 그곳에서 태어난 자식으로서 그리운 감정이 전혀 일지 않은 것은 아니었지만, 그런 범선에서 그는 어린 소년 시절에 삼촌에게 일상적으로 가혹하게 얻어맞곤 했다. 목이 짧고 까까머리의 제노바인이었던 삼촌은 용의주도하고 의심 많은 성격이었는데 고아인 자신의 유산을 속여 빼앗았다.(그는 그렇게 확고히 믿었다.) 하지만 자비롭게도 과거의 불행은 희미할 뿐이다. 이제 외롭고 버림받고 실패했다는 느낌에 사로잡혀 있으려니 그곳으로 돌아가는 것도 꽤 괜찮은 일로 생각됐다. 그러나 뭐라고? 돌아간다고? 세상에 가진 거라고는 맨발과 맨머리에, 몸에 걸친 체크무늬 셔츠와 줄줄이 단추가 박힌 면바지 하나뿐인데?

무릎에 팔꿈치를 대고 주먹으로 뺨을 짓누르던 이 유명한 십장은 진저리를 치며 눈앞의 캄캄한 어둠을 향해 침을 뱉고는 자조의 웃음을 터뜨렸다. 자기중심적인 사람의 지배적인 열정이 강력하게 억제되었을 때, 그를 에워싼 모든 것이 붕괴되어 버린 듯한 혼란스럽고도 친숙한 느낌은 죽음만큼이나 쓰라린 것이었다. 놀랍지도 않은 것이, 허영심이 부서지고 남은 심연 너머로 자신의 자아를 상처받지 않고 이끌어 갈 지적 실체나 도덕적 힘이 전혀 없기 때문이었다. 더구나 그의 허영심은 그저 감각적이고 주목을 끄는 것이라서, 외적인 과시를 떠나서는 존재할 수 없었다. 남부 종족의 많은 사람들과 마찬가지로 그에게도 단순한 개념이 겉으로 복잡하게 보여도 실제로는 그렇지 않았다. 그는 단순했다. 어린아이처럼 어떤 믿음이든, 미신이든, 욕망이든 그것의 희생물이 될 수 있었다.

그는 이 나라에서 얻은 독특한 경험을 통해 자신이 처한 상황을 이해할 수 있었다. 그는 똑똑히 보았다. 오랫동안 술에 취해 있다가 깨어난 것 같았다. 자신의 충성심이 이용당한 것이다. 그는 부두 노동자들을 설득해서 블랑코 당파를 지지하고 다른 당파에 저항하게 했다. 그는 돈 호세와 면담했고, 에르난데스와 협상하도록 코벨랑 신부에게 이용당했다. 돈 마틴 드쿠가 기꺼이 관계도 인정해 줘서 포르브니르 사무실을 자유롭게 드나들었던 것은 잘 알려진 사실이다. 평소에는 이런 일이 그를 우쭐하게 했다. 하지만 그가 그들의 정치에 무슨 관심이 있겠는가? 전혀 없었다. 그런데 그 모든 일 — 여기도 노스트로모, 저기도 노스트로모, 노스트로모가 어디 있지? 노스트로모는 이 일도 할 수 있고 저 일도 할 수 있는데…… 낮에는 온종일 일하고 밤에는 말을 달리고 — 이 끝나고 나니 보라! 그는 리비에라파로 유명했기 때문에, 이제 몬테로파가 도시를 점령한 이상 가마초 같은 자가 보복을 하더라도 당할 수밖에 없는 형편이었다. 유럽인들은 포기했다. 신사들도 포기했다. 돈 마틴은 그런 상황이 일시적일 뿐이고 자신이 바리오스를 데려와서 구조할 거라고 설명하기는 했다. 마틴 씨는(그의 빈정거리는 말투 때문에 십장은 늘 불편한 느낌이었다.) 큰이사벨섬에서 꼼짝달싹 못 하고 있는데 이제 어떻게 구조한단 말인가? 모두들 포기했다. 돈 카를로스도 포기했다. 보물을 서둘러 바다로 내보낸 것도 그런 의미였다. 부두 노동자 십장은 마음속의 섬뜩한 생각에 미치도록 화가 치밀어 자신의 온 세계를 믿음도 용기도 없이 바라보았다. 그는 배신당한 것이다!

바다에 깔린 무한한 어둠을 뒤로하고 말없이 꼼짝 않고 앉아서 이게로타의 안개처럼 희뿌연 광채 주위에 밀집한 더 낮은 봉우리들의 우뚝한 형태를 바라보다가 노스트로모는 다시 크게 웃음을 터뜨렸고 갑자기 벌떡 일어나 가만히 섰다. 그는 가야 했다. 그러나 어디로 가야 할까?

"맞아. 그들은 우리가 자기들을 위해 싸우고 사냥하도록 태어난 개인 양 우리를 붙잡아 부추기는 거야. 영감 말이 맞았어." 그는 천천히 신랄하게 중얼거렸다. 조르조 영감이 철도 회사의 기관사들과 정비사들로 가득한 식당에서 입에 문 파이프를 빼고 어깨 너머로 이런 말을 내뱉던 모습이 떠올랐다. 그 모습 때문에 흔들리던 목적이 명확해졌다. 가능하면 조르조 영감을 찾아보자. 영감에게 무슨 일이 있었는지 누가 알겠는가! 그는 몇 발짝을 내디뎠다가 다시 멈추고는 고개를 저었다. 앞뒤와 양옆의 어둠 속에서 우거진 덤불이 신비롭게 바스락거렸다.

"테레사 부인의 말도 맞았어." 그는 두려움이 섞인 낮은 목소리로 덧붙였다. 부인이 자기에게 화가 난 채로 죽었을지, 아직 살아 있을지 궁금했다. 후회와 기대가 반반 섞인 이 생각에 대답이라도 하듯이 커다란 올빼미가 날개를 조용히 퍼덕이며 시커먼 큰 공처럼 그의 앞을 가로질러 비스듬히 날아갔다. 사람들은 올빼미의 소름 끼치는 울음소리 '야 아카보! 야 아카보!(이미 끝났어! 끝났어!)'가 재앙과 죽음을 알린다고 믿었다. 그의 힘이 되었던 모든 실체가 무너져 내리자 그는 미신에 사로잡혀 몸을 부르르 떨었다. 그렇다면 테레사 부인은 분명 죽은 것이다. 그 밖에 다른 의미가 있을 리 없다. 불길한 새의 울음소리, 돌아와서 처음으로 들은 그 소리는 배신당한 인간에게 딱 맞는 환영 인사였다. 신부를 데려다 달라는 죽어 가는 여자의 말을 거절함으로써 그가 거스른 어떤 보이지 않는 힘이 소리 높여 그를 비난하고 있었다. 부인은 죽었다. 인간이기에 갖게 되는 놀라운 일관성으로 그는 매사를 자신과 결부시켜 생각했다. 부인은 늘 좋은 충고를 해 주었다. 부인을 잃은 조르조 영감은 노스트로모가 그의 현명한 조언을 구하고 싶은 바로 이 시점에 상실감으로 망연자실해 있을 것이다. 그 타격으로 몽상가인 영감은 한동안 얼이 빠져 있을 것이다.

신뢰받는 부하들이 그렇듯이 미첼 선장에 대해서는, 선장이 교육을 받은 사람이라 사무실에서 서류에 서명하고 명령을 내리는 데는 적합하지만 다른 면에서는 전혀 쓸모가 없고 좀 바보에 가깝다고 생각했다. 젠체하고 까다롭게 우쭐대는 노선장을 거의 매일 대하는 일도 지긋지긋했다. 처음에는 그런 일에서 만족감을 느꼈다. 그러나 자신만만한 사람에게 사소한 장애를 극복하는 일은 단조롭기도 하고 또 성공이 확실한 이상 따분하기도 하다. 그는 하찮은 일에 야단법석을 떠는 선장의 기질을 신뢰하지 않았다. 그 영국인 노인은 판단력이 없다고 속으로 중얼거렸다. 어떤 일의 진상을 파악할 경우 선장이 그것을 비밀로 묻어 두리라고는 예상할 수 없다. 그는 말도 안 되는 일을 하겠다고 할 것이다. 노스트로모는 끊임없는 근심거리를 짊어지는 것만큼이나 선장이 두려웠다. 선장은 분별력이 없었다. 그는 그 보물의 존재를 누설할 것이다. 그 보물이 배신을 당하게 해서는 안 된다고 노스트로모는 굳게 결심했다.

배신이라는 단어가 지적이지 못한 노스트로모의 마음을 끈질기게 파고들었다. 그의 상상력은 이제 다 끝났다는 깨달음, 자신의 인격이 배려되지 않았던 어떤 문제로 인해 의도치 않게 망해 버렸다는 깨달음의 얼떨떨한 느낌을 배신이라는 단순 명료한 개념으로 설명했다. 배신당한 사람은 파멸한다. 테레사 부인(하느님이 그녀의 영혼을 축복하시기를!)이 옳았다. 노스트로모는 전혀 배려받지 못했다. 파멸한 것이다! 침대에 앉아 고개를 숙이고 있던 그녀의 흰 몸, 흘러내린 검은 머리카락, 그를 향해 들었던 넓은 이마의 고통스러운 얼굴, 노기 가득한 그녀의 비난이 이제는 무시무시한 영감과 죽음으로 엄숙하게 보였다. 그 불길한 새가 그의 머리 위에서 슬픈 비명을 질러 댄 데에는 그만한 이유가 있었다. 부인은 죽은 것이다. 하느님이 부인의 영혼을 받아 주시기를!

그의 마음은 대중의 반교회적 자유사상에 공감했지만 피상적인 습관의 힘으로, 하지만 깊이 박힌 신실함으로, 상투적인 기도문을 사용했다. 대중의 마음은 무신론을 품지 못한다. 그래서 그들의 무력한 힘은 사기꾼의 간계에 빠져들고 숭고한 운명의 환상에 고무된 지도자의 무자비한 열정에 말려든다. 부인은 죽었다. 그러나 하느님이 부인의 영혼을 받아 줄까? 부인은 고백 성사도 못 하고 죄 사함도 받지 못한 채 죽었다. 그가 부인에게 다시 시간을 내 주지 않았기 때문이다. 그는 성직자를 여전히 경멸했다. 하지만 성직자들의 주장이 결국 사실인지는 알 수 없는 노릇이다. 권능이나 벌, 용서는 간단하고 믿을 만한 개념이다. 이 당당한 노동자 십장은 여자들의 찬사와 남자들의 아첨, 그의 인생이 누려 온 명성 같은 단순한 현실이 박탈되자 어깨를 무겁게 짓누르는 신성 모독의 죄의식을 느끼게 되었다.

모자도 없이 얇은 셔츠와 바지만 입고 서 있으려니 발바닥에 닿는 미세한 모래에 남은 온기가 느껴졌다. 눈앞으로 멀리 긴 곡선을 이루며 희미하게 빛나는 좁은 바닷가는 항구 이쪽의 거친 윤곽을 드러냈다. 그는 어두운 야자나무 숲과, 죽음처럼 고요한 물 사이의 해안을 따라 쫓기는 그림자처럼 도주했다. 신중함이나 조심성을 모두 잊은 듯이 정적과 고독 속에서 무모하게 서두르며 성큼성큼 걸었다. 하지만 이쪽 바닷가에서는 발각될 위험이 없었다. 근방에 사는 사람이라고는 야자나무 숲을 관리하는, 말이 없고 냉담하며 고독한 인디언뿐이었다. 이따금 코코넛을 팔려고 시내에 나오는 사람이었다. 지붕도 없는 헛간에서 여자도 없이 혼자 살았고, 그 앞 해변에 뒤집어 놓은 낡은 카누 옆에서 늘 마른 장작을 태워 연기를 피워 올렸다. 그 사람이라면 얼마든지 피해 갈 수 있었다.

그 인디언의 농장 주위에서 개들이 짖어 대는 바람에 노스트로모는 처음으로 속도를 줄였다. 개들을 잊었던 것이다. 그는 홱 방향을 바꾸었고, 엄청난 환호를 받으며 불규칙하게 늘어선 종대에 들어서듯이 야자나무 숲에 뛰어들었다. 빽빽하게 들어선 거무스름한 나무들이 그의 머리 위 높은 곳에서 작은 소리로 속삭이며 바스락거리는 것 같았다. 그는 야자나무 숲을 가로질러 협곡에 들어섰고 나무와 덤불이 없는 가파른 산마루에 올라갔다.

그곳에 오르자 별빛 아래 흐릿하게 펼쳐진 시내와 항구 사이의 평원이 한눈에 들어왔다. 더 높은 숲에서 밤에 우는 새들이 북을 두드리듯 기이한 소리를 내며 울었다. 저 아래 해변의 야자나무 숲 너머에서 인디언의 개들이 계속 요란스럽게 짖었다. 저 개들이 왜 저렇게 흥분했는지 의아해서 자신이 서 있는 고지에서 내려다보다가 그는 저 밑에서 땅이 움직이는 것을 보고 깜짝 놀랐다. 이해할 수 없는 일이지만 평원에서 네모꼴의 땅덩어리 몇 개가 움직이는 것 같았다. 그 시커먼 덩어리들은 보이다 안 보이다 하면서 점점 항구에서 멀어졌고 일관된 질서와 목적을 암시했다. 그는 불현듯 깨달았다. 그것은 산기슭의 험한 고지대로 야간 행군을 하는 보병 종대였다. 하지만 그는 사정에 너무 어두워서 의아하게 생각하거나 추론할 여지가 없었다.

평원은 다시 부동의 어둠을 되찾았다. 그는 산등성이에서 내려와 항구와 시내 사이의 텅 빈 곳에 홀로 섰다. 어두워서 무한히 확대되어 보이는 드넓은 평원은 깊은 고립감을 더욱 절감하게 했다. 그의 걸음이 느려졌다. 아무도 그를 기다리지 않았다. 누구도 그에 대해 생각하지 않았고, 그가 돌아오기를 기다리거나 바라는 사람도 없었다. "배신당했어! 배신당했다고!" 그는 혼자 중얼거렸다. 누구도 관심을 두지 않았다. 그가 물에 빠져 죽었더라도 아무도 신경 쓰지 않았을 것이다. 어쩌면 그 아이들만 빼고. 그는 생각했다. 하지만 아이들은 영국인 부인과 함께 있으면서 그에 대해서는 전혀 생각하지 않을 것이다.

그는 비올라 영감의 집으로 곧장 가려다가 망설였다. 무엇을 위해? 거기에 간들 무엇을 기대할 수 있을까? 그의 인생은 테레사의 모욕적인 비난을 받을 만큼 모든 점에서 기대에 어긋난 것 같았다. 내키지 않는 기분을 의식하자 그는 괴로웠다. 그녀가 마지막 숨을 — 그가 지금 알고 있듯이 — 거두며 예언했던 후회가 이런 것일까?

그동안 그는 곧게 난 길에서 벗어나 본능적으로 왼쪽으로 돌아 자신이 매일 일하던 방파제와 항구 쪽으로 갔다. 이내 긴 세관 건물이 공장 벽처럼 어슴푸레 모습을 드러냈다. 그쪽으로 다가서는 그를 막는 사람은 아무도 없었다. 정면으로 조심스럽게 다가가다가 뜻밖에 불이 켜진 창문 두 개가 보이자 호기심이 일었다.

인적 없는 넓은 건물 전체에서 항구에 희미한 빛을 발하는 두 창문은 수상한 감시인이 외롭게 밤샘을 하는 듯 매혹적이었다. 고적함이 손에 잡힐 듯이 느껴졌다. 별빛을 보려고 눈을 들자 흐릿하게 보이는 옅은 안개에 나무 타는 냄새가 강하게 감돌았다. 깊은 정적 속에서 그가 걸음을 내딛자, 마른 풀숲에서 수많은 매미가 날카롭게 울며 그의 긴장한 귀를 먹먹하게 했다. 천천히 한 걸음씩 다가가서 그는 독한 냄새를 풍기는 어둑하고 넓은 현관에 들어섰다.

층계를 태우려고 피워 놓은 불이 맥없이 타 버려 잿불 더미만 나지막하게 남아 있었다. 그 단단한 목재에 불이 붙지 않았던 것이다. 바닥의 계단 몇 개만 검게 그을렸고, 슬그머니 뻗어 나간 불꽃이 시커멓게 탄 모서리의 윤곽을 드러냈다. 계단 꼭대기의 열린 문틈으로 한 줄기 빛이 새어 나왔다. 그 빛에 연기가 천천히 피어올라 뿌예진 넓은 층계참이 보였다. 그곳에 방이 있었다. 그는 계단을 오르다가 멈칫했다. 그 방의 한쪽

벽에 남자의 그림자가 비쳤던 것이다. 그에게는 보이지 않는 곳에서 고개를 숙이고 가만히 서 있는 어떤 사람의 어깨가 올라간 볼품없는 그림자였다. 자기에게 무기가 없다는 것을 퍼뜩 떠올린 노스트로모는 옆으로 비껴나 어두운 구석에 몸을 숨기고 똑바로 서서 문을 응시하며 기다렸다.

높은 지붕 밑에 천장도 없이, 완성되지도 못하고 파괴된 막사 같은 이 거대한 건물에 자욱한 연기가, 어둠에 잠긴 높은 방들과 헛간 같은 복도에서 불어 대는 미약한 옆바람에 의해 이리저리 흔들렸다. 성질 급한 손이 밀친 듯 덧문이 날카롭게 쾅 소리를 내며 벽에 부딪치기도 했다. 종잇조각이 어디선가 날아와 맴돌다 층계참에서 바스락거렸다. 누구인지 몰라도 그 남자는 불빛이 새 나온 문간으로 나오지 않았다. 노스트로모는 두 번이나 숨어 있던 구석에서 두 발을 내딛고 목을 빼서 그 남자가 안에서 그토록 조용히 무엇을 하고 있는지를 알아내고자 했다. 그러나 매번 넓은 어깨와 고개 숙인 머리의 일그러진 그림자만 보였다. 그는 분명 아무 일도 하지 않았고, 명상을 하거나 신문을 읽는 듯이 그 자리에서 꼼짝하지 않았다. 그 방에서는 아무 소리도 나지 않았다.

또다시 십장은 뒷걸음질 쳤다. 저 사람이 누구일지 궁금했다. 몬테로 당원일까? 하지만 그는 자기 모습을 드러내기가 두려웠다. 여러 날 지난 후가 아니면, 해안에서 돌아다니는 자신의 존재가 밝혀질 경우 보물이 위험해지리라고 믿었다. 그의 영혼은 자신이 아는 사실에 사로잡혀 있었으므로, 술라코의 누구든 그를 보면 당장에 정확히 짐작할 것 같았다. 이 주일쯤 지나면 사정이 달라질 것이다. 그가 이 나라의 국경을 넘어 다른 나라의 항구에서 육로로 돌아왔다고 하면 어쩔 것인가. 보물의 존재는 그의 목숨과 뗄 수 없이 엮이기라도 한 듯이 특이한 불안감을 일으키며 생각을 어지럽혔다. 그것 때문에 잠시 그는 불 켜진 수수께끼 같은 방문 앞에서 두려움을 느꼈다. 악마에게나 잡혀가라지! 그는 그 남자를 보고 싶지 않았다. 알든 모르든 그 남자의 얼굴에서 새로 알아낼 일은 없을 것이다. 거기서 기다리며 시간을 낭비하는 건 바보짓이었다.

그곳에 들어선지 오 분도 되지 않아 십장은 몸을 돌렸다. 그는 안전하게 계단을 내려왔고 바닥에서 어깨 너머로 그 빛을 한번 올려다보고는 살금살금 걸어 넓은 홀을 가로질렀다. 그러나 위층에 있는 남자의 시선을 피하는 데만 신경을 집중한 채 큰 현관문을 나오던 바로 그 순간 그가 듣지 못한 활발한 걸음으로 입구를 따라 걸어오던 사람과 정면으로 마주쳤다. 두 사람 다 깜짝 놀라 숨죽여 외마디 소리를 질렀고 뒤로 물러나 가만히 섰다. 서로가 똑똑히 보이지 않았다. 노스트로모는 아무 말도 하지 않았다. 상대편 남자가 놀라서 숨죽인 목소리로 먼저 물었다.

"누구요?"

노스트로모는 이미 모니검 의사를 알아차린 듯했고, 이제는 의심의 여지가 없었다. 순간 그는 망설였다. 말없이 달아날까 하는 생각도 했다. 하지만 부질없는 일이었다! 자신의 별명을 입에 올리기가 어쩐지 혐오스러워 그는 잠시 더 입을 다물고 있었다. 그러다가 나지막하게 말했다.

"부두 노동자입니다."

그는 상대에게로 한 걸음 내디뎠다. 모니검 의사는 분명 충격을 받은 것 같았다. 이 놀라운 만남에 차분함을 잃고 양팔을 번쩍 들어 올리더니 큰 소리로 탄성을 질렀다. 노스트로모는 화가 나서 그에게 목소리를 낮추라고 주의를 주었다. 이 세관이 겉으로 보이듯이 사람이 없는 것은 아니다, 불이 켜진 위층 방에 누군가 있다.

기정사실이 되면 무엇보다도 덧없이 사라지는 것이 놀라움이다. 인간의 마음은 그 공포와 욕망에 관련된 생각에 끊임없이 이끌리기 때문에 사건의 놀라운 점을 당연히 도외시한다. 그래서 그 의사는 이 분 전만 해도 만에서 익사했다고 믿었던 이 남자에게 더없이 자연스럽게 질문을 던졌다.

"저 위에서 누군가를 봤다고? 정말?"

"아뇨, 보지는 못했습니다."

"그럼 어떻게 알고 있나?"

"선생님과 마주쳤을 때 그의 그림자에서 달아나던 참이었어요."

"그의 그림자라고?"

"네, 불 켜진 방에 비친 그림자요." 노스트로모는 경멸이 담긴 어조로 말했다. 큰 건물의 토대에 서서 등을 기대고 팔짱을 낀 채 그는 입술을 약간 깨물면서 고개를 숙였다. 의사는 보지 않았다. '이제 보물에 대해 캐묻기 시작하겠군.' 그는 생각했다.

하지만 의사는 노스트로모가 다시 돌아온 것만큼 놀랍지

는 않지만 그 자체로는 훨씬 더 불가사의한 사건에 관심을 쏟고 있었다. 소티요가 왜 이렇게 갑자기 부대를 이끌고 은밀히 이동한 것일까? 이 이동은 무슨 전조일까? 어떻든 간에 위층에 있는 남자는 실망한 대령이 자기와 연락하려고 남겨 놓은 장교일 거라는 생각이 퍼뜩 떠올랐다.

"날 기다리는 사람일 걸세." 그가 말했다.

"그럴 수도 있겠죠."

"알아봐야겠어. 아직은 가 버리지 말게, 카파타스."

"가 버린다고요? 어디로?" 노스트로모가 중얼거렸다.

의사는 이미 그를 두고 들어간 뒤였다. 노스트로모는 벽에 기대서서 항구의 검은 물결을 바라보았다. 날카롭게 울어 대는 매미 소리가 귀를 채웠다. 어찌해 볼 수 없는 몽롱한 느낌이 밀려와 그의 의지를 확고하게 세울 힘을 앗아 갔다.

"카파타스! 카파타스!" 위에서 의사가 급하게 소리쳤다.

배신과 파멸의 느낌이 정체된 역청의 바다처럼 음울한 그의 무관심 위를 떠돌았다. 그러나 그는 벽에서 한 걸음 떼고 고개를 들어 불 켜진 창문 밖으로 몸을 내민 모니검 의사를 보았다.

"올라와서 소티요가 저지른 짓을 보게나. 여기 있는 사람은 겁낼 필요 없네."

그는 대답 대신 쓴웃음을 터뜨렸다. 사람을 겁낸다고! 술라코의 부두 노동자 십장이 사람을 무서워한다고! 누구든 그런 뜻을 암시하는 것만으로도 그는 화가 났다. 그 저주받은 보물 때문에 위험에 빠져 무기도 없이 몰래 숨어 다니는 것도 화나는 일이었다. 그 보물은 그것을 그의 목에 달아맨 사람들에게 그리 중요하지도 않았던 것이다. 자신은 그 보물에 대한 걱정을 털어 버릴 수 없는데. 그 사람들을 대표하는 사람이 의사였다……. 그런데 의사는 보물에 대해 묻지도 않았다. 그의 인생에서 가장 필사적인 과업에 대해 한마디도 묻지 않은 것이다.

이런 생각을 하면서 노스트로모는 연기가 상당히 엷어진 휑뎅그렁한 홀을 다시 지났고 이제는 발에 그리 뜨끈하게 닿지 않는 계단을 올라 빛줄기가 새어 나오는 꼭대기에 이르렀다. 의사가 흥분하고 조급한 모습으로 문간에 잠시 모습을 드러냈다.

"올라오게! 올라와!"

문지방을 넘는 순간 노스트로모는 충격적인 놀라움을 경험했다. 그 남자가 조금도 움직이지 않았던 것이다. 그의 그림자는 여전히 같은 곳에 있었다. 노스트로모는 흠칫 놀랐고, 이제 수수께끼를 풀게 되리라고 느끼며 들어섰다.

수수께끼는 아주 간단했다. 눈이 따갑도록 매운 푸르스름하고 엷은 연기 속에서 촛농이 흘러내려 너울거리는 두 양초 불빛에 한 남자가 그의 예상대로 문 쪽으로 등을 돌린 채 벽 위에 일그러진 거대한 그림자를 던지고 있는 모습이 순식간에 눈에 들어왔다. 남자의 자세가 부자연스럽고 쓰러질 듯이 기울어졌다는 생각이 번개보다 빨리 뇌리를 스쳤다. 어깨는 앞으로 튀어나오고 머리는 가슴팍 위에 푹 떨어져 있었다. 다음 순간 남자의 등 뒤로 돌려진 팔이 보였다. 너무 세게 비틀려 밧줄로 묶인 두 주먹은 어깻죽지보다 높이 올라가 있었다.

노스트로모의 눈은 손목을 묶은 가죽끈이 위로 올라가 두꺼운 대들보 너머의 벽에 박힌 석쇠 아래까지 이어진 것을 단번에 훑어보았다. 뻣뻣한 두 다리와 감각 없이 늘어진 두 발, 바닥에서 15센티미터쯤 위에 떠있는 발가락은 보고 싶지 않았다. 그걸 보지 않아도 그 남자가 기절할 때까지 고문당했다는 것을 알 수 있었다. 그것을 보자마자 당장 달려가서 단번에 밧줄을 끊고 싶은 충동을 느꼈다. 그는 칼을 찾느라 더듬었다. 칼이 없었다. 칼조차 없었던 것이다. 그는 가만히 서서 몸을 떨었고, 의사는 탁자 끝에 걸터앉아 손으로 턱을 괴고 생각에 잠겨 그 잔인하고 비참한 광경을 바라보면서 무감각하게 말했다.

"고문당하고 가슴에 총을 맞아 죽었고, 몸이 식고 있군."

이 말을 듣자 십장은 차분해졌다. 촛대에서 깜박이던 양초 하나가 꺼졌다. "누가 이런 짓을 했습니까?" 그가 물었다.

"물론 소티요지. 그 작자 말고 누구겠나? 고문당했어. 물론 그랬겠지. 그렇지만 왜 총을 쐈을까?" 의사가 뚫어지게 응시하자 노스트로모는 어깨를 약간 으쓱했다. "잘 보게. 갑자기, 충동적으로 쏜 거야. 분명해. 왜 그랬는지 그 비밀을 알면 좋겠는데."

노스트로모는 앞으로 나와 몸을 약간 숙이고 쳐다보았다. "저 얼굴을 어디서 본 적이 있는 것 같군요." 그가 중얼거렸다. "누굽니까?"

의사가 다시 그를 바라보았다. "난 앞으로 저 사람의 운명을 부러워할지도 모르네. 그에 대해 어떻게 생각하나, 십장, 어?"

하지만 노스트로모는 그의 말을 듣지 않았다. 그는 남은 양초를 들어 푹 수그린 머리 밑으로 들이밀었다. 의사는 아무것도 보이지 않는 듯이 멍한 눈으로 앉아 있었다. 그런데 무거운 쇠 촛대가 뭔가에 부딪친 듯이 노스트로모의 손에서 요란한 소리를 내며 바닥에 떨어졌다.

"이보게!" 의사가 깜짝 놀라 고개를 들고 소리쳤다. 노스트로모가 비틀거리며 탁자에 부딪쳐 숨을 헐떡이는 소리가 들렸다. 갑자기 촛불이 꺼지자 창틀을 막은 칠흑 같은 어둠이 별빛으로 살아나는 것을 볼 수 있었다.

"그래, 당연하지." 의사가 영어로 혼자 중얼거렸다. "놀라서 펄쩍 뛸 만도 해."

노스트로모는 너무 놀라서 넋이 나갈 정도였다. 머리가 어찔어찔했다. 허시! 그 남자는 허시였다! 그는 탁자 모서리를 꽉 움켜잡았다.

"저 사람은 거룻배에 숨어 있었어요." 그는 소리를 치다시피 말하다가 목소리를 낮췄다. "거룻배에서, 그리고, 그리고……."

"그리고 소티요가 그를 끌고 왔지." 의사가 말했다. "내가 자네를 보고 놀란 만큼 자네도 저 사람을 보고 놀랍겠지. 내가 알고 싶은 것은, 그가 어떻게 총살을 당할 만큼 동정심을 유발했는가 하는 거라네."

"그럼 소티요는 알고……." 노스트로모가 더 침착하게 말을 꺼냈다.

"모든 것을 알고 있지!" 의사가 끼어들었다.

십장이 탁자를 주먹으로 내리치는 소리가 들렸다. "모든 것이라고요? 무슨 뜻입니까? 모든 것이라뇨? 모든 일을 안다고요? 그건 불가능해요! 모든 것이라니?"

"물론일세. 불가능하다니 무슨 말인가? 나는 이 사람이 어젯밤 여기서, 바로 이 방에서 심문당하는 소리를 들었네. 그는 자네와 드쿠의 이름, 그리고 은을 선적한 것에 대해 전부 알고 있었어……. 거룻배가 두 동강이 났지. 소티요 앞에서 공포에 질려 비굴하게 굴었지만 그 정도는 기억했어. 더 바랄 게 뭐가 있겠나? 자신에 대해서 가장 알지 못했지. 그가 닻에 매달려 있는 걸 발견했다더군. 거룻배가 침몰한 순간에 닻을 붙잡았을 거야."

"침몰했다고요?" 노스트로모가 천천히 말을 따라 했다. "소티요가 그렇게 믿었나요? 잘됐군요!"

의사는 그것 말고 믿을 수 있는 게 뭐가 있느냐고 약간 성마르게 말했다. 그래, 소티요는 거룻배가 가라앉았고 부두 노동자 십장과 마틴 드쿠, 어쩌면 다른 정치 망명가 한두 명도 함께 물에 빠져 죽었다고 믿었다.

"소티요가 전부 알지는 못한다는 제 말이 옳았습니다." 노스트로모가 말했다.

"어? 무슨 뜻인가?"

"제가 죽지 않은 것을 소티요는 몰랐어요."

"우리도 몰랐네."

"전혀 관심이 없으셨죠. 부두에 나왔던 신사들 모두. 결과가 좋지 않을 바보 같은 짓에 자기들과 똑같은 피와 살을 가진 사람을 내보내 놓고는."

"난 그 부두에 있지 않았네. 잊어버린 모양이군, 십장, 그리고 난 그 일을 탐탁지 않게 생각했어. 그러니 날 힐난할 필요는 없네. 게다가, 이보게, 우리는 죽은 사람을 생각할 여유가 거의 없었어. 저승사자가 바로 우리 모두의 등에 붙어 서 있었으니까. 자네는 이미 떠났고."

"그래요, 저는 떠났죠." 노스트로모가 끼어들었다. "그런데 무엇을 위해서죠? 말씀해 주세요."

"아! 그건 자네 일이네." 의사가 거칠게 말했다. "내게 묻지 말게."

어둠 속에서 이어지던 속삭임이 중단되었다. 얼굴을 약간 돌리고 탁자 끝에 걸터앉은 채 그들은 서로의 어깨가 닿는 것을 느꼈고, 똑바로 서서 방 안쪽의 어둠에 묻혀 있는 형체 쪽을 계속 바라보았다. 머리와 어깨를 쑥 내민 채 꼼짝 않는 그 섬뜩한 형체는 단어 하나하나를 빠짐없이 알아들으려고 집중하고 있는 것 같았다.

"좋습니다." 노스트로모가 이윽고 말했다. "그렇다고 하죠. 테레사 부인의 말이 맞았어요. 그건 제 일입니다."

"테레사는 죽었네." 의사가 무심하게 말했다. 그동안 그는 노스트로모의 회생이라 부를 만한 사건으로 인해 새롭게 떠오른 생각을 이어 가고 있었다. "그 가엾은 여자는 죽었다네."

"신부님도 없이?" 십장이 걱정스럽게 물었다.

"물어볼 필요도 없지! 부인의 마지막 밤에 누가 신부를 데려올 수 있었겠나?"

"하느님이 부인의 영혼을 받아 주시기를!" 노스트로모는 우울하고 절망적으로 열렬히 외쳤다. 그러고는 모니검 의사가 놀랄 겨를도 없이 앞서 하던 이야기로 돌아가서 음울한 어조로 말을 이었다. "그래요, 선생님. 말씀하셨듯이 그건 제 일입니다. 목숨을 건 일이지요."

"이 지역에서 자네처럼 헤엄을 쳐서 목숨을 건질 수 있는 사람은 없을 걸세." 의사가 감탄하듯이 말했다.

다시 두 남자 사이에 침묵이 흘렀다. 둘 다 생각에 잠겼는데, 서로 성격이 달랐기 때문에 이 만남에서 비롯된 각자의 생각은 서로 멀리 나아갔다. 굴드 부부에 대한 충성심에서 위험한 행각을 벌여야 했던 의사는 산토메 광산의 은을 구하는 데 가장 도움이 될 만한 곳으로 이 사내가 우연히 돌아온 사실이 놀랍기도 하고 고맙기도 했다. 의사는 광산에 충성을 바친 것이다. 오십 년을 살아온 그의 눈에 광산은 긴 자락이 끌리는 부드러운 드레스를 입고 풍성하게 올려 무거워 보이는 금발이 매력적인 자그마한 여자의 모습으로 보였다. 보석 같기도 하고 꽃 같기도 한 섬세하고 고귀한 그녀의 내적 가치는 그녀의 모든 자세에 드러났다. 산토메 광산을 둘러싼 위험이 커질수록, 이 환영은 더욱 강렬하고 지속적이며 막강해졌다. 마침내 그 환영은 그의 모든 것을 요구했다. 이 요구는 소망과 보상의 일상적인 상벌과 동떨어진 정신에 의해 고양되었기에, 모니검 의사의 사고와 행위, 존재를 그 자신뿐 아니라 다른 사람들에게도 극히 위험하게 만들었다. 그 경탄스러운 여자가 무서운 재앙을 입지 않도록 막을 수 있는 것은 오로지 자신의 헌신뿐이라는 뿌듯한 느낌 때문에 옳고 그름에 대한 의혹이 모두 사라졌던 것이다.

그것은 도취된 상태와 비슷해서 의사는 드쿠의 운명에 대해 전혀 관심을 보이지 않았다. 하지만 냉철한 지력은 남아 있었기에 그는 드쿠의 정치적 발상을 이해할 수 있었다. 그것은 괜찮은 생각이었고, 그것을 실현할 수단은 바리오스뿐이었다. 도덕적 치욕의 수치심으로 마르고 짓눌린 의사의 영혼은 그 애정을 확대해 가려는 강한 집념을 갖게 되었다. 노스트로모의 귀환은 행운이었다. 의사는 노스트로모를 인간적으로 생각하지 않았다. 죽음의 손아귀에서 간신히 탈출한 동료 인간으로 생각하지 않았다. 십장은 카이타에 보낼 수 있는 유일한 심부름꾼이었다. 바로 적임자였다. 인간을 염세적으로 불신(자신의 실패에 근거하고 있었기에 더욱 가차 없이)하지만 의사는 인간의 평범한 약점에서 벗어나지 못했다. 그는 공인된 평판을 전적으로 믿었던 것이다. 노스트로모가 충실한 인물이라는 평판 — 미첼 선장이 떠벌리고 거듭 반복되면서 더욱 커지고 사람들의 동의로 확고해진 — 을 모니검 의사는 한 번도 의심해 본 적이 없었다. 지금은 그 충실성이 절실히 필요한 마당이니 더욱 의심할 수 없을 것이다. 모니검 의사도 다른 사람들과 다르지 않았다. 그는 카파타스가 부패할 수 없는 인물이라는 통념을 받아들였는데, 그 단순한 주장을 반증할 말이나 사실이 전혀 없었기 때문이다. 그 평판은 카파타스의 수염이나 이처럼 그의 일부인 것 같았다. 그를 다른 식으로는 생각할 수 없었다. 문제는 그가 그처럼 위험하고 필사적인 심부름에 나서겠다고 동의할 것인지의 여부였다. 모니검 의사는 예리한 관찰력으로 그 사내가 좀 이상하게 분개하고 있다는 것을 처음부터 의식했다. 은괴를 잃어서 화가 난 것이 틀림없었다.

'이 친구에게 속마음을 털어놓을 필요가 있겠군.' 의사는 자신이 상대해야 할 인간의 성격을 어느 정도 예리하게 간파하며 속으로 말했다.

노스트로모는 음울한 망설임과 분노, 불신에 젖어 침묵을 이어 갔다. 하지만 먼저 말을 꺼낸 것은 그였다.

"헤엄치는 건 큰 문제가 아니었어요." 그가 말했다. "중요한 것은 그 전에 일어난…… 그리고 그 후에 일어난……."

그는 단단한 장애물에 생각이 부딪친 듯이 하려던 말을 끝내지 않고 돌연 중단했다. 의사의 마음은 마키아벨리처럼 교묘히 자신의 계획을 따랐다. 그는 가급적 공감하듯이 말했다.

"운이 나빴네, 십장. 하지만 자넬 비난할 사람은 아무도 없을 걸세. 아주 불운한 일이었지. 무엇보다도 그 보물은 산에서 내려오지 말았어야 해. 그런데 드쿠가……. 하지만 그는 이미 죽었으니 그에 대해서는 말할 필요 없겠군."

"그래요." 의사가 말을 멈추었을 때 노스트로모가 동의했다. "죽은 사람에 대해서는 말할 필요가 없습니다. 하지만 전 아직 죽지 않았어요."

"자네 말이 맞네. 자네처럼 용감한 사람만이 스스로를 구할 수 있었을 걸세."

모니검 의사의 이 말은 진심이었다. 자신의 용기가 꺾였던 그 특별한 사건 때문에 인간 전반에 대해 환멸을 느꼈던 그는 노스트로모를 대수롭지 않게 여겼지만 그의 용맹함만은 높이 평가했다. 자신의 명예가 실추되었던 시기에 육신의 위험에 혼자 맞서야 했던 적이 많았으므로 그는 그런 위험에 도사리고 있는 가장 위험한 요소가 무엇인지 잘 알았다. 바로 자신이 미약한 존재라는 의식이 인간을 짓누르고 마비시켜 버리는 것이다. 다른 인간들의 시야에서 벗어난 먼 곳에서 홀로 자연의 힘과 싸우는 인간을 좌절시키는 것은 바로 그것이다. 긴장과 불안 속에서 여러 시간을 보낸 후 땅도 하늘도 보이지 않는 물과 어둠의 심연에 갑자기 내던져졌을 때 낙담하지 않고 더구나 성공을 의식하며 심연과 대면하는 십장의 이미지를 누구보다 제대로 떠올리고 음미할 만한 사람은 모니검 의사였다. 물론 이 사내가 비할 데 없이 수영 실력이 뛰어나다는 것은 잘 알려진 사실이지만, 그가 다시 살아왔다는 사실은 그보다 위대한 용감한 정신을 입증한다고 의사는 판단했다. 그에게는 기쁜 일이었다. 바로 이 사실에서 의사는 너무 놀랍게도 다시 부릴 수 있게 돌아온 십장에게 맡기려는 위험한 임무의 성공을 예감했다. 어딘가 만족스러운 어조로 그가 말했다.

"무시무시하게도 캄캄했겠지!"

"그렇게 지독한 어둠은 처음이었어요." 십장이 짧게 동의했다. 상대가 자기에게 일어난 일에 대해 약간의 관심 같은 것을 보이자 마음이 누그러져서 그는 태연한 척하면서 무뚝뚝하게 몇 마디를 했다. 그 순간 그는 대화를 나누고 싶었다. 그 관심이 이어지기를 바랐다. 그랬더라면, 그 관심을 받아들이든 거부하든 간에 그것은 그의 자아 — 그 필사적인 사건에서 잃어버린 유일한 것 — 를 되돌려주었을 것이다. 그러나 의사는 자기 나름의 필사적인 모험에 정신이 팔려 자신의 생각을 맹렬히 이어 갔다. 그는 자기도 모르게 유감스러운 어조로 탄성을 내뱉었다.

"자네가 그때 고함을 지르고 불을 밝혔더라면 좋았을걸."

예상치 못한 냉혹하고 잔인한 말에 노스트로모는 아연실색했다. 그 말은 "네가 겁쟁이라는 것을 보여 줬더라면 좋았을걸. 네 고통에 대한 대가로 네 목이 잘렸으면 좋았을걸." 하고 말하는 거나 마찬가지였다. 그는 당연히 그 말을 자신과 결부시켜 생각했다. 하지만 사실 그것은 오로지 은괴와 관련된 말이었고, 의사가 발설한 말에는 많은 의미가 함축되어 있었다. 놀라고 화가 치밀어서 노스트로모는 아무 대답도 하지 않았다. 의사가 말을 이었지만 피가 끓어올라 귓속에서 왕왕 울리는 바람에 노스트로모는 아무 소리도 듣지 못했다.

"소티요가 그 은을 손에 넣었으면 그대로 방향을 돌려 외국의 작은 항구로 떠났을 텐데 말이야. 경제적으로야 큰 손실이지만, 그래도 바다에 빠뜨리는 것보다야 손실이 적겠지. 은을 가까이 안전한 곳에 두고 소티요를 매수하는 데 일부를 쓰는 것 다음의 차선책이었을 거야. 하지만 돈 카를로스는 그러려고 하지 않았겠지. 그는 코스타구아나에 적합한 사람이 아니야. 그건 분명하네, 카파타스."

카파타스는 귓속에 폭풍처럼 몰아치는 분노를 서서히 가라앉히며 돈 카를로스의 이름을 들었다. 그 폭풍에서 벗어나면서 그는 다른 사람이 된 것 같았다. 생각에 잠겨 부드럽고 침착한 목소리로 말하는 사람으로.

"제가 그 보물을 넘겨줬으면 돈 카를로스가 만족했을까요?"

"그들이 지금은 그런 식으로 생각하더라도 나는 놀라지 않을 걸세." 의사가 우울하게 말했다. "내겐 의견을 물어본 적이 없었네. 드쿠가 자기 뜻대로 했지. 지금쯤은 그들도 눈을 떴을 거야. 나로서는 만일 그 은이 이 순간 기적적으로 해안에 나타난다면 분명 소티요에게 줘 버릴 걸세. 현재 상황에서는 그렇게 해도 인정해 주겠지."

"기적적으로 나타난다면," 십장이 아주 낮게 따라 하더니 목소리를 높여 말했다. "그런 기적은 어떤 성인도 행할 수 없을 겁니다."

"자네 말이 맞네, 십장." 의사가 냉담하게 말했다.

그는 소티요가 현재 상황에 미칠 수 있는 위험에 대해 자기가 생각하는 바를 계속 피력했다. 꿈속에서처럼 몽롱하게 들으며 노스트로모는 자신이 대들보 밑에 똑바로 매달려 있는 희미한 부동의 형체처럼 중요하지 않은 존재라고 느꼈다. 가혹한 방치의 표본처럼 무시되고 잊힌 채 그 시신도 귀를 기울이는 듯했다.

"그렇다면 신사들이 생각도 없이 어리석은 변덕 때문에 제게 그런 일을 시킨 겁니까?" 그가 갑자기 끼어들었다. "제가 그분들을 위해 많은 일을 해 왔으니 조금이라도 중요한 인물로 여겨질 만하지 않은가요? 멋진 양반들, 그분들은 자기들을 위해 몸과 영혼을 바칠 하층민이 있는 한 스스로 생각할 필요도 없는 겁니까? 아니, 우리에겐 개처럼 영혼이 없는 건가요?"

"자기 나름의 계획을 세운 드쿠 같은 이도 있었네." 의사가 다시 상기시켰다.

"네! 그리고 그 보물과 관련된 샌프란시스코의 부자도 있죠. 내가 뭘 모른다고요? 아뇨! 나는 아주 많은 말을 들었거든요. 부자들에겐 뭐든지 허용되는 것 같더군요."

"이해하네, 십장." 의사가 말했다.

"무슨 십장이란 말입니까?" 노스트로모가 강력하지만 침착한 목소리로 끼어들었다. "십장은 끝장났고 망했어요. 십장은 이제 없습니다. 예, 없다고요! 이제 더는 십장을 찾지 못할 겁니다."

"이보게, 어린애처럼 굴지 말게!" 의사가 타이르자 상대가 갑자기 차분해졌다.

"난 정말 어린애처럼 굴었어요." 그가 중얼거렸다.

그의 눈이 다시 아무런 불평 없이 부동의 관심을 쏟는 양 꼼짝 않고 매달려 있는, 살해된 남자의 무서운 형체에 이르렀다. 그는 의아한 듯이 조용히 물었다.

"소티요가 이 가련한 인간을 왜 고문했을까요? 왜 그런지 아세요? 그의 공포심보다 지독한 고문은 없었을 겁니다. 그를 죽인 건 이해할 수 있어요. 그의 고통은 차마 두 눈으로 봐줄 수 없었으니까요. 그런데 소티요가 왜 이렇게까지 고문한 겁니까? 그는 더 이상 자백할 말도 없었을 텐데."

"그래, 더 이상 할 말도 없었어. 제정신인 사람이라면 누구나 그렇게 생각했을 거야. 허시는 아는 것을 다 말했다고. 그런데 무엇이 문제였는지 아나, 십장? 소티요는 자기가 들은 말을 믿으려 하지 않았던 거야. 다 믿지는 않으려 했지."

"무엇을 믿지 않으려 했습니까? 이해할 수 없군요."

"난 그 사람을 두 눈으로 봤기 때문에 이해할 수 있네. 그는 보물이 유실되었다는 것을 믿지 않으려 해."

"뭐라고요?" 노스트로모가 침착성을 잃고 소리쳤다.

"그게 그렇게 놀랄 일인가? 어?"

"그럼, 선생님," 노스트로모가 신중하면서도 어딘가 경계하는 듯한 어조로 말을 이었다. "뭔가 수단을 써서 그 보물을 구해 냈다고 소티요가 생각한다는 겁니까?"

"아니! 그럴 리가! 그건 불가능하지." 의사가 확신에 찬 목소리로 말했고 노스트로모는 어둠 속에서 끙 소리를 냈다. "그런 일은 있을 수 없지. 소티요는 거룻배가 침몰했을 때 은괴가 거기 실려 있지 않았다고 생각하네. 은괴를 바다에 띄워 보낸 건 쇼에 불과하다고 믿고 있어. 가마초와 국민당원, 페드리토 몬테로, 새로운 주지사 푸엔테스 씨, 그리고 자기를 속이려고 만들어 낸 속임수라고. 다만 자기는 그런 것에 속아 넘어갈 바보가 아니라고 말한다네."

"판단력이 없는 인간이군요. 악마가 설치는 이 나라에서 자칭 대령이라는 인간들 가운데 가장 바보 천치예요." 노스트로모가 으르렁거렸다.

"터무니없기로는 소티요나 분별력 있는 많은 사람들이나 다를 바 없네." 의사가 말했다. "소티요는 보물을 차지하려는 욕망이 워낙 간절해서 그것을 찾을 수 있다고 스스로를 설득한 거야. 그리고 부하들이 자기에게 등을 돌리고 페드리토에게 넘어갈까 봐 겁이 났지. 소티요는 페드리토와 싸울 용기도 없고 그를 믿을 용기도 없거든. 알겠나, 십장? 그 엄청난 노획물이 나타나리라는 희망이 조금이라도 남아 있는 한은 부하들의 이탈을 걱정할 필요가 없네. 나는 그 희망을 계속 띄워 주기로 마음먹었네."

"마음먹었다고요?" 부두 노동자 십장이 신중하게 되풀이했다. "아니, 놀랍군요. 얼마 동안이나 그 희망을 띄워 줄 수 있을 거라고 생각하십니까?"

"내가 할 수 있는 한 오래."

"무슨 뜻입니까?"

"정확하게 말하지. 내 목숨이 붙어 있는 한이라고." 의사가 완강한 목소리로 받아넘겼다. 그러고는 자신이 체포되었다가 풀려난 상황을 간단히 이야기했다. "자네를 만났을 때 그 바보 같은 악당에게 가려던 참이었네."

노스트로모는 깊은 관심을 쏟으며 귀를 기울였다. "그렇다면 빨리 죽으려고 작정하셨군요." 그가 이를 물고 중얼거렸다.

"어쩌면 그렇겠지, 용감한 십장." 의사가 퉁명스럽게 말했다. "저승사자의 추악한 얼굴을 바라볼 수 있는 사람이 여기 자네만 있는 건 아니야."

"물론입니다." 노스트로모의 웅얼거림이 얼핏 들릴 정도였다. "여기 있는 바보가 두 명이 넘을지도 모르죠. 누가 알겠어요?"

"그리고 그건 내 일이네." 의사가 짧게 말했다.

"그 진저리 나는 은을 싣고 바다에 나간 게 제 일이었듯이 말이죠." 노스트로모가 대꾸했다. "알겠어요. 좋습니다. 우린 각자 판단할 수 있겠군요. 그런데 떠나기 전에 제가 마지막으로 얘기를 나눈 사람이 선생님이었어요. 그때 저를 바보 취급하셨지요."

노스트로모는 자신의 대단한 명성을 비웃는 의사의 태도가 몹시 싫었다. 약간 비꼬듯이 인정해 준 드쿠의 말투에 불안감을 느끼기는 했지만 돈 마틴 같은 사람과의 친분은 우쭐하게 해 주는 면이 있었다. 반면에, 이 의사는 보잘것없는 사람이었다. 돈 카를로스 굴드가 받아 줘서 광산에서 일하게 될 때까지 친지 하나 없이 무일푼의 부랑자로 술라코 거리를 몰래 배회하던 그를 노스트로모는 기억했다.

"선생님은 현명한 분일지 모르죠." 고문당하고 살해된 허시의 섬뜩한 미스터리로 가득한 캄캄한 방을 응시하며 노스트로모는 말했다. "하지만 저는 그 일을 시작했을 때처럼 어리석지 않아요. 그 후로 한 가지를 배웠어요. 그것은 선생님이 위험한 사람이라는 겁니다."

모니검 의사는 너무 놀라서 이렇게 소리칠 수밖에 없었다.
"대체 무슨 말인가?"

"저자도 할 수만 있다면 똑같은 말을 할 겁니다." 노스트로모는 별빛이 비치는 창문을 배경으로 희미한 윤곽이 드러난 머리를 끄덕이며 말을 이었다.

"무슨 뜻인지 모르겠네." 모니검 의사가 힘없이 말했다.

"모르신다고요? 선생님이 소티요의 정신 나간 생각에 동의하지 않았다면 그는 저 비참한 허시를 저렇게 서둘러 고문하지 않았을 겁니다."

의사는 이 말에 깜짝 놀랐다. 그러나 다른 감정을 모두 흡수한 헌신 때문에 단단히 굳어 버린 그의 마음은 후회나 동정은 느끼지 못했다. 그래도 떨떠름한 감정을 완전히 떨쳐 내려고 그는 큰 소리로 경멸하듯 반박할 필요를 느꼈다.

"흥! 소티요 같은 인간을 놓고 자네가 내게 감히 그런 말을 해? 솔직해 말해서 허시 생각은 한 번도 하지 않았네. 생각했더라도 소용없었겠지. 저 재수 없는 작자가 닻에 매달린 순간부터 죽을 운명이었다는 건 누구나 알 수 있어. 정말 죽을 운명이었어! 나도 그런 운명인 것처럼. 십중팔구는."

모니검 의사는 양심의 가책을 일으킬 만큼 타당한 노스트로모의 말에 이렇게 대답했다. 그는 몰인정한 사람은 아니었다. 그러나 스스로 떠맡은 일이 꼭 필요하고 지극히 중요한 것이라 여겼기 때문에 인정적인 배려는 하찮게 생각했다. 그는 광적으로 그 일에 착수했다. 좋아서 하는 일은 아니었다. 아무리 비열한 인간이라도 거짓말로 속이고 함정에 빠뜨리는 짓은 불쾌한 일이었다. 그가 받은 교육이나 본능, 인습에 반하는 역겨운 일이었다. 배반자 행세를 하며 이런 일을 하는 것은 성격에도 맞지 않았고 감정적으로도 지독히 고통스러웠다. 그는 스스로를 비하하는 마음으로 그 희생을 감수했다. 그는 스스로에게 '그 더러운 일에 적합한 사람은 나밖에 없어.'라고 씁쓸히 말했다. 그리고 그렇게 믿었다. 그는 복잡한 사람이 아니었다. 영웅적 죽음을 추구하려는 이상 같은 것은 없었지만, 스스로 일으킨 상당히 위험한 모험에서 기운과 위안을 얻을 정도로 단순한 면이 있었다. 그런 마음 상태에서 볼 때 허시의 운명은 전반적으로 잔혹한 상황의 일부일 뿐이었다. 그는 그 사건을 실제적인 관점에서 고려했다. 그것은 무엇을 의미할까? 소티요의 망상에 어떤 위험한 변화가 일어났다는 징조일까? 의사는 허시가 이런 식으로 살해되어야 했던 이유를 이해할 수 없었다.

"그래, 그런데 왜 쏴 죽인 거지?" 의사는 혼자 중얼거렸다.

노스트로모는 아무 대답도 하지 않았다.

9

의혹과 희망 사이에서 심란해하던 소티요는 페드리토 몬테로의 진군을 요란하게 알리는 종소리에 당황해서 자신의 생각과 씨름하며 아침 시간을 보냈다. 텅 빈 머리와 난폭한 격정 때문에 그로서는 감당하기 힘든 씨름이었다. 실망감, 탐욕, 분노, 공포가 시내에서 울리는 종소리보다 요란하게 대령의 가슴속에서 난동을 피웠다. 그의 계획이 하나도 이뤄지지 않았던 것이다. 술라코도, 광산의 은괴도 손에 넣지 못했다. 지위를 확보할 만한 전투에서 공을 세운 것도 아니고, 엄청난 노획물을 손에 넣어 달아날 수 있는 것도 아니었다. 페드리토 몬테로는 같은 편으로든, 적으로든 두려운 존재였다. 성당의 종소리에 그는 미칠 것 같았다.

처음에는 당장 공격을 받으리라고 생각했기에 해안에서 전투 태세를 갖추도록 명령했다. 그는 방 안을 서성이다가 이따금 걸음을 멈추고 오른손 손가락 끝을 물어뜯으며 곁눈질로 무섭게 바닥을 노려보았다. 그러고는 음울하고 불쾌한 눈으로 주위를 돌아보면서 다시 야만적으로 냉담하게 쿵쿵거리며 걸었다. 그의 모자와 채찍, 칼, 권총은 탁자 위에 있었다. 장교들은 도시 성문이 내다보이는 창가에 몰려서서 작년에 안자니에게서 장기 외상으로 산 쌍안경의 효용에 대해 논쟁하고 있었다. 쌍안경은 이 손에서 저 손으로 옮겨졌고, 그것을 잡은 사람은 걱정스러운 질문 공세를 받았다.

"아무것도 없어. 볼 게 아무것도 없다고!" 그는 조급하게 되풀이하곤 했다.

실로 아무것도 없었다. 비올라의 집 근처 덤불에 숨어 있던 보초들이 본부대로 후퇴하라는 명령을 받았을 때도 시내와 항구의 바닷물 사이 먼지 자욱한 건조하고 넓은 땅에는 꿈틀거리는 생명체 하나 보이지 않았다. 그러나 오후 늦게 말을 탄 사람이 성문에서 나와 겁 없이 달려오는 모습이 포착되었다. 푸엔테스 씨가 보낸 전령이었다. 그는 혼자였으므로 제지받지 않고 들어왔다. 세관의 큰 문 앞에서 말에서 내린 그는 말없이 옆에 서 있던 군인들에게 명랑하고 건방지게 인사하고는, '용감하신' 대령에게 즉시 데려다달라고 요청했다.

푸엔테스 씨는 주지사가 되자마자 외교 수완을 발휘하여 광산뿐 아니라 항구를 장악하려 했다. 그가 소티요와 협상하도록 선택한 사람은 한 공증인이었다. 혁명이 일어났을 때 문서 위조죄로 일반 교도소에서 괴로운 나날을 보내던 그 공증인은 혁명군 폭도에 의해서 다른 '블랑코 독재의 희생자'들과 함께 풀려나자 새 정부를 돕겠다고 서눌러 자청했던 것이다.

그는 페드리토 몬테로와의 회담을 위해 소티요 혼자 시내에 들어오도록 열성과 구변을 다해 설득하겠다고 결심했다. 그러나 그것은 대령의 의도와 동떨어진 것이었다. 소티요에게는 그 유명한 페드리토의 수중에 잠시라도 들어가는 것은 생각만 해도 구역질 나는 일이었다. 말도 안 되는 일이고 미친 짓이었다. 그렇지만 페드리토와 공공연히 적대 관계에 서는 것도 미친 짓이었다. 그러면 그 보물, 주변 어딘가에 있는 것 같고 가까이서 냄새가 나는 듯한 그 많은 은괴를 철저히 수색할 수 없을 것이다. 그런데 과연 어디에 있는 것일까? 어디에? 맙소사! 대체 어디 있을까? 아! 왜 그 의사를 풀어 줬을까? 바보 같은 짓이었다. 그러나 아니! 그것만이 옳은 길이었다고 그는 정신없이 생각했다. 아래층에서 전령이 장교들과 유쾌하게 잡담을 나누며 기다렸다. 확실한 정보를 갖고 돌아온다면 그 비열한 의사에게 진정 이익이 될 것이다. 하지만 그를 막는 것이 있다면? 가령 누구도 도시 밖으로 못 나가게 하는 금지령이라든지! 정찰대에 걸리든지!

소티요는 현기증이 나는 듯이 양손으로 머리를 잡고 생각에 잠겼다. 번뜩 비겁한 영감이 떠올랐다. 어려운 협상을 미루고 싶어 하는 유럽 정치인들도 잘 아는 수법이었다. 박차가 달린 구두를 신은 채 그는 품위 없이 허겁지겁 해먹으로 기어들었다. 잘생긴 얼굴은 막중한 근심과 과로 탓에 누렇게 떠 있었다. 반듯한 콧날은 날카로워지고, 대담한 콧구멍은 초라하게 쪼그라든 것 같았다. 애무하듯 부드러운 눈길을 보내던 멋진 눈은 생기를 잃고 썩어 버린 것 같았다. 무기력한 아몬드 모양의 안구가 불행히도 지속적인 불면으로 너무 충혈된 탓이었다. 그는 깜짝 놀란 푸엔테스 씨의 사절에게 기어드는 목소리로 말했다. 축 늘어진 검은 콧수염에 이르기까지 우아한 몸을 판초로 뒤덮어 쇠약해진 육체와 무력한 정신을 드러내면서 그는 애처롭고 연약한 목소리를 냈다. 열병, 열병, 지독한 열병이 '용감한' 대령을 덮친 것이다. 갑자기 몰아친 복통이 일어날 때마다 덩달아 흔들리는 얼굴의 난폭한 표정과 고통을 참아 내느라 이를 딱딱 부딪치는 소리는 그 사절이 믿을 수 있을 정도로 진짜 같았다. 그것은 발작적인 오한이었다. 대령은 생각할 수도, 들을 수도, 말할 수도 없는 형편이라고 설명했다. 초인적 노력을 기울이는 듯한 모습으로 그는 귀하의 명령에 적절한 답변을 보내거나 명령을 수행할 수 있는 상태가 아니라고 헐떡이며 말했다. 그렇지만 내일이면! 내일이 되면! 아! 내일은! 돈 페드로 귀하께 염려 마시라고 해라. 용감한 에스메랄다 연대가 항구를 장악했고, 장악했으니……. 이 부분에서 그는 눈을 감았고, 캐묻고 싶어 하는 사절의 눈앞에서 혼수상태에 빠져드는 환자처럼 쑤시는 머리를 이리저리 돌렸다. 사절은 힘겹게 끊어지는 그의 말을 알아들으려고 해먹 위로 몸을 굽혀야 했다. 소티요는 그 의사, 영국인 의사가 외국제 약이 든 가방을 들고 시내에서 나와 자기를 치료하도록 각하께서 자비롭게 허락해 주시리라 믿는다고 말했다. 또한 지금 사절로 온 신사가 아량을 베풀어서 돌아가는 길에 굴드 저택을 들여다

보고 아마도 거기 있을 영국인 의사에게 열병으로 세관에 누워 있는 수티요 대령이 당장 진료를 받아야 한다고 알려 주기를 간절히 청했다. 당장. 몹시 긴급한 요청이라고. 몹시 초조하게 기다리고 있다고. 수없이 감사드린다. 그는 지친 듯 눈을 감았고 다시는 뜨려 하지 않았다. 무서운 병에 압도되고, 정복되고, 뭉개지고, 소진된 듯이 귀머거리에 벙어리, 인사불성이 되어 꼼짝도 하지 않았다.

그러나 사절이 밖으로 나가 층계참의 문을 닫자마자 대령은 산더미처럼 쌓인 모직 덮개 속에서 두 발을 걷어차고 튀어나왔다. 뒤범벅이 된 판초 사이에 박차가 끼어 곤두박질칠 뻔했고 방 한가운데 이를 때까지 균형을 잡지 못했다. 반쯤 열린 덧문 뒤로 몸을 숨기고는 아래층에서 일어나는 일에 귀를 기울였다.

사절은 벌써 말에 올라서, 넓은 문간에 몰려 있던 침울한 장교들에게 격식을 차려 모자를 들고 인사했다.

"기병대 여러분," 그는 쩌렁쩌렁 울리는 소리로 말했다. "여러분의 대령님을 잘 보살펴 드리시오. 이렇게 해가 쨍쨍 내리쬐고 물도 없이 비바람을 맞는 곳에서 군인답게 인내심을 발휘하고 있는 훌륭한 여러분을 만나게 되어 매우 영광스럽고 흐뭇했소. 시내엔 포도주와 매력적인 여자들이 넘쳐 나고 여러분처럼 용감한 사람을 기꺼이 환영할 텐데 말이오. 기병대 여러분, 여러분에게 인사드리게 되어 영광이오. 오늘 밤에 술라코에서는 큰 춤 잔치가 벌어질 거요. 안녕히!"

그러나 그는 앞으로 걸어 나오는 늙은 소령을 보자 고삐를 잡고 고개를 옆으로 돌렸다. 장대같이 큰 키에 바싹 마른 소령이 발목까지 내려오는 꽉 끼는 코트를 입은 모습은 깃대에 연대 군기를 둘둘 감아 놓은 것 같았다.

이 영리한 늙은 군인은 "세상에 반역자들이 들끓고 있소." 라는 일반론을 독단적으로 선언하고 나서 일부러 소티요에 대한 찬사를 늘어놓았다. 그는 세상의 모든 미덕을 천천히 강조해 가면서 소티요에게 돌렸고, 서부 지역(특히 에스메랄다 근방) 하층민들의 우스꽝스러운 구어적 표현으로 그의 미덕을 요약했다. "그리고 이가 많은 사나이, '옴브레 데 무초스 디엔테스' 올시다."라고 결론을 내렸다. 그러고는 갑자기 목소리를 높이며 엄숙하고 당당하게 말을 이었다. "그리고 우리에 대해 말할 것 같으면, 귀하께선 이 나라의 가장 훌륭한 장교들, 용맹과 총기에 있어 타의 추종을 불허하는 자들, 이 '옴브레 데 무초스 디엔테스'를 보고 계시오."

"아니? 전부 다 그렇다는 거요?" 푸엔테스 씨의 악명 높은 사절이 조롱하는 듯한 미소를 띠며 물었다.

"전부 그렇소." 소령은 확신하는 투로 엄숙하게 긍정했다. "이가 많은 사람들이오."

상대는 말을 돌려 황폐한 헛간의 높은 문처럼 보이는 현관을 바라보았다. 그는 등자에 발을 딛고 몸을 쭉 펴고는 한 팔을 내밀었다. 익살스러운 불한당이었던 그는 중부 지역 출신의 원주민으로서 이 어리석은 서부 지역민을 매우 경멸했다. 특히 에스메랄다 사람들의 바보 같은 짓거리를 우습고 한심하게 여겼다. 그는 엄숙한 표정으로 페드로 몬테로를 찬미하는 연설을 늘어놓았다. 그들의 눈앞에서 몬테로를 소개하려는 듯이 손을 휘저었다. 그들이 굳은 얼굴로 자기 입을 뚫어지게 응시하는 것을 보자 완벽한 미덕의 목록을 줄줄이 읊어 대기 시작했다. "관대하시고, 용맹하시고, 친절하시고, 심오하시고," 그는 열성적으로 모자를 벗어 흔들었다. "정치가이시고, 무적의 유격대 대장이시고……." 갑자기 놀랍게도 목소리를 낮춰 말했다. "그리고 이를 치료하는 분이시오."

즉시 그는 신속히 말을 몰아 출발했다. 말에 올린 굳건한 두 다리와 바깥으로 내민 뒤꿈치, 뻣뻣한 등, 부동의 각진 어깨 위에 건달처럼 비스듬히 기울여 쓴 맥고모자가 이를 데 없이 거만한 모습으로 두려움을 일으켰다.

위층 덧문 뒤에 숨어 있던 소티요는 한참 동안 움직이지 않았다. 그 작자의 대담무쌍한 태도에 소름이 끼쳤다. 아래층에서 부하들은 무슨 말을 하고 있을까? 그들은 아무 말도 하지 않았다. 완벽한 침묵이 감돌았다. 소티요는 온몸이 떨렸다. 원정에 나설 때 그가 상상한 것은 이게 아니었다. 승리를 거머쥐어 의기양양하고, 질문을 받는 일도 없고, 욕구를 실컷 채우고, 군인들의 우상으로서 마음대로 골라잡을 수 있는 권력과 금력의 기분 좋은 선택지를 놓고 속으로 흡족해하며 저울질하리라고 상상했었다. 슬프게도! 너무나 딴판인 것이다! 미칠 듯이 괴롭고 불안하고 무기력하고 분노에 휩싸이고 두려움에 얼어붙어서, 그는 바다처럼 깊이를 알 수 없는 공포가 사방에서 스멀스멀 기어 나와 자신을 휘감는 것 같은 느낌을 받았다. 그 불한당 같은 의사가 정보를 갖고 와야 한다. 그 점은 분명했다. 그 정보는 의사에게 전혀 쓸모가 없을 것이다. 자기 혼자로는 그 정보로 아무것도 할 수 없을 것이다. 빌어먹을. 의사는 절대로 돌아오지 않을 것이다. 어쩌면 이미 체포되어 돈 카를로스와 함께 감금되었을지도 모른다. 소티요는 실성한 듯이 큰 소리로 웃었다. 하! 하! 하! 하! 페드리토 몬테로가 그 정보를 알아낼 것이다. 하! 하! 하! 하! 그리고 은도 차지하겠지. 하!

한바탕 웃다가 갑자기 돌로 변한 듯 그는 웃음을 멈추고 입을 다물었다. 그에게도 포로가 있었다. 틀림없이 진실을 알고 있을 포로였다. 그가 입을 열게 만들어야 한다. 그간 허시를 잊고 있었던 건 아니지만 극단적 조치를 취하려니 소티요는 왠지 망설여졌다.

그는 내키지 않는 기분이었고…… 그것은 사방에서 몰려든 이해할 수 없는 공포의 일부였다. 그 피혁상의 확대된 동공과 일그러진 얼굴, 울부짖고 항의하는 큰 소리를 떠올리면 왠지 꺼림칙했다. 그것은 동정심도 아니고, 과민한 신경의 초조함도 아니었다. 사실 그 가죽상의 얘기는 한순간도 믿을 수 없었지만……. 소티요는 믿을 수 없었다. 그런 황당한 얘기는 누구도 믿을 수 없을 것이다. 하지만 절망에 빠져 진실을 실토하는 듯한 목소리가 불쾌한 인상을 남겼던 것이다. 그 어조 때문에 구역질이 났다. 그 남자가 공포에 질려 미쳤을지 모른다는 의심도 들었다. 미친 사람은 심문해 봐야 소용없다. 흥! 거짓으로 꾸미고 있을 게다. 그저 그런 척하는 거다. 그는 그런 속임수를 어떻게 다뤄야 하는지 안다.

소티요는 자신의 감정을 들쑤시며 잔혹함의 정점으로 치닫고 있었다. 그는 길쭉한 눈을 약간 가늘게 뜨고 손뼉을 쳤다. 맨발의 연락병이 소리 없이 나타났다. 칼을 넓적다리 위로 늘어뜨리고 작대기를 든 상등병이었다.

대령은 명령을 내렸다. 곧 군인 몇 명에게 떠밀려 들어온 가엾은 허시는 넓은 안락의자에 앉아서 무섭게 눈살을 찌푸리고 있는 대령을 보았다. 모자를 쓰고 무릎을 한껏 벌린 채 양손을 허리에 댄 그는 오만하고 당당하며 저항할 수 없고 교만하며 거만한 데다 무시무시했다.

허시는 양팔을 뒤로 묶인 채 작은 방에 난폭하게 밀쳐져 감금되었었다. 오랜 시간 방치된 채 죽은 듯이 바닥에 뻗어 있었다. 절망과 공포에 휩싸인 그 고독한 방에서 그는 무자비한 발길질과 구타를 당하며 무감각하게 끌려나왔다. 협박과 경고를 들었고, 그런 다음에는 소티요 앞에서 두 손을 등 뒤로 묶인 채 턱을 가슴 위에 푹 파묻고 몸을 약간 숙였지만 절대로 올려다보지 않으며 전처럼 대답했다. 그의 턱 밑에 총검 끝을 찔러 넣어 억지로 고개를 들게 하자, 몽환에 빠진 듯 초점 없는 눈이 멍하니 앞을 바라보았고 완두콩만 한 땀방울이 흰 얼굴에 묻은 오물과 타박상과 생채기에 우박처럼 흘러내렸다. 그러더니 땀방울이 갑자기 멈추었다.

소티요는 말없이 그를 바라보았다. "이 악당 같은 놈아, 이제 고집을 버릴 테냐?" 허시 씨의 손목에 한쪽 끝이 묶인 밧줄은 이미 대들보 위에 걸쳐져 있고 군인 셋이 다른 쪽 끝을 잡고 기다리고 있었다. 그는 아무 대답도 하지 않았다. 두툼한 아랫입술이 바보처럼 축 늘어져 있었다. 소티요가 신호를 보냈다. 그의 몸이 위로 확 당겨지며 발이 공중에 떴다. 그 방에서 터져 나온 절망과 고통의 비명이 큰 건물의 복도를 채웠고 바깥의 공기를 찢어 해안에 늘어선 막사의 군인들 모두 그 창문을 올려다보았다. 홀에 있던 몇몇 장교는 깜짝 놀라 흥분해서 눈을 번뜩이며 떠들었고 다른 장교들은 입을 꾹 다물고 우울하게 바닥을 응시했다.

소티요는 군인들의 호위를 받으며 방에서 나왔다. 층계참에서 있던 보초들이 받들어총 자세를 취했다. 허시는 반쯤 닫힌 덧문 뒤에 혼자 남아 계속 비명을 질렀다. 항구의 바닷물에 반사된 햇빛이 빛의 파문을 만들어 벽 위에 끊임없이 퍼지게 했다. 그는 눈썹을 치켜뜨고 입을 한껏 벌린 채 — 믿을 수 없이 넓게 벌려 치아가 가득한 시커멓고 큰 구강을 드러내며 — 우스꽝스러운 모습으로 비명을 질렀다.

바람 한 점 없는 오후의 고요하고 찌는 듯한 공기에 그가 흘려보낸 고통의 파동이 O. S. N. 회사의 사무실에도 이르렀다. 미첼 선장은 발코니에서 상황을 알아보려다가 희미하지만 명확하게 그 비명을 들었다. 그가 핼쑥해진 얼굴로 실내에 들어온 다음에도 그 소름 끼치는 희미한 소리가 귓전에 맴돌았다. 그는 그날 오후에 여러 번 발코니에서 쫓겨 들어와야 했다.

짜증이 나고 변덕스러운 기분으로 소티요는 불안하게 서성였고 장교들과 회의를 열었으며 텅 빈 건물에 울려 퍼지는 날카로운 비명 속에서 앞뒤가 맞지 않는 명령을 내리기도 했다. 때로는 무서운 정적이 오랫동안 이어졌다. 몇 번이나 그는 자신의 칼과 채찍, 권총, 쌍안경이 탁자에 놓여 있는 고문실에 들어가서 억지로 차분한 소리를 내어 묻곤 했다. "이제 실토할 테냐? 아니야? 난 얼마든지 기다릴 수 있어." 그러나 아주 오래는 기다릴 수 없었다. 그게 문제였다. 그가 방에 들어갔다가 문을 쾅 닫고 나올 때마다 층계참의 보초는 받들어총 자세를 했고 음울하고 악의적이며 불안한 그의 눈길을 받았다. 그러나 그 눈은 내면의 영혼, 음침한 증오와 우유부단함, 탐욕과 격분으로 들끓는 영혼의 그림자에 불과했으므로 실은 아무것도 보지 않았다.

소티요가 다시 들어간 것은 이미 해가 진 다음이었다. 한 군인이 불 켜진 양초 두 개를 갖다 놓고 살그머니 나가서 소리 없이 문을 닫았다.

"말해, 이 유대인 악마의 자식아! 은 말이야! 은! 어디 있어? 악당 같은 외국인 놈들이 어디 숨겼어? 실토해. 그렇지 않으면……."

억지로 잡아 늘인 팔에서 가느다란 전율이 팽팽한 밧줄을 타고 올라갔다. 하지만 에스메랄다의 진취적 사업가 허시 씨의 몸은 육중한 대들보 밑에 수직으로 매달려 끔찍한 모습으로 고요히 대령을 향하고 있었다. 시에라산맥의 눈에 차가워진 공기가 스며들어 숨 막힐 듯이 무더운 방 안에 감미롭고 신선한 기운을 퍼뜨렸다.

"말해……. 도둑놈…… 악당…… 무뢰한…… 그렇지 않으면……."

소티요는 채찍을 잡고 팔을 들어 올렸다. 말 한마디, 짧은 단어 하나만 들을 수 있다면, 비틀린 입을 다문 채 조용히 푹 떨군 저 더럽고 뒤엉킨 머리에서 튀어나온 움직이지 않는 눈알의 졸린 듯한, 의식이 있는 시선 앞에서 바닥에 무릎 꿇고 굽실거리며 넙죽 엎드리기라도 할 것 같았다. 대령은 이를 갈면서 채찍을 휘둘렀다. 밧줄은 멈췄다 다시 움직이는 진자의 긴 추처럼 그 타격에 천천히 흔들렸다. 그러나 해안 지방에 잘 알려진 피혁상 허시 씨의 몸에는 흔들림이 전달되지 않았다. 그 몸은 비틀려 묶인 양팔에 필사적으로 힘을 주어 낚싯줄 끝에 매달린 물고기처럼 잔뜩 웅크리고 몇 인치 튀어 올랐다. 긴장한 목구멍 위에서 머리가 뒤로 젖혀지고 턱이 바들바들 떨렸다. 한순간 딱딱 부딪치는 이 소리가 나란히 타오르는 두 양초의 불꽃 주위로 빛이 둥글게 퍼져 나간 넓고 어두운 방에 울려 퍼졌다. 소티요가 팔을 쳐든 채 그가 입을 열기를 기다릴 때 피혁상이 갑자기 이를 번뜩 드러내고 비틀린 어깨를 억지로 내밀면서 소티요의 얼굴에 침을 탁 뱉었다.

쳐들린 채찍이 바닥에 떨어졌고, 대령은 치명적으로 분사된 독에 맞은 듯 경악하여 낮게 비명을 지르며 껑충 물러섰다. 눈 깜짝할 사이에 권총을 잡아 두 발을 쏘았다. 두 발의 총성이 울리고 신관이 터지자 소티요는 억누를 수 없는 분노에서 백치처럼 망연한 상태로 당장 빠져들었다. 턱이 늘어진 채 무표정한 눈으로 멍하니 서 있었다. 맙소사, 무슨 일을 저지른 것일까! 무슨 짓을? 많은 비밀을 강제로 끌어낼 수 있는 저 입을 영원히 닫아 버린 자신의 충동적인 행동에 야비하게도 간담이 서늘해졌다. 뭐라고 말할 수 있을까? 어떻게 설명할 것인가? 어딘가로, 아무 데라도, 줄행랑을 치자는 생각이 스쳤다. 탁지 밑에 숨어야겠나는 비겁하고 터무니없는 생각도 그의 비겁한 마음에 떠올랐다. 너무 늦었다. 깜짝 놀란 장교들이 요란하게 칼집을 덜그럭거리고 왁자지껄 외치며 뛰어들었다. 그러나 그들이 곧장 그의 가슴에 칼을 찔러 넣지는 않았으므로 그는 뻔뻔스럽게 배짱을 부릴 수 있었다. 군복 소매로 얼굴을 훔치고 나서는 다시 정신을 차렸다. 죽은 상인, 허시 씨의 뻣뻣한 몸은 보이지 않게 흔들린 후 반쯤 돌았고, 겁에 질린 웅얼거림과 불안하게 질질 끄는 발소리로 어수선한 가운데 정지했다.

누군가 큰 소리로 말했다. "저놈 좀 봐, 다시는 입을 못 벌리겠군." 뒷줄에 서 있는 또 다른 장교가 소심하고 절박하게 소리쳤다.

"왜 죽이셨습니까, 대령님?"

"다 실토했어." 소티요는 필사적으로 대담하게 대답했다. 그는 궁지에 몰린 기분이었지만, 자신의 명성을 믿고 뻔뻔스럽게 대처하면서 꽤 잘해 낼 수 있었다. 그의 말을 들은 부하들은 그가 그러고도 남을 사람이라고 생각했다. 우쭐해하는 그의 이야기를 믿고 싶었던 것이다. 탐욕만큼 인간을 열렬하게 맹목적으로 속여 넘기는 것도 없다. 어디서나 흔히 벌어지는 그런 일은 인간의 도덕적 빈곤과 지적 결핍을 드러내 보여 준다. 아! 당파성 강한 이 유대인, 이 사기꾼이 모든 것을 실토했다. 좋아! 그럼 그는 더 이상 필요하지 않다. 갑자기 늙은 소령이 굵직한 너털웃음을 터뜨렸다. 큰 머리에 작고 둥근 눈, 괴이하게 살찐 볼이 절대 흔들리지 않는 사람이었다. 큰 체구에 허수아비처럼 얼룩덜룩한 누더기를 걸친 소령은 허시의 시신을 돌아보면서 이제 앞으로는 저 야비한 인간의 배신을 걱정할 필요가 없다고 아주 만족스러운 얼굴로 중얼거렸다. 다른 장교들은 종종걸음을 치고 서로 짤막한 말을 주고받으며 쳐다보았다.

소티요는 칼을 차더니 오후로 결정된 퇴각을 서두르라고 무뚝뚝하고 단호하게 명령했다. 그러고는 넓은 맥고모자를 눈썹까지 잡아당겨 쓰고 음험하고 당당하게 먼저 방문을 나섰다. 하지만 너무 정신이 없어서 모니검 의사가 돌아올 상황에 대비하는 것을 완전히 잊고 말았다. 그의 뒤를 따르던 군인 한두 명이 촛불 두 개가 전부인 곳에서 흔들림을 멈추고 뻣뻣하게 굳은 에스메랄다의 상인 허시 씨의 시신을 급히 돌아보았다. 텅 빈 방의 벽에 비친 머리와 어깨의 큰 그림자는 살아 있는 것 같았다.

아래층에 있던 군대는 조용히 정렬했고 북이나 나팔 소리도 없이 중대별로 이동했다. 허수아비 같은 늙은 소령은 후위를 지휘했다. 그러나 세관에 불을 지르라는(그리고 "거기 매달려 있는 반역자 유대인의 시체를 태워 버려라."라는) 명령 때문에 뒤에 남은 부대는 어쩐지 서두르다가 계단에 제대로 불을 붙이지 못했다. 허시 씨의 시신은 완공되지 않은 큰 건물의 황량한 적막 속에 한참 동안 홀로 남아 있었다. 갑작스레 문과 빗장이 부딪치며 딸깍거렸고 찢어진 종잇조각이 바스락거리며 날아다니고 돌풍이 일 때마다 높은 지붕 밑을 스치는 떨리는 한숨 소리가 무시무시하게 울려 퍼졌다. 수직으로 매달려 숨을 거둔 허시 씨의 움직이지 않는 시신 앞에서 타오르는 두 개의 양초 불빛이 한밤중의 신호처럼 땅과 물 위로 멀리 희미한 빛을 내보냈다. 거기 남아 있는 시신은 노스트로모를 놀라게 했고, 이해할 수 없는 참혹한 최후로 모니검 의사를 어리둥절하게 했다.

"대체 왜 쏴 죽인 걸까?" 의사는 소리를 내어 다시 자문했다. 이번에는 노스트로모가 냉담하게 웃으며 대답했다.

"너무 뻔한 일을 걱정하시는군요, 선생님. 왜 그런지 궁금한데요? 십중팔구 조만간 우리 모두 차례로 총살될 텐데. 소티요나 페드리토, 아니면 푸엔테스나 가마초에게. 우리도 저런 고문을 당하겠죠. 더 지독한 고문일지 누가 압니까? 선생께서 소티요의 머릿속에 은에 대한 엉뚱한 생각을 넣어 주셨으니."

"그건 이미 그의 머릿속에 박혀 있었어." 의사가 항의했다. "난 다만……."

"그래요. 다만 단단하게 못질해서 그 악마 같은 놈이……."

"내가 하려는 일이 바로 그거야." 의사가 말을 가로막았다.

"그거라고요? 좋아요. 내 말이 맞았어요. 선생님은 위험한 사람이에요."

언성을 높이지 않고 시비조로 이어 가던 그들의 목소리가 갑자기 끊어졌다. 별빛을 배경으로 어둠 속에 똑바로 매달린 허시 씨의 시신은 공정한 침묵 속에서 주의 깊게 기다리는 것 같았다.

하지만 모니검 의사는 노스트로모와 말다툼할 생각이 없

었다. 술라코의 운명이 걸린 이 절체절명의 순간에 그는 마침내 이 남자가 실로 없어서는 안 될 사람이라는 사실을 깨달았다. 그를 발굴했다고 떠벌리는 미첼 선장이 편애하는 마음으로 상상하는 것 이상으로 이 사내가 필요했다. 드쿠가 농담처럼 "빛나는 친구, 세상에 둘도 없는 부두 노동자 십장."이라고 천연덕스럽게 말한 것 이상으로 반드시 필요했다. 이 사내는 세상에 둘도 없는 독특한 인물이었다. 그는 '천 명 중 하나'가 아니었다. 절대적으로 유일무이한 인간이었다. 의사는 그 사실에 승복했다. 이 제노바 출신 선원은 위대한 사업과 많은 사람의 운명, 찰스 굴드의 재산, 경탄스러운 한 여자의 운명을 좌지우지할 재능을 타고난 사람이었다. 생각이 여기에 이르자 의사는 말을 꺼내기 전에 목청을 가다듬었다.

완전히 달라진 어조로 의사는 카파타스에게 우선 그가 일신상의 위험을 무릅쓸 일은 없다고 말했다. 모두에게 죽었다고 알려진 한은 그렇다. 그것은 엄청나게 유리한 점이다. 그는 비올라의 집에서 남의 눈에 띄지 않게 숨어 있기만 하면 된다. 가리발디노 영감은 홀로, 죽은 아내와 함께 그곳에 있다고 한다. 하인은 모두 달아났다. 어느 누구도 노스트로모를 그 집에서 찾지 않을 것이다. 아니, 세상 어디에서도 찾지 않을 것이다.

"그렇겠죠." 노스트로모가 씁쓸하게 말했다. "내가 선생님을 만나지 않았더라면."

의사는 잠시 입을 다물었다. "내가 자네를 배반할 거라고 생각한다는 말인가?" 그가 떨리는 목소리로 물었다. "왜? 내가 무엇 때문에 그러겠나?"

"어떻게 알겠어요? 그러지 않을 이유도 없잖아요. 어쩌면 하루라도 시간을 벌기 위해서. 소티요가 날 저렇게 고문하고 다른 짓도 해 보려면 하루는 걸리겠죠. 저 가엾은 작자에게 했듯이 내 가슴을 총알로 관통하기 전에. 그러지 않을 이유가 없죠."

의사는 어렵사리 침을 삼켰다. 순간 목구멍이 바짝 타들어 갔다. 분노 때문이 아니었다. 애처롭게도 의사는 어느 누구에게도, 그 무엇에도 자신은 화를 낼 권리가 없다고 믿었다. 목이 탄 것은 순전히 두려움 때문이었다. 저 친구가 자신의 과거를 우연히 알게 됐을까? 만일 그렇다면 그를 자신이 원하는 방향으로 이용하려는 계획은 끝장이었다. 반드시 필요한 이 남자가 자신의 영향력을 벗어난 것이다. 자신을 비열한 일에 적합하게 만든 그 지울 수 없는 오점 때문에. 모니검 의사는 구역질이 날 것 같았다. 어떻게 해서든 명확히 알고 싶었지만 그 의혹을 해소할 엄두도 나지 않았다. 자기 비하감과 함께 자란 열광적 헌신 때문에 그의 마음은 슬픔과 조소로 더 딱딱하게 굳어졌다.

"그래, 그러지 않을 까닭이 없겠지." 그가 냉소적으로 되풀이했다. "그렇다면 자네에게 안전한 방법은 이 자리에서 날 죽이는 것이겠지. 난 스스로를 방어할 걸세. 하지만 내가 무기 없이 돌아다닌다는 것을 알아 두는 것이 좋겠군."

"맙소사!" 카파타스가 열렬히 말했다. "당신네 높은 분들은 다 똑같아요. 다 위험한 사람들이라고요. 가난한 사람을 개처럼 부리다가 모두 배신하죠."

"자넨 이해하지 못해." 의사가 천천히 말을 꺼냈다.

"당신네들을 다 이해해요!" 노스트로모가 격렬한 몸짓을 하며 소리쳤다. 의사의 눈에는 그 동작이 죽은 허시 씨의 한결 같은 부동의 자세처럼 어렴풋하게 보였다. "당신들 사이에 낀 가난한 사람은 스스로 살길을 찾아야 해요. 당신들은 자기들에게 봉사하는 사람들은 조금도 신경 쓰지 않으니까요. 저를 보세요! 오랜 세월이 흐른 다음에야 갑자기 담장 밖에서 짖어 대는 똥개나 마찬가지 신세라는 걸 알게 됐다고요. 개집도 없고 물어뜯을 마른 뼈다귀도 없이. 망할!" 그러나 그는 화를 누그러뜨리고 오만하게 공정한 태도를 취했다. "물론," 그가 조용히 말을 이었다. "선생님이 나를 가령 소티요에게 당장 넘길 거라고는 생각하지 않아요. 문제는 그게 아니에요. 내가 하찮은 존재라는 거지! 갑자기……." 그는 팔을 아래쪽으로 휘둘렀다. "누구에게도 아무것도 아닌 존재라는 겁니다." 그가 되풀이했다.

의사는 편안히 숨을 내쉬었다. "자, 카파타스," 그는 다정하게 들릴 정도로 노스트로모의 어깨로 팔을 뻗으며 말했다. "아주 단순명료한 사실을 말해 주겠네. 자네는 필요한 인물이기 때문에 안전하네. 난 어떤 이유에서도 자네를 배신하지 않을 걸세. 왜냐하면 자네가 꼭 필요하니까."

어둠 속에서 노스트로모는 입술을 깨물었다. 이런 말은 익히 많이 들어 왔다. 이 말이 무슨 뜻인지 그는 잘 알았다. 이제는 그런 말이 통하지 않는다. 하지만 이제는 자신의 거취를 생각해야 했다. 또한 의사와 싸우고 헤어지는 것은 신중하지 못한 일이라고 생각했다. 술라코 주민들 사이에서 병을 잘 고치기로 유명한 이 의사는 악마 같은 사람이라는 평판도 받고 있었다. 그 평판은 분명 그의 기괴한 생김새와 빈정거리는 거친 태도에서 나온 것이었고, 그것이 의사의 사악한 기질을 입증하는, 눈에 보이고 느낄 수 있고 부정할 수 없는 증거였다. 그리고 노스트로모는 그 주민의 한 사람이었다. 그래서 그는 의사의 말을 믿지 못하겠다는 듯이 툴툴거리기만 했다.

"분명히 말하면, 자네가 유일한 적임자라네." 의사가 말을 이었다. "자네만이 이 도시를 구할 수 있어…… 파괴적이고 탐욕적인 인간들에게서 모든 주민을……."

"아뇨." 노스트로모가 부루퉁하게 말했다. "소티요나 페드리토, 아니면 가마초에게 바치라고 보물을 찾아서 선생님께 갖다드릴 수는 없어요. 제가 알 게 뭡니까?"

"어느 누구도 불가능한 일은 기대하지 않네." 이런 답이 들려왔다.

"직접 말씀하시는군요. 어느 누구도라고." 노스트로모가 음울하고 위협적인 어조로 중얼거렸다.

하지만 모니검 의사는 기대감에 차 있었기에 이 수수께끼 같은 대답과 위협적인 어조를 무시했다. 어둠에 익숙해진 그들의 눈에 죽은 허시 씨의 시신이 가까이 다가온 듯, 더욱 또렷하게 보였다. 의사는 엿듣는 사람이 있을까 겁나는 듯 낮은 목소리로 계획을 털어놓았다.

의사는 반드시 필요한 이 사내에게 은밀한 계획을 모두 털어놓았다. 이 신뢰에 함축된 아첨과 극히 위험한 모험의 암시는 카파타스에게 익숙한 소리였다. 망설임과 불만 속을 떠돌던 그의 마음은 씁쓸한 심정으로 그것을 알아차렸다. 그는 의사가 산토메 광산을 파멸의 위기에서 구하려고 노심초사한다는 것을 잘 이해했다. 광산이 없어지면 그 의사는 쓸모없는 인물이었다. 그것은 그의 이익이 걸린 문제였다. 부두 노동자들을 자기들 편으로 끌어들이는 게 드쿠 씨와 블랑코 당원들, 유럽인들에게 이익인 것처럼. 떠돌던 그의 생각이 드쿠에게 머물렀다. 그는 어떻게 될까?

노스트로모의 침묵이 길어지자 의사는 불안했다. 그래서 그에게 당분간은 안전하겠지만 영원히 숨어 살 수는 없는 일이라며 불필요한 지적을 했다. 이제는 온갖 위험과 난관을 무릅쓰고 바리오스에게 소식을 전하는 임무를 떠맡든지, 아니면 가난하고 창피스럽게 몰래 술라코를 떠나든지 둘 중 하나를 선택하라고.

"자네의 벗들 누구도 지금은 자네에게 어떤 보상도, 보호도 해 줄 수 없다네, 카파타스. 돈 카를로스도 마찬가지야."

"저는 당신네의 보호와 보상을 전혀 바라지 않아요. 다만 당신네의 용기와 분별력을 믿을 수 있으면 좋겠군요. 선생님 말대로 내가 바리오스와 함께 돌아와 승리를 거둔다 해도, 이미 당신들이 모두 죽었을지 모르죠. 지금 목구멍에 칼이 들어온 처지니까요."

이번에는 의사가 침묵을 지키며 그런 끔찍한 사태에 대해 생각했다.

"그래, 우리는 자네의 용기와 분별력을 믿을 걸세. 그리고 자네도 목에 칼이 들어온 처지지."

"아! 누구 덕분에 그런 처지가 되었나요? 당신네의 정치와 광산이 나와 무슨 상관입니까. 당신네의 은과 당신네의 헌법, 당신네의 돈 카를로스는 이렇고 돈 호세는 저렇고……."

"모르겠네." 의사는 화가 나서 소리쳤다. "죄 없는 사람들이 위험에 처해 있어. 그들의 새끼손가락은 자네나 나, 그리고 리비에라 당원을 모두 합쳐 놓은 것보다 더 소중하네. 난 모르겠어. 드쿠가 자네를 이 일에 끌어들이기 전에 자네 스스로 물어봤어야 했어. 그때 남자답게 생각해 봤어야지. 그때 생각해 보지 않았다면 지금은 남자답게 행동하도록 하게. 드쿠가 자네에게 닥칠 일에 대해 큰 관심을 쏟을 거라고 생각했나?"

"선생이 내게 닥칠 일에 관심을 두지 않는 거나 마찬가지였죠." 그가 중얼거렸다.

"그래. 난 내게 닥칠 일에도 무관심하고 자네에게 일어날 일도 신경 쓰지 않네."

"너무나 헌신적인 리비에라 당원이라서 그렇다는 말인가요?" 노스트로모가 믿을 수 없다는 듯이 말했다.

"그래, 대단히 헌신적인 리비에라 당원이라서 그렇다네." 모니검 의사가 냉혹하게 되풀이했다.

또다시 노스트로모는 입을 다물고 허시 씨의 시신을 멍하니 바라보았고, 이 의사가 여러 가지 의미에서 위험인물이 될 수 있다고 생각했다. 도저히 신뢰할 수 없는 사람이었다.

"돈 카를로스의 대리 자격으로 말씀하시는 겁니까?" 그가 마침내 물었다.

"그래, 그렇다네." 의사가 전혀 망설이지 않고 큰 소리로 말했다. "그는 지금 나서야 해. 그래야지." 그가 덧붙여 중얼거린 소리를 노스트로모는 알아듣지 못했다.

"뭐라고 하셨어요?"

의사가 깜짝 놀랐다. "자네가 스스로에게 충실해야 한다고 말했네, 카파타스. 지금 실패한다면 어리석은 정도가 아니라 더 고약한 지경이 될 거야."

"스스로에게 충실하라고!" 노스트로모가 되풀이했다. "선생님께 그 제안과 함께 지옥으로 꺼지라고 말한다면, 그것이 나 자신에게 충실한 일인지 아닌지 어떻게 알겠어요?"

"난 모르네. 어쩌면 자넨 알겠지." 의사는 맥이 풀려 목소리가 떨리는 것을 감추려고 거칠게 말했다. "내가 아는 것은 자네가 여기서 나가는 게 좋겠다는 것뿐이네. 소티요의 병사들이 날 찾으러 이리로 올지 모르거든."

그는 걸터앉았던 탁자에서 내려와 귀를 기울였다. 카파타스도 일어섰다.

"내가 카이타에 간다면, 그동안 뭘 하실 겁니까?" 그가 물었다.

"자네가 — 내가 생각하는 방식으로 — 떠난 후에 즉시 소티요에게 가겠네."

"아주 좋은 방법이군요. 그 수석 기술자가 동의만 한다면 말입니다. 그에게 상기시켜 주십시오. 철도 부설 비용을 댄 영국인 부자 영감을 보살펴 준 것도 나였고, 급료 수송 열차를 털러 남부의 도둑 떼가 몰려왔을 때 그의 부하 몇 명의 목숨을 구해 준 것도 나라고요. 그들의 계획에 동조하는 척하면서 목숨을 걸고 그 사실을 알아낸 것도 나였어요. 선생이 소티요에게 동조하는 척하려는 것처럼."

"그래, 그래, 물론이지. 하지만 나는 수석 기술자에게 더 나은 이유를 제시할 수 있네." 의사가 서둘러 말했다. "그 일은 내게 맡겨 두게."

"아, 네! 그럼요. 나야 아무것도 아니죠."

"무슨 소린가! 자네는 가장 소중한 존재야."

그들은 문 쪽으로 몇 발짝 내디뎠다. 그들 뒤에서 죽은 허시 씨가 무시당한 자의 부동의 자세를 유지하고 있었다.

"그건 문제없을 걸세. 수석 기술자에게 뭐라고 말해야 할지 알고 있거든." 의사가 나지막하게 말을 이었다. "나에게 어려운 일은 소티요를 상대하는 거라네."

모니검 의사는 그 난관에 겁을 먹은 듯 문간에서 걸음을 멈추었다. 그는 목숨을 바치겠다고 마음먹었다. 지금이 적절한 기회라고 생각했다. 그러나 목숨을 너무 빨리 내던지고 싶지는 않았다. 돈 카를로스의 신뢰를 배반하는 배신자로서 결국은 은괴를 숨긴 장소를 알려 줘야 할 것이다. 그것이 그의 속임수의 귀결점이고, 결국 격분한 대령의 손에 자신도 끝장날 것이다. 그는 최후의 순간까지 소티요의 행동을 지연시킬 수 있기를 바랐다. 그래서 그럴듯하면서도 접근하기 어려운 은닉처를 생각해 내려고 골머리를 앓았다.

그는 자신의 고충을 노스트로모에게 알리고 결론적으로

이렇게 말했다.

"그런데 말이야, 카파타스. 뭔가 정보를 제공해야 할 때가 되면 큰이사벨섬이라고 말할까 생각하네. 내 생각엔 그곳이 제일 좋은 장소 같은데. 왜 그러나?"

노스트로모가 나지막하게 탄성을 질렀던 것이다. 의사는 놀라서 잠시 기다렸고, 한순간 깊은 정적이 흐른 후 "바보 천치 같은 소리."라고 더듬거리다가 헐떡이며 끊어진 탁한 목소리를 들었다.

"이해할 수 없군."

"하, 모르시겠다고요." 노스트로모가 조롱기를 더하며 신랄하게 말했다. "남자 세 명이 삼십 분만 돌아보면 그 섬 어디에도 땅을 파헤친 흔적이 없다는 사실을 알아낼 겁니다. 그런 엄청난 보물이 흔적도 없이 매장될 수 있다고 생각하세요, 선생님? 아니! 선생님은 반나절도 못 버티고 소티요의 칼에 목이 잘릴 겁니다. 이사벨섬이라니! 진짜 어리석은 생각이에요! 한심한 술책이지! 아! 당신들은, 그 훌륭한 지식인들은, 다 똑같아요. 당신들에게 적합한 일은 그저 자기들이 믿지도 못하는 목적을 위해 평민들을 속이고 설득해서 치명적인 위험에 빠지게 하는 거죠. 그것이 성공하면 이익을 차지하는 건 당신들이고, 실패하면 아무래도 상관없는 일이 되는 거고. 위험한 일은 개처럼 부리는 자들이 다 했으니까. 아! 빌어먹을! 나는……." 그는 주먹을 머리 위로 들어 흔들었다.

처음에 의사는 이처럼 맹렬하게 식식거리는 그의 말투에 당황했다.

"글쎄! 내가 볼 때는 평민이 그저 모자라는 바보가 아니라는 것을 자네 스스로가 보여 준 것 같군." 그가 무뚝뚝하게 말했다. "그런데 이보게, 자네는 아주 영리한 사람이지. 더 나은 곳을 아나?"

노스트로모는 성을 냈을 때처럼 재빨리 차분해졌다.

"그 정도야 생각할 수 있죠." 그가 조용히 무관심한 듯이 말했다. "소티요에게 여러 날 걸려야 샅샅이 수색할 만큼 넓은 은닉처를 알려 줘야겠지요. 엄청난 은괴를 숨기고도 표면에 자국이 남지 않을 곳을."

"그리고 가까이 있어야겠지." 의사가 끼어들었다.

"맞습니다. 물에 빠뜨렸다고 하세요."

"그건 진실을 알려 주는 장점이 있군." 의사가 경멸하듯이 말했다. "그 말은 믿지 않을 거야."

"소티요가 손에 넣을 수 있다고 기대할 만한 곳에 빠뜨렸다고 하세요. 그러면 당장 믿을 겁니다. 나중에 잠수부를 동원해서 되찾을 수 있도록 항구에 빠뜨렸다고 말하세요. 돈 카를로스 굴드가 방파제 끝과 입구를 이은 선 위의 어딘가에서 은괴를 갑판 밖으로 조용히 내던지라고 제게 명령한 것을 알아냈다고 하세요. 그곳은 그리 깊지 않아요. 소티요에게 잠수부는 없지만 기선과 보트, 밧줄, 사슬, 선원이라고 불릴 만한 자들이 있으니까 은괴를 찾아 뒤지게 하세요. 어리석은 부하들을 시켜서 뒤로, 앞으로, 옆으로 바닥을 훑게 만드세요. 그동안에 그 녀석은 눈알이 튀어나오도록 지켜보겠지요."

"정말 놀라운 생각이네." 의사가 중얼거렸다.

"네. 소티요에게 그렇게 말하고, 그 말을 믿을지 어떨지 두고 봅시다! 그 녀석은 들끓는 분노와 고통 속에서 며칠을 보내겠지만, 그래도 끈질기게 믿을 겁니다. 다른 생각은 전혀 못할 테니까요. 정신이 나갈 때까지 포기하지 않을 겁니다. 아니, 선생을 죽일 생각도 잊을지 몰라요. 그는 먹지도 않고 자지도 않을 겁니다. 그는……."

"바로 그거야! 그거라고!" 의사가 흥분해서 속삭였다. "카파타스, 자네가 나름으로 대단한 천재라는 것을 믿게 되었네."

노스트로모는 말을 멈췄다. 그러고는 의사가 옆에 있는 것을 잊은 듯이 달라진 목소리로 우울하게 혼자 중얼거렸다.

"보물엔 사람 마음에 달라붙어 떨어지지 않는 뭔가가 있어. 그는 기도를 하고 저주를 하면서도 여전히 그것에 집착하고, 보물 이야기를 처음 들었던 날을 저주하겠지. 자기도 모르는 사이에 마지막 시간이 닥쳐서 죽음이 코앞에 와도 보물을 간발의 차이로 놓쳤다고 믿을 거야. 눈을 감을 때마다 보물이 떠오르겠지. 죽는 순간까지 절대로 잊지 못할 거야…… 죽고 나서도. 선생님, 아수에라반도의 비참한 외국인들, 죽지 못하는 유령에 대한 이야기를 들은 적이 있으세요? 하! 하! 나 같은 선원이었지요. 일단 보물이 마음에 달라붙으면 거기서 벗어날 길이 없어요."

"자넨 무서운 사람이군, 카파타스. 정말 그럴듯한 계획이야."

노스트로모가 그의 팔을 꾹 눌렀다.

"소티요에게는 그 고통이 바다에서의 갈증이나 사람들이 북적이는 도시에서의 굶주림보다 더 지독할 겁니다. 그게 어떤 건지 아세요? 그는 얘기를 꾸며 내는 재주가 없었던 그 겁쟁이보다 더 큰 고통을 겪을 겁니다. 그 가엾은 인간은 꾸며 내는 재주가 없었어요. 전혀 없었죠! 나와는 달라요. 나라면 조금만 고문을 당해도 소티요에게 죽음을 불러올 얘기를 해 주었을 텐데."

그는 거칠게 웃음을 터뜨렸고 문간에 서서 허시 씨의 시신을 돌아보았다. 그 몸은 별들이 가득한 평행사변형의 창문 두 개 사이로 반투명한 어둠에 잠긴 방 안에 불투명한 긴 얼룩처럼 늘어져 있었다.

"이 겁쟁이야!" 그가 소리쳤다. "나, 노스트로모가 당신의 복수를 해 주겠어. 비키세요, 선생! 옆으로 물러나요. 그러지 않으면 고해 성사도 못하고 죽은 여자의 고통받는 영혼을 걸고 당신을 내 두 손으로 목 졸라 죽일 거예요."

그는 연기 나는 캄캄한 홀로 뛰어 내려갔다. 모니검 의사는 깜짝 놀라 끙끙거리며 급히 그의 뒤를 따랐다. 하지만 불에 탄 층계 바닥에서 넘어졌다. 사랑과 헌신을 바치는 데 그토록 전념하지만 않았다면 기절하고 말았을 정도로 곤두박질치며 얼굴을 세게 부딪쳤다. 그는 어둠 속에서 날아온 지구의에 머리를 맞은 것 같은 기이한 느낌으로 충격에 몸을 떨면서도 금세 일어섰다. 그 정도로는 모니검 의사의 몸을 막을 수 없었다. 의기양양한 자기희생 정신으로 당연히 희열에 들뜬 그의 몸은 우연히 유리한 기회가 다가온다면 무엇이든 놓치지 않겠다고 작정했던 것이다. 그는 비틀거리며 곤두박질치듯 달렸고, 절뚝거리는 발에 균형을 잡으려고 팔을 풍차처럼 휘둘렀다.

모자도 날아갔고 개버딘 코트의 터진 뒷자락이 펄럭였다. 그는 반드시 필요한 그 남자를 놓치지 않으려고 작정했다. 하지만 한참 지나 세관에서 멀리 떨어진 곳에서야 헉헉거리며 그 남자의 팔을 뒤에서 거칠게 붙잡을 수 있었다.

"멈추게! 자네 미쳤나?"

이미 노스트로모는 망설이다 지쳐서 걸음을 늦춘 듯 고개를 숙인 채 천천히 걷고 있었다.

"그래도 무슨 상관입니까? 아하! 내게 뭔가 맡기려 하셨던 걸 잊었군요. 늘 그렇죠. 언제나 노스트로모지."

"내 목을 조른다는 말은 무슨 뜻인가?" 의사가 숨 가쁘게 말했다.

"무슨 뜻이냐고요? 악마 대왕이 겁쟁이들과 수다쟁이들의 도시에서 당신을 직접 내보내 하고많은 날들 중에 하필이면 오늘 밤에 날 만나게 했다는 뜻입니다."

별이 총총한 하늘 아래 통일 이탈리아 여관이 어둠에 잠긴 평평한 초지를 가르며 검고 나지막한 형체를 드러냈다. 노스트로모는 걸음을 완전히 멈추었다.

"신부들은 악마가 유혹을 일삼는다고 말하지 않나요?" 그가 이를 악물고 덧붙였다.

"이보게, 자넨 헛소리를 하고 있어. 이 일은 악마와 전혀 관계없네. 이 도시도 마찬가지고. 자네가 도시를 뭐라고 부르든 말이야. 돈 카를로스 굴드는 겁쟁이도 아니고 공허한 수다쟁이도 아닐세. 그건 인정하겠지?" 그는 기다렸다. "그렇지 않나?"

"내가 돈 카를로스를 만날 수 있을까요?"

"맙소사! 아니! 왜? 무엇 때문에?" 의사가 흥분해서 소리쳤다. "그건 미친 짓이네. 무슨 일이 있어도 자넨 시내에 들어가선 안 돼."

"들어가야 해요."

"그래서는 안 돼!" 의사는 이 사내가 어리석은 변덕을 부려서 그의 효용을 없애 버릴까 봐 겁이 나서 거의 미친 듯이 맹렬하게 식식거렸다. "정말이지 그럼 안 되네. 내가 차라리……."

그는 할 말을 몰라 말을 멈췄다. 기진맥진해서 무력한 기분으로 노스트로모의 소매를 잡고 매달리며 달려오느라 지친 몸을 지탱했다.

"난 배신당했어!" 노스트로모는 혼잣말로 중얼거렸다. 마지막 말을 알아들은 의사는 침착하게 말하려고 애썼다.

"바로 그런 일이 일어날 걸세. 자넨 배신당할 거야."

의사는 노스트로모가 너무 유명한 인물이라서 사람들이 알아보지 못할 리 없다고 생각하며 두려움에 마음 조였다. 광산 경영주의 집은 틀림없이 첩자들이 에워싸고 있을 것이다. 그리고 그 저택의 하인들도 믿을 수 없다. "생각해 보게, 카파타스," 그가 간곡히 말했다. "왜 웃나?"

"내가 시내에 들어가는 것을 반대하는 누군가가, 가령 — 아시겠지만, 선생님 — 만일 누군가 나를 페드리토에게 넘겨준다면, 페드리토도 내 편으로 만드는 것이 불가능하지는 않을 거라고 생각하고 웃었어요. 그건 사실이에요. 어떻게 생각하세요?"

"자네의 재간은 무궁무진하지, 카파타스." 모니검 의사가 우울하게 말했다. "그건 인정하네. 하지만 자네에 대한 얘기가 시내에 무성하게 떠돌고 있어. 그리고 철도 회사 직원들과 함께 숨지 않은 부두 노동자 몇 명은 하루 종일 광장에서 '몬테로 만세!'를 외치고 있네."

"가엾은 노동자들!" 노스트로모가 중얼거렸다. "배신당했어! 배신당했다고!"

"자네는 부두에서 그 가엾은 노동자들에게 몽둥이를 마음껏 휘둘렀겠지." 의사가 엄한 목소리로 말했고, 그것은 그가 기진맥진한 상태에서 회복되고 있음을 보여 주었다. "착각하지 말게. 페드리토는 리비에라 씨가 구조된 데다 드쿠를 총살할 재미를 놓쳐서 몹시 광분하고 있어. 보물을 감쪽같이 감췄다는 소문이 이미 시내에 자자하네. 보물을 놓쳤으니 페드리토도 즐겁진 않겠지. 미리 말하네만, 자네가 자네 몸값으로 그 보물을 손에 들고 있어도 목숨을 구하기는 어려울 거야."

노스트로모는 재빨리 몸을 돌려 의사의 어깨를 움켜잡고 그에게 얼굴을 바짝 댔다.

"빌어먹을! 당신은 나를 졸졸 따라다니며 보물 얘기를 하는군. 내가 파멸할 거라고 맹세하고. 내가 보물을 가지고 떠날 때 마지막으로 본 사람이 당신이었소. 기관차 운전사 시도니는 당신의 눈이 사악하다고 하더군."

"그가 잘 알겠지. 내가 작년에 그의 부러진 다리를 고쳐 줬거든." 의사가 강한 자제력으로 냉정하게 말했다. 두꺼운 밧줄을 끊고 편자도 구부릴 수 있다고 소문난 손아귀가 어깨를 짓누르는 것이 느껴졌다. "난 자네에게 목숨을 구할 최고의 수단을 제공하는 거야. 이 손 좀 치우게. 자네의 위대한 명성을 회복할 수 있는 수단이지. 자네는 그 지긋지긋한 은괴를 옮기는 일로 부두 노동자 십장의 명성을 아메리카 한쪽 끝에서 다른 끝까지 떨치겠다고 자랑했어. 하지만 난 자네에게 더 나은 기회를 제시하는 걸세. 이거 놓으라고, 이 사람아!"

노스트로모는 갑자기 손을 뗐고, 의사는 꼭 필요한 이 남자가 다시 달아날까 봐 걱정이 됐다. 그러나 그는 달아나지 않았다. 그는 천천히 걸음을 옮겼다. 의사는 그의 옆에서 절뚝거리며 걸었고 마침내 비올라의 집에서 지척인 곳에 이르자 노스트로모가 다시 걸음을 멈췄다.

황량한 어둠과 정적에 잠긴 비올라의 집은 분위기가 이전과 달라 보였다. 절망적이고 적대적인 신비로운 분위기로 그를 배척하는 것 같았다. 의사가 말했다.

"여기는 안전할 걸세. 들어가게, 카파타스."

'어떻게 내가 들어갈 수 있지?' 노스트로모는 나지막이 자문하듯 중얼거렸다. '부인은 이미 한 말을 되돌릴 수 없고, 나는 내가 저지른 행동을 되돌릴 수 없는데.'

"정말이지 괜찮을 걸세. 비올라가 저기 혼자 있어. 내가 시내에서 나올 때 들여다보았네. 이 집이라면 절대로 안전할 거야. 자네가 이 집을 나서면 자네 이름은 온 평원에 유명해지겠지. 난 이제 수석 기술자에게 가서 자네가 출발할 수 있도록 준비하겠네. 날이 새기 전에 다시 와서 소식을 알리겠네."

모니검 의사는 노스트로모의 침묵을 묵살하면서, 아니면

그 의미를 꿰뚫어 보기를 두려워하면서 그의 어깨를 톡톡 두드렸고, 절름발이 걸음으로 재빨리 걸어 철로 방향으로 서너 번 껑충거리다 완전히 시야에서 사라졌다. 말을 묶어 두는 나무 기둥 두 개 사이에서 노스트로모 역시 땅에 단단히 박힌 듯 움직이지 않았다. 삼십 분이 지났을 때 철도 조차장에서 개들이 낮게 짖어 대는 소리가 들려 그는 고개를 들었다. 갑자기 요란하게 터져 나온 그 소리는 평원 밑에서 올라온 듯 둔탁했다. 악마의 눈을 가진 절름발이 의사가 그곳에 꽤 빨리 도착한 것이다.

예전에는 그토록 어둡고 고요한 적이 없던 통일 이탈리아 여관으로 노스트로모는 한 발씩 걸음을 옮겼다. 희끄무레한 벽에 달린 시커먼 문은 그가 스물네 시간 전에, 세상에 숨길 것이 하나도 없었던 때, 열어 두었던 그대로였다. 그 앞에서 그는 도망자처럼, 배신당한 자처럼 어쩔 줄 모르고 서 있었다. 가난, 불행, 굶주림! 이런 말을 어디서 들었던가? 죽어 가는 여자가 화가 나서 어리석은 그에게 그런 운명을 예언했었다. 그 운명이 아주 빨리 실현될 것 같았다. 그러면 평민들이 비웃을 거라고 그녀가 말했었다. 그래, 몇 년 전만 해도 자기들처럼 광장 노점에서 동전 한 푼으로 음식을 사 먹던 그 미친 의사에게 부두 노동자 십장이 휘둘리고 있다는 것을 알면 그들은 비웃을 것이다.

바로 그 순간 미첼 선장을 찾아가 보자는 생각이 스쳤다. 그는 방파제 쪽을 바라보고 O. S. N. 회사 건물에서 새어 나오는 작고 희미한 빛을 보았다. 불 켜진 창문을 생각하니 매력이 사라졌다. 환한 두 창문에 이끌려 텅 빈 세관에 들어갔다가 그 의사에게 걸리지 않았던가. 아니! 오늘 밤에 다시는 불 켜진 창문 곁에 가지 않을 것이다. 미첼 선장은 그곳에 있었다. 그에게 무슨 말을 할 수 있을까? 그 의사는 선장이 어린애인 양 그에게서 모든 비밀을 캐낼 것이다.

문지방에 서서 그는 작은 소리로 "조르조!"라고 외쳤다. 아무 대답도 없었다. 그는 안으로 들어섰다. "이봐요! 영감님! 안에 계세요?" 칠흑 같은 어둠에 잠긴 부엌이 플라시도만처럼 방대하고 마룻바닥이 침몰하는 거룻배처럼 앞으로 기울어지는 듯한 환상에 머리가 빙빙 돌았다. "이봐요! 영감님!" 그는 선 자리에서 비틀거리며 떨리는 목소리로 다시 외쳤다. 몸의 균형을 잡으려고 내민 손이 탁자에 부딪쳤다. 한 걸음 앞으로 나아가 손을 옮기자 손가락 밑에서 성냥갑이 만져졌다. 조용히 내쉬는 한숨 소리가 들린 것 같았다. 그는 숨을 죽이고 잠시 귀를 기울였다. 그러고는 떨리는 손으로 성냥을 그었다.

껌벅이는 눈 위로 쳐든 손가락 끝의 작은 성냥개비에서 불꽃이 일더니 눈이 부시도록 환하게 타올랐다. 한 점에 모인 불빛이 검은 벽난로를 배경으로 조르조 영감의 흰 사자 갈기 머리털을 비추었고, 의자에 앉아 몸을 숙이고 꼼짝 없이 응시하는 영감을 보여 주었다. 다리를 엇갈리게 놓고 손으로 얼굴을 괸 채 입가에 빈 파이프를 물고 있는 그의 형체 너머로 큰 그림자가 퍼지며 둘러쌌다. 그가 얼굴을 돌리는 데 몇 시간은 지난 것 같았다. 바로 그 순간 성냥불이 꺼졌고, 유령 같은 정적 속에 황량한 집의 벽과 지붕이 그의 흰머리에 무너져 내린 듯 어둠에 파묻히며 그의 모습이 사라졌다.

영감이 몸을 움직이며 조용히 중얼거렸다.

"환상이겠지."

"아뇨," 노스트로모가 부드럽게 말했다. "환상이 아니에요, 영감님."

가슴에서 나오는 강한 목소리가 어둠 속에서 크게 울렸다.

"자네 목소리를 진짜 듣고 있단 말인가, 잔 바티스타?"

"네, 영감님. 진정하세요. 크게 말씀하시지 말고요."

소티요에게서 풀려난 조르조 비올라는 성격 좋은 수석 기술자가 집 앞까지 데려다준 덕에 아내가 임종한 순간에 떠나야 했던 집에 다시 들어왔다. 사방이 괴괴했다. 위층의 램프는 아직 타오르고 있었다. 그는 아내의 이름을 소리쳐 부를 뻔했다. 아무리 소리쳐 불러도 다시는 아내가 대답하는 소리를 듣지 못하리라는 생각이 들자 예리한 칼날에 가슴이 찔린 듯 큰 신음소리를 내며 의자에 털썩 주저앉았다.

그는 밤새 아무 소리도 내지 않았다. 시커먼 어둠이 잿빛으로 변했고, 무색투명한 유리처럼 맑은 새벽이 다가오자 뾰족한 산맥이 종이로 잘라 낸 듯 납작하고 불투명하게 두드러졌다.

선원이자 억압받는 인간의 수호자이고 제왕들의 적이며 굴드 부인 덕에 술라코 항구의 여관 주인이 된 조르조 비올라의 열렬하고 엄격한 영혼은 산산이 부서진 과거의 흔적들 사이에 벌어진 절망의 심연으로 빠져들었다. 그는 두 번의 전투 사이에 있었던 짧은 한 주일간 올리브 수확 철에 장래의 아내가 될 여자에게 구혼했던 일을 떠올렸다. 그 당시의 진지한 열정에 버금가는 것은 깊고 강렬한 상실감뿐이었다. 그는 이제 말 없는 여자의 목소리에 자신이 얼마나 기대 왔는지를 깨달았다. 그는 그녀의 목소리가 그리웠다. 근래 몇 년 동안 내면의 생각에 빠져들어 멍하니 지내면서 아내를 바라본 적이 거의 없었다. 딸들을 생각하면 위안이 되기보다는 걱정이 앞섰다. 아내의 목소리가 그리울 것이다. 또 다른 아이, 바다에서 죽은 어린 소년도 떠올랐다. 아! 그 아이가 어른이 되었더라면 의지할 수 있었을 텐데. 그리고 슬프게도! 잔 바티스타도. 아내는 지상에서의 마지막 잠에 빠져들기 전에 그와 린다에 대해 몹시 간절하게 말했고, 마지막 숨을 거두기 직전에 아이들을 구해 달라고 그에게 소리쳤다. 그런데 그도 죽은 것이다!

노인은 몸을 숙이고 머리를 손으로 받친 채 꼼짝 않고 고독하게 앉아 하루를 보냈다. 시내에서 시끄럽게 울린 종소리도 듣지 못했다. 종소리가 멎자 부엌 구석의 여과기용 질그릇에서 밑에 놓인 큰 항아리로 음악처럼 똑, 똑 소리를 내며 물 떨어지는 소리가 이어졌다.

해 질 무렵 그는 천천히 일어서서 좁은 계단을 올랐다. 그의 큰 체구가 계단을 채웠다. 어깨가 벽에 스치자 회반죽을 바른 벽 뒤에서 쥐가 뛰어다니는 듯이 작은 소리가 났다. 그가 위층에 있는 동안 집 안은 무덤처럼 고요했다. 그런 다음에 또다시 스치는 소리를 내며 그는 내려왔다. 자기 의자로 가기 위해서 의자와 탁자를 붙잡아야 했다. 벽난로의 높은 선반에서 파이프를 집었지만 — 담배를 찾으려고 손을 뻗지도 않고 — 빈 파이프를 입에 밀어 넣고는 다시 앉아서 전처럼 응시했다. 페드리토가 술라코에 진입하고 본 태양, 허시의 목숨이 다한 날의 마지막 태양, 큰이사벨섬에서 드쿠가 처음으로 고독을 맛본 날의 태양이 통일 이탈리아 여관 너머 서쪽 하늘로 기울고 있었다. 여과기에서 똑, 똑 소리가 그치고 위층의 램프불은 다 타 버렸다. 어둠이 내려 조르조 비올라와 그의 죽은 아내를 어둠과 정적으로 에워쌌다. 어떻게 해도 떨쳐 낼 수 없을 것 같던 어둠과 정적은 부두 노동자 십장이 죽은 사람들 가운데서 돌아와 탁 소리를 내며 성냥을 그어 불꽃을 일으키자 멀리 달아났다.

"네, 영감님. 저예요. 잠깐 기다리세요."

노스트로모는 문에 바리케이드를 치고 덧문을 조심스레 닫은 후 선반 위를 더듬어 양초를 찾아 불을 붙였다.

비올라 영감은 자리에서 일어섰다. 그는 어둠 속에서 노스트로모가 내는 소리를 눈으로 쫓았다. 불이 켜지자 어디에도 기대지 않고 서 있는 영감의 모습이 드러났다. 충실하고 용감하며 타락할 수 없는 사내, 그의 아들이 살아 있었더라면 바로 그런 모습이었을 남자가 옆에 있는 것만으로도 그의 쇠약한 기운을 지탱해 주는 모양이었다.

영감은 담배통의 가장자리가 시커멓게 그을린 찔레나무 파이프를 움켜쥔 채 손을 내밀었고 양초 불빛이 시린 듯 텁수룩한 눈썹을 잔뜩 찌푸렸다.

"자네가 돌아왔군." 그는 떨리는 목소리로 위엄 있게 말했다. "아! 잘됐네! 난……."

그는 말을 잇지 못했다. 노스트로모는 탁자에 등을 기대고 가슴팍에 팔짱을 낀 채 그를 보며 고개를 끄덕였다.

"제가 물에 빠져 죽었다고 생각하셨겠죠! 그저 말만 하면서 사람들을 배신하는 부자들, 귀족들, 그 높으신 분들의 충직한 개가 아직은 죽지 않았어요."

가리발디노는 꼼짝 않고 서서 익히 아는 그 목소리를 들이마시는 것 같았다. 수긍하는 듯이 고개를 한 번 약간 움직였지만 노스트로모는 노인이 그 말을 전혀 알아듣지 못했다는 것을 분명히 알았다. 누구도 이해할 수 없을 터였다. 누구에게도 드쿠의 운명과 자신의 운명, 은괴의 비밀을 털어놓을 수 없었다. 그 의사는 하층민의 적이고…… 유혹하는 자이며…….

조르조 영감의 거구는 가족과 친하게 지내면서 성장한 친아들 같은 이 사내를 보고 감격스러운 마음을 억누르느라 머리끝에서 발끝까지 부들부들 떨렸다.

"아내는 자네가 돌아올 거라고 믿었네." 그가 엄숙하게 말했다.

노스트로모는 고개를 들었다.

"현명한 부인이셨어요. 제가 어떻게 돌아오지 않을 수……?"

그는 마음속으로 이 말을 맺었다. '부인은 내게 가난하고 비참하게 굶어죽을 거라고 예언했으니까요.' 하느님과의 화해를 방해받은 영혼이 절망을 느낀 상황에서 절규하듯 내뱉은 이 분노의 말들은, 모험가와 행동가 중에 가장 비상한 재주를 가진 사람도 벗어나기 힘든 일신의 운명에 대한 막연한 미신을 자극했다. 그 말은 강력한 저주의 힘으로 노스트로모의 마음을 짓눌렀다. 그녀는 그에게 얼마나 무서운 저주를 내린 것인가! 아주 어린 나이에 고아가 된 그에게는 달리 어머니라고 부른 여자가 없었다. 앞으로는 무슨 일을 하든 실패할 것이다. 그 주문은 이미 효력을 발휘하고 있었다. 죽음도 이제는 그를 피할 것이다……. 그가 거칠게 말했다.

"저, 영감님! 먹을 것 좀 주세요. 배가 고파요! 빌어먹을! 속이 비어서 머리가 어찔어찔해요."

팔짱 낀 가슴팍 위로 턱을 다시 떨군 채 이마를 음울하게 찌푸리고 맨발로 서서 찬장을 뒤지는 비올라 영감의 움직임을 바라보는 그의 모습은 실로 저주를 받은 듯이 보였다. 파멸해서 재난을 당하는 카파타스의 화신이었다.

비올라 영감이 어두운 구석에서 걸어 나와 아무 말 없이 손바닥 위의 마른 빵 껍질 몇 개와 생양파 반쪽을 탁자에 쏟아 놓았다.

카파타스가 냉담하고 탐욕스럽게 옆에 놓인 이 빈약한 음식을 하나씩 집어 들어 게걸스럽게 삼키는 동안 가리발디노는 부엌의 다른 쪽 구석에 쭈그리고 앉아 채롱에 든 긴 병에서 적포도주를 도기 잔에 따랐다. 식당에서 손님 시중을 들 때처럼 능숙한 몸짓으로 그는 파이프를 입에 문 채 두 손을 자유롭게 썼다.

카파타스는 게걸스레 들이켰다. 얼굴이 약간 붉어지자 구릿빛이 더욱 짙어졌다. 그의 앞에 서서 비올라는 백발이 무성한 큰 머리를 계단 쪽으로 돌리며 빈 파이프를 입에서 떼고 천천히 말했다.

"여기 아래층에서 총을 쏴 댔을 때 그 총알이 아내의 짓눌린 심장에 박히기라도 한 듯 그 소리에 죽었는데, 자네를 부르며 아이들을 구해 달라고 하더군. 자네를 불렀네, 잔 바티스타."

카파타스가 고개를 들어 올려다보았다.

"그랬어요, 영감님? 아이들을 구해 달라고요? 아이들은 영국인 부인과 함께 있잖아요. 그 부유한 후원자와 함께. 아닌가요? 하층민을 대변하는 영감님. 영감님의 후원자는……."

"난 늙었네." 조르조 비올라가 중얼거렸다. "부상을 입은 채 감방에 누워 있는 가리발디를 위해 어떤 영국 여성이 침대를 제공해도 된다는 허락을 받았네. 가리발디는 지금까지 살아온 사람 중에서 가장 위대한 분이지. 민중을 대변한 분이기도 하고, 선원이었지. 나는 다른 영국 여성의 도움으로 거처를 마련할 걸세. 그래…… 난 늙었어. 그 영국 부인의 도움을 받을 거야. 때로는 목숨이 너무 질기다네."

"그런데 그 영국 부인도 오래지 않아 거처할 곳을 잃을지 몰라요. 제가 나서지 않으면……. 어떻게 생각하세요? 제가 그 영국 부인의 집을 지켜 줘야 할까요? 제가 애써 그 부인과 더불어 블랑코 당원을 모두 구해 줘야 할까요?"

"그렇게 해야지." 비올라 영감이 강력하게 말했다. "내 아들이 그랬을 테니 자네도 그렇게 해야지."

"영감님 아들이라고요……! 영감님의 아들 같은 사람은 없었어요. 하, 내가 해 봐야겠군요……. 하지만 그 일이 저를 꾀어 들이려는 저주의 일부라면…… 그래, 부인이 내게 애들을 구해 달라고 하셨단 말이지요. 그런 다음에는요?"

"더는 말이 없었네." 가리발디의 용감한 추종자는 수의에 덮여 위층 침대에 누워 있는 형체에 드리운 영원한 정적과 침묵을 생각하고는 고개를 돌리고 손을 들어 주름진 이마를 짚었다. "내가 아내의 손을 잡아 주기도 전에 숨을 거뒀다네." 그가 가련하게 말을 더듬었다.

눈을 부릅뜨고 어두운 계단의 문간을 바라보던 카파타스에게 큰이사벨섬의 형체가 마치 엄청난 보물과 한 남자의 고독을 싣고 조난당한 괴이한 배처럼 눈앞에 둥실 떠올랐다. 그는 아무것도 할 수 없었다. 믿을 수 있는 사람이 없으니 입을 다물 수밖에 없었다. 그 보물을 아마도 잃을 것이다, 만일 드쿠가……. 이 부분에서 그의 생각은 돌연 끊어졌다. 드쿠가 어떤 일을 할 것인지 자기로서는 도저히 상상할 수 없다는 것을 깨달았다.

비올라 영감은 움직이지 않았다. 까딱도 하지 않고 응시하던 카파타스가 길고 부드러운 속눈썹을 내리깔자 검은 구레나룻으로 사납게 보이는 얼굴의 윗부분에 여자처럼 천진난만한 기색이 감돌았다. 침묵이 꽤 오래 이어졌다.

"하늘에서 평안하시기를!" 그가 우울하게 중얼거렸다.

10

다음 날 아침은 고요했다. 다만 북쪽 로스 아토스 방향으로 발사하는 총성이 희미하게 들려왔다. 미첼 선장은 발코니에서 걱정스럽게 그 소리를 들었다. "당시 항구의 유일한 영사 대리로서 입장이 미묘했기 때문에 나로서는 당연히 모든 일이 걱정거리였지요."라는 말은 이후 몇 년간 술라코를 찾은 외부의 유명 인사들에게 그 '역사적 사건'을 들려줄 때 판에 박힌 듯이 끼어들었다. 그렇게 말한 다음에는 "무법천지의 해적 같은 악당 소티요와 정규군으로 인정받기는 하지만 잔혹함에서는 뒤지지 않는 돈 페드로 몬테로의 폭정 사이에서 복잡한 사건들이 일어나는 와중에" 자기 입장에서 품위와 중립성을 지키기가 몹시 어려웠다고 언급하곤 했다. 미첼 선장은 사소한 위험을 과장하는 사람이 아니었다. 그렇지만 그날은 잊을 수 없는 날이었다고 그는 거듭 주장했다. 그날 땅거미가 질 무렵에 "내 가엾은 부하, 노스트로모"를 보았던 것이다. "내가 발굴하고 키웠다고 말할 수 있는 선원, 카이타로 달려간 그 유명한 질주의 주인공 말입니다. 역사적인 사건이지요!"

O. S. N. 회사에서 오래 근무하여 충실한 직원으로 인정받은 미첼 선장은 크게 확장된 사업을 선두에서 지휘하며 편안하고 품위 있는 근무 조건을 누릴 수 있었다. 회사가 수많은 서기를 고용하고 시내의 사무실과 항구의 옛 건물을 운영하며 승객, 화물, 거룻배 등의 여러 부서로 분리되고 확장되면서 미첼 선장은 재건된 술라코, 옥시덴탈 공화국의 수도에서 한층 여유 있게 만년을 보내게 되었다. 우쭐거리면서도 단순하고 선량한 성품과 정중한 태도로 원주민에게 호감을 사고 오랫동안 '우리 나라의 벗'으로 알려져 있었으므로 미첼 선장은 스스로를 그 도시의 저명인사라고 생각했다. 아직 이게로타산맥의 거대한 그림자가 드리워진 새벽 시간에 그는 과일과 꽃이 화려한 색채를 뽐내며 쌓인 노점과 시장을 한 바퀴 돌아보려고 일찍 일어나고, 시사적인 문제에 늘 관심을 기울이며, 어느 집에서나 환영을 받고, 산책로에서 숙녀들의 인사를 받으며, 모든 클럽에 출입할 자격을 가지고 있고, 굴드 저택에 확고한 지반을 갖고 있었다. 특권을 누리는 노총각으로서 그는 아주 편안하고 엄숙하게 사교 생활을 즐겼다. 그러나 우편선이 들어오는 날이면 이른 시간에 항구 사무실에 내려왔고, 선장용 보트를 대기시켜 청백색 제복을 입은 날렵한 승무원을 배치하고, 우편선이 항구의 곶 사이에 뱃머리를 드러내면 쏜살

같이 나가서 승선 준비를 했다.

이렇게 해서 자기 배로 모신 특별한 승객을 항구 사무실로 데려와서는 자기가 몇 가지 서류에 서명하는 동안 잠시 앉아 있도록 청했다. 그러고는 책상에 앉아서 붙임성 있게 이야기를 계속 들려주었다.

"하루 안에 다 돌아보려면 시간이 부족해요. 곧 나가기로 합시다. 아마리야 클럽에서 점심을 드시지요. 물론 저는 앵글로-아메리칸 클럽에도 속해 있습니다. 아시다시피 광산 기술자들과 사업가들의 클럽이죠. 또 새로 생긴 미라플로레스 클럽의 회원이기도 하답니다. 영국인, 프랑스인, 이탈리아인 등 다양한 사람들이 모이는 클럽인데 대부분 활기찬 젊은이들입니다만 오래 살아온 주민에게 경의를 표해 준 것이지요. 그렇지만 아마리야에서 식사합시다. 흥미로우실 겁니다. 이 나라의 실세를 볼 수 있거든요. 최고 가문의 인사들이지요. 옥시덴탈 공화국의 대통령도 그 클럽 회원입니다. 클럽 안뜰에는 코가 부서진 노주교의 멋진 동상이 있어요. 놀라운 조각품입니다. 카발리에 파로체티, 그 유명한 이탈리아인 조각가 파로체티를 아시겠지요, 여기서 이 년간 작업했고, 노주교를 무척 존경했답니다. 자! 이제 일이 끝났으니 안내해 드리지요."

온갖 인물과 사건, 건물의 역사적 의미를 두루두루 꿰고 있고 자신의 경험을 자랑스러워하는 고지식한 미첼 선장은 자기에게 붙잡힌 특별한 승객의 '관심을 못 받는' 것이 없도록 짧고 굵은 팔을 흔들어 이것저것 가리키고 말을 변덕스럽게 끊어 가며 자랑스럽게 늘어놓았다.

"보시다시피 건설 작업이 한창이랍니다. 공화국 분리 이전에는 불에 탄 평원이 자욱한 먼지에 덮여 있었고 방파제까지 달구지 길이 있었어요. 그것 말고는 아무것도 없었어요. 여기가 항구 입구입니다. 아름답지요, 그렇지 않습니까? 예전엔 여기가 시내 끝자락이었어요. 이제 들어가는 길이 콘스티투시온가입니다. 저 고색창연한 스페인식 저택들을 보세요. 대단히 기품이 있지요. 그렇지요? 보도만 제외하면 예전 총독 시절과 달라진 것이 없을 겁니다. 이제 나무 벽돌로 포장된 도로입니다. 저기 술라코 국립 은행이 있고 문 양쪽에 초소가 있어요. 이쪽 1층 창문에 덧문에 내려진 곳이 아베야노스 씨의 집입니다. 저기에 놀라운 여인이 삽니다. 아베야노스 양, 그 아름다운 안토니아 말입니다. 대단한 인물입니다! 역사적인 여성이고요! 반대편이 굴드 씨의 저택입니다. 웅대한 대문이죠. 네, 지금은 온 세상에 알려진 굴드 광산의 원래 주인 굴드가지요. 나는 합병된 산토메 광산의 1000달러짜리 주식을 열일곱 개 갖고 있어요. 평생 모은 약소한 돈이지요. 은퇴하고 고국에서 여생을 편안하게 살아가는 데 그거면 충분할 겁니다. 처음에 유리한 조건으로 주식을 취득했어요. 돈 카를로스는 아주 가까운 벗이거든요. 열일곱 주를 물려준다면, 적지 않은 유산이라고 볼 수 있지요. 내게 조카딸이 있는데, 목사와 결혼했어요. 아주 훌륭한 남자로 서섹스의 작은 교구를 갖고 있지요. 아이를 끝없이 낳고 있죠. 나는 결혼을 하지 않았답니다. 선원은 극기심을 발휘해야 하거든요. 우리를 매우 친절하게 대접해 주었던 이 저택을 자발적으로 지키려는 젊은 기술자 몇 명과 함께 바로 이 대문 아래 서서 나는 페드리토의 기마대가 그때 막 항구 입구를 점령한 바리오스의 군대를 처음이자 마지막으로 공격하는 광경을 목격했답니다. 놈들은 그 가엾은 드쿠가 들여온 새 라이플총을 배겨 내지 못하더군요. 무시무시한 총격전이었죠. 순식간에 죽은 사람들과 말들의 시체 더미로 길이 막혀 버리고 말았어요. 그 녀석들이 다시는 덤벼들지 못했죠."

미첼 선장은 자기 이야기를 조금이라도 들어줄 만한 사람을 만나면 온종일이라도 이런 얘기를 늘어놓곤 했다.

"여기가 광장입니다. 근사하다고 할 수 있죠. 트라팔가 광장보다 두 배는 넓습니다."

눈부신 햇빛을 받으며 광장 한복판에 서서 미첼 선장은 건물들을 가리켰다.

"저것이 주 청사였는데 지금은 대통령 궁이고, 지방 의회였던 곳에 하원이 있습니다. 광장 저쪽의 새 건물 보이죠? 안자니 상사라고 영국의 협동 백화점 같은 대규모 잡화점이죠. 안자니 영감은 자기 금고 앞에서 국가 방위군에 의해 살해됐어요. 방위군을 지휘한 흉악하고 야만적인 짐승 가마초 의원이 바리오스가 주관한 군법 회의의 판결에 따라 공개적으로 교수형에 처해진 것은 그 특정한 범죄 때문이기도 했지요. 안자니의 조카들이 그 잡화점을 상사로 바꿨어요. 광장 저쪽은 전부 불타 버렸고요. 전에는 주랑이 늘어서 있던 곳이죠. 끔찍한 화재였어요. 그 불길 속에서 마지막 전투를 볼 수 있었죠. 기마대는 달아나고 국가 방위군은 무기를 내던지고 산토메 광부들이 쏟아져 들어왔죠. 전부 시에라산맥에서 온 인디언들이었는데 피리와 심벌즈 소리에 맞춰 급류처럼 밀려오더군요. 녹색 깃발을 휘날리며 흰 판초를 입고 녹색 모자를 쓴 사람들이 걷거나 노새나 당나귀를 타고 거칠게 밀어닥쳤죠. 광부들이 시내로 진군해 왔던 겁니다. 검은 말에 탄 돈 페페가 광부들을 이끌었고, 그들의 아내들이 뒤에서 당나귀를 타고 따라오며 용기를 내라고 소리치고 탬버린을 두드려 댔죠. 그중 한 여자의 어깨 위에 앵무새가 앉아 있었는데 돌로 깎은 조각처럼 조용하더군요. 다시는 볼 수 없는 광경이죠. 그들이 간신히 광산 경영주를 구해 냈어요. 바리오스는 도착하자마자 즉시, 그것도 야간에 공격을 명령하기는 했지만 너무 늦을 뻔했거든요. 페드리토 몬테로가 돈 카를로스를 총살하려고 — 오래전 그의 삼촌처럼 — 끌어낸 겁니다. 만일 그랬더라면 '술라코는 싸워 지킬 가치가 없었을 겁니다.'라고 바리오스가 후에 말했지요. 광산이 없다면 술라코는 아무것도 아니니까요. 수십 톤의 다이너마이트가 산 전역에 골고루 배치되고 기폭 장치가 설치된 상태에서, 패전의 소식이 들리면 바로 산토메 광산을 완전히 날려 버리려고 늙은 로만 신부가 대기하고 있었답니다. 돈 카를로스는 광산을 남겨 두지 않겠다고 마음먹었고, 게다가 그 일을 처리하는 데 딱 맞는 사람에게 맡겼던 겁니다."

이렇게 미첼 선장은 광장 한복판에 서서 녹색 줄이 그어진 흰색 양산을 들어 머리를 가리면서 말하곤 했다. 그러나 어둑하고 선선한 공기에 은은히 향냄새가 피어오르고 검거나 온통 하얀 머리칼에 베일을 두르고 무릎 꿇은 여자들이 있는 성당에 들어서며 나지막한 목소리로 엄숙하고 감격적으로 말했다.

"여기 있는 흉상은," 그는 어스레한 복도의 벽감을 가리키며 말하곤 했다. "돈 호세 아베야노스상입니다. 비명에 적혀 있듯이 '애국자이자 정치가'이고 '영국과 스페인 궁정에 대사 및 다른 관리로 파견되었고 새 시대의 여명기에 권리와 정의를 위한 일생의 투쟁으로 쇠잔하여 로스 아토스 숲에서 사망'했습니다. 실물과 아주 비슷해요. 파로체티가 낡은 사진 몇 장과 굴드 부인의 연필 스케치를 보고 만든 것이죠. 나는 저 고결한 스페인계 남미인, 돈 호세를 잘 알고 지냈어요. 그를 아는 사람은 누구나 좋아한, 진정한 귀족이었죠. 벽에 걸린 저 고풍스러운 양식의 대리석 원형 조각은 느슨하게 잡은 손을 무릎에 올려놓고 앉은 베일 쓴 여자를 새긴 것인데, 그 운명적인 날 밤에 노스트로모와 함께 바다로 나간 불운한 젊은이를 기념하는 겁니다. 보십시오. '마틴 드쿠를 애도하며, 약혼녀 안토니아 아베야노스.' 솔직하고 소박하고 고귀하지요. 이 말에서 그 숙녀를 있는 그대로 볼 수 있습니다. 특별한 여인이지요. 사람들은 그녀가 절망에 빠질 거라고 염려했지만 그건 틀린 생각이었어요. 수녀가 되지 않았다고 그녀를 비난한 사람들도 많았어요. 그러기를 기대했던 거죠. 그러나 안토니아 양은 수녀가 될 사람이 아닙니다. 외삼촌인 코벨랑 주교의 시내 관저에서 함께 살고 있어요. 맹렬한 성직자인 그는 옛 교회 토지와 수도원을 되찾으려고 정부를 끊임없이 괴롭히고 있어요. 로마에서는 그를 높이 평가하겠죠. 자, 광장 바로 건너편의 아마리야 클럽에 가서 점심을 먹읍시다."

성당 밖으로 나오면 높은 층계 꼭대기에서 그의 목소리가 과장하듯 높아졌고, 팔을 다시 휘두르기 시작했다.

"저기 프랑스식 판유리 쇼윈도가 있는 가게의 위층에 포르브니르 신문사가 있어요. 여기서 제일 큰 일간지죠. 보수당이랄까, 아니 의회파라고 부르는 편이 낫겠군요. 이 나라에는 의정당이 있는데 그 우두머리가 현재 국가 원수인 돈 후스테 로페스입니다. 아주 머리가 좋은 사람이죠. 최고 지식인이에요. 그 반대파인 민주당은 대체로, 유감스러운 말이지만, 이탈리아인 사회주의자들과 그들의 비밀 협회, 비밀 결사와 그 비슷한 조직에 기반하고 있어요. 여기 철도 회사의 소유지에 이탈리아인이 많이 정착했는데 실직한 노역자와 수리공 같은 사람들이 간선을 따라 그 주변에 살고 있죠. 평원 지대에는 이탈리아인만 모여 사는 마을도 있어요. 원주민들도 그런 사고방식에 끌려 들어가고 있죠……. 미국식 술집요? 있습니다. 저쪽에도 또 하나 있어요. 뉴욕인들은 대개 저쪽 술집에 갈 갑니다. 여기가 아마리야 클럽이에요. 들어가면서 오른쪽 계단 발치에 있는 주교 동상을 잘 보세요."

그런 후에는 발코니의 작은 식탁에 다채로운 음식이 차례로 천천히 나오면서 점심 식사가 시작하고 끝났다. 미첼 선장은 검은 정장 차림의 관리나 재킷을 입은 상인, 군복을 입은 장교, 평원 지대에서 온 중년 신사들에게 고개를 끄덕이거나 고개 숙여 인사하고 일어나서 잠시 이야기를 나누기도 했다. 혈색이 나쁘고 왜소하며 불안해하는 사람들과 뚱뚱하고 편안

흰 얼굴에 가무잡잡한 사람들이 있었고, 지위가 높은 유럽인이나 북미인의 얼굴은 대체로 거무스름한 얼굴에 까만 눈이 반짝이는 사람들 사이에서 유독 하얗게 보였다.

미첼 선장은 다시 의자에 앉아 흐뭇한 시선으로 돌아보며 두꺼운 시가가 가득 든 담뱃갑을 식탁에 내려놓곤 했다.

"커피를 마시면서 한 개비 피워 보세요. 담배는 이 지역 토산물입니다. 아마리야에서 제공하는 블랙커피는 세상 어디에서도 맛볼 수 없어요. 그 커피콩은 산기슭의 작은 언덕에 있는 커피 농장에서 오거든요. 그 농장 주인이 동료 회원들에게 선물로 매년 세 자루를 보내 줍니다. 바로 이 창문에서 신사들이 가마초의 국가 방위군에 대항해서 벌인 전투를 기념하기 위해서죠. 당시 그는 시내에서 끝까지 버티고 싸웠어요. 이 커피콩은 일반적인 방식인 철로로 운송되는 것이 아니라 노새 세 마리가 날라 옵니다. 문제없어요! 농장 감독의 지휘하에 말에 탄 노동자들이 호위하여 안뜰까지 운반하면, 감독은 박차 달린 구두를 신은 채 위층으로 올라와서 '5월 3일에 쓰러진 자들을 위해서'라고 말하며 우리 위원회에 공식적으로 커피콩을 전달합니다. 우리는 그것을 '5월 3일' 커피라고 부르죠. 맛보세요."

미첼 선장은 교회에서 설교를 들으려고 마음을 가다듬는 사람의 표정으로 작은 커피 잔을 들어 입에 댔다. 자욱한 담배 연기 속에서 편안히 침묵하며 그 감로주를 홀짝홀짝 다 마실 것이다.

"지금 막 나가려 하는 검은 옷차림의 남자를 보세요." 그는 급히 몸을 앞으로 숙이며 말을 꺼내곤 했다. "저 사람이 그 유명한 에르난데스, 국방 장관입니다. 옥시덴탈 공화국을 '세계의 보물 창고'라고 묘사하며 훌륭한 기사들을 썼던 《타임스》의 특파원은 기사 한 편을 에르난데스와 그의 세력 — 그 유명한 평원 지대의 기총병 — 에게 할애했지요."

미첼 선장의 손님은 호기심 어린 눈을 크게 뜨고는 검은색의 긴 모닝코트를 입고 근엄하게 걸어가는 인물을 보았다. 침착한 얼굴에 눈을 내리깔고 이마에는 깊은 가로 주름이 새겨졌으며 뾰족한 머리의 정수리에는 숱이 별로 없지만 옆으로 세심하게 빗어 내린 희끗희끗한 머리칼의 끝이 말려 목과 어깨에 늘어져 있었다. 바로 이 사람이 유럽의 흥미를 끌었던 그 유명한 산적이었다. 그는 챙이 넓고 평평하며 모자 춤이 높은 맥고모자를 쓰고, 나무 구슬로 엮은 묵주를 오른쪽 손목에 감고 있었다. 미첼 선장은 이렇게 말을 잇곤 했다.

"술라코의 피난민들을 광포한 페드리토에게서 보호해 준 사람이에요. 바리오스와 함께 기병대 장군으로 토노로 습격에서 이름을 날렸어요. 그 전투에서 푸엔테스 씨는 몬테로 잔당들과 함께 살해됐죠. 에르난데스는 코벨랑 주교님의 벗이자 겸손한 충복입니다. 매일 세 번이나 미사를 드리러 가지요. 낮잠을 자러 집에 가는 길에도 꼭 성당에 들러서 한두 마디 기도를 올릴 겁니다."

미첼 선장은 말없이 시가를 몇 모금 빨고는 가장 중요한 사실을 알려 주는 듯이 이렇게 말했다.

"스페인 사람들은 계층에 상관없이 훌륭한 인물을 많이 배

춥합니다. 자, 이제 당구실로 가는 게 좋겠군요. 시원해서 조용히 이야기를 나누기 그만이거든요. 5시까지는 아무도 오지 않습니다. 아주 흥미진진한 분립 혁명에 대한 이야기를 들려드리지요. 뜨거운 열기가 가시거든 알라메다의 산책로를 한 바퀴 돌아보고요."

이 계획은 자연의 법칙이라도 되는 양 차질 없이 진행되었다. 알라메다에서 산책할 때 선장은 천천히 걸음을 옮기며 위엄 있게 덧붙였다.

"여기서 술라코의 상류층을 볼 수 있습니다." 미첼 선장은 쉴 새 없이 고개를 좌우로 숙이며 정중하게 인사하더니 활기를 띠고 말했다. "도냐 에밀리아, 굴드 부인의 마차예요. 보세요. 늘 흰 노새가 몰지요. 세상에 둘도 없는 가장 친절하고 우아한 여성이랍니다. 지위가 대단히 높죠. 술라코의 퍼스트레이디입니다. 대통령 부인보다도 훨씬 높아요. 그리고 그런 지위를 누릴 자격이 있는 분이에요." 그는 모자를 벗어 인사했다. 그러고는 부인 옆에 앉아 있는, 높은 흰색 칼라에 검은 옷을 입고 흉터 자국이 있는 심술궂은 얼굴의 남자는 모니검 의사이고 국립 병원 감독이며 합병된 산토메 광산의 진료소장이라고 일부러 어조를 바꿔 무관심한 듯이 덧붙였다. "저 의사는 굴드 가족과 친하게 지냅니다. 늘 그 댁에서 살아요. 놀랄 일은 아니죠. 굴드 부부가 그를 사람으로 만들었거든요. 머리가 비상하고 재주도 있지만 나는 별로 좋아하지 않았어요. 아무도 좋아하지 않습니다. 저 의사가 겨드랑이에 수박 한 덩어리를 끼고 체크무늬 셔츠를 걸친 채 원주민 샌들을 신고 절뚝거리며 거리를 배회하던 것을 다들 기억하죠. 그날 먹을 음식이라고는 수박밖에 없었던 거예요. 지금은 꽤 높은 양반이 되었지만 언제나 불쾌한 사람이에요. 어떻든…… 그 당시에 그가 맡은 일을 꽤 잘해 냈던 건 틀림없는 사실이에요. 그는 그 악몽 같은 소티요의 압박에서 우리 모두를 구했죠. 더 깐깐한 사람이었으면 실패했을 겁니다…….”

그는 팔을 들었다.

“저기 받침대 위에 서 있던 기마상은 옮겨졌어요. 시대에 맞지 않거든요.” 미첼 선장이 모호하게 말했다. “기마상 대신에 분립을 기념하는 대리석 기둥을 설치하자는 얘기가 있습니다. 네 귀퉁이에 평화의 천사를 조각하고, 그 꼭대기에는 수평 저울을 든 정의의 여신을 청동으로 만들어 금박을 입히자고요. 카발리에 파로체티에게 도안을 부탁했는데, 유리 액자에 든 그 도안을 청사 응접실에서 볼 수 있습니다. 기둥 아랫단에 빙 돌아 가며 이름이 새겨질 겁니다. 글쎄! 노스트로모의 이름으로 시작하는 것이 제일 좋겠죠. 분립을 위해 누구보다도 큰일을 했으니까요. 그리고,” 미첼 선장이 덧붙였다. “따져 보면, 분립이 되었을 때 다른 이들보다 보상을 적게 받았어요.” 선장은 나무 밑의 돌의자에 털썩 주저앉았고 옆에 앉으라는 듯이 탁탁 두드렸다. “노스트로모는 술라코에서 보낸 서한을 바리오스에게 전달했고, 그래서 장군은 얼마간 카이타를 비우고 우리를 도우러 해로로 진격을 결정한 겁니다. 다행히 수송선이 아직 항구에 있었어요. 나는 노동자 십장이 살아 있는 줄도 몰랐어요. 전혀 몰랐지. 그 빌어먹을 소티요가 세관에서 철수한 지 한두 시간 후에 모니검 의사가 우연히도 거기서 노스트로모와 마주쳤답니다. 그때 나는 한마디도 듣지 못했어요. 내게는 귀띔도 하지 않더군. 조금도. 내가 비밀을 털어놓을 상대가 아니라는 듯이 말이죠. 그 일을 전부 계획한 건 모니검입니다. 그는 철도 조차장에 가서 수석 기술자를 만났고, 그 기술자는 다른 이유도 있겠지만 굴드 부부를 위해서 노스트로모를 기관차에 태워 철로를 따라 300킬로미터를 질주하게 하겠다고 약속했어요. 그를 시내 밖으로 내보낼 방법은 그것밖에 없었거든요. 철도 종점의 부설 캠프에 도착해서 말과 무기와 옷을 얻고 노스트로모는 홀로 그 놀라운 질주를 시작한 겁니다. 소요가 일어나 혼란스러운 지역을 지나며 엿새 만에 650킬로미터를 달렸고, 결국 카이타 외곽에 주둔한 몬테로 전열 부대를 뚫고 들어가는 위업을 이루었죠. 그 질주에 대해 기록하면 아주 흥미진진한 책이 나올 겁니다. 우리 모두의 목숨이 그에게 달려 있었죠. 헌신과 용기, 충실성, 지능만 가지고는 안 됩니다. 물론 그는 더없이 용감하고 매수될 수 없는 강직한 사람이었어요. 그러나 이런 일에는 성공하는 법을 아는 사람이 필요합니다. 그가 바로 그런 사람이거든요. 나는 실은 항구 사무실에 갇힌 신세였는데, 5월 5일에 갑자기 400미터 떨어진 철도 조차장에서 기관차의 기적 소리가 들리더군요. 내 귀를 도저히 믿을 수 없었어요. 그래서 한걸음에 발코니로 뛰어나갔죠. 증기를 머리 위로 길게 늘어뜨린 기관차가 조차장을 빠져나와 미친 듯이 날카롭게 기적을 울리며 흰 구름에 감싸인 채 질주하더라고요. 그런데 비올라 영감의 여관 옆에 이르자 정지하듯이 속도를 줄였어요. 그때 한 남자가 — 누구인지는 알 수 없었죠 — 통일 이탈리아 여관에서 갑자기 튀어나와 기관차에 올라탔고, 그러자 기관차는 정말이지 펄쩍 튀어오르듯이 그 집에서 멀어지더니 눈 깜짝할 사이에 사라졌어요. 훅 불어서 꺼 버린 촛불처럼! 솜씨가 최고인 기관사가 기관차를 몰았던 겁니다. 린콘과 또 다른 곳에서 국가 방위군이 기관차에 맹렬히 사격을 퍼부었지요. 다행히 선로는 끊어지지 않았어요. 네 시간 후에 철도 부설 캠프에 도착했고, 노스트로모는 질주를 시작했던 겁니다……. 나머지 이야기는 모두 아시는 대로예요. 이제 주위를 돌아보시기만 하면 됩니다. 여기 알라메다가에서 사람들이 마차를 타고 드라이브를 하고 더구나 오늘날 살아 있는 것도 여러 해 전에 내가 배에서 나온 이탈리아인 선원을 그저 생김새만 믿고 항구의 십장으로 고용한 덕분이죠. 그건 사실입니다. 간과할 수 없는 일이에요. 비올라의 집에서 뛰어나온 남자가 기관차에 타는 것을 보고 대체 무슨 일인지 궁금해하던 날로부터 딱 열이틀 후인 5월 17일에 바리오스의 수송선이 이 항구에 진입했고, 《타임스》 기자가 자기 책에서 '세계의 보물 창고'라고 부른 술라코가 문명 사회를 위해, 위대한 미래를 위해, 손상 없이 구조된 겁니다. 서쪽에는 에르난데스가 버티고 있고 육로 입구에서는 산토메 광부들이 공격하고 있어서 페드리토는 바리오스의 상륙을 막을 수 없었어요. 페드리토는 소티요에게 힘을 합치자는 전갈을 일주일간 계속 보냈답니다. 소티요가 그렇게 했더라면 대량 학살과 처형이 횡행해서 남녀 불문하고 지위가 높은 분들은 살아남지 못했을 겁니다. 그런데 바로 이것을 모니검 의사가 끼어들어 막았던 거죠. 소티요는 은괴를 찾아 바닥을 훑는 작업을 지켜보느라 갑판에 딱 달라붙어서 다른 문제에는 눈과 귀를 막아 버린 겁니다. 은괴가 항구 바닥에 가라앉아 있다고 철석같이 믿었으니까요. 아무것도 못 찾자 마지막 사흘간 소티요는 실망감으로 환장해서 미친 듯이 소리 지르고 게거품을 물고 갑판 위를 뛰어다니다가 그물 달린 보트에 욕설을 퍼붓고 그물을 넣으라고 명령하고 그러다가 갑자기 발을 쾅쾅 구르면서 고함을 질러 댔다고 합니다. '하지만 거기 있단 말이야! 내 눈에 보여! 느껴진다고!'

소티요가 (갑판에 잡아 둔) 모니검 의사를 목매달려고 뒤쪽 기중기 끝에서 준비하고 있을 때 바리오스의 수송선 중 첫 번째 배가, 그것도 우리 회사 선박인데, 곧바로 연안에 들어와 가까이 정박하고는 예고도 없이 우박처럼 소총 사격을 시작한 겁니다. 세상에 유례가 없는 기습 공격이었어요. 적들은 너무 놀라 처음에는 갑판 아래로 달아나지도 못했어요. 군인들이 볼링 핀처럼 사방에서 픽픽 스러졌죠. 이미 목에 밧줄이 걸린 채 뒤쪽 승강구 위에 서 있던 모니검이 벌집처럼 구멍이 숭숭 나지 않은 건 기적입니다. 나중에 그에게서 들었는데 이미 자기는 죽은 목숨이라고 포기하고 '백기를 달아! 백기를 올려!'라고 목청껏 소리 질렀다더군요. 옆에 서 있던 에스메랄다 연대의 늙은 소령이 칼집에서 칼을 빼더니 '죽어라, 거짓말쟁이 반역자!'라고 소리치며 소티요의 몸을 완전히 베어 버렸답니다. 그 직후에 그는 머리에 총을 맞아 쓰러졌고요."

미첼 선장은 잠시 말을 멈췄다.

"맹세코, 몇 시간이고 얘기를 들려드릴 수 있습니다만, 린콘에 갈 시간이 되었군요. 술라코를 돌아보시면서 산토메 광산의 불빛을 보지 못하면 안 되죠. 어두운 평원 지대 위에 빛나는 궁전처럼 산 전체가 번쩍거리거든요. 인기 있는 드라이브 길입니다……. 그런데 사소한 일화 한 가지를 말씀드리죠. 그저 사정을 알려 드리려고요. 한 이 주일 지나서 바리오스가 최고 사령관이 되어 페드리토를 추격하려고 남부로 떠났을 때, 그리고 돈 후스테 로페스를 수장으로 한 임시 군사 정권이 새로운 헌법을 공포하고 돈 카를로스 굴드는 특별한 임무를 띠고 샌프란시스코와 워싱턴으로 출발하려고(옥시덴탈 공화국을 제일 처음 인정해 준 열강이 미국이었어요.) 가방을 꾸리고 있을 때, 이미 말했듯이 이 주일이 지나서 우리가, 이런 표현을 써도 괜찮다면, 어깨 위에 아직 목이 달려 있다는 것을 실감하게 되었을 때, 어떤 저명한 외국인이, 우리 노선으로 많은 화물을 보내는 분이 사업차 나를 만나러 와서는 맨 먼저 이렇게 말하더군요. '이봐요, 미첼 선장. 그 친구(노스트로모를 뜻하며)가 아직도 노동자 십장으로 있소?' '무슨 일입니까?' 내가 이렇게 말했죠. '만일 그렇다면, 개의치 않겠소. 나는 당신네 선박으로 많은 화물을 보내고 받고 있으니. 그런데 그가 며칠간 부두에서 빈둥거리는 것을 봤거든. 조금 전에는 아주 태연하게 나를 가로막고는 시가 하나 달라고 하더군. 당신도 알다시피, 내 시가는 좀 특별한 것이라서 다른 것들처럼 쉽게 구할 수 없거든.' '파격적인 대우를 해 주셨으면 좋겠군요.' 내가 아주 부드럽게 말했소. '아, 그랬지. 그렇지만 아주 성가신 일이야. 그 친구가 계속해서 담배를 달라고 조르거든.' 나는 시선을 돌리고 물어보았어요. '당신도 지방 의회 건물에 갇혀 있지 않았어요?' '잘 알지 않소? 게다가 사슬에 묶여 있었지.' 그가 이렇게 말했어요. '1만 5000달러의 벌금형도 받으셨죠?' 그의 얼굴이 시뻘게졌어요. 왜냐하면 체포될 당시 그가 겁에 질려 기절한 데다 푸엔테스 앞에서 얼마나 굽실거렸는지 그의 머리채를 붙잡고 끌고 간 경찰들도 비웃었다는 얘기가 돌았거든요. '그렇소,' 그가 부끄러운 듯이 말했어요. '왜 묻소?' '아, 아무것도 아닙니다. 상당한 손실을 입으셨군요.' 내가 말했소. '목숨은 구하셨지만…… 그런데 뭘 도와드릴까요?' 그는 내 말뜻을 알아듣지 못했어요. 알아먹지도 못했지요. 세상인심이 이렇습니다."

선장은 약간 뻣뻣한 몸을 일으켰다. 린콘으로 마차를 타고 달리는 동안에 인정사정없이 손님을 몰아가는 그 관광 안내인은 땅과 하늘 사이의 시커먼 어둠 속에 매달려 있는 듯한 산토메 광산의 불빛을 응시하며 딱 한 번만 철학적인 말을 입에 올릴 것이다.

"이 광산은 선으로도, 악으로도 쓰일 수 있는 막강한 힘입니다. 막강한 힘이에요."

그러고 나면 미라플로레스 클럽에서 저녁 식사를 할 것이다. 훌륭한 요리가 제공되는 식사를 하면서 그 여행객은 분명 술라코에는 월급을 너무 많이 받아서 흥청망청 써 대는 유쾌하고 유능한 젊은이들이 많고, 그들 중 대체로 앵글로색슨 혈통의 몇몇 젊은이들은, 속담에 나오듯이, 친절한 주인을 '골탕 먹이는' 기술이 능란하다는 인상을 받을 것이다.

나폴리 출신이 분명한 마부가 계속 채찍질을 해 대는 발 빠르고 말라빠진 노새에 연결된(미첼 선장이 쌍두 이륜마차라고 부르는) 이륜 마차를 타고 덜컥대며 신속히 항구로 돌아가서 기선 때문에 늦게까지 열려 있는 O. S. N. 회사의 불 켜진 사무실 앞에 도착하면 한 바퀴를 거의 다 돌아본 셈이 된다. 거의 다, 완전히 순회한 것은 아니다.

"10시군요. 타고 가실 배는 12시 30분이 되어야 출발 준비가 끝날 겁니다. 그때까지는 안 될 거예요. 들어오셔서 브랜디와 소다를 한잔 하시면서 시가 한 대 더 태우시지요."

그래서 총감독관의 사실(私室)에서 '케레스호'나 '유노호' 혹은 '팔라스호'의 그 특별한 승객은 갑자기 넌더리가 나도록 과도하게 주입된 광경들과 소리들, 이름들, 사실들, 잘 이해하지 못한 복잡한 정보로 인해 어리벙벙하고 얼빠진 상태로 옛날이야기를 듣는 지친 아이처럼 귀를 기울일 것이다. 친근하면서도 놀랍도록 젠체하는 목소리가 '바로 이 항구에서' 일어난 국제적 해군 양동 작전이 코스타구아나와 술라코의 전쟁을 종결지었다고 늘어놓는 이야기는 다른 세상 얘기처럼 들릴 것이다. 미합중국의 순양함 '포와탄호'는 옥시덴탈 공화국의 국기 — 흰 바탕의 중앙에 있는 노란 아마리야꽃을 녹색 월계수 화관이 둘러싼 — 에 처음으로 예포를 쏜 선박이었고, 몬테로 장군은 스스로를 코스타구아나의 황제로 공포한 지 한 달도 되지 않아 당시 그의 정부였던 여자의 남동생인 젊은

포병 장교의 총에 맞아 (훈위와 십자 훈장을 엄숙하게 나눠 주던 행사에서) 죽었다는 얘기를 듣게 될 것이다.

"그 가증스러운 페드리토는 다른 나라로 달아났어요." 그 목소리는 이렇게 말하고 나서 이어 갈 것이다. "우리 배의 한 선장이 그 게릴라 전사였던 페드리토를 최근에 봤다고 하더군요. 자주색 슬리퍼를 신고 금술 달린 벨벳 흡연용 모자를 쓰고 남부의 어느 항구에서 매음굴을 운영하고 있다고요."

'가증스러운 페드리토라니! 대체 누구 말이지?' 그 저명한 승객은 꿈인지 생시인지 모를 곳을 헤매면서도 결연히 눈을 뜨고 이 특별한 날의 열여덟 번째 또는 스무 번째 시가를 물고 있는 입술을 부드럽게 비죽거리며 의아해할 것이다.

"그는 유령처럼 바로 이 방에 나타났어요." 미첼 대령은 진정 열렬한 감정으로 아쉬워하면서도 자부심 어린 어조로 노스트로모에 대해 말했다. "그러니 내가 얼마나 놀랐을지 상상하실 수 있겠죠. 그는 물론 바리오스와 함께 배를 타고 돌아왔죠. 내가 얘기를 나눌 만큼 진정이 되자 그가 제일 먼저 만에서 표류하던 그 거룻배의 보트를 찾았다고 말하더군요! 그 상황에 대해 무척 심란해하는 것 같았어요. 사실 굉장히 놀라운 상황이죠. 은괴가 바다에 가라앉은 지 십육 일이나 지났다는 것을 상기해 보면 말입니다. 나는 한눈에 그가 달라졌다는 것을 알 수 있었어요. 벽에 거미나 다른 벌레라도 기어 다니는 듯이 뚫어지게 응시하더군요. 은괴를 잃은 일이 그의 마음을 좀먹었던 겁니다. 제일 먼저 물어본 것은 도냐 안토니아가 드쿠의 죽음을 알고 있느냐는 것이었어요. 목소리가 떨리더군요. 도냐 안토니아는 아직 시내에 돌아오지 않았다고 대답했죠. 가엾은 아가씨! 그러고는 내가 수많은 질문을 던지려고 하는데 갑자기 그가 '실례합니다.' 하고는 사무실을 뛰쳐나가더군요. 그런 다음에 사흘간 그를 보지 못했어요. 아시다시피 나도 무척 바빴거든요. 그는 시내 안팎을 헤매며 돌아다녔고 이틀 밤은 철도 회사의 큰 오두막에서 잔 것 같았어요. 주위에서 일어나는 일에 도통 관심이 없어 보였죠. 항구에서 그와 마주쳤을 때 이렇게 물었어요. '언제 마음을 다잡을 텐가, 노스트로모? 곧 부두 노동자들이 할 일이 많아질 거야.'

'선장님,' 그가 뭔가 묻는 눈으로 쳐다보며 천천히 말하더군요. '너무 지쳐서 아직은 일을 할 수 없다고 말씀드리면 놀라시겠어요? 제가 지금 무슨 일을 할 수 있겠습니까? 거룻배를 잃고 나서 어떻게 부두 노동자들의 얼굴을 볼 수 있겠어요?'

그 은에 대해서는 더 이상 생각하지 말라고 사정했더니 그가 미소를 짓더군요. 마음을 찌르는 미소였죠. '그건 자네 실수가 아니었어.' 내가 말했어요. '그건 운명이야. 피할 수 없는 일이었지.' 그는 '네, 그래요!' 하고 말하더니 돌아서더군요. 그래서 그 일을 잊도록 얼마간 내버려 두는 게 최선이라고 생각했죠. 실은 그것을 극복하기까지 몇 년이 걸렸답니다. 그가 돈 카를로스와 면담하는 자리에 나도 있었어요. 굴드는 좀 냉정한 사람이라고 말해야겠죠. 너무나 긴 세월 동안 도둑과 악당을 상대하면서 자신과 아내를 위협하는 파멸의 위험을 늘 직면하며 살아와서 그런지 그는 자기 감정을 철저히 억제하게 되었고, 그러다 보니 그것이 제2의 천성이 되었어요. 두 사람은 서로를 한참 바라보더군요. 돈 카를로스가 조용하고 차분하게 자신이 무엇을 해 주면 좋겠느냐고 노스트로모에게 물었어요.

'제 이름은 술라코의 한쪽 끝에서 다른 끝까지 잘 알려져 있습니다.' 노스트로모도 상대방처럼 조용히 말하더군요. '그 이상 무엇을 해 주실 수 있습니까?' 그때 오간 대화는 그게 전부였어요. 하지만 나중에 누군가 아주 멋진 연안 항해용 스쿠너를 팔려고 내놓았기에, 굴드 부인과 나는 그 배를 사서 그에게 선물하자고 이마를 맞대고 의논했어요. 그래서 그렇게 했는데 노스트로모가 이후 삼 년간 그 배의 값을 전부 갚았습니다. 이 해안 지방에서 하던 사업이 활기를 띠었거든요. 게다가 이 사내는 은을 지키는 데 실패한 것만 빼면 무슨 일을 하든 늘 성공했어요. 가엾은 도냐 안토니아는 로스 아토스의 숲에서 몹시 고통스러운 일을 경험하고 돌아와서는 곧바로 노스트로모를 만났어요. 드쿠에 대해 듣고 싶었던 거죠. 두 사람이 무슨 말을 했는지, 무엇을 했는지, 그 치명적인 밤에 마지막까지 무슨 생각을 했는지. 굴드 부인이 내게 들려준 말씀으로는 노스트로모의 태도가 나무랄 데 없이 차분하고 공감적이었다더군요. 아베야노스 양은 드쿠가 자신의 계획이 명예롭게 성공하리라고 말했다는 부분에서만 울음을 터뜨렸다고 합니다……. 틀림없이 그렇죠. 그 계획은 성공했습니다."

마침내 한 바퀴를 돌아온 여정이 끝나 가고 있었다. 그 특별한 승객이 선실에 돌아갈 즐거운 기대에 부풀어 몸을 떨면서 '대체 드쿠의 계획이란 게 뭐였지?'라고 속으로도 자문하지 않을 때 미첼 선장이 이렇게 말했다. "이렇게 빨리 헤어지게 되다니 유감입니다. 손님의 지적 관심 덕분에 오늘 하루 저도 즐거웠습니다. 이제 승선하시도록 봐드리지요. '세계의 보물 창고'를 이제 다 구경하신 겁니다. 아주 좋은 별명이에요." 선장의 보트가 준비되었다고 키잡이가 문에서 알리면서 순회 여행은 마무리되었다.

사실 노스트로모는 큰이사벨섬에 드쿠와 함께 두고 온 거룻배의 보트가 저 멀리 만에서 텅 빈 채 표류하는 것을 찾아낸 것이다. 그때 그는 바리오스의 첫 번째 수송선 선교에 서 있었는데, 한 시간 내로 술라코에 닿을 수 있는 곳이었다. 바리오스는 늘 대담한 무용을 즐기고 진정한 용기를 높이 평가해 왔기에 그 십장이 무척 마음에 들었다. 해안을 따라 항해하는 동안 바리오스 장군은 노스트로모를 옆에 두고 퉁명스럽고 거친 태도로 큰 호감을 보여 주며 자주 말을 걸었다.

뱃머리 쪽에서 멀리 떠 있는 보일 듯 말 듯한 작고 검은 반점을 먼저 알아본 것은 노스트로모였다. 텅 빈 만의 은은히 빛나는 잔잔한 물결 위에는 바로 눈앞의 이사벨섬 세 개와 그 반점만이 떠 있었다. 어떤 사실도 무의미한 것으로 넘겨서는 안 될 때가 있다. 육지에서 멀리 떨어져 있는 작은 배라면 찾아내야 할 의미가 있을지 모른다. 바리오스가 고개를 끄덕여 동의하자 수송선은 항로에서 벗어나 그 작은 배에 사람이 있는지 확인하러 다가갔다. 그것은 그저 평범한 작은 보트였고 노가 안에 실린 채 표류하고 있었다. 하지만 여러 날 드쿠 생각이 마음에서 떠나지 않았던 노스트로모는 그 거룻배의 소형 보트를 일찌감치 알아보고 흥분했다.

그 보트를 끌어 올리려고 수송선을 멈추는 것은 생각도 할 수 없었다. 온 도시의 생명과 미래를 지키기 위해서는 일분일초를 다퉈야 했던 것이다. 장군이 탑승한 선두 수송선의 뱃머리가 침로에서 벗어나 원래 항로로 돌아갔다. 그 배 뒤쪽으로 1.5킬로미터 정도에 걸친 앞바다에 수송선 함대가 흩어져서 해양 경주의 막바지에 이른 듯 서쪽 하늘에 연기를 뿜으며 까맣게 맹렬히 몰려들고 있었다.

"장군님," 노스트로모가 일단의 장교들 뒤에서 큰 소리로 차분히 말했다. "저 작은 보트를 건지고 싶습니다. 맹세코, 전 저 배를 알아요. 우리 회사 소유거든요."

"그런데, 맹세코," 바리오스가 요란하고 쾌활하게 너털웃음을 터뜨리며 말했다. "자넨 내 소유라네. 말을 손에 넣을 수 있는 곳에 가면 자넬 기병대 대위로 임명할 생각이야."

"저는 승마보다 수영을 더 잘합니다, 장군님." 노스트로모가 고집스럽게 쳐다보며 뱃전에 나왔다. "허락해 주십시오."

"허락해 달라고? 자만심이 이만저만이 아니군," 장군은 그를 쳐다보지도 않고 유쾌하게 놀렸다. "가게 내버려 둬라! 하! 하! 하! 자기가 없으면 우리가 술라코를 탈취하지 못할 거라고 내가 인정해 주길 바라나 본데! 하! 하! 하! 헤엄쳐서 저 보트까지 갈 건가, 이보게?"

배의 한쪽 끝에서부터 다른 끝까지 울린 요란한 함성에 그의 너털웃음이 뚝 멎었다. 노스트로모가 갑판에서 뛰어내린 것이다. 벌써 배에서 꽤 멀어진 곳에서 그의 검은 머리가 깐닥 깐닥 움직였다. 장군은 놀란 나머지 "맙소사! 내가 죄를 지었어!"라고 벼락이라도 맞은 듯이 중얼거렸다. 그러나 걱정스러운 눈으로 한 번 쳐다보고는 노스트로모가 아주 편안하게 헤엄치고 있음을 알아차렸다. 그러자 그는 무서운 소리로 호통을 쳤다. "아니! 아냐! 저 건방진 녀석을 건지려고 배를 멈추진 않을 거야. 물에 빠져 죽게 놔둬, 저 미친 십장 녀석."

노스트로모가 갑판에서 뛰어내리는 것을 막으려면 전력을 쏟아야 했을 것이다. 눈에 보이지 않는 유령이 노를 젓는 듯이 신비롭게 그를 맞으러 나온 텅 빈 보트는 어떤 징조나 경고처럼 그의 마음을 홀렸고, 보물과 한 남자의 운명에 대한 끊이지 않는 생각에 놀라운 수수께끼로 답하는 것 같았다. 800미터쯤 떨어진 그 바다에 저승사자가 있더라도 그는 뛰어내렸을 것이다. 바다는 연못처럼 잔잔했고, 푼타 말라 건너편에는 상어들이 들끓었지만 어떤 연유에선지 몰라도 플라시도만에는 상어가 없었다.

노스트로모는 보트의 고물을 붙잡고 헉헉 숨을 내쉬었다. 헤엄을 치는 동안 어지럽고 기절할 것 같아 물속에서 구두와 코트를 벗어야 했다. 그는 숨을 돌리느라 잠시 매달려 있었다. 멀리서 수송선들이 이제 한 덩어리로 모여 친목 시합이나 해양 스포츠, 보트 경주를 하듯이 술라코를 향해 곧바로 나아가고 있었다. 그 굴뚝에서 나온 연기가 뭉쳐서 그의 머리 위로 유황 냄새 나는 옅은 안개처럼 흘러갔다. 민중을 부려먹는 블랑코 당원들의 목숨과 재산, 산토메 광산, 그리고 그 아이들을 구하기 위해 서둘러 이 배들을 바다에 띄운 것은 바로 그의 대담무쌍함과 용기, 행동력이었다.

힘차고 능숙한 솜씨로 그는 고물에 기어올랐다. 바로 그 보트였다! 틀림없었다. 조금도 의심할 바가 없었다. 바로 그 3호 거룻배에 딸린 보트였다. 육지에서 도움을 받을 수 없을 경우에 마틴 드쿠가 스스로 나설 수 있도록 큰이사벨섬에 남겨 놓은 보트였다. 그런데 그 배가 이해할 수 없이 텅 빈 채 여기까지 나와서 그를 맞은 것이다. 드쿠는 어떻게 됐을까? 노스트로모는 배를 샅샅이 살펴보았다. 긁힌 자국이나 표시, 흔적을 찾아보았다. 그가 찾아낸 것은 노잡이가 앉는 널빤지와 나란히 있는 뱃전에 묻은 갈색 얼룩뿐이었다. 그는 고개를 숙이고 손가락으로 그 얼룩을 세게 문질러보았다. 그러고 나서는 힘없이 무릎을 붙이고 다리를 비스듬히 기울인 채 선미 상판에 앉았다.

머리에서 발끝까지 물이 흘러내리고 축 늘어진 머리칼과 수염에서 물이 똑똑 떨어지는 가운데 광채 잃은 눈으로 바닥 판자를 응시하고 있는 술라코의 부두 노동자 십장은 작은 보트에서 일몰 시간을 한가롭게 보내려고 바다 밑바닥에서 올라온 익사체 같았다. 위험천만한 질주의 흥분과 늦지 않게 돌아오려고 기를 쓰며 느꼈던 흥분, 성취와 성공의 흥분, 그 엄청난 보물과 그 소재를 아는 다른 남자와 관련된 생각에 집중되었던 온갖 흥분이 그에게서 완전히 사라졌다. 바로 마지막 순간까지도 그는 어떻게 해야 지체 없이 들키지 않고 큰이사벨섬에 갈 수 있을지를 생각하며 머리를 쥐어짰다. 그 보물에 대한 비밀을 지켜야 한다는 생각이 확고히 박혀 있었기에 그는 바리오스에게도 그 섬에 있는 드쿠와 은괴의 존재를 언급하지 않았다. 하지만 그가 장군에게 전달한 편지에는 술라코의 상황과 관련하여 거룻배를 잃었다는 얘기가 간단히 언급되어 있었다. 그러나 호랑이를 잡은 적이 있는 애꾸눈의 장군은 멀리서 풍겨 오는 전쟁 냄새를 맡고는 밀사에게 질문을 던지며 시간을 낭비하지 않았다. 사실 바리오스는 노스트로모와 이야기를 나눌 때 돈 마틴 드쿠와 산토메의 은괴가 함께 사라졌다고 가정했고, 노스트로모는 단도직입적인 질문을 받지 않았기에 뭐라 말할 수 없어서 분노와 불신을 느끼며 입을 다물었다. 돈 마틴이 직접 자기 입으로 모든 사실을 밝히라지……. 그는 속으로 이렇게 말했다.

그런데 이제 가장 빨리 큰이사벨섬으로 갈 수 있는 수단이 주어지자, 영혼이 더 이상 알지 못하는 땅 위에 움직이지 못하는 육신을 두고 날아가듯이 흥분이 사라져 버렸다. 만이 알지 못하는 곳처럼 보였다. 생기 없이 멍한 눈 위의 눈꺼풀이 오랫동안 단 한 번도 깜박이지 않았다. 팔다리 하나 움직이지 않고, 근육이 씰룩거리거나 눈썹이 떨리지도 않는 가운데 서서히 어떤 표정이, 생생한 표정이 굳어 버린 얼굴에 떠올랐고, 깊은 생각이 텅 빈 시선에 스며들었다. 추방당한 어떤 조용하고 음울한 영혼이 지나가다가 주인 없는 육신을 발견하고는 그것을 차지하려고 몰래 들어온 것 같았다.

카파타스는 눈썹을 찌푸렸다. 바다와 섬, 해안의 거대한 정적 속에서, 하늘에 피어오른 구름과 수면에 길게 뻗은 빛의 정적 속에서, 이마를 찡그린 것은 힘찬 동작처럼 강력했다. 그

밖에는 머리카락 한 올 까딱하지 않은 채 긴 시간이 흘렀다. 그러고 나서 카파타스는 고개를 흔들었고 다시 눈에 보이는 모든 것들에 산재한 정적에 몸을 맡겼다. 갑자기 그는 노를 잡고 단 한 번의 동작으로 보트의 방향을 돌려 큰이사벨섬으로 향했다. 그러나 노를 젓기 전에 그는 다시 고개를 숙여 뱃전에 묻은 갈색 얼룩을 보았다.

"뭔지 알겠군." 그는 민첩하게 고개를 획 돌리며 중얼거렸다. "핏자국이야."

그는 노를 길게 뻗어 활기차고 안정감 있게 저어 갔다. 이따금 어깨 너머로 큰이사벨섬을 돌아보았다. 그의 초조한 시선에 그 섬의 나지막한 절벽은 꿰뚫어 볼 수 없는 얼굴처럼 보였다. 마침내 뱃머리가 해안에 닿았다. 그는 보트를 작은 모래사장으로 끌어 올렸다. 아니, 내동댕이쳤다. 그러고는 즉시 석양빛을 뒤로한 채 긴 걸음으로 성큼성큼 협곡으로 뛰어들었다. 걸음을 옮길 때마다 그의 발이 야트막한 맑은 시냇물에서 속삭이는 요정을 걷어찬 듯이 물이 뿜어져 나와 솟구쳐 올랐다. 그는 햇빛이 남아 있는 시간을 일 분도 낭비하지 않으려 했다.

기울어진 나무 밑의 구덩이 위에는 흙과 풀, 잘라진 덤불더미가 아주 자연스럽게 흘러내려 덮여 있었다. 지시받은 대로 은을 숨기기 위해 드쿠가 머리를 써서 삽으로 잘 다듬어 놓은 것이었다. 그러나 칭찬을 하려는 듯이 반쯤 미소를 머금었던 노스트로모는 삽을 보자 경멸하듯 입술을 비죽였다. 그저 무심한 탓이었는지 아니면 돌연한 공포 때문이었는지 삽이 잘 보이도록 던져 놓아 모든 비밀을 폭로했던 것이다. 아!

어리석음으로 따지자면 그들은 다 똑같다. 법과 정부를 만들고 하층민을 위해 쓸모없는 일거리를 만들어 내는 그 높으신 분들은.

카파타스는 삽을 집어 들었고, 손바닥에 손잡이의 감촉이 느껴지자 불현듯 보물이 담긴 쇠가죽 상자를 보고 싶은 욕망을 느꼈다. 몇 번 흙을 파내자 상자 몇 개의 모서리와 귀퉁이가 드러났다. 그리고 흙을 더 파냈을 때 상자들 중 하나가 칼로 찢어져 있는 것이 보였다.

그것을 보자 그는 소리 죽여 탄성을 질렀고 털썩 무릎을 꿇고는 비이성적인 공포에 사로잡혀 어깨 너머로 이쪽저쪽을 돌아보았다. 그 빳빳한 가죽은 찢어진 자리가 맞물려 있었다. 그는 잠시 주저하다가 찢어진 긴 틈으로 손을 밀어 넣어 더듬어 보았다. 은괴가 있었다. 하나, 둘, 셋. 그래 네 개가 사라진 것이다. 가져간 것이다. 그런데 누가? 드쿠가? 그 말고는 다른 사람이 없었다. 그런데 왜? 무엇 때문에? 무슨 빌어먹을 변덕으로? 그에게 설명하라고 해. 은괴 네 개가 보트에 실려 갔고 그리고…… 피가 있었다!

훤히 트인 만 앞에서 구름에 가리지 않은 태양이 맑고 변함없는 모습으로 물속에 뛰어들었다. 모든 인간의 눈에 아득히 먼 무한히 장엄한 침묵과 평화 속에서 스스로를 제물로 바치는 엄숙하고도 고요한 신비 의식을 완성한 것이다. 은괴 네 덩어리가 부족하다니! ……그리고 그 핏자국!

십장은 천천히 일어섰다.

"그냥 손을 베였을지도 몰라." 노스트로모가 중얼거렸다.

"하지만, 그러면……."

그는 보물에 사슬로 묶이기라도 한 듯 순순히 부드러운 흙바닥에 주저앉았고 보초를 서는 노예처럼 절망적으로 복종하듯이 끌어 세운 두 다리를 양팔로 끌어안았다. 단 한 번만 고개를 재빨리 들었다. 높은 곳에서 마른 콩을 드럼통에 쏟아붓는 듯 맹렬한 총격 소리가 들렸다. 잠시 귀를 기울인 후 그는 조그맣게 소리 내서 말했다.

"그가 설명하러 돌아오는 일은 절대로 없을 거야."

그는 다시 고개를 숙였다.

"절대로!" 그가 음울하게 웅얼거렸다.

총성이 사라졌다. 술라코에서 일어난 큰 불길의 거대한 화염이 해안 너머에서 붉은빛으로 번뜩였고, 플라시도만이 머리에 이고 있는 구름을 불그스름하게 물들이고 세 개의 이사벨섬을 불그레하고 불길한 반사광으로 어루만지는 것 같았다. 그는 고개를 들었지만 그것을 보지 못했다.

"하지만 알 수가 없군." 똑똑히 들리도록 말한 후 그는 입을 다물었고 몇 시간이나 멍하니 응시했다.

그는 알 수 없었다. 누구도 알 수 없을 것이다. 충분히 짐작할 수 있듯이, 노스트로모 말고는 돈 마틴 드쿠의 종말에 대해 어느 누구도 깊이 생각하지 않았다. 정확한 사실이 알려졌다면, '왜'라는 의문이 남았을 것이다. 반면에 거룻배가 침몰하면서 그가 죽었다는 가설은 불확실한 동기 같은 것이 남을 수 없었다. 분리주의를 주장했던 젊은 사도는 자신의 이상을 위해 분투하다가 어디까지나 안타까운 사고로 죽은 것이다. 그러나 사실 그가 죽은 것은 고독 때문이었다. 고독은 지상의 극소수 인간만이 대면할 수 있고, 우리들 가운데 가장 단순한 자들만이 저항할 수 있는 적이다. 재기 넘치던 코스타구아나의 한량은 고독해서, 그리고 자신과 남들에 대한 믿음이 부족해서 죽은 것이다.

인간은 이해하지 못하지만 플라시도만의 새들은 나름의 이유로 이사벨 군도를 기피한다. 새들이 자주 들르는 곳은 아수에라반도의 암벽 꼭대기인데, 그곳의 평평한 암반과 깊이 갈라진 구렁에서는 그 전설의 보물을 놓고 영원한 말다툼을 벌이는 듯이 사납고 요란스러운 소리가 울려 퍼진다.

큰이사벨섬에서 첫날이 저물었을 때 드쿠는 나무 그늘 아래 거친 풀을 깔아 놓은 잠자리에 들면서 혼자 말했다.

"온종일 새 한 마리도 보지 못했군."

하루 종일 지금 웅얼거린 자기 목소리 말고는 어떤 소리도 들리지 않았다. 완벽한 적막 속에서 보낸 하루였고, 난생처음 경험한 일이었다. 그런 데다 그는 한숨도 자지 못했다. 지난 며칠간 밤을 새우고 낮에는 전투와 계획과 논쟁으로 바쁘게 지냈는데도, 더구나 전날 밤에는 만에서 위험한 상황에 처해 극심한 육체적 노고를 기울였는데도, 한시도 눈을 붙일 수 없었다. 그렇지만 해가 뜨고 다시 질 때까지 그는 땅에 똑바로 눕거나 엎어져 있었다.

그는 기지개를 켰고, 은괴 가까이에서 밤을 보내려고 골짜기로 천천히 내려갔다. 노스트로모가 돌아온다면 — 언제라도 돌아올 수 있으므로 — 제일 먼저 그곳을 찾을 것이다. 그리고 물론 그가 연락을 시도하기 좋은 시간은 밤일 것이다. 드쿠는 섬에 혼자 남겨진 후 아무것도 먹지 않았다는 사실을 아주 무심히 떠올렸다.

그는 그 밤도 뜬눈으로 새웠고, 날이 밝자 똑같이 무심하게 무언가를 먹었다. 총명한 '드쿠가의 아들', 집안의 응석받이 총아, 안토니아의 애인이자 술라코의 저널리스트인 그는 단독으로 자신과 격투를 벌이는 데 적합한 인물이 아니었다. 순전히 외적인 존재 조건에서 비롯된 고독은 빈정거리거나 냉소적으로 으스대는 태도가 들어설 여지가 없는 영혼의 상태로 재빨리 바뀌어 버린다. 고독은 마음을 사로잡고 생각을 몰아내서 궁극적인 불신의 영역으로 추방해 버린다. 사람의 얼굴을 보려고 사흘을 기다린 후 드쿠는 개체로서 자신의 존재에 대해 의혹을 품게 되었다. 그의 개체성은 구름과 물의 세계, 자연력과 자연 형상들의 세계에 녹아 버렸다. 오로지 행동을 통해서만 우리는 우리가 무력한 일부를 구성하는 사물의 전체 체계에 대해 독립적인 존재라는, 삶을 지탱하는 환상을 갖게 된다. 드쿠는 과거 자신의 행동과 앞으로의 행동이 실제로 존재한다고 믿을 수 없게 되었다. 닷새째가 되자 끝없는 우울함이 손에 잡힐 듯이 그를 짓눌렀다. 그는 술라코 사람들에게 무기력하게 굴복하지 않겠다고 결심했다. 그들은 마구 날뛰는 추잡한 유령처럼 비현실적이고 무시무시한 모습으로 자신을 에워쌌던 것이다. 그들 사이에서 힘없이 몸부림치는 자신의 모습이 보였고, 안토니아는 우화에 나오는 동상처럼 거대하고 아름다운 모습으로 떠올라 그의 나약함을 경멸 어린 눈으로 내려다보았다.

그의 시야에 단 하나의 생명체도, 멀리 떠 있는 작은 반점 같은 돛도 들어오지 않았다. 이 고독에서 달아나려는 듯이 그는 우울함에 깊이 빠져들었다. 돌이켜 보면 입안에 씁쓸한 맛을 남긴 충동에 삶을 내맡긴 것이 잘못이었다는 어렴풋한 의식이 그가 어른으로서 처음 느낀 도덕적 감정이었다. 그렇지만 후회의 감정은 전혀 없었다. 무엇을 후회해야 할까? 그는 지성 외에는 그 어떤 미덕도 인정하지 않았고, 정념을 의무로 받들었다. 그의 지성과 정념은 아무런 믿음도 없이 기다리는 이 끊임없고 거대한 고독 속에 흡수되고 말았다. 이레 동안 일곱 시간도 자지 못하자 불면으로 인해 그의 의지에서 힘이 빠져나갔다. 그는 회의적인 마음의 슬픔을 느꼈다. 온 우주가 이해할 수 없는 이미지의 연속으로 보였다. 노스트로모는 죽었다. 수치스럽게도 모든 일이 실패로 돌아갔다. 이제 더는 안토니아를 생각할 엄두도 낼 수 없었다. 그녀는 살아남지 못했을 것이다. 살아 있더라도 그는 그녀의 얼굴을 바라볼 수 없을 것이다. 모든 노력이 무의미하게 보였다.

열흘째 되는 날 깜빡 졸지도 못하고 밤을 꼬박 지새우자(안토니아가 자기처럼 실체가 없는 사람을 사랑했을 리 없다는 생각이 들었다.) 고독이 방대한 허공처럼 보였고 플라시도만의 정적은 그가 공포나 놀라움이나 그 어떤 감정도 느끼지 못한 채 두 손으로 매달려 있는 팽팽히 당겨진 가느다란 밧줄처럼 느껴졌다. 저녁이 가까워지고 비교적 선선해지면서 이 밧줄이 딱 끊어지기를 바라게 되었다. 밧줄이 권총처럼 폭발음을 내면서, 날카롭고 깊은 탕 소리를 울리며 끊어지는 것을 상상했다. 그것이 그를 끝장낼 것이다. 이 결말을 생각하면 즐거웠다. 그가 두 손으로 매달려 있는 밧줄 모양의 끝없이 이어지는 정적에 무의미한 말이 울려 퍼지는 불면의 밤이 두려웠던 것이다. 노스토로모와 안토니아, 바리오스, 빈정거리며 와글거리는 헛소리와 뒤섞인 선언문, 이런 것들에 대해 계속 똑같이 되풀이되지만 전혀 이해할 수 없는 무의미한 말이었다. 낮이면 정적이 한계점까지 당겨진 고요한 밧줄처럼 보였다. 그의 인생, 그의 공허한 인생이 그 밧줄에 무거운 짐처럼 매달려 있었다.

"내가 쓰러지기 전에 그게 딱 끊어지는 소리가 들릴지 궁금하군." 그는 자문했다.

그는 수척하고 지저분하고 창백한 얼굴로 일어서서 눈을 벌겋게 뜨고, 두 시간 후면 수평선 너머로 넘어갈 해를 바라보았다. 그의 팔다리는 납덩이로 채워진 듯 천천히, 그렇지만 후들거리지 않으며 그의 뜻에 따랐다. 이런 몸 상태 때문에 그의 동작은 거침없고 신중하고 품위 있어 보였다. 그는 모종의 의식을 치르듯 움직였다. 그는 골짜기로 내려갔다. 그의 외부에 남은 것은 그 매혹적인 은괴와 잠재력뿐이었다. 그는 거기 있던 권총 달린 혁대를 집어 허리에 찼다. 정적의 밧줄은 섬 위에서는 끊어질 수 없을 것이다. 그 밧줄이 그를 바다에 빠뜨려 가라앉혀야 한다고 그는 생각했다. 깊이 가라앉는다! 그는 보물을 덮은 푸석푸석한 흙을 보았다. 바닷속으로! 그의 모습은 몽유병자 같았다. 그는 천천히 무릎을 꿇어 몸을 숙였고,

상자를 찾아낼 때까지 손가락으로 참을성 있게 흙을 파냈다. 전에도 여러 번 해 본 일을 하듯이 그는 주저 없이 상자 가죽을 찢어 은괴 네 개를 꺼내서 주머니에 넣었다. 그는 노출된 상자를 다시 덮고 한 발씩 옮겨 골짜기를 벗어났다. 그가 지나가면 등 뒤의 덤불이 쉬익 소리를 내며 벌어진 틈을 메웠다.

고적하게 지낸 지 사흘째 되던 날에 그는 어디론가 노를 저어 떠날 생각으로 보트를 물가에 끌어다 놓았다. 하지만 노스트로모가 돌아올 거라는 희망이 남아 속삭이기도 하고 또 한편으로는 아무리 애써도 부질없다는 생각이 들기도 해서 그만두었다. 이제 보트를 조금 밀기만 하면 물에 띄울 수 있었다. 그는 첫날 이후로 날마다 조금씩 음식을 먹었기에 아직은 근육의 힘이 조금 남아 있었다. 노를 천천히 저어 큰이사벨섬의 절벽에서 멀어져 갔다. 그의 등 뒤에서 그 섬은 생명의 열기를 받은 듯 햇볕에 달아올라 따뜻했고, 희망과 기쁨의 광휘에 휩싸인 듯 꼭대기에서 기슭까지 풍부한 빛에 잠겨 있었다. 그는 지는 해를 향해 똑바로 나아갔다. 만에 어둠이 깔리자 젓기를 그만두고 노를 배 안에 내던졌다. 노가 바닥에 떨어지면서 공허하게 울린 덜커덕 소리는 그가 지금껏 들어 본 중 가장 시끄러운 소음이었다. 그것은 일종의 계시였다. 그것은 그를 머나먼 곳에서 불러들이는 것 같았다. 실로 '오늘 밤에는 잠을 잘 수 있겠지.' 하는 생각이 스쳤다. 그러나 그는 그 생각을 믿지 않았다. 그는 아무것도 믿지 않았다. 그리고는 노 젓는 자리에 앉아 꼼짝하지 않았다.

산 뒤쪽에서 새벽이 다가오면서 깜빡이지 않는 그의 눈에 희미한 빛을 비추었다. 청명한 새벽을 지나 태양이 산봉우리들 위로 화창하게 떠올랐다. 거대한 만은 보트 옆으로 사방에서 눈부시게 반짝이기 시작했다. 이처럼 화려하게 빛나는 무자비한 고독 속에서 정적이 가느다란 검은 실처럼 팽팽히 당겨진 채 그의 눈앞에 나타났다.

눈은 정적을 향한 채 그는 천천히 노 젓는 곳에서 뱃전으로 자리를 옮겼다. 그의 손이 허리를 더듬어 가죽 케이스의 단추를 열고 권총을 꺼내 공이치기를 당기고 그것을 가슴에 겨냥하고 방아쇠를 당기는 동안, 그리고 필사적인 노력으로 아직 연기가 피어오르는 무기를 공중에 내던지는 동안, 그의 눈은 뚫어질 듯이 정적을 바라보고 있었다. 앞으로 쓰러지면서 가슴이 뱃전에 걸리고 오른손 손가락이 가로장 밑에 걸렸을 때도 그의 눈은 그것을 보았다. 그 눈은 보았다.

"끝났어." 그는 갑자기 흘러나온 피 웅덩이 속에서 더듬거리며 말했다. '십장이 어떻게 죽었을지 궁금하군.' 그가 마지막으로 한 생각은 그것이었다. 뻣뻣한 손가락이 풀어졌고, 안토니아 아베야노스의 연인은 정적의 밧줄이 플라시도만의 고독 속에서 딱 소리를 크게 내며 끊어지는 것도 듣지 못한 채 배 밖으로 굴러떨어졌다. 그의 몸이 떨어졌어도 반짝이는 수면은 파문 하나 없이 잔잔했다.

오만한 지성에 대한 응보로 주어진 환멸과 권태의 희생양, 그 재기발랄한 돈 마틴 드쿠는 산토메 은괴의 무게로 흔적도 없이 사라졌고, 방대하고 무관심한 상황에 삼켜지고 말았다. 산토메 광산의 은괴 옆에서 웅크리고 잠을 이루지 못하던 그의 모습은 사라졌다. 지상의 숨겨진 보물 주위를 배회하는 선과 악의 유령들은 인간들이 이 보물을 모두 잊었다고 얼마간 생각했을 것이다. 그런데 며칠 후 또 다른 형체가 석양을 등지고 성큼성큼 걸어와서는 좁고 시커먼 골짜기에 앉아서 꼼짝 않고 밤새껏 깨어 있었다. 석양이 질 무렵 아주 고요하게 작은 배를 타고 영원히 떠나 버린, 잠을 이루지 못하던 남자와 거의 같은 자세로 같은 자리에 앉아서. 그래서 금지된 보물 주위를 배회하는 선악의 유령들은 산토메 은괴에 이제 충실한 종신 노예가 생겼다는 것을 잘 알 수 있었다.

그 멋진 부두 노동자 십장, 대담무쌍한 행동에 대한 보상으로 미몽에서 깨어난 허영심의 희생자, 노스트로모는 쫓기는 추방자처럼 지친 자세로 앉아서 필생의 가장 위험한 순간을 함께했던 동료 드쿠만큼이나 고통스러운 불면의 밤을 보냈다. 그는 드쿠가 어떻게 죽었을지 궁금했다. 그러나 그는 자기가 저지른 일을 잘 알았다. 이 저주받은 보물 때문에 처음에는 한 여자를, 다음에는 한 남자를, 마지막 극한 상황에서 저버린 것이다. 이 보물은 구원받지 못한 영혼과 사라진 목숨으로 그 대가를 치렀다. 두려움으로 멍하니 정지된 그의 마음에 이어 엄청난 자만심이 돌풍처럼 몰아쳤다. 이 세상에 그런 대가를 치를 수 있는 사람은 잔 바티스타 피단차, 부두 노동자 십장, 부패할 수 없는 충실한 노스트로모 말고는 아무도 없었다.

이제 그는 자신이 홍정한 물건을 그 무엇에도 빼앗기지 않겠다고 결심했다. 그 무엇에도. 드쿠는 죽었다. 그러나 어떻게 죽었을까? 드쿠가 죽었다는 것은 추호도 의심할 수 없었다. 그러나 은괴 네 덩어리는……? 왜 가져간 걸까? 그는 더 가지러 돌아올 생각이었을까. 언젠가 나중에?

보물은 그 숨은 위력을 발휘하고 있었다. 그것의 대가를 지불한 남자의 명료한 마음을 혼란스럽게 휘저었다. 드쿠가 죽은 것은 확실했다. '죽었어!', '사라져 버렸어!'라는 속삭임이 온 섬에 울리는 것 같았다. 그런데도 그는 덤불이 사각거리는 소리와 개울 바닥에서 물을 튀기는 발소리를 들으려고 귀를 기울였다. 죽었어! 그 수다쟁이, 도냐 안토니아의 연인이!

"하!" 검푸른 구름 아래에서 해방된 술라코와 잿빛 만 위로 동이 트고 있을 때 고개를 무릎에 파묻은 채 노스트로모가 중얼거렸다. "그는 그 여자에게 날아가겠지. 그 여자에게 날아갈 거야!"

그런데 은괴 네 개는? 복수하려고, 저주하려고 가져간 걸까? 후회와 실패를 예언하고도 아이들을 구하라는 임무를 맡겼던 그 분노한 여자처럼? 그래, 그는 아이들을 구했다. 가난과 굶주림의 저주도 깨뜨렸다. 오로지 혼자서 그 일을 해냈다. 아니 어쩌면 악마의 도움을 받았을지도. 무슨 상관이란 말인가? 그는 배신당했지만 그 일을 해냈고, 동시에 산토메 광산을 구했다. 막대한 부로 빈민의 용기와 노고, 충성심을 지배하고 전쟁과 평화 위에 군림하며, 도시와 바다, 평원의 노동자들에게 큰소리치는 가증스럽고 어마어마한 광산을.

태양이 코르디예라 봉우리 너머 하늘을 환히 비췄다. 카파타스는 은괴의 은닉처를 덮은 푸석푸석한 흙과 돌, 부서진 덤불을 잠시 내려다보았다.

“난 아주 서서히 부자가 되어야 해.” 그는 깊은 생각에 잠겨 중얼거렸다.

11

술라코는 노스트로모의 조심성을 앞질러 빠르게 부유해지고 있었다. 선악의 정령들이 초조해하며 배회하는 땅속의 숨은 보물을 노동자들이 손으로 캐낸 덕분이었다. 제2의 청춘을 맞은 듯, 새 삶을 시작한 듯, 기대와 불안감과 노고에 충만하여 흥분한 세계 곳곳에 자신의 보물을 아낌없이 흩뿌렸다. 물질적 이익이 개발되자 이어서 물질적 변화의 물결이 휩쓸었다. 약간 더 미묘하고 겉으로는 뚜렷이 드러나지 않는 다른 변화가 일꾼들의 마음과 가슴에 영향을 미쳤다. 미첼 선장은 산토메 광산에 투자한 저축으로 여생을 보내기 위해 고국으로 돌아갔다. 모니검 의사는 철회색 머리칼에 표정은 변함이 없었지만 많이 늙었고, 마음속 은밀한 곳에 불법적인 보물 창고처럼 숨기고 있는 헌신이라는 무진장한 보물로 살아가고 있었다.

국립 병원(굴드 광산이 이 병원 유지를 책임지고 있었다.)의 총 감독이자 자치 위생 시설의 관선 고문이고, 산토메 통합 광산(금과 은, 구리, 납, 코발트를 함유한 광산의 영역은 코르디예라산맥의 기슭을 따라 몇 킬로미터나 확장되었다.)의 보건원장인 모니검 의사는 굴드 부부가 유럽과 미국 여행길에 나선 오랜 시간 동안 몹시 빈곤하고 비참하고 굶주린 심정이었다. 굴드 부부의 절친한 벗으로 인정받은 그 미혼남은 친척도 없고 (직업상의 거처를 제외하면) 집도 없었기에 굴드 저택에서 지내 달라는 요청을 받았다. 그 부부가 떠나 있던 열여덟 달 동안 그는 낯익은 방들을 볼 때마다 자신의 충실한 마음을 모두 바친 여자가 떠올라 견딜 수 없는 심정이었다. 우편선 '헤르메스호'(O. S. N. 회사의 훌륭한 선단에 최근 첨가된 배)가 도착할 날이 가까워지자 의사는 더욱 활발하게 다리를 절뚝이며 돌아다녔고, 순전히 초조한 마음에 단순하고 점잖은 사람들을 더욱 냉소적이고 퉁명스럽게 응대했다.

의사는 맹렬하고 의욕적으로 신속히 자신의 수수한 짐을 꾸렸고, 그 트렁크가 굴드 저택 대문의 늙은 문지기를 지나 실려 나가는 것을 즐겁고 흥분된 마음으로 바라보았다. 부부가 도착할 시간이 되자 그는 흰 노새들 뒤에 달린 큰 마차에 혼자 비스듬히 앉아서 감동을 억누르려는 노력 때문에 더 험악해 보이는 긴장한 얼굴로 새 장갑 한 켤레를 왼손에 들고 항구로 달려갔다.

가슴이 터질 듯이 부풀어 올랐기에 헤르메스호의 갑판에

서 굴드 부부를 만났을 때는 그저 가벼운 인사말만을 중얼거릴 수밖에 없었다. 시내로 돌아가는 마차 안에서 세 사람은 모두 말이 없었다. 안뜰에 이르자 의사가 자연스럽게 말했다.

"이제 물러나겠습니다. 쉬셔야죠. 괜찮으시면 내일 방문할까요?"

"점심 식사 하러 오세요, 모니검 선생님. 일찍 오세요." 여행복 차림에 베일을 내린 채 굴드 부인이 계단 밑에서 몸을 돌려 그를 보며 말했다. 계단 꼭대기에서 푸른 옷을 입고 아이를 안은 마돈나 동상이 다정한 연민을 담아 그녀를 환영하는 것 같았다.

"나는 집에 없을 겁니다." 찰스 굴드가 알려 주었다. "아침 일찍 광산에 갈 테니까요."

점심 식사 후 도냐 에밀리아와 의사는 천천히 걸음을 옮기며 안뜰로 이어지는 문을 지났다. 높은 벽과 붉은 타일이 덮이고 경사진 이웃집 지붕들에 둘러싸인 굴드 저택의 넓은 정원이 앞에 펼쳐졌다. 나무들 밑으로 넓게 그늘이 지고 평평한 잔디밭 위로 햇살이 내리쬐었다. 세 줄로 늘어선 오렌지 고목이 정원 전체를 둘러싸고 있었다. 눈처럼 하얀 셔츠와 넉넉한 바지를 입은 맨발의 가무스름한 정원사들이 뿔뿔이 흩어져서 꽃밭 위에 쭈그리고 있거나 나무들 사이를 지나 자갈길 위로 가느다란 고무 튜브를 끌어당겼다. 분출되는 가느다란 물줄기가 우아한 곡선을 이루며 서로 교차하고 햇빛을 받아 반짝이며 덤불 위에 후두두 소리와 함께 떨어졌고 풀밭에 다이아몬드를 쏟아 놓은 듯이 반짝였다.

도냐 에밀리아는 산뜻한 드레스 자락을 들고 모니검 의사 옆에서 걸었다. 그는 긴 검은색 코트를 입고 얼룩 하나 없이 흰 셔츠에 수수한 검은색 나비넥타이를 매고 있었다. 그늘진 관목 아래 작은 탁자들과 버들가지로 엮은 안락의자가 있는 곳에서 굴드 부인은 나지막하고 넓은 의자에 앉았다.

"조금 더 계세요." 부인이 모니검 의사에게 말했다. 그는 뿌리치고 그곳을 떠날 수 없었다. 뾰족한 옷깃 사이에 턱을 파묻은 채 그는 집어삼킬 듯 은밀히 그녀를 바라보았다. 다행히도 그의 눈은 탁한 공깃돌처럼 둥글고 단단해서 감정이 드러나지 않았다. 그 여자의 얼굴에 새겨진 시간의 흔적들, (돈 페페가 오래전에 경탄하며 말했듯이) '절대로 지치지 않는 세뇨라'의 눈과 관자놀이에 역력히 자리한 허약하고 지친 기색을 보자 그는 가슴이 뭉클해지면서 눈물이 날 것 같았다. "조금 더 계세요. 오늘은 약속이 없거든요." 굴드 부인이 부드럽게 권했다. "공식적으로 우린 아직 돌아오지 않은 거예요. 아무도 오지 않을 거예요. 내일에야 카사 굴드의 창문에 불을 밝히고 모임을 가질 거예요."

의사는 의자에 앉았다.

"이브닝 파티를 여십니까?" 그가 초연한 듯이 말했다.

"오고 싶어 하는 친절한 벗들에게 간단히 인사하는 자리예요."

"오늘은 아니고요?"

"네, 찰스는 광산에서 하루를 보내고 나면 피곤할 거예요. 그리고 나는, 사랑하는 이 집에 돌아왔으니 하루 저녁은 남편과 단둘이 있고 싶어요. 이 집은 내 일생을 지켜보았잖아요."

"아, 네!" 의사가 갑자기 큰 소리로 말했다. "여자들은 결혼식 피로연 이후부터 시간을 헤아리죠. 그 이전에도 살아오지 않았나요?"

"그렇지요. 그렇지만 그 시절에 대해서라면 무엇을 기억하겠어요? 걱정거리가 없었는데요."

굴드 부인이 한숨을 쉬었다. 그러고 나서 오랫동안 떨어져 지낸 두 친구가 자기들 생애의 가장 혼란스러운 시절의 얘기로 돌아가듯이 그들은 술라코 혁명에 대해 이야기를 나눴다. 그 혁명에 관련된 사람들이 그 기억과 교훈을 잊어버린 것 같아 굴드 부인은 의아했다.

"하지만," 의사가 갑자기 끼어들었다. "그 혁명에서 자기 나름대로 역할을 한 사람들은 다 보상을 받았어요. 돈 페페는 나이 들어 은퇴했지만 아직 말을 탈 수 있어요. 바리오스는 토노로 저지대 너머에 세운 재단 법인 기관 어딘가에서 흉겨운 무리들과 죽어라고 술을 퍼마시고 있습니다. 그 용감한 로만 신부는 — 그 늙은 신부가 산토메 광산을 단계적으로 폭파하면서 폭탄이 하나씩 터질 때마가 경건한 기도문을 외우고 사이사이 코담배를 한 움큼씩 쥐고 냄새 맡는 장면을 떠올리곤 합니다 — 자기가 살아 있는 동안은 홀로이드의 선교사들이 자기 양 떼에게 끼칠 해악을 걱정하지 않는다고 합니다."

굴드 부인은 산토메 광산이 폭파될 뻔했던 사건에 대한 암시에 약간 몸서리를 쳤다.

"아, 그렇지만, 선생님은요?"

"전 제게 적합한 일을 했을 뿐입니다."

"누구보다도 무서운 위험에 처하셨죠. 죽음보다 더 위험한."

"아닙니다, 굴드 부인! 그래 봐야 죽음이지요. 교수형으로. 그리고 저는 분에 넘치는 보상을 받았어요."

굴드 부인이 자기를 바라보는 것을 알아차리고 그는 눈을 내리깔았다.

"보시다시피 출세했잖아요." 국립 병원 총감독은 최고급제 검은 코트 깃을 살짝 들어 올리며 말했다. 의사의 자긍심은 내적으로는 베론 신부가 꿈에 거의 보이지 않는다는 사실에서 뚜렷해졌는데, 겉으로는 예전의 무심함과 달리 외모에 지나치게 관심을 기울이는 듯한 기색에서 확연히 드러났다. 모양과 색깔은 엄격히 제한하면서도 늘 새 옷으로 바꿔 입었기 때문에 모니검 의사는 전문인에 어울리면서도 축제의 분위기를 자아냈다. 반면에 그의 걸음걸이와 변함없이 괴팍한 표정은 그 분위기와 놀라운 부조화를 이루었다.

"그렇습니다," 그가 말을 이었다. "우리 모두 보상을 받았어요. 수석 기술자, 미첼 선장……."

"미첼 선장을 만났어요." 굴드 부인이 매력적인 목소리로 끼어들었다. "그 노인은 런던 호텔에 머물던 우리를 만나려고 시골에서 일부러 올라오셨어요. 아주 품위 있게 처신하셨지만, 술라코를 떠나온 것을 아쉬워하시는 것 같았어요. 그분이 '역사적 사건'에 대해 기운 없이 이런저런 말씀을 하시는데 눈물이 날 것 같았어요."

"흠," 의사가 끙 소리를 냈다. "나이가 드시는 모양입니다. 노스트로보도 나이 들고 있어요…… 달라지지는 않았지만. 그런데 그 친구 말이 나온 김에 드릴 말씀이 있습니다."

한동안 집 안에서 웅성거리고 술렁이는 소리가 들렸다. 정원 아치 옆에서 장미 나무를 분주히 다듬던 정원사 두 명이 갑자기 외삼촌과 함께 걸어 들어온 안토니아 아베야노스가 지나가자 무릎을 꿇고 고개를 숙여 절했다.

선교 협회의 초청을 받아 로마에 잠시 다녀온 후 추기경으로 서임되어 붉은 모자를 쓴 코벨랑 신부, 인디언들의 선교사이자 음모자이고 산적 에르난데스의 벗이자 후원자인 신부는 억센 손을 뒷짐 지고 고개를 숙인 채 수척한 모습으로 큰 걸음을 천천히 옮기며 다가왔다. 술라코의 초대 추기경은 산적들의 군목답게 광신적이고 무뚝뚝한 분위기를 간직하고 있었다. 그가 뜻밖에도 추기경에 추대된 것은 홀로이드의 선교단이 조직한 프로테스탄트가 술라코에 침입하는 것을 막기 위해서라고 알려져 있다. 아름다운 얼굴이 약간 시들고 몸매가 조금 풍만해진 안토니아가 멀리서 굴드 부인에게 미소를 보내며 가벼운 걸음으로 다가왔다. 그녀는 오후 낮잠 시간이 되기 전에 잠시 격식을 차리지 않고 사랑하는 에밀리아를 보기 위해 삼촌과 함께 들른 것이다.

모두들 자리에 앉자 굴드 부인에게 친밀하게 접근하는 사람을 모두 진심으로 싫어했던 모니검 의사는 옆으로 물러나 깊은 생각에 잠긴 척했다. 안토니아의 큰 목소리에 그가 고개를 들었다.

"몇 년 전만 해도 우리의 동포였고 지금도 우리의 동포인 사람들이 압제에 신음하고 있는데 우리가 어떻게 그들을 내버릴 수 있어요?" 아베야노스 양이 말했다. "우리의 형제들이 잔인한 고통을 당하고 있는데 우리가 어떻게 눈감고 귀먹은 채 동정심도 느끼지 않을 수 있어요? 해결책이 있어요."

"안정과 번영을 누리는 술라코에 코스타구아나의 여타 지역을 합치자는 것이겠지요." 의사가 딱딱하게 말했다. "다른 해결책은 없으니."

"전 믿어요, 선생님," 안토니아가 더없이 진지하고 차분하며 불굴의 결의가 담긴 목소리로 말했다. "가엾은 마틴은 처음부터 그럴 의도였다고요."

"그렇소. 하지만 물질적 이익은 한낱 동정심이나 정의감 때문에 그 발전을 위태롭게 내버려 두진 않을 거요." 의사가 심술궂게 말했다. "그것이 오히려 다행일 수 있지."

추기경이 몹시 여위어 뼈가 앙상한 몸을 쭉 폈다.

"우리는 외국인들의 물질적 이익을 위해 일해 왔고, 이익을 창출했소." 코벨랑 가문의 마지막 후손이 비난하는 어조로 나지막하게 말했다.

"그런데 외국인들이 없다면 우리는 아무것도 아닙니다." 의사가 꽤 떨어진 곳에서 소리쳤다. "그들은 마음대로 하라고 내버려 두지 않을 겁니다."

"그렇다면 열망이 억눌린 민중이 들고일어나서 자기들 몫의 부와 권력을 주장하는 일이 없도록 그들에게 경고하시오." 술라코의 인기 있는 추기경이 위협하듯이 의미심장하게 선언했다.

침묵이 이어지는 동안 추기경은 이마를 찌푸리며 땅을 내려다보았고, 꼿꼿한 자세로 우아하게 앉은 안토니아는 자신의 강렬한 확신을 조곤조곤 속삭였다. 그러고 나서 사교적인 대화로 나아가 굴드 부부의 유럽 방문을 화제에 올렸다. 추기경은 로마에 있는 내내 신경성 두통에 시달렸다고 말했다. 기후와 나쁜 공기 때문이었다.

하인들이 다시 무릎 꿇어 인사하고 헨리 굴드를 잘 알던 늙은 문지기가 이제는 거의 실명한 노쇠한 몸으로 기어 나와 추기경이 내민 손에 입을 맞춘 후 그 삼촌과 질녀가 돌아가자 그 뒷모습을 바라보던 모니검 의사가 한 마디 던졌다.

"구제 불능이군."

굴드 부인은 고개를 들고 금과 보석이 반짝이는 반지를 낀 흰 손을 지친 듯이 무릎에 올려놓았다.

"공모하고 있는 겁니다. 그래요!" 의사가 말했다. "아베야노스가의 마지막 후예와 코벨랑가의 마지막 후예가 혁명이 날 때마다 이리 몰려드는 산타마르타의 피난민들과 공모를 하고 있어요. 광장 구석의 람브로소 카페에는 그런 사람들이 득실거립니다. 건너편 거리에서도 앵무새처럼 시끄럽게 떠들어 대는 그들의 목소리를 들을 수 있어요. 그들은 코스타구아나 침략을 공모하고 있어요. 그런데 그들에게 필요한 힘과 세력을 어디서 얻는지 아십니까? 이주자들과 원주민들의 비밀 단체에서 힘을 얻는데, 그곳의 거물이 노스트로모 — 피단차 선장이라고 불러야겠지요 — 라는군요. 그가 그 지위를 어떻게 얻었을까요? 누가 알겠습니까? 천부적 재능일까요? 그는 재주가 있어요. 대중은 그를 예전보다 더 위대한 인물로 숭상합니다. 그에게는 뭔가 비밀스러운 힘이 있는 것 같아요. 자신의 영향력을 키워 가는 신비스러운 수단이랄까. 부인과 내가 기억하는 그 옛날에 그랬듯이 그는 추기경과 협의를 합니다. 바리오스는 쓸모없어졌지만 군의 수장으로 그 경건한 에르난데스가 있죠. 그들은 민중의 풍요라는 새로운 구호로 온 나라를 들썩일 겁니다."

"평화는 결코 오지 않는 걸까요? 평안함은 절대로 깃들지 않을까요?" 굴드 부인이 속삭였다. "내 생각은 우리가……."

"그렇습니다!" 의사가 부인의 말을 가로막았다. "물질적 이익의 발달에는 평화와 평안이 없습니다. 물질적 이익에 그 나름의 법과 정의가 있기는 하지요. 하지만 그것은 편의에 기초한 것이라 비인간적입니다. 거기에는 도덕적 원칙에서만 찾아볼 수 있는 올곧음이 없고, 영속성과 힘도 없습니다. 굴드 부인, 굴드 광산이 상징하는 모든 것이 수년 전의 야만성과 잔인함, 무질서처럼 사람들을 무겁게 짓누를 때가 다가오고 있습니다."

"어떻게 그런 말씀을 할 수 있으세요, 모니검 선생님?" 그녀는 영혼의 가장 민감한 곳을 찔린 듯이 소리쳤다.

"진실을 말씀드리는 겁니다." 의사가 완고하게 말했다. "굴드 광산이 사람들을 무겁게 짓누르고, 분노와 유혈 사태와 보복을 일으킬 겁니다. 사람들이 달라졌기 때문이지요. 경영주를 구하려고 광부들이 지금도 시내로 진군해 올 거라고 생각하세요? 그렇게 생각하십니까?"

그녀는 마주 잡은 손등으로 눈을 눌렀고 절망적으로 중얼거렸다.

"그렇다면 이런 것을 위해 우리가 지금껏 노력해 왔다는 건가요?"

의사는 고개를 숙였다. 그는 말없이 이어지는 부인의 생각을 이해할 수 있었다. 바로 이런 것을 위해서 그녀의 인생은, 육신이 숨쉬기 위해 공기가 있어야 하듯이 그녀의 다정다감한 본성에 꼭 필요한 일상적 애정의 친밀한 행복을 빼앗긴 것인가? 의사는 찰스 굴드의 몰이해에 분노를 느끼며 서둘러 화제를 바꿨다.

"부인께 노스트로모에 대해 말씀드리려 했죠. 아! 그 친구에겐 끈질긴 힘이 있어요. 그 무엇으로도 그를 막을 수 없을 겁니다. 그렇지만 그건 신경 쓰지 마세요. 뭔가 설명할 수 없는 일이 일어나고 있어요. 아니, 설명하기 너무 쉬운지도 모르지요. 아시다시피 린다가 큰이사벨섬의 실제 등대지기가 되었어요. 가리발디노는 이제 너무 늙었거든요. 그는 램프를 깨끗이 닦고 집 안에서 요리를 합니다. 계단은 오르내리지 못하거든요. 검은 눈의 린다는 낮에 자고 밤새 등대를 지킵니다. 낮에도 내리 자는 것은 아니지요. 저녁 5시경에 일어나는데, 그때 노스트로모가 자기 스쿠너로 항구에 돌아와 있으면 언제나 작은 보트를 저어 그 섬으로 사랑하는 사람을 만나러 갑니다."

"아직 결혼하지 않았나요?" 굴드 부인이 물었다. "내가 알기로는 린다가 어렸을 때부터 그 애 어머니가 둘이 결혼하기를 바랐어요. 분립 전쟁 동안 일 년 남짓 그 아이들을 데리고 있을 때도, 보통내기가 아닌 린다는 잔 바티스타의 아내가 될 거라고 똑부러지게 말하곤 했어요."

"아직 결혼하지 않았습니다." 의사가 무뚝뚝하게 말했다. "그들을 조금 보살펴 주었지요."

"고마워요, 모니검 선생님." 굴드 부인이 말했다. 큰 나무 그늘 아래 앉은 그녀가 부드럽게 짓궂은 장난기를 드러내듯 발랄한 미소를 짓자 작고 고른 이가 반짝였다. "사람들은 선생님이 실은 얼마나 좋은 분인지를 몰라요. 오래전에 선생님의 선량한 마음을 믿었던 나를 일부러 애태우려는 듯이 사람들에게 안 알려 주시니까요."

의사는 한 입 깨물고 싶은 듯이 윗입술을 올리며 뻣뻣한 자세로 고개 숙여 절했다. 사랑이 더없이 찬란한 환상이 아니라 마음을 깨우치는 한없이 소중한 불행으로 뒤늦게 찾아든 이 남자는 그 사랑에 완전히 몰입했으므로 (열여덟 달 동안 보지 못한) 이 여자를 보자 그녀의 옷자락에 입을 맞추며 경배하고 싶은 심정이었다. 이 넘치는 감정은 당연히 더욱 딱딱한 말투로 표현되었다.

"너무 많은 감사에 압도될까 봐 겁납니다. 그런데 저는 그 가족에게 관심이 있거든요. 조르조 영감을 살펴보러 큰이사벨섬의 등대에 몇 번 갔습니다."

그녀가 떠나 있는 동안 그는 그곳에서 은인인 영국인 부인에 대한 조르조 영감의 꾸밈없는 찬사와, 검은 눈의 린다가 '우리의 도냐 에밀리아, 천사 같은 분'에 대해 수다스럽게 폭포처럼 쏟아 내는 애정의 표현, 목이 흰 금발의 지젤이 숭배하듯 올려다보는 눈길에서 기분 좋은 위안을 얻었기 때문에 큰이사벨섬에 갔다는 말은 하지 않았다. 지젤은 그러다가 시선을 돌려 간교하기도 하고 순진하기도 한 눈으로 그를 곁눈질했다. 그 눈빛을 보며 그는 속으로 이렇게 중얼거렸다. '내가 이렇게 늙고 못나지 않았으면 저 교활한 말괄량이가 내게 추파를 던지고 있다고 생각할 거야. 그런지도 모르지. 저 애는 누구에게나 추파를 던질지도 몰라.' 모니검 의사는 비올라 가족에게 하느님의 축복이나 다름없는 굴드 부인에게는 이런 말을 일절 내비치지 않았고 이른바 '우리의 위대한 노스트로모'에 대한 이야기로 돌아갔다.

"제가 말씀드리려던 것은 이겁니다. 우리의 위대한 노스트로모는 몇 년간 그 노인과 아이들을 별로 각별하게 살피지 않았어요. 사실 그는 열두 달 중 열 달은 연안을 항해하며 떠나 있었죠. 미첼 선장에게 말했듯이 그는 돈을 잘 벌고 있답니다. 대단히 성공한 것 같아요. 그럴 만도 하죠. 그는 재주가 많은 데다 자신감도 넘쳐서 어떤 기회든 잡고 어떤 위험도 마다하지 않거든요. 어느 날엔가 제가 미첼의 사무실에 갔을 때 노스트로모가 들어오더군요. 요즘은 어디서나 그렇듯이 차분하고 근엄한 분위기를 풍기면서요. 그는 캘리포니아만에서 교역을 하느라 떠나 있었다고 우리들 머리 너머의 벽을 응시하며 말했습니다. 돌아와 보니 큰이사벨섬의 절벽에 등대를 세우고 있어서 기쁘다고요. 아주 기쁘다고 거듭 말하더군요. 미첼이 자신의 조언에 따라 O. S. N. 회사가 우편선의 편의를 위해 등대를 짓고 있다고 설명했죠. 피단차 선장은 아주 훌륭한 조언이었다고 말하더군요. 그가 콧수염을 비틀어 올리며 방 안의 배내기 장식을 쭉 돌아보다가 조르조 영감을 그곳의 등대지기로 삼으면 어떠냐고 제안했던 게 기억납니다."

"그 이야기 들었어요. 그때 내게 조언을 구하더군요." 굴드 부인이 말했다. "아가씨들이 감옥에 갇히듯이 섬에 갇혀 지내는 것이 괜찮을지 걱정됐어요."

"그 제안은 늙은 가리발디노의 변덕스러운 성품에 잘 맞았습니다. 린다는 노스트로모의 제안이라면 어디든지 아름답고 즐거운 곳으로 생각했고요. 그곳이든 다른 어디든 잔 바티스타가 마음 내켜 찾아오기를 기다릴 수 있다고요. 린다는 그 근엄하고 부패할 수 없는 십장을 언제나 사랑해 온 것 같습니다. 게다가 린다와 그 부친은 라미레스라는 남자가 지젤에게 관심을 쏟지 못하도록 떼어 내고 싶어 했어요."

"아!" 굴드 부인이 관심을 느끼며 말했다. "라미레스라고요? 어떤 사람인가요?"

"시내에서 일하는 노동자입니다. 아버지는 부두 노동자였고요. 넝마를 걸치고 부두를 돌아다니던 홀쭉한 소년이었는데 노스트로모가 고용해서 번듯한 남자로 만들었지요. 그가 조금 더 나이를 먹자 노스트로모는 그를 거룻배에서 일하게 했고 오래지 않아 3호 거룻배를 맡겼어요. 은을 싣고 나갔던 바로 그 배죠, 굴드 부인. 노스트로모가 그 일에 그 배를 골랐던 건 그 회사 선박 중에서 가장 빠르고 가장 튼튼한 배였기 때문이에요. 라미레스 청년은 그 유명한 날 밤에 은괴를 세관에서 옮긴 부두 노동자 다섯 명 중 하나였고요. 자기가 책임진 거룻배가 침몰되는 바람에 노스트로모는 선박 회사를 그만두면서 자기 후임으로 그를 미첼 선장에게 추천했어요. 노스트로모는 일상적인 작업을 완벽하게 해내도록 그를 훈련했고, 그렇게 되어 라미레스는 굶주리던 부랑아에서 버젓한 술라코 부두 노동자 십장이 된 겁니다."

"노스트로모 덕분이군요." 굴드 부인이 다정하게 칭찬하듯 말했다.

"노스트로모 덕분이죠." 모니검 의사가 되풀이했다. "정말로 그 친구의 영향력을 생각해 보면 오싹합니다. 가엾게도 늙은 미첼은 그 일에 잘 훈련된 사람을 쓰게 되어 매우 기뻐했지요. 자신의 노고를 덜 수 있었으니까요. 놀라운 것은 술라코의 부두 노동자들이 오로지 노스트로모의 뜻이었기 때문에 라미레스를 대장으로 받아들였다는 사실입니다. 물론 라미레스는 제2의 노스트로모가 아니에요. 본인은 어리석게도 그렇게 생각합니다만. 그렇더라도 그 지위는 대단한 것이죠. 그 덕분에 대담해진 그가 아시다시피 장안의 미인으로 소문난 지젤 비올라에게 사랑을 고백하게 됐으니까요. 하지만 가리발디노 영감은 그를 몹시 싫어합니다. 이유는 모르겠어요. 아마도 잔 바티스타처럼 '민중'의 용기와 충직함과 명예를 구현한 완벽함의 화신이 아니기 때문이겠지요. 비올라 씨는 술라코 원주민을 대단치 않게 생각합니다. 그래서 그 늙은 스파르타인은 키 크고 흰 얼굴에 입술이 붉고 눈이 새까만 린다와 함께 금발 미인을 다소 사납게 감시하고 있어요. 라미레스에게 경고를 하고 쫓아내기도 했지요. 한번은 비올라 영감이 총을 들고 그를 위협도 했다고 합니다."

"그런데 지젤 본인은 어떤가요?" 굴드 부인이 물었다.

"그 아가씨는 좀 바람둥이 기질이 있어요." 의사가 말했다. "이러나저러나 별로 신경을 쓰지 않을 겁니다. 물론 남자들의 관심을 받는 건 좋아하죠. 라미레스 하나만이 아니었어요, 굴드 부인. 철도 회사 기술자 한 명도 똑같이 총으로 위협받았거든요. 비올라 영감은 자기 명예가 조금이라도 농락당하는 것을 절대 용납하지 않습니다. 아내가 죽은 후 불안감을 많이 느끼고 의심이 늘었어요. 그래서 막내딸을 시내에서 멀리 떨어진 곳으로 데려가게 되자 좋아했어요. 그런데 이런 일이 일어난 겁니다, 굴드 부인. 사랑에 번민하던 그 정직한 젊은이 라미레스는 그 섬에 출입이 금지되었는데, 그 금지령을 존중하기는 하지만 당연히 큰이사벨섬으로 눈길을 자주 돌리게 되었겠지요. 밤마다 등대 불빛을 바라보는 습관이 들었던 것 같아요. 이렇게 한밤중에 감상에 젖어 지켜보다가 노스트로모, 피단차 선장이 비올라의 집에 갔다가 아주 늦은 시간에 돌아오는 것을 알게 되었답니다. 때로는 아주 늦게, 한밤중에."

의사는 말을 멈추고 의미심장한 눈으로 굴드 부인을 보았다.

"네. 그런데 이해되지 않는군요." 그녀가 어리둥절한 표정으로 말했다.

"바로 이 부분이 수상한 점입니다." 모니검 의사가 말을 이었다. "섬에서 왕처럼 군림하는 비올라 영감은 해가 진 후에는 누구도 들이지 않을 겁니다. 일몰 후에 린다가 등대를 살피러 올라가면 피단차 선장도 섬을 떠나야 합니다. 노스트로모는 고분고분하게 섬을 나섭니다. 그건 잘 알려져 있어요. 그런데 그 후에 무슨 일이 있는 걸까요? 6시 30분부터 한밤중까지 만에서 무엇을 할까요? 그 늦은 시간에 조용히 노를 저어 항구에 들어오는 그를 목격한 것이 한두 번이 아니거든요. 라미레스는 질투에 빠져 제정신이 아닙니다. 비올라 영감에게는 감히 접근하지 못하지만 어느 일요일 아침에 린다가 미사를 드리고 어머니의 묘소에 가려고 뭍에 나왔을 때 용기를 내서 그에 대해 악담을 퍼부었어요. 부두에서 한바탕 소동이 일어났는데 실은 제가 그 광경을 목격했습니다. 이른 아침이었죠. 라미레스는 일부러 린다를 기다렸을 겁니다. 저는 항구에 정박한 독일 포함의 의사가 긴급히 상의할 일이 있다고 해서 우연히 거기에 갔었죠. 린다는 불같은 성미로 라미레스에게 분노와 경멸을 쏟아 냈고, 그는 정신이 나간 것 같더군요. 참 희한한 광경이었어요. 긴 방파제의 한쪽 끝에 진홍색 허리띠를 두르고 미친 듯 헛소리를 하는 부두 노동자와 까만색으로 휘감은 아가씨가 서 있었죠. 고요한 일요일 새벽에 산 그림자에 뒤덮인 항구에는 정박한 선박 사이를 오가는 카누 한두 척과 저를 데리러 온 독일 포함의 소형 보트 외엔 아무것도 없었어요. 린다는 무척 놀란 얼굴이더군요. 처음 듣는 얘기였던 겁니다. 제가 한 발짝도 떨어지지 않은 곳에서 린다의 성난 눈을 보고 '린다!' 하고 불렀는데 듣지도 못했어요. 저를 보지도 못했고요. 그런데 저는 린다의 얼굴을 똑똑히 보았습니다. 분노와 참담함으로 무섭게 일그러져 있었지요."

굴드 부인이 눈을 크게 뜨고 똑바로 앉았다.

"무슨 말씀이신가요, 모니검 선생님? 어린 여동생을 의심하신다는 뜻인가요?"

"누가 알겠습니까?" 의사가 코스타구아나 원주민처럼 어깨를 으쓱하며 말했다. "부두에서 라미레스가 제게 다가왔습니다. 두 손으로 머리를 움켜잡고 휘청휘청 걸음을 옮기는데 꼭 미친 사람 같더군요. 그는 누군가에게 속마음을 털어놔야 했던 겁니다. 말이라도 해야 했던 거죠. 눈에 광기가 돌기는 했지만 저를 알아보더군요. 여기 사람들은 저를 잘 압니다. 제가 그들 사이에서 오래 살았으니까요. 육신의 질병은 다 고칠 수 있지만 한 번 쳐다보기만 해도 불운을 가져올 사악한 눈을 가진 의사라고 하죠. 그가 다가오더니, 차분해지려고 애를 쓰더군요. 다만 노스트로모에 대해 경고해 주려는 것뿐이었다고 애써 설명했고요. 피단차 선장이 어떤 비밀 모임에서 저를 가난한 사람들, 민중 최악의 적이라고 비난했던 모양입니다. 그랬을 가능성이 많아요. 그는 제게 영광스럽게도 끝없는 혐오를 보내거든요. 그 위대한 피단차가 한마디만 하면 어느 바보가 내 등짝에 칼을 찔러 넣고도 남을 겁니다. 제가 관장하는 공중 보건 위원회는 사람들에게 인기가 없습니다. '그를 조심하세요, 의사 선생님. 그를 죽여 버리세요, 의사 선생님.' 라미레스가 제 얼굴에 대고 식식거리며 말했어요. 그러더니 갑자기 소리를 질렀어요. '그 인간이 두 아가씨를 다 홀렸어요.' 침을 튀기며 이렇게 말하더군요. 자기는 너무 말을 많이 해서 이제 도망가야 한다고, 도망가서 어디 숨어야 한다고요. 아가씨에 대해 신음하듯 다정한 감탄사를 연발하더니 그러고는 다시 입에 담을 수 없는 욕설을 퍼부었어요. 어떻게 해서든 그녀가 자기를 사랑하게 만들 수만 있다면 그녀를 섬 밖으로 멀리, 숲으로 데려가겠다는 거예요. 하지만 다 소용없다고요……. 그는 두 팔을 머리 위로 올려 마구 휘두르며 걸어갔어요. 그때 저는 부둣가에서 상자 더미 뒤에 앉아 낚시질을 하던 늙은 흑인을 보았어요. 그는 즉시 낚싯줄을 감더니 살금살금 가 버렸어요. 그런데 그가 뭔가 얘기를 엿듣고 또 말을 퍼뜨린 게 분명합니다. 가리발디노 영감의 철도원 친구들이 그에게 라미레스에 대해 경고한 걸 보면요. 어떻든 그 아버지는 조심하라는 경고를 받았죠. 라미레스는 시내에서 모습을 감췄습니다."

"저는 그 아가씨들에 대한 의무가 있어요." 굴드 부인이 불안하게 말했다. "지금 노스트로모는 술라코에 있나요?"

"지난 일요일부터 있습니다."

"그와 얘기해야겠어요. 당장."

"누가 감히 그에게 말하겠습니까? 사랑에 미친 라미레스조차 피단차 선장의 그림자만 보여도 달아나는데."

"전 할 수 있어요. 하겠어요." 굴드 부인이 단언했다. "노스트로모 같은 사람에게는 한마디만 해도 충분할 거예요."

의사가 부루퉁한 얼굴로 미소를 지었다.

"그는 이런 상황을 끝내야 해요. 지젤이 그렇다는 것은 믿을 수 없군요."

"그는 아주 매력적인 사내입니다." 의사가 우울하게 말했다.

"그가 이 문제를 처리할 거라고 믿어요. 린다와 당장 결혼해서 이런 일을 끝내야 해요." 술라코의 퍼스트레이디가 단호하게 말했다.

정원 문으로 바실리오가 들어왔다. 통통한 몸에 말쑥하게 차려입은 그는 나이 든 얼굴에 수염은 없고 눈가에 주름이 잡혔으며 새까맣고 빳빳한 머리칼이 기름칠로 매끄럽게 붙어 있었다. 관상용 관목 뒤에서 신중하게 고개를 숙인 그는 목말을 태워 데려온 어린애를 조심스럽게 내려놓았다. 그와 레오나르다의 막내였다. 입술을 뾰로통하게 내밀던 버릇없는 하녀와 카사 굴드의 수석 하인이 결혼한 지 몇 년이 되었다.

그는 한참 쭈그리고 앉아서 아이를 사랑스럽게 쳐다보았고, 아이는 태연한 눈길로 엄숙하게 아버지의 시선을 되받다가 존엄하고 당당하게 걸음을 옮겼다.

"무슨 일이에요, 바실리오?" 굴드 부인이 물었다.

"광산 사무실에서 전화가 왔습니다. 주인님께서 오늘 밤은 산에서 주무신다고 합니다."

모니검 의사가 일어서서 시선을 돌렸다. 카사 굴드의 아름다운 정원에서 가장 큰 나무 그늘에 얼마간 깊은 침묵이 깃들었다.

"알았어요, 바실리오." 굴드 부인이 말했다. 부인은 바실리오가 정원 길을 따라가다가 꽃이 핀 덤불 뒤로 들어가서는 아이를 어깨에 태우고 다시 나타나는 것을 바라보았다. 그는 어깨에 올린 가벼운 짐을 조심하면서 규칙적인 걸음으로 정원과 안뜰 사이의 문을 지났다.

의사는 굴드 부인을 등지고 선 채 멀리 햇볕이 내리쬐는 꽃밭을 바라보았다. 사람들은 그가 멸시를 일삼는 심술궂은 사람이라고 생각했다. 사실 그의 본성 안에는 열정을 품을 수 있는 넓은 마음과 소심한 기질이 있었다. 그에게 부족한 것은 세상살이에 능란한 사람들의 세련된 무감각이었다. 그런 무감각에서 자신과 남들을 편안히 받아들이는 아량이 생겨나는데, 그 아량이란 진정한 공감이나 인간적 연민과는 양극처럼 동떨어진 것이다. 이 무감각이 부족하기 때문에 그는 냉소적인 성향을 띠고 신랄한 말을 일삼았던 것이다.

깊은 침묵 속에서 화려한 꽃밭을 사납게 쏘아보며 모니검 의사는 마음속으로 찰스 굴드에게 욕을 퍼부었다. 그의 뒤에서 움직이지 않는 굴드 부인의 정지된 자세는 의자에 앉은 우아한 자태에 예술적 매력을 더해 주었다. 영원히 포착되고 이해된 우아한 자세였다. 의사는 갑자기 몸을 돌려 작별 인사를 했다.

굴드 부인은 빙 돌아 가며 심어진 거목의 그늘에서 몸을 뒤로 기댔다. 등을 기댄 채 눈을 감고 흰 손을 의자 팔걸이에 한가롭게 올려놓았다. 울창한 나뭇잎 아래의 어슴푸레한 빛이 그녀의 얼굴에서 젊은 시절의 아름다움을 되살려 냈고, 산뜻한 드레스의 얇은 옷감과 하얀 레이스를 빛나게 했다. 나뭇가지가 뒤얽힌 짙은 그늘 속에서 스스로 빛을 발산하는 듯한 작고 섬세하며 우아한 그녀는 착한 요정처럼 보였다. 평생 선행을 베푸느라 지치고, 자신의 노력이 쓸모없고 자신의 마술이 무력할지 모른다는 의혹에 풀이 죽은 요정이었다.

남편은 광산에 있고 텅 빈 집처럼 길로 난 문이 굳게 닫힌 카사 굴드의 정원에서 홀로 무슨 생각을 하느냐고 누군가 물었다면, 솔직한 그녀는 그 질문을 얼버무려 넘겼을 것이다. 풍부하고 충만한 인생을 살려면, 지나가는 현재의 순간순간에 과거와 미래에 대한 배려가 있어야 한다고 생각했다. 우리가 하는 일상적인 일들은 죽은 자들에게 영광이, 앞으로 태어날 자들에게 도움이 되어야 한다. 이런 생각을 하면서 그녀는 눈도 뜨지 않고 움직이지도 않은 채 한숨을 쉬었다. 머리 위를 휩쓸고 지나가는 외로움의 큰 파도를 움찔하지 않고 받아들이려는 듯 부인의 얼굴은 일순간 단단히 굳었다. 그녀가 무슨 생각을 하는지 근심스럽게 물어볼 사람이 없을 거라는 생각도 들었다. 아무도 없을 것이다. 아마 조금 전에 떠난 남자를 제외하면 아무도. 아니, 이상적인 완벽한 신뢰를 느끼며 마음 편하게 거짓 없이 대답할 수 있는 상대는 없었다.

'구제 불능'이라는 — 조금 전 모니검 의사가 사용한 — 단어가 고요히 슬픔에 잠겨 꼼짝 않고 있는 그녀의 마음에 떠올랐다. 그 위대한 은광에 대한 헌신에 있어서 구제 불능인 사람은 바로 그 경영주였다! 질서와 정의의 승리를 위해 철석같이 믿은 물질적 이익에 굳은 결의로 맹렬히 봉사해 왔다는 점에서 그는 구제 불능인 사람이었다. 가엾은 남자! 그녀는 남편의 관자놀이에 난 희끗희끗한 머리털을 생생히 떠올렸다. 그는 완벽했고, 더할 나위 없이 완벽했다. 그녀가 그 이상 무엇을 바랄 수 있었을까? 그는 어마어마하고 지속적인 성공을 이루었다. 사랑은 일순간의 망각이자 짧은 도취에 불과했다. 그 기쁨을 돌이켜 보면 마치 깊은 슬픔을 겪은 듯이 비애감이 느껴진다. 성공적인 행위에는 이념의 도덕적 타락을 낳는 무언가가 필연적으로 내재되어 있다. 그녀는 산토메 광산이 평원 지대를 넘어 온 나라를 뒤덮고 위협하며, 공포와 증오의 대상으로서 엄청난 부를 누리고, 어떤 폭군보다도 무정하며, 최악의 정부보다도 잔인하고 독재적이며, 그 위대함을 확장하는 과정에서 무수한 생명을 짓밟는 광경을 그려 보았다. 남편은 그것을 보지 않았다. 그는 볼 수 없었다. 그것은 그의 잘못이 아니었다. 그는 완벽했고, 더없이 완벽했다. 그러나 그녀는 남편을 결코 차지할 수 없을 것이다. 결코. 그녀가 너무나 사랑하는 이 스페인풍의 고택에서 단 한 시간도 온전히 독차지할 수 없을 것이다. 코벨랑가의 마지막 후예와 아베야노스가의 마지막 후예는 구제 불능의 인간이라고 모니검 의사가 말했다. 그러나 그녀는 산토메 광산이 코스타구아나 굴드가의 마지막 후예를 사로잡아 소진하고 태워 버리는 것을 생생히 보았다. 광산은 아버지의 가엾은 약점을 지배했듯이 아들의 활력적 정신을 지배했다. 굴드가의 마지막 후예에게 그것은 무서운 성공이었다. 마지막이라! 그녀는 아주 오랫동안 바라 왔다. 어쩌면…… 그러나 아니! 굴드가는 더 이상 이어지지 않을 것이다. 한없는 고적감, 앞으로 지속될 자신의 삶에 대한 두려움이 술라코의 퍼스트레이디를 엄습했다. 어떤 예언적 환영처럼 인생과 사랑과 일에 대한 젊은 시절의 이상이 타락한 후 홀로 살아남아, 세상의 보물 창고에 홀로 남은 자신의 모습이 눈앞에 떠올랐다. 눈을 감은 그녀의 얼굴에 고통스러운 악몽을 꾸듯이 깊이 괴로워하는 표정이 무의식적으로 새겨졌다. 가만히 누워 잠을 자면서 무자비한 악몽에 시달리는 불운한 사람처럼 불분명한 목소리로 그녀는 무심코 중얼거렸다.

"물질적 이익이라!"

12

노스트로모는 서서히 부자가 되고 있었다. 신중하게 처신한 결과였다. 그는 평정을 잃었을 때도 자신을 제어할 수 있었다. 완전한 자의식을 갖고 보물의 노예가 되는 것은 지극히 드물고 정신적으로 혼란스러운 일이다. 대개는 보물을 쉽게 쓸 수 있는 형태로 바꾸는 것이 어렵기 때문이기도 했다. 보물을 조금씩 서서히 섬에서 꺼내 오는 일만 해도 즉시 발각될 위험과 난관에 둘러싸여 있었다. 그는 자신의 재원으로 남들에게 알려진 연안 항해에 나서는 사이에 몰래 큰이사벨섬을 찾아가야 했다. 선장을 무서워하는 자기 배의 선원들도 자신을 감시하는 스파이인 것 같아 두려웠다. 항구에 너무 오래 머물 엄두도 내지 못했다. 그는 연안 무역선에서 짐을 내리자마자 서둘러 다른 항해길에 나섰다. 하루만 지체되어도 의심을 살까 봐 두려웠던 것이다. 어느 때는 일주일이나 그 이상 머무는 동안에도 보물을 찾으러는 한 번밖에 가지 못했다. 그게 다였다. 은괴 두 개. 그는 신중해야 했고 두려움을 감당해야 했다. 무언가를 몰래 한다는 것이 수치스러웠다. 공포와 고통을 일으키는 환영에 마음이 쏠리듯이 자신의 생각이 보물에 고착되어 있는 것이 가장 괴로웠다. 더럽혀지지 않은 자신의 명성이 이처럼 또렷이 죽고 사는 문제로 보인 적도 없었다.

어떤 범법 행위나 범죄가 인간의 삶에 끼어들면 그것은 악성 종양처럼 그 존재를 갉아먹고 열병처럼 소진시킨다. 노스트로모는 마음의 평화를 잃었다. 그의 진정한 자질은 모두 파괴되었다. 스스로도 그것을 느꼈고, 가끔은 산토메 광산을 저주하기도 했다. 용기와 당당함, 여가와 노동, 이 모든 것이 예전과 같았지만, 다만 전부 다 겉으로만 그럴듯한 가짜였다. 하지만 보물은 진짜였다. 그는 더 집요한 마음의 손으로 보물을 움켜잡았다. 하지만 은괴의 감촉은 몹시 싫었다. 한밤중에 몰래 큰이사벨섬을 찾아간 성과로 은괴 두 개를 자기 선실에 숨기고 난 후에는 그것들이 자기 살갗에 아무 흔적도 남기지 않은 것이 놀라운 듯 손가락을 뚫어지게 바라보기도 했다.

그는 멀리 떨어진 항구에서 은괴를 처분할 방법을 알아냈다. 술라코를 떠나 멀리 가야 했기 때문에 그의 연안 항해는 길어졌고 비올라 가족을 찾아가는 일도 드물어졌다. 그는 그 집에서 아내를 얻어야 할 운명이었다. 조르조 영감에게 그 이야기를 꺼낸 적이 있는데, 가리발디노는 연기 나는 검은색 찔레나무 뿌리 파이프를 움켜쥐고 위엄 있게 손을 흔들면서 그 문제를 미뤘다. 아직 시간이 많고, 자신은 딸들을 누구에게 억지로 내맡기는 사람이 아니라는 것이었다.

시간이 지나면서 노스트로모는 두 자매 중 동생이 더 마음에 든다는 것을 알게 되었다. 두 자매는 외적으로 드러나는 기질 차이만큼이나 대조적인 매력을 발휘했지만, 완벽한 신뢰와 이해에 꼭 필요한 성격을 갖고 있다는 점에서는 비슷했다. 그의 아내가 될 여자는 그의 비밀을 알아야 했다. 그렇지 않으면 같이 살아갈 수 없을 것이다. 그는 지젤의 솔직한 눈과 하얀 목덜미, 나긋나긋하면서도 말이 없고, 조용하고 게으르게 지내면서도 흥분을 좋아하는 기질에 마음이 끌렸다. 반면에 얼굴선이 굵고 몹시 창백한 린다는 정열적이고 불같은 성격에 말이 많고 우울하며 냉소적인 구석이 있었다. 아버지를 꼭 닮아 엄격한 공화주의자의 진정한 딸이었지만 테레사의 목소리를 물려받아서 그에게 깊은 불신을 일깨웠다. 게다가 그 가엾은 아가씨는 잔 바티스타에 대한 사랑을 숨기지 못했다. 그는 그 사랑이 그녀의 영혼처럼 격렬하고 강요적이며 의심이 많고 비타협적이리라는 것을 알았다. 지젤은 금발이지만 따뜻한 미모에 평온해 보이는 성격이 순종적인 태도를 약속해 주었으며 소녀다운 신비스러운 매력으로 그의 열정을 일깨웠고 미래에 대한 불안감을 달래 주었다.

그가 술라코를 떠나 있는 기간은 꽤 길었다. 가장 긴 항해에서 돌아왔을 때 그는 돌덩이가 실린 거룻배들이 큰이사벨 섬의 절벽 아래 정박한 것을 보았다. 기중기와 비계가 위에 설치되어 있고 일꾼들이 움직이며 작업하고, 벌써 작은 등대가 절벽 모서리의 기초 위에서 올라오고 있었다.

전혀 예상치 못했고 꿈에도 생각 못 했던 놀라운 광경에 그는 돌이킬 수 없이 끝났다고 생각했다. 이제 발각되지 않도록 막아 줄 것이 무엇이 있을까? 아무것도 없었다! 이렇게 돌아가는 우연한 사태에 경악과 두려움을 느끼지 않을 수 없었다. 그것은 멀리까지 내비치는 불을 붙여서 그의 인생에서 단 하나 은밀한 곳을 비출 것이다. 그 인생의 본질과 가치와 실체는 사람들의 찬미하는 눈에 반사된 모습에 있었다. 그 은밀한 곳만 빼고 전부 다. 그것은 보통 사람들이 이해할 수 없는 것이었고, 사악한 저주를 듣고 실현시켜 주는 권능과 그 자신 사이의 문제였다. 그곳은 어두컴컴했다. 누구에게나 그런 어둠이 있는 것은 아니었다. 그런데 그곳에 빛이 밝혀질 것이다. 빛. 그는 그 빛이 환히 비추는 치욕과 가난, 경멸을 보았다. 누군가 틀림없이…… 어쩌면 누군가 이미…….

비길 데 없는 노스트로모, 카파타스, 존경과 경외의 대상인 피단차 선장. 비밀 단체의 권위 있는 조언자, 조르조 같은 공화주의자, 마음속으로는 (그러나 다른 방식의) 혁명가인 그는 자기 스쿠너의 갑판에서 바다로 뛰어내리려 했다. 그는 거의 미칠 듯한 기분에 휩싸여 자살을 진지하게 직시했다. 하지만 그는 정신을 잃지 않았다. 자살로는 도피할 수 없으리라는 생각에 스스로를 억제했다. 그는 자신이 죽은 후에 남을 치욕과 수치를 상상해 보았다. 아니, 더 정확히 말하자면, 그는 자신의 죽음을 상상할 수 없었다. 자신이란 존재가 몇몇 변화를 겪으면서도 무한히 지속된다는 의식에 강하게 사로잡혀 있었기에 그는 종말의 개념을 이해할 수 없었다. 세상은 영원히 돌아가고 있으니까.

그리고 그는 용감했다. 부패한 용기였지만 그의 목적에는 다른 용기 못지않게 유용했다. 그는 큰이사벨섬의 절벽 가까이로 배를 몰아 갑판 위에서, 제멋대로 자란 덤불로 뒤엉킨 협곡 입구를 뚫어지게 바라보았다. 강력한 기중기의 팔이 늘어진 가파른 절벽 가장자리에서 햇살을 가리고 있는 일꾼들과 인사를 나눌 수 있을 만큼 가까이 다가갔다. 그는 어느 일꾼도 은괴가 숨겨진 협곡에 들어가는 것은 물론이고 가까이 갈 기회도 없다는 것을 알아냈다. 그 섬에서 자는 사람이 없다는 것은 부두에 가서 알아냈다. 일꾼들은 저녁마다 예인선이 끄는 빈 거룻배를 타고 합창을 하며 항구로 돌아왔다. 당분간은 걱정할 일이 없었다.

하지만 그 후에는? 노스트로모는 스스로에게 질문을 던졌다. 나지막한 등대에서 150미터쯤 떨어져 있고, 어둡고 그늘지고 밀림이 울창한 협곡 — 그의 안전, 그의 영향력, 그의 품위, 미래를 장악할 그의 힘, 불운에 대한 그의 도전, 부자와 빈자 모두에게서 배반당할 가능성, 그 모든 것의 비밀이 숨겨져 있는 곳 — 에서 400미터쯤 떨어진 곳에 짓고 있는 오두막에 등대지기가 들어와서 살게 되면? 그러면 어떻게 될까? 그는 보물을 결코 포기할 수 없었다. 남들보다 뻔뻔한 과감성은 은 광맥을 그의 삶에 용접해 넣었던 것이다. 그리고 두렵고도 지독한 종속감, 노예가 되었다는 느낌 — 뿌리 깊은 불치병처럼 파고든 이런 느낌 때문에 그는 아수에라반도에서 불법으로 갈

취한 보물에 얽매여 산 것도, 죽은 것도 아닌 상태로 헤맨다는 전설의 외국인들과 자신을 종종 비교하기도 했다 — 은 방대한 대륙의 서쪽 해안에서 맵시 있는 외모와 엄청나게 운 좋은 장사 수단으로 유명한 이 독립적인 피단차 선장, 연안 무역선의 주인을 무겁게 짓눌렀다.

덥수룩한 구레나룻에 근엄한 얼굴의 피단차 선장은 런던 슬럼가에서 유대인들이 만들고 안자니 잡화점의 의류부에서 판매한 세련되지 못한 갈색 트위드 재킷으로 억센 팔다리의 활력과 균형을 가린 채 전보다는 유연하지 못한 걸음으로 술라코의 거리에서 평소처럼 자신의 항해와 관련된 일을 처리하며 다니곤 했다. 그리고 여느 때처럼 뱃짐을 운송해서 큰 이윤을 남겼다는 소문을 퍼뜨렸다. 소금에 절인 생선을 실어 왔는데 사순절이 가까워지고 있었던 것이다. 그의 모습은 시내와 항구를 왕복하는 전차에서도 눈에 띄었다. 그는 카페 한두 곳에서 신중하고 차분한 목소리로 사람들과 이야기를 나눴다. 피단차 선장의 모습이 사람들의 눈에 띄었다. 카이타로 달려간 그 유명한 질주에 대해 알지 못하는 세대는 아직 태어나지 않았다.

노스트로모, 이름이 잘못 붙은 카파타스 데 카르가도레스는 자신에게 적합한 이름으로 새로운 공적 존재를 스스로 만들어 냈다. 그러나 그 존재는 옥시덴탈 공화국의 발전하는 수도, 술라코의 규모가 확대되고 인구가 다양해짐에 따라 새로운 상황에 맞게 달라져서 예전만큼 멋지지도 않았고 유지하기도 어려웠다.

멋지지는 않지만 늘 어딘가 신비로운 피단차 선장은 술라코 기차역의 높은 유리와 철제 천장 아래서 꽤 잘 알려져 있었다. 그는 보통 열차를 타고 린콘에서 내렸고 카사 굴드의 안뜰에서 (돈 호세 아베야노스처럼 새 시대의 여명기에) 부상으로 죽은 부두 노동자의 과부를 방문했다. 그가 오두막에 앉아 차가운 레모네이드를 마시는 동안 과부는 옆에 서서 급류처럼 말을 쏟아 냈지만 그는 듣지 않았다. 그는 예전처럼 그녀에게 약간의 돈을 주었다. 아버지 없이 자라면서 교육을 잘 받은 아이들이 그를 삼촌이라고 부르며 축복해 달라고 아우성쳤다. 그는 축복도 해 주었다. 그러고는 문간에 잠시 멈춰 서서 산토메 산의 평평한 형세를 이마를 약간 찡그리고 바라보았다. 구릿빛 이마를 조금 찌푸려 평소의 고집스러운 표정에 모질어 보이는 기색까지 완연히 드러낸 그 얼굴은 비밀 결사 집회소[4]에서도 찾아볼 수 있었다. 그는 그 모임에 참석하기는 했지만 연회가 시작되기 전에 나왔다. 그에게 경의를 표하려고 모인 이탈리아인들과 옥시덴탈인 동무[5]들 사이에서도 이맛살을 찌푸리고 있었다. 그 모임의 회장인 사진사는 가난하고 병약하며 약간 꼽추인 왜소한 남자였는데 그의 흰 얼굴과 넓은 영혼은 온 세상의 자본가와 압제자에 대한 살기등등한 증오심 때문에 새빨갛게 물들어 있었다. 과거의 영웅적인 혁명가, 조르조 비올

---

4) Lodge. 프리메이슨의 집회 장소.

5) 19세기 말에 스페인과 남아메리카에서 노동 조합 운동은 생디칼리슴(공장, 사업체 등은 그 안에서 일하는 사람들이 소유하고 경영해야 한다는 주의)을 지지했다.

라는 그의 개회사를 한마디도 이해할 수 없었을 것이다. 피단차 선장은 예전처럼 가난한 동무들에게 아낌없이 돈을 풀었지만 아무 말도 하지 않았다. 그는 이맛살을 찌푸린 채 귀를 기울였으나 마음은 머나먼 곳을 배회했고, 근심이 가득해 범접하기 어려운 사람처럼 말없이 떠나 버렸다.

이른 아침에 석공들이 사각형 돌덩이를 실은 거룻배에 타고 큰이사벨섬으로 출발하는 것을 지켜볼 때는 찡그린 이맛살이 더 깊어졌다. 납작한 등대에 한 층을 더 쌓아 올릴 만한 분량이었다. 그 작업은 그 속도로 진행되고 있었다. 하루에 한 층씩.

피단차 선장은 곰곰이 생각했다. 그 섬에서 낯선 사람이 살아간다면 그는 보물과 완전히 차단될 것이다. 그러지 않아도 극히 어렵고 위험했다. 두렵고 화도 나서 그는 주인처럼 과단성 있게, 또한 겁먹은 노예처럼 교활하게 생각을 짜냈다. 그런 다음에 뭍에 올라갔다.

그는 재주와 재간이 풍부한 사람이었다. 예전처럼 그가 위기의 순간에 찾아낸 방법은 상황을 근본적으로 뒤집을 만큼 효과적이었다. 비길 데 없는 노스트로모, '천 명에 하나 나올까 말까 한 친구'인 이 사내는 바로 위험에서 안전을 끄집어내는 능력을 갖고 있었다. 조르조가 큰이사벨섬에서 거주한다면 자신이 은밀하게 움직일 필요가 없을 것이다. 대낮에 공공연히 그의 딸들 — 그중 하나 — 을 보러 갈 수 있고 가리발디노 영감과 얘기를 나누며 늦게까지 머물 수 있을 것이다. 그러다가 캄캄해지면…… 밤마다…… 이제는 신속히 부자가 되도록 과감하게 행동해야 한다. 그는 폭군처럼 자기 마음과 행동, 수면마저 가혹하게 지배하는 보물을 확실히 소유해서 두 손으로 움켜쥐고 끌어안고 흡수하고 정복하기를 갈망했다.

그는 가까운 벗 미첼 선장을 만나러 갔고, 모니검 의사가 굴드 부인에게 들려준 대로 그 일은 처리되었다. 가리발디노에게 그 계획을 의논하자, 제왕과 성직자를 미워한 노인의 덥수룩한 흰 콧수염 밑으로 먼 과거에 지었던 미소의 흐릿한 잔영이 희미한 그림자처럼 서서히 떠올랐다. 그는 딸들이 걱정이었다. 특히 작은딸이 그랬다. 어머니와 목소리가 비슷한 린다는 제 어머니를 대신했다. "그렇죠, 아빠?"라고 말할 때 깊게 울리는 목소리는 단어만 바꾸면 "그렇죠, 조르조?"라고 격렬하게 항의하는 가엾은 테레사의 목소리가 메아리치는 것 같았다. 그는 도시가 딸들에게 적합하지 않다고 믿었다. 악의는 없지만 얼빠진 라미레스는 분별없고 비열한 노예들이 사는 나라의 죄악을 대변하는 인물이라서 몹시 혐오스러웠다.

그다음 항해에서 돌아왔을 때 피단차 선장은 비올라 가족이 등대지기 오두막에 정착했다는 것을 알게 되었다. 조르조 영감의 특이한 성미에 대해 그가 예상한 바는 틀리지 않았다. 가리발디노는 자기 딸들 외에는 누구와도 교류할 생각이 없었던 것이다. 그리고 가엾은 노스트로모의 청을 들어주고 싶었던 미첼 선장은 진정한 애정이 있어야만 떠올릴 수 있는 신통한 영감으로 린다 비올라를 이사벨섬의 보조 등대지기로 임명했다.

"그 등대는 사유 재산입니다." 그는 이렇게 설명하곤 했다.

"그건 우리 회사 소유니 내 마음대로 임명할 권리가 있어요. 그러니 비올라에게 그 일을 맡길 겁니다. 노스트로모가, 정말이지 천만금의 가치가 있는 그 소중한 친구가 내게 처음으로 부탁했거든요."

평평한 지붕 밑에 주랑을 세워 그리스 신전의 분위기를 모방한 새 세관의 맞은편에 스쿠너를 정박하자마자 피단차 선장은 운명을 정복했다는 의기양양한 기분으로 저물어 가는 석양빛을 받으며 사람들이 지켜보는 가운데 드러내 놓고 작은 보트를 저어 항구에서 벗어나 큰이사벨섬으로 향했다. 그는 공인된 지위로 안정을 얻어야 했다. 이제 가리발디노 영감에게 딸을 달라고 청혼할 것이다. 노를 저으며 그는 지젤을 생각했다. 어쩌면 린다가 그를 사랑하겠지만, 그 노인은 아내와 딸을 합쳐 놓은 듯한 큰딸과 함께 사는 것을 더 기꺼워할지 모른다.

그는 오래전에 드쿠와 함께 상륙했고 그 후 보물을 처음 찾으러 혼자 내렸던 좁은 해안으로 노를 젓지 않았다. 그 반대편 모래사장으로 가서는 쐐기처럼 생긴 섬의 완만한 비탈을 걸어 올라갔다. 멀리서 보니 오두막의 정면 벽 아래 의자에 앉아 있던 조르조 비올라가 그의 큰 인사 소리에 팔을 조금 들었다. 그는 걸어 올라갔다. 딸들은 보이지 않았다.

"이 자리가 아주 좋다네." 노인이 근엄하게 꿈꾸는 듯이 말했다.

노스트로모는 고개를 끄덕이고 잠시 침묵하다가 말을 꺼냈다.

"제 스쿠너가 지나가는 것을 보신 지 두 시간도 안 지났죠? 그 배의 닻이, 말하자면, 술라코 항구 바닥에 완전히 박히기도 전에 제가 왜 왔는지 아세요?"

"자넨 친아들 같으니 언제나 환영이라네." 노인이 멀리 바다를 바라보며 조용히 말했다.

"아! 영감님 아들! 네, 영감님 아들은 저처럼 됐겠죠. 좋습니다, 영감님. 아주 극진한 환영이네요. 그런데, 제게 주십사고 부탁드리러 왔어요."

겁이 없고 부패를 모르는 노스트로모에게 갑자기 공포가 밀려들었다. 그는 마음속 이름을 감히 입에 올릴 수 없었다. 잠시 멈춘 동안 달라진 말끝에 중압감과 엄숙함이 뚜렷이 더해졌을 뿐이다.

"아내를……!" 그의 심장이 빨리 뛰었다. "이제 때가 됐어요. 영감님께서……."

가리발디노가 팔을 내밀고 그의 말을 막았다. "그건 자네가 결정할 일이었네."

그는 천천히 일어섰다. 테레사가 죽은 후 깎지 않은, 눈처럼 희고 텁수룩한 턱수염이 그의 강인한 가슴을 덮고 있었다. 그는 문으로 고개를 돌려 큰 목소리로 불렀다.

"린다."

안에서 날카로운 대답 소리가 희미하게 들렸다. 소스라치게 놀란 노스트로모는 벌떡 일어섰지만 말없이 문을 바라보았다. 그는 두려웠다. 자기가 사랑하는 여자를 얻을 수 없을까 봐 두려운 것은 아니었다. 거절당했다는 이유만으로 그와 사랑하는 여자의 사이가 가로막힐 수는 없었다. 그게 아니라 빛나는 보물의 유령이 눈앞에 솟아올라 거부할 수 없는 충성을 말없이 요구했던 것이다. 아수에라반도의 외국인들처럼 죽은 것도 산 것도 아닌 채로 자신의 몸과 영혼이 그 대담무쌍한 불법 행위에 종속되어 있었기에 두려웠다. 그 섬에 오지 못하도록 금지될까 봐 두려웠다. 그는 두려웠고, 그래서 아무 말도 하지 않았다.

두 남자가 나란히 서서 자기를 기다리는 것을 보자 린다는 문간에서 걸음을 멈췄다. 격정적이며 죽은 듯이 창백한 그녀의 얼굴은 그 무엇으로도 달라질 수 없었다. 그러나 그녀의 검은 눈은 그 깊고 검은 동공 안에서 타오르는 불꽃으로 지는 해의 석양빛을 모두 사로잡아 응집하는 것 같았다. 무거운 눈꺼풀이 서서히 내려와 그 검은 눈을 즉시 덮었다.

"네 남편이자 주인, 은인을 보아라." 비올라 영감의 목소리가 온 만을 채우듯 힘차게 울려 퍼졌다.

그녀는 아름다운 꿈에 빠진 몽유병자처럼 눈을 거의 감은 채 걸어 나왔다.

노스트로모는 초인적인 노력을 기울였다. "린다, 우리가 약혼할 때가 됐어." 그는 차분하고 무심하게 완고한 어조로 조용히 말했다.

린다는 그가 내민 손에 손을 얹었고 구릿빛이 반짝이는 검은 머리를 숙였다. 아버지의 손이 딸의 머리 위에 잠시 머물렀다.

"이제 죽은 사람의 영혼이 만족하겠군."

조르조 비올라가 이렇게 말했고, 잠시 죽은 아내에 대한 이야기를 이어 갔다. 그동안 두 사람은 서로를 쳐다보지 않은 채 나란히 앉아 있었다. 노인이 말을 멈추자 꼼짝 않던 린다가 말하기 시작했다.

"전 이 세상에 살아 있다고 처음 느낀 때부터 늘 당신만을 위해 살아왔어요, 잔 바티스타. 당신은 알고 있었죠! 알고 있었어요……. 바티스티노."

린다는 어머니와 똑같은 억양으로 그의 이름을 불렀다. 무덤처럼 음울한 기운이 노스트로모의 마음을 뒤덮었다.

"그래, 알고 있었어." 그가 말했다.

같은 벤치에 앉아 백발의 머리를 숙인 영웅 가리발디노의 영혼은 애틋하고 격렬하며 끔찍하고 무시무시한 기억 속에서 홀로 떠돌고 있었다. 사람들로 가득한 이 지상에서 완전히 홀로.

그가 가장 사랑하는 딸 린다가 말했다. "제 기억에서 나는 언제나 당신 것이었어요. 당신만 생각하면 세상이 텅 빈 곳 같았어요. 당신이 거기 있으면 다른 사람은 전혀 보이지 않았어요. 나는 당신 것이었어요. 아무것도 변하지 않았어요. 이 세상은 당신 것이고, 당신은 나를 그 안에 살게 해 주었어요……." 그녀는 낮게 떨리는 목소리를 더 낮추고 말을 이어 가면서 옆에 앉은 남자를 고문했다. 그녀의 정열적인 속삭임이 수다스럽게 이어졌다. 그녀는 동생을 보지 못한 것 같았다. 동생은 산뜻하고 아름다운 모습으로 수를 놓던 제단보를 들고 나와서 말없이 그들을 재빨리 흘끗 쳐다보고는 보일 듯 말 듯한 미소를 띠며 그 앞을 지나 노스트로모의 다른 쪽에 약간 떨어져서 앉았다.

고요한 저녁 시간이었다. 태양이 자줏빛 바다의 수평선까지 거의 내려앉았다. 만 위를 가득 메운 구름을 배경으로 검푸르게 보이는 흰 등대에 달려 붉게 타오르는 등화실은 하늘의 불로 피운 아직 살아 있는 불씨 같았다. 나태한 모습으로 새침 떨던 지젤은 어린 표범처럼 성마른 하품을 숨기려고 이따금 제단보를 들어 올렸다.

갑자기 린다가 동생에게 달려가더니 머리를 붙잡고 얼굴에 키스를 퍼부었다. 노스트로모는 머리가 어질어질했다. 격렬한 애무에 얼이 빠진 듯 두 손을 무릎에 늘어뜨린 동생을 두고 린다가 일어서자 그 보물의 노예는 그 여자를 쏴 버릴 수도 있을 것 같은 기분이었다. 조르조 영감이 사자 갈기 머리를 들었다.

"어디 가는 게냐, 린다?"

"등대에 가요, 아빠."

"그래, 그래. 네 의무를 다해야지."

그도 일어나서 장녀를 바라보았다. 그러고는 여러 시대의 어둠에 묻혀 버린 축제 분위기의 메아리 같은 어조로 명랑하게 말했다.

"나는 들어가서 요리를 해야겠다. 아하! 이보게! 포도주가 어디 있는지도 안다네."

노인은 지젤을 보며 엄격하고 다정한 어조로 말했다.

"막내야, 성직자들과 노예들의 신에게 기도하지 말고, 고아와 억압받는 자와 가난한 자, 어린아이들의 신에게 기도해서 이런 남자를 네 남편으로 보내 달라고 해라."

노인은 노스트로모의 어깨에 잠시 손을 얹어 힘주어 누르고는 안으로 들어갔다. 영감의 말을 듣자 산토메 은괴에 어쩔 도리 없이 묶여 있는 노예는 질투의 독아에 가슴속 깊은 곳을 물어뜯기는 기분이었다. 이 새로운 경험, 그 강렬하고 생생한 육체적 감각에 경악했다. 남편이라니! 지젤의 남편이라니! 하지만 지젤이 언젠가 남편을 얻는 것은 당연한 일이다. 전에는 그런 생각을 해 보지 못했다. 그녀의 미모를 다른 사람이 차지할 수 있다는 것을 깨닫자 그는 조르조 영감의 이 딸도 죽여 버릴 수 있을 것 같은 기분이었다. 그는 우울하게 중얼거렸다.

"사람들이 네가 라미레스를 사랑한다고 그러더군."

그녀는 그를 바라보지 않고 고개를 저었다. 숱이 많은 황금색 머리칼에 구릿빛 광택이 이리저리 퍼져 나갔다. 그녀의 매끄러운 이마에는 별이 총총한 공간의 어둠과 바다의 자줏빛, 장엄한 정적에 싸인 하늘의 진홍빛이 혼합된 찬란한 석양에 은은히 빛나는 고귀한 진주의 부드럽고 순수한 광채가 어려 있었다.

"아뇨." 그녀가 천천히 말했다. "난 그를 사랑한 적 없어요. 절대로 그런 적 없다고 생각해요. 그 사람이 나를 사랑할 거예요. 아마도."

천천히 말하는 그녀의 유혹적인 목소리가 허공에서 사라졌다. 그녀는 무심하고 아무 생각도 없는 듯이 눈을 들어 허공을 응시했다.

"라미레스가 너를 사랑한다고 했어?" 노스트로모가 감정을 억누르며 물었다.

"아! 한 번, 어느 날 저녁에……."

"그 형편없는 놈이…… 하!"

그는 쇠파리에 쏘인 듯 벌떡 일어났고, 화가 나 입을 다문 채 지젤 앞에 섰다.

"제발! 당신도 똑같군요, 잔 바티스타! 난 정말 가엾은 처지예요!" 그녀는 순진한 목소리로 하소연했다. "린다에게 말했더니 언니가 야단을 쳤어요. 무섭게 꾸짖었어요. 난 이 세상에서 눈멀고 귀먹고 벙어리인 채로 살아야 하나요? 언니가 아버지에게 이야기를 하는 바람에 아버지가 총을 꺼내 손질하셨어요. 가엾은 라미레스! 그런데 당신이 오니까 언니가 당신에게 말했겠죠."

그는 그녀를 바라보았다. 그의 눈은 그녀의 흰 목 오목한 부분을 뚫어지게 응시했다. 생기 있게 고동치는 그것은 어리고 섬세한 것의 거부할 수 없는 매력을 갖고 있었다. 이 여자가 그가 알던 아이란 말인가? 이런 일이 있을 수 있을까? 지난 몇 년 동안 자신이 그녀를 거의, 전혀, 보지 않았다는 생각이 들었다. 그녀는 미지의 존재처럼 세상에 나타난 것이다. 그가 알지 못하는 사이에 그에게 달려든 것이다. 그녀는 위험한 존재였다. 무시무시한 위험이었다. 인생의 위험에 맞서 한 번도 꺾이지 않았던 그의 본능적인 맹렬한 결단력이 그의 격정을 더욱 확고하고 강렬하게 만들었다. 그녀는 흐르는 시냇물 노래와 딸랑거리는 은종의 울림을 연상시키는 목소리로 말을 이었다.

"그리고 당신들 세 사람이 의논해서 날 여기, 하늘과 물의 포로가 되도록 데려온 거예요. 그것 말고는 아무것도 없어요. 하늘과 물뿐이라고요. 오, 성모님! 난 이 지긋지긋한 섬에서 백발 노파가 되고 말 거예요. 당신을 증오해요, 잔 바티스타!"

그는 큰 소리로 웃었다. 그녀의 목소리가 애무하듯이 그의 몸을 감쌌다. 그녀는 선선한 저녁 공기에 향기를 퍼뜨리는 꽃처럼 무의식중에 온몸으로 뭐라 말할 수 없는 매력을 발산하며 자기 신세를 한탄했다. 린다를 사랑하는 사람이 없는 게 내 잘못이란 말인가? 어머니와 함께 미사를 드리러 다니던 어린 시절에도 사람들이 린다를 쳐다보지 않았던 것을 그녀는 잊지 않고 있었다. 겁이 없던 린다는 소심한 그녀에게 사람들의 관심을 끈다고 겁을 주었다. 그건 황금 같은 머리카락 때문이라며.

노스트로모가 갑자기 끼어들었다.

"네 머리카락은 황금 같고, 네 눈은 바이올렛 같고, 네 입술은 장미 같구나. 네 둥근 팔과 흰 목덜미는……."

느긋한 자세를 흩뜨리지 않고 가만히 있는 그녀의 얼굴이 새빨개졌다. 우쭐해하는 것은 아니었다. 그녀는 꽃처럼 자의식이 없었다. 그렇지만 기뻤다. 아마 꽃들도 찬사를 받으면 좋아할 테지. 그는 고개를 숙이고 충동적으로 덧붙였다.

"네 작은 발!"

오두막의 거친 돌벽에 등을 기댄 그녀는 장밋빛의 붉은 온기에 나른하게 잠겨 있는 것 같았다. 가만히 눈을 내리깔고 자신의 작은 발을 바라보았다.

"당신은 결국 린다와 결혼하겠죠. 언니는 무서워요. 아! 당신이 언니를 사랑한다고 했으니 이젠 언니의 이해심이 넓어지겠군요. 그럼 무섭게 굴지도 않겠지."

"어린 아가씨!" 노스트로모가 말했다. "난 네 언니에게 아무 말도 하지 않았어."

"그럼 빨리 해 주세요. 내일 오세요. 오셔서 언니에게 말해 주세요. 내가 언니에게 야단맞지 않게. 그리고, 어쩌면, 누가 알아요."

"라미레스의 사랑을 허락해 줄 거라고? 그런 말이니? 너는……."

"맙소사! 너무 심한 말이에요, 조반니." 그녀가 태연히 말했다. "라미레스가 누구예요……. 라미레스…… 그 사람이 뭐라고요?" 그녀는 꿈꾸듯이 되풀이했다. 구름에 덮인 어둑하고 음울한 만의 서쪽에 나직이 걸린 붉은 빛줄기는 그 당당한 부두 노동자 십장이 정복한 사랑과 보물을 숨겨 둔 동굴처럼 어두운 세계의 입구를 가로질러 막는 뜨거운 쇠막대 같았다.

"들어 봐, 지젤," 그가 차분하게 말했다. "나는 네 언니에게 사랑한다고 말하지 않을 거야. 왜 그런지 알고 싶니?"

"아뇨! 난 알 수 없을 거예요, 조반니. 아버지 말씀으로는 당신은 다른 남자들과 다르고, 당신을 제대로 이해하는 사람이 없었고, 부자들은 앞으로 놀랄 거라니까요……. 아! 제발! 그런 말 지겨워요."

그녀는 자수를 들어 얼굴 아래쪽을 가리다가 무릎에 내려놓았다. 땅 위의 등화실은 어둠에 잠겼지만, 린다가 점화한 긴 빛줄기가 시커먼 등대 탑에서 사선으로 뻗어 나가 자주색과 붉은빛이 꺼져 가는 수평선에 부딪쳤다.

지젤 비올라는 머리를 벽에 기대고 눈을 반쯤 감은 채 흰 양말과 검은 슬리퍼를 신은 작은 발을 서로 엇걸고는 점점 짙어지는 어둠에 평온하면서도 치명적으로 몸을 맡기는 것 같았다. 그 육체의 매력, 매혹적이고 신비로운 나태함이 취하게 만드는 신선한 향기처럼 잔잔한 만의 어둠 속으로 퍼져 나가서 공기에 스며들었다. 부패할 수 없는 노스트로모는 거칠게 요동치는 가슴으로 주위에 퍼진 그녀의 유혹을 들이마셨다. 항구를 떠나오기 전에 그는 섬까지 노를 더 편하게 젓기 위해 피단차 선장의 기성복을 벗어 버렸었다. 그래서 그녀 앞에 선 그는 선박 회사의 부두에 처음 나타났을 때처럼, 코스타구아나에서 한재산 잡아 보려고 뭍에 올라온 지중해 출신의 선원으로 붉은 허리띠를 두르고 체크무늬 셔츠를 입은 차림 그대로였다. 불그레한 자줏빛 땅거미가 그를 에워싸서 부드럽고 깊숙이 파고들었다. 50미터도 떨어지지 않은 곳에서 매일 저녁 땅거미가 돈 마틴 드쿠의 지독한 회의주의라는 자기 파괴적 정념을 에워싸서 고독 속의 죽음으로 타올랐듯이.

"내 말을 들어 봐." 노스트로모가 마침내 완벽히 자제력을 되찾고 말했다. "오늘 저녁부터 내 약혼자가 된 네 언니에게 사랑한다는 말은 한마디도 하지 않을 거야. 내가 사랑하는 사람은 너니까. 바로 너야!"

사랑과 키스를 받도록 생긴 그녀의 입술에 본능적으로 떠오른 부드럽고 육감적인 미소가 두려움으로 핼쑥하게 질려 찌푸린 얼굴로 굳어 버리는 것이 어스름 속에서 보였다. 그는 더 이상 자제할 수 없었다. 그가 다가서자 그녀는 몸을 움츠렸지만, 체념한 듯이 여왕처럼 품위 있게 나른한 몸을 맡기며 팔을 내밀었다. 그는 그녀의 머리를 두 손으로 잡고 자줏빛 땅거미 속에서 하얀 비단처럼 은은한 빛을 발하는 그녀의 이마에 재빨리 키스를 퍼부었다. 당당하고 다정하게 그는 서서히 소유의 충족감을 맛보고 있었다. 지젤이 울고 있다는 것을 알아차리자 그 비길 데 없는 십장, 경박한 연애를 일삼던 그 남자는 어린애의 슬픔을 달래는 여자처럼 부드럽게 애무하기 시작했다. 그는 다정하게 속삭였다. 옆에 앉아 그녀의 금발을 자기 가슴에 대고 쓰다듬었다. 그녀를 자기의 별, 자기의 작은 꽃이라고 불렀다.

사방은 완전히 어두워졌다. 불멸의 투사 천 명 중 하나인 조르조 영감이 숯불 위에서 사자 갈기 같은 영웅적인 머리를 숙이고 있는 등대지기 오두막의 거실에서 맛있는 튀김의 지글거리는 소리와 냄새가 흘러나왔다.

큰 격변이 일어난 듯 혼란스러운 와중에도 지젤의 여자다운 머릿속에는 일말의 상식이 남아 있었다. 그는 그녀를 끌어안고 가만히 있으면서 세상을 완전히 잊어버렸다. 그러나 그녀가 그의 귀에 속삭였다.

"맙소사! 난 어떻게 될까요, 여기, 지금, 이 지긋지긋한 하늘과 물 사이에서? 린다, 린다, 언니가 보여요!" 그 이름을 듣자 갑자기 맥이 풀린 그의 팔에서 그녀는 몸을 빼내려 했다. 그러나 흰 벽 앞에서 뒤엉켜 몸부림치고 있는 두 검은 형체에게는 아무도 다가오지 않았다. "린다! 가엾은 린다! 가엾은 언니 앞에 서면 겁이 나서 죽을 거예요. 오늘 조반니와 약혼했는데……. 내 사랑, 조반니! 당신은 미쳤나 봐요! 당신을 이해할 수 없어요! 당신은 다른 남자들과 달라요! 난 당신을 양보하지 않을 거예요…… 절대로…… 하느님만 빼고! 그렇지만 왜 이렇게 아무렇게나 미친 짓을, 잔인하고 무시무시한 일을 저지른 거예요?"

몸이 풀려나자 그녀는 고개를 숙이고 손을 떨어뜨렸다. 세찬 바람에 날린 듯 멀리 떨어져 있는 제단보가 시커먼 땅 위에서 어렴풋이 하얗게 빛났다.

"너를 얻을 수 없을까 봐 두려워서." 노스트로모가 말했다.

"내 마음을 차지한 걸 알고 있었잖아요! 모든 것을 알고 있잖아요! 내 마음은 당신 것이었어요! 그런데 당신과 나를 무엇이 가로막을 수 있죠? 무엇이? 말해 봐요!" 그녀가 조급한 기색 없이 확신에 차서 당당하게 말했다.

"돌아가신 네 어머니가." 그가 아주 낮은 목소리로 말했다.

"아!…… 가엾은 엄마! 엄마는 늘…… 엄마는 지금 성인이 되어 천국에 계세요. 난 엄마에게 당신을 양보할 수 없어요. 안 돼요, 조반니. 하느님에게만 양보할 거예요. 당신은 미쳤어요. 하지만 이미 벌어진 일이에요. 아! 무슨 일을 저지른 건가요? 조반니, 내 사랑, 내 생명, 내 주인, 날 이 구름 감옥에 버려두지 말아요! 지금 날 두고 떠나지 말아요! 날 데리고 떠나줘요……. 즉시…… 지금 이 순간…… 당신의 작은 배로. 오늘 밤 린다를 다시 보기 전에, 린다의 무서운 눈에서 나를 데려가 줘요, 조반니."

그녀는 그에게 바싹 달라붙어 몸을 기댔다. 산토메 은괴의 노예는 수족을 묶은 사슬처럼, 입술을 누르는 차가운 손처럼 짓누르는 압박감을 느꼈다. 그는 그 주문에서 벗어나려고 몸부림쳤다.

"그럴 순 없어." 그가 말했다. "아직은 안 돼. 우리 둘과 자유로운 세상 사이를 가로막는 것이 있어."

그녀는 몸을 그의 옆구리에 더 바싹 붙이며 미묘하고 순진한 본능으로 유혹했다.

"헛소리를 하는군요, 조반니⋯⋯ 내 사랑!" 그녀가 매력적으로 속삭였다. "뭐가 있다고요? 날 데려가 줘요⋯⋯. 당신의 손으로, 도냐 에밀리아에게, 여기서 아주 멀리. 난 그리 무겁지 않아요."

그녀는 그가 당장 두 팔로 자기를 번쩍 안아 올리기를 바라는 것 같았다. 불가능 같은 건 생각도 하지 않았다. 이 경이로운 밤에는 무슨 일이든 일어날 수 있을 것이다. 그가 꿈쩍도 하지 않자 그녀는 거의 큰 소리로 울부짖었다.

"정말 린다가 무서워요!" 그래도 그는 움직이지 않았다. 그녀가 차분해지면서 꾀를 부렸다. "뭐가 있다는 거죠?" 그녀가 달래듯이 말했다.

그는 자기에게 완전히 예속되어 떨고 있는 그녀의 살아 숨쉬는 따뜻한 몸을 느꼈다. 자신의 힘을 의기양양하게 의식하면서 승리감에 취해 흥분한 마음으로 그는 자신의 자유를 위해 싸웠다.

"보물이 있어." 그가 말했다. 온 천지가 고요했다. 그녀는 이해하지 못했다. "보물이. 네 이마에 씌워 줄 금관을 살 수 있는 은 보물이."

"보물이라고요?" 그녀는 깊은 꿈속에서처럼 맥없이 말했다. "무슨 말이에요?"

지젤이 부드럽게 몸을 빼냈다. 그는 일어서서 그녀의 얼굴과 머리카락, 입술, 뺨의 보조개를 의식하며 내려다보았고…… 만의 어둠 속에서도 정오의 눈부신 빛 아래서처럼 그녀의 매혹적인 몸매를 볼 수 있었다. 그녀의 무심하고 유혹적인 목소리는 찬탄 어린 두려움과 억누를 수 없는 호기심을 내비치며 흥분해서 떨리고 있었다.

"은이라뇨!" 그녀가 더듬거리며 말했다. 그러더니 더 빨리 다그쳤다. "뭐라고요? 어디에요? 그걸 어떻게 얻었어요, 조반니?"

그는 자신을 사로잡은 주문과 씨름했고, 용감하게 일격을 가하듯이 돌연 소리를 질렀다.

"도둑처럼!"

평온한 만의 한없이 짙은 어둠이 그녀의 머리 위에 내려앉는 것 같았다. 이제는 그녀가 보이지 않았다. 그녀는 길고 불명료한 심연의 침묵 속으로 사라져 버렸다. 잠시 후 그녀의 목소리가 희미한 빛을 발하는 얼굴과 함께 그에게 돌아왔다.

"당신을 사랑해요! 사랑해!"

이 말은 그에게 뜻밖의 해방감을 주었다. 진저리 나는 보물의 저주보다 더 강한 주문을 걸었고, 죽은 물건에 종속되어 녹초가 된 그가 자신의 힘을 의기양양하게 확신하도록 바꾸어 놓았다. 그는 그녀를 소중히 아끼며 도냐 에밀리아처럼 호화롭게 살게 해 주겠다고 말했다. 부자들은 하층민에게 훔쳐서 재산을 만들지만 그는 부자들에게서 아무것도 빼앗지 않았다. 그들이 어리석음과 배신으로 이미 잃은 것 말고는 아무것도. 자신은 배신당했고, 속았고, 유혹을 받았기 때문이라고 말했다. 그녀는 그의 말을 믿었다……. 그는 복수를 하려고 보물을 간직해 왔다. 하지만 지금은 복수에 관심이 없다. 오로지 그녀 생각뿐이다. 올리브 나무로 뒤덮인 언덕에…… 푸른 바다 위의 하얀 언덕에 궁전 같은 집을 짓고 아름다운 그녀를 살게 할 것이다. 보석 상자 안의 보석처럼 그 안에 그녀를 머물게 할 것이다. 그녀를 위해 땅을 마련할 것이다. 그녀의 작은 두 발이 디딜, 포도와 밀이 풍요롭게 자랄 그녀의 땅을. 그는 그녀의 발을 안았다……. 그는 이미 한 여자의 영혼과 한 남자의 생명으로 그 대가를 지불했던 것이다……. 부두 노동자 십장은 자신의 관대함에 한껏 도취되었다. 그는 만의 꿰뚫을 수 없는 어둠 속에서 정복한 보물을 그녀의 발밑에 당당하게 내던졌다. 사람들 말로는 하느님의 전지함과 악마의 기지에 감히 도전한다는 어둠 속에서. 하지만 먼저 자신이 부자가 되도록 가만히 내버려 둬야 한다고 그녀에게 경고했다.

지젤은 황홀한 듯이 듣고 있었다. 그녀의 손가락이 그의 머리카락을 쓰다듬었다. 꿇고 있던 무릎을 세워 일으키며 그는 마치 영혼을 내던져 버린 듯이 기운 없고 허탈한 심정으로 비틀거렸다.

"그럼 서둘러 줘요." 지젤이 말했다. "서둘러요, 조반니, 내 사랑, 내 주인. 하느님 말고는 누구에게도 당신을 양보하지 않을 테니까요. 린다가 무서워요."

그는 그녀가 몸서리를 치고 있다고 짐작하며 최선을 다하겠다고 맹세했다. 그녀의 용감한 사랑을 믿었다. 그녀는 멀리 푸른 바다 위의 흰 언덕에 있는 궁전 같은 집에서 늘 사랑을 받도록 용감해지겠다고 약속했다. 그러고는 소심하게 주저하며 열렬히 속삭였다.

"그 보물이 어디 있어요? 어디예요? 말해 줘요, 조반니."

그는 입을 벌렸지만 아무 말도 나오지 않았다. 번개에 맞은 듯이.

"그건 안 돼! 안 돼!" 많은 사람들 앞에서 입을 다물게 했던 그 비밀의 마력이 조금도 줄지 않은 강력한 힘으로 입술을 짓누르자 그는 경악해서 헐떡였다. 그녀에게도 안 된다. 심지어 그녀에게도. 그건 너무 위험하다. "그건 물으면 안 돼." 그는 노기 띤 목소리를 조심스럽게 누그러뜨리며 소리쳤다.

그는 자유를 되찾은 것이 아니었다. 불법으로 가로챈 보물의 유령이 솟아올라 은으로 된 형체처럼 그녀 옆에 서서 무자비하게 그 창백한 입술에 손가락을 댔다. 곧 흙냄새와 축축한 나뭇잎 냄새가 콧구멍을 간질이는 가운데 협곡을 기어갈 자신의 모습 — 가슴을 무감각하게 만드는 확고한 목적을 갖고 기어 들어갔다가 온갖 소리에 귀를 바짝 곤두세운 채 은을 갖고 다시 기어 나올 — 이 떠오르자 그의 내면에서 영혼이 죽어 버린 것 같았다. 바로 오늘 밤에 그 일을 해야 한다, 비겁한 노예의 일을!

그는 몸을 숙이고 그녀의 스커트 자락을 입술에 대며 명령하듯 속삭였다.

"내가 더 있으려 하지 않았다고 아버님께 말씀드려." 그러고는 돌연히 어둠 속에서 발자국 소리도 내지 않고 고요히 사라졌다.

그녀는 느긋하게 벽에 머리를 기댄 채 흰 양말과 검은 슬리퍼를 신은 두 발을 엇갈리게 놓고 조용히 앉아 있었다. 밖으로 나온 조르조 영감은 그녀가 전한 소식에도 걱정했던 것만큼 놀라지 않는 눈치였다. 이제 그녀는 설명할 수 없는 두려움에 떨었다. 자기의 애인 조반니와 그의 보물만 빼고 모든 것, 모든 사람이 두려웠다. 하지만 그것은 믿을 수 없으리만치 굉장한 것이었다.

영웅적인 가리발디노는 노스트로모가 갑자기 가 버린 것을 현명하고 너그럽게 받아들였다. 그는 과거 자신의 감정을 기억했고 이런 경우를 남자다운 통찰력으로 이해했다.

"괜찮아. 가라고 해. 하! 하! 여자가 아무리 예뻐도 마음이 조금은 씁쓸해지는 법이거든. 자유, 자유! 자유는 한 가지만이 아니니까! 노스트로모는 엄청난 약속을 한 거야. 그리고 잔 바티스타는 유순한 녀석이 아니거든." 그는 겁에 질려 꼼짝 않는 지젤에게 훈계하듯 말했다. "남자는 유순해선 안 돼." 그는 문간에서 독단적으로 덧붙여 소리쳤다. 말없이 가만히 있는 그녀가 불쾌한 모양이었다. "네 언니의 운명을 질투하지 말거라." 그는 아주 엄숙하게 낮은 목소리로 훈계했다.

오래지 않아 그는 다시 문간에 나와 막내딸을 불러들였다.

밤늦은 시간이었다. 그가 딸의 이름을 세 번 소리쳐 부를 때까지 그녀는 고개도 까딱하지 않았다. 홀로 남겨지자 무기력한 경악감에 휩싸였던 것이다. 그녀는 깊은 잠에 빠진 사람처럼 걸음을 옮겨 린다와 함께 쓰는 침실로 들어갔다. 그 모습이 너무도 특이해서 그녀가 방문을 닫고 들어갈 때 안경을 쓰고 성경을 보고 있던 조르조 영감도 눈을 들고 고개를 가로저었다.

지젤은 아무것도 보지 않고 방을 가로질러 열린 창가에 앉았다. 린다는 행복감에 젖어 등대 탑에서 살그머니 내려와, 등 뒤에 촛불을 켜 놓은 채 한숨 쉬는 바람 소리와 멀리 스쳐 가는 소낙비 소리가 가득한 시커먼 어둠을 응시하는 지젤을 보았다. 하느님의 눈도, 악마의 간계도 꿰뚫을 수 없는 짙은 어둠에 뒤덮인 만 본연의 어둠을. 지젤은 문이 열리는 소리에도 고개를 돌리지 않았다.

깊은 환희에 젖은 린다의 마음에 미동도 않는 동생의 무엇인가가 거슬렸다. 그녀는 그 이유를 짐작하고 화가 났다. 동생은 그 한심한 라미레스를 생각하고 있는 것이다. 린다는 말을 하고 싶었다. 독단적인 목소리로 "지젤!" 하고 불렀지만 동생은 꼼짝하지 않았고 대답도 하지 않았다.

궁전 같은 집에 살면서 자기 땅을 걷게 될 그 아가씨는 겁이 나서 죽을 지경이었다. 무슨 일이 있어도 고개를 돌려 언니를 보지 않을 생각이었다. 심장이 미친 듯이 뛰었다. 그녀는 낮은 소리로 급히 말했다.

"말 걸지 마. 기도하는 중이니까."

린다는 실망해서 조용히 밖으로 나갔다. 지젤은 도저히 믿을 수 없는 굉장한 일이 확인되기를 기다리는 듯 의혹을 품고 얼떨떨한 상태로 참을성 있게 기다렸다. 끔찍하게 시커먼 구름도 꿈의 한 부분인 것 같았다. 그녀는 기다렸다.

그녀의 기다림은 헛되지 않았다. 은을 가지고 죽은 영혼으로 협곡을 기어 나온 그 남자는 불 켜진 창문의 흐릿한 빛을 보고 바닷가에서 발걸음을 돌리지 않을 수 없었던 것이다.

해안가의 높은 산을 덮어 버린 깊은 어둠 속에서 그녀는 기적의 특별한 효험으로 나타난 듯 불쑥 다가온 산토메 은괴의 노예를 보았다. 그날 밤에는 놀라운 일이 있을 수 없다는 듯 그녀는 돌아온 그를 받아들였다.

방 안의 불빛이 다가오는 남자의 얼굴을 비추기도 전에 그녀는 자기도 모르게 뻣뻣한 자세로 일어서서 말을 꺼냈다.

"날 데려가려고 오셨죠. 잘했어요! 당신의 팔을 벌리세요, 조반니, 내 사랑. 지금 나갈게요."

신중한 그의 발걸음이 멎었다. 미치광이처럼 눈을 번득이며 그는 거친 목소리로 말했다.

"아직은 안 돼. 난 천천히 부자가 돼야 해." 그의 목소리에 위협적인 어조가 배어 있었다. "네 애인이 도둑이라는 것을 잊지 마."

"네! 알았어요!" 그녀가 급히 속삭였다. "더 가까이 와요! 들어 봐요! 날 버리지 말아요, 조반니! 절대, 절대로! 난 참고 견딜 거예요!"

그녀는 불법적인 보물의 노예를 위로하듯이 나지막한 창틀 너머로 몸을 숙였다. 방 안의 불이 꺼졌고, 은의 무게에 짓눌린 그 당당한 십장은 물에 빠진 사람이 지푸라기라도 잡듯이 만의 어둠 속에서 그녀의 흰 목을 꼭 끌어안았다.

13

굴드 부인이 모니검 의사의 표현으로는 '이브닝 파티'를 열기로 한 날에 피단차 선장은 술라코 항구에 정박한 자기 스쿠너 옆으로 내려가서 차분하고 굳건하며 신중한 태도로 작은 보트에 앉아 노를 잡았다. 평소보다 늦은 시간이었다. 그가 큰 이사벨섬의 해안에 내려서 비탈진 언덕을 침착한 걸음으로 올라간 것은 오후 해가 꽤 기울어진 때였다.

멀리서 그는 집 끝부분의 아가씨들 방 창문 밑에서 의자를 뒤로 기대고 앉아 있는 지젤을 보았다. 그녀는 자수품을 눈 가까이 올려 들고 있었다. 소녀답게 평온한 모습을 보자 언제나처럼 그의 가슴에서 갈등과 분쟁이 들끓으며 격앙되었다. 그는 화가 났다. 그녀가 그의 족쇄, 은 족쇄가 철커덕거리는 소리를 멀리서도 들어야 할 것 같았다. 게다가 그날 뭍에서 마주친 사악한 눈의 의사는 그를 집어삼킬 듯이 험악하게 바라보았었다.

그녀가 눈을 들자 그의 마음이 가라앉았다. 그녀의 눈은 꽃처럼 싱싱하게 곧바로 그의 마음에 미소를 보냈다. 그러고 나서 그녀가 이마를 찌푸렸다. 조심하라는 경고였다. 그는 약간 떨어진 곳에서 걸음을 멈추고 무관심한 듯 큰 소리로 말했다.

"안녕, 지젤. 린다는 일어났니?"

"네, 아빠와 큰방에 있어요."

그러자 그가 다가갔고, 무슨 일로 갑자기 들어올지 모를 린다에게 들킬까 봐 걱정되어 침실 창문을 들여다보며 입술만 움직여 말했다.

"나를 사랑해?"

"내 생명보다 더." 그녀는 찬찬히 응시하는 그의 시선을 받으면서 자수품에 눈길을 고정한 채 계속 수를 놓으며 말을 이었다. "그렇지 않으면 난 살 수 없어요. 정말이에요, 조반니. 이렇게 사는 건 죽는 거나 마찬가지예요. 아, 조반니, 당신이 날 데려가지 않으면 난 죽을 거예요."

그가 태평하게 미소를 지었다. "어두워지거든 창가로 갈게."

"아뇨, 그러지 말아요, 조반니. 오늘 밤은 안 돼요. 린다와 아빠가 오늘 오랫동안 이야기를 나누었어요."

"무엇에 대해서?"

"라미레스에 대한 얘기 같았어요. 모르겠어요. 무서워요. 난 늘 겁이 나요. 하루에도 몇천 번씩 죽을 것만 같아요. 나한테 당신의 사랑은, 당신이 보물에 대해 느끼는 것과 같아요.

거기 있기는 하지만 난 충분히 가질 수 없어요."

그는 그녀를 조용히 바라보았다. 그녀는 아름다웠다. 그의 내면에서 욕망이 점점 커졌다. 이제 그에게는 주인이 둘이었다. 그러나 그녀는 한결같은 감정을 유지할 수 없었다. 그녀의 말은 진심이었지만, 그녀는 밤에 평온하게 숙면할 수 있었다. 그를 보면 그녀는 늘 정열이 불타올랐다. 그녀에게 두드러진 변화는 더 말이 없어졌다는 것뿐이었다. 그녀는 무심코 비밀을 드러낼까 봐 겁이 났다. 고통이나 육체적 상처나 날카로운 비난이 두려웠고, 분노를 직시하고 고통을 목격하는 것도 두려웠다. 그녀의 영혼은 가볍고 부드러웠고, 그 영혼의 충동에 이교도처럼 자신을 맡겼다. 그녀가 중얼거렸다.

"궁전과 언덕 위의 과수원은 포기해요, 조반니. 그것 때문에 우리 사랑이 굶주리고 있잖아요."

그녀는 린다가 집 귀퉁이에 말없이 서 있는 것을 보고 입을 다물었다.

노스트로모는 몸을 돌려 약혼녀에게 인사했고, 그녀의 움푹 들어간 눈과 홀쭉한 뺨, 얼굴에 어린 병색과 고뇌의 흔적을 보고 놀랐다.

"어디 아팠어?" 그가 애써 걱정스러운 어조로 물었다.

린다의 검은 눈이 번뜩이며 그를 바라보았다. "내가 말랐어요?" 그녀가 물었다.

"그래, 조금. 약간."

"더 늙었고요?"

"매일 달라지지. 우리 모두."

"손가락에 반지도 끼기 전에 백발이 되어 버릴까 봐 걱정이에요." 그녀는 그를 계속 응시하며 천천히 말했다.

그녀는 걷어 올린 소매를 내리며 그의 말을 기다렸다.

"그럴 염려는 없어." 그가 멍하니 말했다.

그 말에서 최종적인 대답을 들은 듯이 그녀는 몸을 돌렸고, 노스트로모가 아버지와 이야기를 나누는 동안 분주히 집안일을 했다. 가리발디노 영감과는 대화를 나누기가 쉽지 않았다. 나이가 들어 기능이 손상된 것은 아니지만 그는 내면 어딘가 깊은 곳으로 물러난 것 같았다. 그의 대답은 서서히 더디게 나오면서 당당하고 근엄하게 들렸다. 그러나 그날은 평소보다 활기차고 민첩했으며, 생기가 도는 늙은 사자 같았다. 그는 자신의 명예를 지키는 문제로 안절부절못하고 있었다. 라미레스가 작은딸을 노리고 있다는 시도니의 경고를 믿었다. 그는 작은딸을 믿을 수 없었다. 그 아이는 경솔했다. 하지만 그는 '사위 잔 바티스타'에게 자신의 걱정거리에 대해서 한마디도 하지 않았다. 노인의 허영심 때문이었다. 자신이 아직은 자기 집안의 명예를 홀로 지킬 수 있다는 것을 보여 주고 싶었다.

노스트로모는 일찌감치 그 집을 나섰다. 그가 나와서 해안 쪽으로 가자마자 린다는 문간을 지나 수척한 얼굴로 미소를 지으며 아버지 옆에 앉았다.

사랑에 미쳐 절망한 라미레스가 부둣가에서 그녀를 기다린 그 일요일 이후 린다는 한 점의 의혹도 품지 않았다. 그 남자가 질투심에 사로잡혀 미친 듯이 늘어놓은 말은 새로운 사실이 아니었다. 그것은 그녀가 장래 남편과의 관계에서 느꼈던,

희열과 안정감이 아닌 비현실적이고 기만당한 느낌을 가슴에 못 박아 놓듯이 정확히 고착시켰을 뿐이다. 그 일요일에 그녀는 라미레스에게 분노와 경멸을 쏟아 내고 지나갔지만 죽을 듯이 비참하고 치욕스러운 심정으로 테레사 무덤의 비문이 새겨진 비석 위에 엎드렸다. 기관사들과 철도 기계공들이 이탈리아 통일 운동의 영웅에게 경의를 표하기 위해 세워 준 것이었다. 비올라 영감은 아내를 바다에 수장하려던 바람을 이룰 수 없었다. 린다는 그 비석 위에 눈물을 흘렸다.

린다는 이 불필요한 모욕에 경악했다. 노스트로모가 자신의 사랑을 깨뜨릴 생각이라면…… 그건 괜찮았다. 잔 바티스타는 무슨 일이든 할 수 있으니까. 그러나 왜 부서진 조각을 짓밟고 자신의 마음을 모욕하려는 것일까. 아하! 자신의 마음은 깨뜨릴 수 없다. 그녀는 눈물을 훔쳤다. 그리고 지젤! 지젤은! 아장아장 걸음을 옮기던 때부터 늘 보호해 달라고 그녀의 치맛자락에 매달렸던 그 어린애는 얼마나 기만적인가! 그러나 그 아이는 어쩔 수 없었을지 모른다. 남자가 걸려 있는 문제에서는 그 경솔하고 한심한 아이도 어쩔 수 없었을 것이다.

린다는 비올라 영감의 자제력을 다분히 이어받았다. 그녀는 아무 말도 않겠다고 결심했다. 그러나 여자답게 그 극기에 격정을 쏟아부었다. 지젤이 두렵고 조심스러운 마음에 짧게 대답하면, 린다는 경멸처럼 들리는 짤막한 대답에 제정신을 잃을 정도로 흥분했다. 어느 날에는 게으른 동생이 누워 있는 의자에 몸을 던져 술라코에서 가장 흰 목덜미 아래에 잇자국을 냈다. 하지만 지젤도 자기 나름으로 비올라의 용기를 물려

받은 때가 있었다. 공포에 질려 까무러칠 정도인데도 나른한 목소리로 이렇게 말했을 뿐이다. "맙소사! 날 산 채로 먹으려는 거야, 린다?" 이렇게 터져 나온 감정은 상황에 아무런 흔적도 남기지 않고 지나갔다. '언니는 아무것도 몰라. 알 리가 없어.'라고 지젤은 생각했다. '어쩌면 그건 사실이 아닐 거야. 사실일 리가 없어.' 린다는 이렇게 믿으려고 애썼다.

그러나 제정신이 아닌 라미레스를 만난 후 처음으로 피단차 선장을 보았을 때 린다의 마음속에는 자신의 불운에 대한 확신이 되살아났다. 그녀는 그가 집을 나서 보트로 가는 것을 지켜보면서 '저들이 오늘 밤에 만날까?'라고 냉정하게 속으로 물었다. 그날 밤에는 잠시도 등대를 비우지 않겠다고 그녀는 결심했다. 그의 모습이 사라지자 그녀는 밖으로 나와 아버지 옆에 앉았다.

그 존경스러운 가리발디노는 '아직 젊은이' 같은 기분이라고 말했다. 최근에 라미레스에 대한 이런저런 소문이 많이 들려왔다. 자신의 장성한 아들에 분명 미치지 못하는 그 남자에 대한 경멸과 혐오감 때문에 그는 불안해졌다. 그는 요사이 거의 잠을 이루지 못했다. 지난 며칠간은 밤마다 굴드 부인이 선물한 은테 안경을 코에 걸치고 성경을 읽거나 펼쳐 놓은 채 가만히 앉아 있는 대신, 자기 명예를 지키려고 낡은 총을 들고 온 섬을 부지런히 돌아다녔다.

린다는 여윈 갈색 손을 아버지 무릎에 올려놓고 그의 흥분을 가라앉히려 애썼다. 라미레스는 술라코를 떠났다. 그가 어디 있는지 아무도 모른다. 그는 가 버렸다. 무슨 일이든 벌이겠다고 떠벌린 그의 말은 아무 의미도 없었다.

"아니야." 노인이 그녀의 말을 가로막았다. "사위 잔 바티스타가 말했어. 그 녀석에 대해, 그 시시한 겁쟁이가 저기 만의 북쪽에서 사피가의 불한당들과 술 마시고 도박하고 있다고. 그 녀석이 그 불량배 흑인 마을에서 가장 사악한 악당들을 데리고 와서 일을 꾸밀지도 몰라. 저 어린애에게……. 하지만 난 그 정도로 늙지 않았어. 그럼!"

린다는 그런 일이 일어날 가능성은 없다고 진지하게 주장했다. 마침내 노인은 입을 다물고 흰 수염을 잘근잘근 씹었다. 여자들이 억지를 부릴 때는 비위를 맞춰 줘야 한다. 가엾은 아내도 고집이 셌고, 린다는 제 어미를 많이 닮았다. 그럴 때 왈가왈부하는 것은 남자로서 적절치 않은 일이다. "그럴지도 모르지. 그럴지도." 그는 중얼거렸다.

린다는 마음이 편치 않았다. 그녀는 노스트로모를 사랑했다. 조금 떨어진 곳에 앉아 있는 지젤에게 눈을 돌렸을 때는 모성적 애정과 패배의 모욕감에 시달리는 라이벌의 질투 어린 사나운 분노가 들끓었다. 그러자 그녀는 일어서서 지젤에게 다가갔다.

"똑똑히 들어…… 너." 그녀가 거칠게 말했다.

이슬을 머금은 바이올렛을 연상시키는 솔직한 시선은 린다의 분노와 찬탄을 이끌어 냈다. 지젤의 눈은 아름다웠다. 이 어린애, 눈처럼 흰 살결에 시커먼 속임수를 간직한 이 야비한 아이는. 린다는 앙갚음을 하려고 소리를 지르며 그 눈알을 뽑아내고 싶은지, 아니면 수치심을 모르는 그 신비롭고 순진한 눈에 연민과 사랑의 기쁨을 퍼붓고 싶은지 자기도 알 수 없었다. 그런데 지젤은 마음속에 다른 감정과 함께 깊이 파묻히지 못한 약간의 공포심을 제외하고는 텅 빈 눈으로 무표정하게 린다를 바라보았다.

린다가 말했다. "라미레스가 널 이 섬에서 데리고 달아나겠다고 시내에서 떠벌리고 있어."

"바보 같은 소리야!" 지젤이 대답했다. 그러고는 오랜 억제심에서 나온 심술로 몸을 떨며 농담조로 과감하게 덧붙였다. "그는 내가 원하는 남자가 아니야."

"그래?" 린다가 이를 악물고 말했다. "그는 아니라고? 그럼 조심해. 아버지께서 장전한 총을 들고 밤마다 돌아다니시니까."

"그건 아버지께 좋지 않아. 그러지 마시라고 언니가 말씀드려. 내 말은 듣지 않으실 테니까."

"난 아무 말도 안 할 거야. 더 이상은 절대로 안 해. 누구에게도." 린다가 격렬하게 외쳤다.

이런 상태가 계속될 수는 없다고 지젤은 생각했다. 곧, 다음번에 올 때는, 조반니가 자기를 데려가야 한다. 많은 은 덩어리 때문에 이런 공포를 영원히 감당할 수는 없다. 언니와 이야기를 하면 기분이 나빠졌다. 그렇지만 아버지의 경계에 대해서는 불안감을 느끼지 않았다. 그녀는 그날 밤에 창가로 오지 말라고 노스트로모에게 사정했다. 그도 이번만은 가까이 오지 않겠다고 약속했다. 그가 그 섬에 와야 할 다른 이유가 있다는 것을 그녀는 짐작도, 상상도 하지 못했다.

린다는 곧장 등대 탑으로 갔다. 불을 밝힐 시간이었다. 그녀는 작은 문을 열고, 그 대단한 부두 노동자 십장에 대한 사랑을 점점 무거워지는 수치스러운 족쇄처럼 끌어안고 무거운 걸음으로 나선형 계단을 올라갔다. 그 족쇄는 던져 버릴 수 없었다. 그래, 두 사람을 하늘의 뜻에 맡기자. 저물녘의 은은한 달빛이 가득 들어찬 등화실에서 조심스럽게 움직이며 그녀는 램프에 불을 붙였다. 그런 다음에는 팔을 축 늘어뜨렸다.

"엄마가 보고 계시는데." 그녀가 중얼거렸다. "내 친동생이, 어린 계집애가!"

놋쇠 부속품과 둥근 분광기가 달린 굴절 장치는 등불이 아니라 활활 타오르는 불꽃을 담은 돔 모양의 다이아몬드 신전처럼 반짝이고 번뜩이며 바다를 지배했다. 이 등대를 지키는 린다는 검은 옷에 창백한 얼굴로 지상의 수치와 열정 너머의 높은 곳에서 오로지 질투심을 느끼며 나무 의자에 축 늘어지듯 앉아 있었다. 청동색이 감도는 검은 머리카락을 누군가 사정없이 끌어당기는 듯이 이상하게 당기는 아픔 때문에 그녀는 관자놀이에 손을 얹었다. 그들은 만날 것이다. 어디서 만날 것인지도 그녀는 알고 있었다. 창가에서. 고뇌에 찬 식은땀이 방울방울 뺨에 흘렀고, 앞바다에 걸린 달빛이 거대한 은 막대처럼 평온한 만의 입구 — 파도가 이는 해안의 구름과 정적에 감싸인 어둑한 동굴 — 를 가로막았다.

린다 비올라는 갑자기 손가락을 입술에 대고 벌떡 일어섰다. 그는 그녀도, 그녀의 동생도 사랑하지 않는 것이다. 이 모든 일에 아무런 목적도 없는 것 같아서 두렵기도 하고 일말의 희망을 느끼기도 했다. 그는 왜 지젤을 데리고 달아나지 않는 것일까? 무엇이 그를 가로막는 것일까? 그의 행동을 이해할 수 없었다. 그들은 무엇을 기다리는 걸까? 무슨 목적을 위해 두 사람은 거짓말을 하고 속임수를 쓰는 걸까? 그들의 사랑을 위해서는 아니었다. 사랑 같은 건 없었다. 그를 되찾을지도 모른다는 일말의 희망이 샘솟자 그녀는 그날 밤에 등대를 떠나지 않겠다던 맹세를 깨뜨렸다. 당장 아버지에게 말해야 했다. 아버지는 현명한 분이므로 이해할 것이다. 그녀는 나선형 계단을 뛰어 내려갔다. 바닥에 이르러 문을 연 순간 큰이사벨섬에서 전례 없이 총소리가 들려왔다.

그 총알이 자기 가슴을 관통한 듯 그녀는 충격을 느꼈다. 그녀는 멈추지 않고 계속 달려갔다. 오두막은 어두컴컴했다. 그녀는 문간에서 "지젤! 지젤!" 하고 소리치고는 모퉁이를 돌아 열린 창문에서 비명을 지르듯 동생의 이름을 불렀다. 아무 대답도 없었지만 그녀가 심란한 마음으로 미친 듯이 집을 돌아 달려갈 때 지젤이 문에서 나와 머리를 풀어 내린 채 똑바로 앞을 응시하며 그녀를 지나 쏜살같이 달려갔다. 발끝으로 풀밭을 스쳐 지나가는 것 같더니 그녀의 모습이 사라졌다.

린다는 두 팔을 앞으로 내밀고 천천히 걸었다. 온 섬이 고요했다. 그녀는 어디로 걷고 있는지도 몰랐다. 마틴 드쿠가 인생을 무의미하게 이어지는 이미지들로 바라보며 마지막 나날을 보냈던 곳에 우뚝 서 있는 나무가 풀밭 위에 큰 얼룩처럼 검은 그림자를 드리웠다. 갑자기 달빛을 받으며 홀로 조용히 서 있는 아버지가 눈에 들어왔다.

눈처럼 흰 수염과 머리칼에 큰 체구로 꼿꼿이 서 있는 가리발디노는 비석처럼 고요히 부동의 자세로 라이플총에 기대고 있었다. 그녀는 그의 팔에 가볍게 손을 얹었다. 그는 꼼짝도 하지 않았다.

"무얼 하셨어요?" 그녀가 평소의 목소리로 물었다.

"라미레스를 쐈지……. 파렴치한 놈!" 그는 가장 시커멓게 그늘이 드리워진 곳을 바라보며 대답했다. "그 녀석이 도둑놈처럼 왔다가 도둑놈처럼 쓰러졌어. 내 자식을 보호해야지."

그는 미동도 하지 않고, 한 발짝도 내딛지 않았다. 자기 집안의 명예를 지킨 노인의 조각상처럼 억센 모습으로 꼼짝 않고 서 있었다. 린다는 돌 조각처럼 흔들림 없는 그의 단단한 팔에서 떨리는 손을 떼고 말없이 가장 시커먼 그늘로 걸어갔다. 땅 위에서 알아볼 수 없는 형체가 꿈틀거리는 것을 보고는 깜짝 놀라 멈춰 섰다. 절망으로 흐느끼는 소리가 잔뜩 긴장한 그녀의 귀에 점점 더 크게 들려왔다.

"오늘 밤에는 오지 말라고 간청했잖아요. 오, 나의 조반니! 당신은 그러겠다고 약속했고요. 아! 그런데, 왜 온 거예요, 조반니?"

동생의 목소리였다. 그 목소리는 흐느낌으로 끊어졌다. 재주 많은 부두 노동자 십장, 은괴를 더 가져가려고 협곡 쪽으로 몰래 노지를 가로지르다가 조르조 영감에게 불시에 피격된 산 토메 보물의 주인이자 노예인 그는 무심하고 냉정하게, 하지만 놀랍게도 가냘프게 들리는 소리로 땅바닥에서 대답했다.

"당신을 한 번 더 보지 않고는 오늘 밤을 지낼 수 없을 것 같았어……. 나의 별, 내 작은 꽃."

화려한 파티가 끝나고, 마지막 손님까지 떠나 광산 경영주가 자기 방으로 들어간 다음에야 모니검 의사가 도착했다. 저녁 내내 기다렸지만 나타나지 않았던 그 의사는 인적이 없는 콘스티투시온가의 전등불 아래 나무 벽돌로 포장된 도로를 달려와서는 카사 굴드의 큰 대문이 아직 열려 있는 것을 보았다.

그가 절뚝거리며 들어와서 계단을 뚜벅뚜벅 올라왔을 때 맵시를 부린 뚱보 바실리오는 마침 응접실의 불을 끄려던 참이었다. 그 유복한 집사는 이렇게 늦게 침입한 방문객을 보고 입을 쩍 벌렸다.

"불을 끄지 말게." 의사가 명령했다. "부인을 뵙고 싶네."

"마님께서는 경영주님의 사무실에 계십니다." 바실리오가 매끄러운 목소리로 말했다. "경영주님께서 한 시간 안으로 산에 돌아가실 거예요. 노동자들이 분쟁을 일으킬 염려가 있는 모양입니다. 상식도 없고 체면도 없는 뻔뻔스러운 인간들. 게다가 게을러요, 선생님. 게으르다고요."

"자네도 부끄러운 줄 모르고 게으르고 어리석잖아." 의사는 누구에게나 사랑을 받을, 화를 돋우는 특별한 재주를 발휘하며 말했다. "불을 끄지 말게."

바실리오는 점잔을 빼며 물러났다. 모니검 의사는 휘황하게 밝혀진 응접실에서 기다리다가 오래지 않아 저택의 저쪽 끝에서 문이 닫히는 소리를 들었다. 찰랑거리는 박차 소리가 사라졌다. 광산 경영주가 산으로 떠난 것이다.

미첼 선장이 '술라코의 퍼스트레이디'라고 부르는 여자가 보석과 은은한 실크로 반짝이며 흰머리가 숨겨진 숱 많은 금발의 무게에 짓눌린 듯 섬세한 머리를 숙이고 불이 켜진 복도를 따라 긴 옷자락을 규칙적으로 사각거리며 걸어왔다. 사람들이 꿈꾸는 어마어마한 재산도 능가할 정도로 부유하고 배려와 사랑, 존경, 명예를 받고 있지만 어쩌면 이 지상의 누구보다도 고독한 여자였다.

"굴드 부인! 잠깐만!"이라는 의사의 말에 그녀는 불이 켜진 텅 빈 응접실의 문 앞에서 깜짝 놀라 걸음을 멈추었다. 가구들 사이에 혼자 서 있는 의사를 보자 그 비슷한 분위기와 상황 때문에, 뜻밖에도 마틴 드쿠를 보았던 가슴 뭉클한 기억이 떠올랐다. 여러 해 전에 비참하게 죽은 그 남자가 "안토니아가 여기서 부채를 잃어버렸답니다."라고 말하던 소리가 정적 속에서 들려오는 것 같았다. 그러나 실제로 말을 꺼낸 것은 흥분으로 약간 들뜬 의사의 목소리였다. 그녀는 의사의 빛나는 눈을 알아차렸다. "굴드 부인, 부인을 만나려는 사람이 있습니다. 무슨 일이 있었는지 아세요? 어제 제가 노스트로모에 대해서 드린 얘기를 기억하시지요? 그런데, 흑인 넷을 태운 소형 증기선이 사피가에서 오는 길에 큰이사벨섬 옆을 지나는데 절벽에서 어떤 여자가, 실은 린다가, 큰 소리로 부르더니 그들에게(달빛이 비치고 있었어요.) 해안으로 와서 부상당한 사람을 시내로 데려가 달라고 했답니다. 그 배의 선장은(그 사람에게서 이 이야기를 모두 들었어요.) 물론 당장 그렇게 했답니다. 그들이 큰이사벨섬의 낮은 해안으로 돌아가니 린다 비올라가 기다리고 있었다는군요. 그녀를 따라 오두막에서 멀지 않은 곳의 나무 밑으로 갔답니다. 그곳에 가 보니 노스트로모가 어린 여자애의 무릎을 베고 땅에 누워 있고 비올라 영감은 조금 떨어진 곳에서 총에 기대서 있었다고요. 린다의 지시에 따라 그들은 오두막에서 탁자를 꺼내 와 다리를 잘라 내고 들것을 만들었답니다. 그들이 여기 와 있어요, 굴드 부인. 노스트로모와…… 지젤 말입니다. 흑인들이 항구 근처의 응급실로 그를 데려갔어요. 노스트로모가 간호사를 시켜서 저를 부르러 보냈더군요. 하지만 그가 만나고 싶어 한 사람은 제가 아니라 부인입니다, 굴드 부인! 부인을 만나겠다는군요."

"저를요?" 굴드 부인이 약간 움츠리며 속삭였다.

"네, 부인이랍니다!" 의사가 큰 소리로 말했다. "노스트로모가 제게 — 자기의 적이라고 생각하는 저에게 — 부인을 당장 모셔 와 달라고 간청했습니다. 오로지 부인께 할 말이 있는 것 같더군요."

"그럴 리가요!" 굴드 부인이 속삭였다.

"이렇게 말했어요. '부인이 안정되게 살아갈 수 있도록 내가 기여한 바가 있다고 부인께 전해 주십시오.' ……굴드 부인," 의사가 몹시 흥분한 어조로 말을 이었다. "그 은을 기억하시지요? 거룻배에 실었던 은 말입니다, 잃어버린 은!"

물론 기억했다. 말하진 않았지만 굴드 부인은 그 은을 입에 올리기조차 싫었다. 솔직함의 화신이었던 부인은 인생에서 처음이자 마지막으로 바로 그 은에 대한 진실을 남편에게 숨겼던 일을 기억하며 극심한 공포를 느꼈다. 당시 그녀는 두려움 때문에 판단력이 흐려졌고, 그 일로 스스로를 용서할 수 없었다. 게다가 드쿠가 전해 준 소식을 남편에게 알렸더라면 산에서 내려오지 않았을 그 은이 간접적으로 모니검 의사를 죽게 할 뻔했다. 이런 일들이 그녀로서는 몹시 끔찍스러웠다.

"그 은이 과연 사라졌을까요?" 의사가 큰 소리로 말했다. "그 이후 우리의 노스트로모에게 어딘지 수상한 점이 있다고 저는 늘 느꼈어요. 확실히 그는 지금, 임종을 맞는 순간에……."

"임종의 순간이라고요?" 굴드 부인이 되풀이했다.

"네, 그렇습니다……. 아마 그 은과 관련된 이야기를 부인에게 하고 싶을 겁니다."

"아, 아니! 아니에요!" 그녀가 나지막한 소리로 말했다. "그 은은 잃어버렸고 다 끝난 일 아니에요? 그것이 없더라도 온 세상 사람을 비참하게 만들 만큼 보물은 많잖아요?"

이 말에 실망한 의사는 순종하듯 침묵하며 가만히 있다가 이윽고 아주 낮은 소리로 말을 꺼냈다.

"비올라의 딸, 지젤도 있습니다. 어떻게 해야 할까요? 상황으로 보아 그 부녀가……."

굴드 부인은 그 딸들을 위해 최선을 다할 의무를 느낀다고 말했다.

"이륜마차를 몰고 왔습니다." 의사가 말했다. "그 마차를 타도 괜찮으시다면……."

그는 굴드 부인이 긴 후드가 달린 회색 망토를 드레스 위에 걸치고 다시 나타날 때까지 몹시 초조하게 기다렸다.

이렇게 해서 참을성과 동정심이 강한 이 여자는 이브닝드레스에 망토를 걸치고 수도사처럼 후드를 쓴 채 그 훌륭한 부두 노동자 십장이 몸을 쭉 뻗고 누워 꼼짝도 하지 않는 침대 옆에 서게 되었다. 하얀 시트와 베개 때문에 그의 구릿빛 얼굴과 거무스름하고 억센 큼직한 손이 더 칙칙하고 두드러져 보였다. 키 손잡이와 고삐, 방아쇠를 그토록 능숙하게 다루던 그 손이 벌어진 채 흰 이불 위에 맥없이 늘어져 있었다.

"저 애는 죄가 없습니다." 십장이 조금 크게 말했다가는 아직 육신을 붙잡고 있는 영혼의 미약한 힘이 깨져 버릴까 봐 걱정하는 듯 나지막하고 침착하게 말했다. "잘못한 일이 없어요. 오로지 제 잘못이에요. 하지만 상관없습니다. 이 일에 대해서는 살아 있는 누구에게도 설명하지 않겠어요."

그는 말을 멈췄다. 후드를 쓴 굴드 부인의 창백한 얼굴은 어찌할 수 없는 서글픈 표정으로 그를 굽어보았다. 침대 발치에 꿇어앉아서 구릿빛이 반짝이는 금발을 십장의 발 위에 늘어뜨린 채 나지막하게 흐느끼는 지젤 비올라의 울음소리는 방 안의 정적을 거의 휘젓지 못했다.

"하! 조르조 영감…… 명예의 수호자! 그런 놀라운 일을 하다니! 그렇게 가벼운 걸음으로 나를 덮쳐서 정확하게 겨냥하다니! 나라도 그보다 잘할 수는 없었을 겁니다. 하지만 화약값을 절약할 수 있었을 텐데. 그의 명예는 안전했으니까……. 부인, 지젤은 이 세상 끝까지라도 따라갔을 겁니다. 도둑놈 노스트로모를……. 이제 실토했어요. 주문이 깨졌습니다!"

지젤이 나지막하게 신음하자 그는 눈길을 내렸다.

"그녀가 보이지 않는군요……. 상관없어요." 그가 예전의 당당한 무심함이 흐릿하게 흔적만 남은 목소리로 말을 이었다.

"키스 한 번으로 충분해요. 더 이상 시간이 없다면. 그녀는 공기처럼 가벼운 영혼이에요, 부인. 햇살처럼 밝고 따뜻해요……. 구름에 가렸다가 곧 화창해지죠. 그들이 그 영혼을 짓뭉개려 할 겁니다. 부인, 동정 어린 눈으로 돌봐 주세요. 부인의 동정심은 부인께 말씀드리는 남자의 용기와 대담함처럼 이 나라의 끝에서 끝까지 널리 알려져 있어요. 그녀는 시간이 지나면 위안을 얻을 겁니다. 라미레스도 나쁜 녀석은 아니에요. 나는 화나지 않아요. 그럼요! 술라코 부두 노동자 십장을 압도한 건 라미레스가 아닙니다." 그는 말을 멈추고 애를 쓰다가 더 큰 소리로 약간 거칠게 말했다.

"나는 배신당해서 죽는 겁니다…… 배신을 당해서……."

하지만 누구에 의해서, 또는 무엇에 배신을 당해서 죽어 가는지는 말하지 않았다.

"그녀는 나를 배신하지 않았을 거예요." 그는 눈을 부릅뜨고 다시 말을 이었다. "그녀는 충실했어요. 우린 아주 먼 곳으로 조만간 떠날 예정이었어요. 그녀를 위해서라면, 그 저주받은 보물에서 날 떼어 낼 수 있었을 겁니다. 저 어린애를 위해서라면 층층이 쌓인 상자들, 은괴가 가득 찬 상자들을 내버려 뒀을 거예요. 그런데 드쿠가 네 개를 가져갔어요. 은괴 네 개를. 왜? 골탕을 먹이려고? 날 배신하려고? 은괴 네 개가 없는데 내가 어떻게 그 보물을 돌려줄 수 있겠어요? 내가 훔쳤다고 사람들이 말할 텐데요. 그 의사도 그렇게 말했을 겁니다. 슬프게도! 그것이 아직도 날 사로잡고 있어요."

굴드 부인은 홀린 듯 고개를 더 깊이 숙였고 무서운 생각에 온몸이 차가워졌다.

"그날 밤 마틴 씨는 어떻게 됐어요, 노스트로모?"

"누가 알겠어요? 난 내가 어떻게 될지 궁금했어요. 이제는 압니다. 죽음이 불시에 나를 습격하기로 되어 있었던 거예요. 그는 가 버렸어요! 나를 배신했습니다. 그런데 당신은 내가 그를 죽였다고 생각하겠죠! 당신들, 당신네 지체 높은 분들은 다 똑같아요. 그 은이 나를 죽였어요. 그것이 날 사로잡았어요. 아직도 날 사로잡고 있어요. 그것이 어디 있는지는 아무도 몰라요. 그런데 당신은 그 은을 내 손에 맡기고는 목숨을 걸고 은을 지키라고 말했던 돈 카를로스의 부인이시죠. 당신들 모두 은을 잃어버린 줄 알았을 때 내가 돌아와서 무슨 말을 들었는지 아세요? 그 은은 전혀 중요하지 않다는 겁니다. 없어져도 상관없다고. 자, 충실한 노스트로모, 일어나서 우리를 구하기 위해 달려가게. 목숨을 걸고."

"노스트로모," 굴드 부인이 몸을 낮게 숙이며 속삭였다. "정말 나도 그 은은 생각하기조차 싫었어요."

"놀랍군요. 가난한 사람들에게서 보물을 빼앗는 법을 아주 잘 아는 당신네 중 한 사람이 그것을 싫어하다뇨. 세상은 가난한 사람들에게 달려 있다고 조르조 영감이 말했어요. 부인은 늘 가난한 사람들에게 친절했죠. 하지만 재물에는 뭔가 저주 같은 것이 있어요. 부인, 그 보물이 어디 있는지 말해 드릴까요? 당신에게만……. 빛나고! 썩을 수 없는!"

내키지 않는 듯 괴로운 기색이 의도치 않게 그의 어조와 눈길에 머물렀고, 공감적 직관이 뛰어난 그 여자에게는 그것이 똑똑히 보였다. 그녀는 비참하게 은에 종속되어 죽어 가는 사람에게서 섬뜩한 심정으로 고개를 돌렸다. 더는 은 얘기를 듣고 싶지 않았다.

"아뇨, 카파타스." 그녀가 말했다. "지금은 아무도 그것을 아쉬워하지 않아요. 영원히 없어지게 내버려 둬요."

이 말을 듣자 노스트로모는 눈을 감았고, 입을 다문 채 꿈짝하지 않았다. 병실 문밖에서 모니검 의사는 극도로 흥분해서 눈을 반짝이며 두 여자에게 다가왔다.

"자, 굴드 부인," 그가 조급한 나머지 거의 사납게 말했다. "말씀해 주세요. 제 짐작이 맞았나요? 뭔가 비밀이 있어요. 그 말을 들으셨지요, 그렇지 않나요? 그가 말했겠지요."

"그는 아무 말도 안 했어요." 굴드 부인이 침착하게 대답했다.

모니검 의사의 눈에서 노스트로모에 대한 성마른 적대감의 빛이 꺼졌다. 그는 순종하듯 물러섰다. 그는 부인의 대답을 믿지 않았다. 그러나 그녀의 말은 언제나 절대적이었다. 그는 부인의 부정을, 자신의 재능을 능가하는 노스트로모의 비상한 능력이 승리했음을 인정하는 불가해한 숙명처럼 받아들였다. 은밀히 헌신적으로 사랑해 온 여자 앞에서도 자신은 그 훌륭한 부두 노동자 십장, 변함없는 충실성과 정직, 용기를 바탕으로 평생을 살아온 남자에게 패한 것이다!

"사람을 보내서 내 마차를 보내 달라고 해 주세요." 굴드 부인이 후드를 덮어쓴 채 말했다. 그러고는 지젤 비올라에게 몸을 돌리고 말했다. "가까이 오렴, 애야. 더 가까이 와. 여기서 기다리자."

슬픔에 잠긴 어린아이처럼 지젤 비올라는 흘러내린 머리칼로 얼굴을 가린 채 부인에게 다가갔다. 굴드 부인은 그 순결한 공화주의자, 얼룩 하나 없는 영웅, 비올라 영감에게 걸맞지 않은 딸의 팔 밑으로 손을 꼈다. 이 세상 끝까지 도둑을 따라갔을 아가씨의 머리가 고개를 떨어뜨리는 시든 꽃처럼 천천히 조금씩 술라코의 퍼스트레이디, 산토메 광산 경영주의 아내인 도냐 에밀리아의 어깨에 기대졌다. 아가씨가 불안하고 흥분한 상태로 흐느낌을 억누르는 것을 느끼면서 부인은 난생처음으로 냉소적인 신랄함을 느꼈다. 모니검 의사에게 어울릴 감정이었다.

"진정해라, 얘야. 그는 자기 보물 때문에 너를 곧 잊었을 거야."

"부인, 그는 저를 사랑했어요. 저를 사랑했어요." 지젤이 절망적으로 속삭였다. "누구도 받지 못한 사랑으로 저를 사랑했어요."

"나도 사랑을 받은 적이 있었단다." 굴드 부인이 엄격한 목소리로 말했다.

지젤은 발작적으로 그녀에게 매달렸다. "아, 부인, 하지만 부인은 살아 계시는 동안 언제까지나 숭배를 받으실 거예요." 그녀가 흐느껴 울었다.

마차가 올 때까지 굴드 부인은 입을 다물었다. 그녀는 반쯤 정신이 나간 아가씨를 부축해서 마차에 태웠다. 의사가 마차 문을 닫은 후 그녀가 문 위로 고개를 숙이고 그에게 말했다.

"어떻게 살려 낼 방법이 없을까요?" 그녀가 속삭였다.

"없습니다, 굴드 부인. 게다가 그는 자기 몸에 손도 못 대게 합니다. 그건 문제가 되지 않아요. 딱 한 번 보기는 했는데…… 소용없습니다."

하지만 의사는 바로 그날 밤에 비올라 영감과 다른 아가씨를 보러 가겠다고 약속했다. 경찰 보트를 얻어 타고 그 섬에 갈 수 있을 것이다. 그는 거리에 서서 흰 노새들 뒤로 천천히 굴러가는 마차를 바라보았다.

줄줄이 가로등이 늘어서고 시커먼 기중기가 높이 솟은 새 선창에 사고가 일어났고 피단차 선장이 다쳤다는 소문이 퍼져 나갔다. 한밤중에 배회하는 무리들, 가난한 사람 중에서도 가장 가난한 자들이 응급 병원 문 주위에 모여 텅 빈 거리의 달빛을 받으며 속삭이고 있었다.

부상을 당한 남자 옆에는 창백한 사진사뿐이었다. 왜소하고 가냘프며 살기등등한 그 자본주의자들의 적은 침대맡의 높은 의자에 무릎을 올리고 턱을 손에 괸 채 앉아 있었다. 부두에서 밤늦게 일하다가 소형 증기선의 흑인에게서 피단차 선장이 치명적인 부상을 입고 뭍으로 운반되었다는 말을 들은 한 동무가 그를 데려온 것이었다.

"동무, 처분해야 할 재산이 없소?" 그가 근심스럽게 물었다. "우리의 과업을 위해선 돈이 필요하다는 것을 잊지 마시오. 부자들과 싸우려면 그들의 무기가 있어야 하니까."

노스트로모는 아무 대답도 하지 않았다. 상대는 곱사등이 원숭이처럼 부스스한 머리털을 마구 엉클어뜨린 채 높은 의자에 웅크리고 앉아서 더는 강요하지 않았다. 그러더니 오랜 침묵 후에 다시 입을 열었다.

"피단차 동무," 그가 엄숙하게 말했다. "그 의사의 도움을 모두 거절했다죠. 그가 정말로 민중의 위험한 적이오?"

불빛이 어둑한 방에서 노스트로모는 베개 위에서 천천히 고개를 돌리고 눈을 떠서 침대맡에 앉아 있는 수상한 인물에게 이해할 수 없이 경멸의 시선을 던졌다. 그러고 나서 부두 노동자 십장은 다시 고개를 돌리고 눈꺼풀을 닫은 채 한 시간 동안 꼼짝하지 않다가 말 한마디, 신음 소리 한 번 내지 않고 숨을 거두었다. 극심한 고통을 알리는 전율이 잠시 지속되었을 뿐이다.

모니검 의사는 경찰 보트를 타고 섬으로 가면서 만 위에 반짝이는 달빛과 멀리 구름이 덮인 곳 밑에서 빛줄기를 내보내는 큰이사벨섬의 높고 시커먼 형체를 보았다.

"천천히 노를 젓게." 그는 그 섬에서 과연 무엇을 보게 될지 의아한 심정으로 말했다. 린다와 그 부친을 상상해 보려 했지만 이상하게도 내키지 않았다. "천천히 젓게." 그가 되풀이해서 말했다.

자신의 명예를 훼손하려는 도둑에게 총을 쏜 순간부터 조르조 비올라는 그 자리에서 꿈쩍도 하지 않았다. 낡은 총을 땅에 세우고 총구 가까이 총대를 잡은 채 가만히 서 있었다. 노스트로모를 그 섬에서 영원히 실어 간 증기선이 해안을 벗어난 다음에 린다는 올라가서 아버지 앞에 섰다. 그는 앞에 다가온 딸도 알아보지 못하는 것 같았다. 그러나 그녀가 억지로 지탱해 온 침착함을 잃고 "누구를 죽였는지 아세요?"라고 소리치자 그는 대답했다.

"그 부랑자 라미레스지."

새하얗게 질린 얼굴로 미친 듯이 아버지를 쏘아보면서 린다는 아버지의 얼굴에 대고 웃음을 터뜨렸다. 나지막이 멀리 퍼져 나가는 그녀의 웃음소리에 아버지도 잠시 후 기운 없이 웃음을 지었다. 그러자 그녀가 웃음을 멈췄고 노인은 놀란 듯이 말했다.

"그 녀석이 사위 잔 바티스타의 목소리로 소리를 지르더구나."

그가 손을 벌리자 총이 땅바닥에 떨어졌지만 그의 팔은 여전히 총대에 의지하는 듯이 잠시 내민 채로 있었다. 린다는 거칠게 아버지의 팔을 잡았다.

"아버지는 너무 연세가 많아서 이해를 못 하세요. 집으로 들어가요."

그는 딸이 잡아끄는 대로 몸을 맡겼다. 문지방에 걸려 넘어지는 바람에 그는 딸과 함께 바닥에 나동그라질 뻔했다. 지난 며칠간의 흥분과 활약이 꺼져 가는 등불의 마지막 불꽃같았다. 그는 의자 등받이를 붙잡았다.

"사위 잔 바티스타의 목소리로." 그가 근엄한 어조로 되풀이했다. "그 녀석의 목소리를 들었어. 라미레스, 그 형편없는 녀석이."

린다는 아버지를 의자에 앉히고 고개를 깊이 숙여 그의 귀에 대고 소리쳤다.

"아버지는 잔 바티스타를 죽인 거예요."

노인은 덥수룩한 수염 밑에서 미소를 지었다. 여자들은 이상한 상상을 살핀다.

"작은 애는 어디 있지?" 차가운 공기가 스며들고, 성경책을 펴고 밤의 절반을 지새우며 앉아 있을 때 켜 놓던 등불이 평소와 달리 흐릿한 데 놀라서 그가 물었다.

린다는 잠시 망설이다가 얼굴을 돌렸다.

"잠들었어요." 그녀가 말했다. "그 애 얘기는 내일 해요."

그녀는 차마 아버지를 바라볼 수 없었다. 그는 공포와 참을 수 없는 연민으로 그녀의 마음을 가득 채웠다. 그녀는 아버지에게 닥친 변화를 주시해 왔다. 그는 자신이 저지른 일을 결코 이해하지 못할 것이다. 그녀 자신도 그 모든 일을 이해할 수 없었다. 그가 힘겹게 말했다.

"성경을 다오."

린다는 낡은 가죽 표지의 닫힌 책을 탁자에 올려놓았다. 오래전에 팔레르모에서 어떤 영국인이 그에게 준 책이었다.

"그 아이를 보호해야 했어." 그는 기이하게도 애도하는 목소리로 말했다.

그의 의자 뒤에 서서 린다는 양손을 잡고 비틀며 소리 없이 울부짖었다. 갑자기 그녀가 문 쪽으로 뛰어갔다. 그는 그녀가 움직이는 소리를 들었다.

"어디 가는 게냐?" 그가 물었다.

"등대로요." 린다가 몸을 돌려 슬픔에 젖은 눈으로 아버지를 바라보며 대답했다.

"등대로! 그래, 의무를 다해야지."

꼿꼿한 자세로 앉아서 사자 갈기 같은 흰머리로 용감하게 정적에 빠져들면서 그는 도나 에밀리아가 준 안경을 찾으려고 붉은 셔츠의 호주머니를 더듬었다. 그는 안경을 썼다. 한참을 꼼짝 않고 있다가 그는 책을 펼쳤고 안경알을 통해 두 줄로 배열된 작은 글씨를 위에서부터 읽어 내렸다. 어떤 음울한 생각이나 불쾌한 감각에 반응하듯이 약간 이마를 찌푸린 그의 얼굴에 완고하고 엄숙한 표정이 굳어졌다. 그러나 그는 몸이 부드럽게 서서히 앞으로 기울어져 눈처럼 흰 머리가 펼쳐진 책에 닿을 때까지 책에서 눈을 떼지 않았다. 회반죽을 바른 벽 위에 걸린 나무 시계가 정확하게 똑딱거렸다. 천천히 차갑게 식어 가면서 가리발디노는 사나운 돌풍에 뿌리째 뽑힌 참나무 고목처럼 썩지 않은 억센 모습으로 홀로 엎어져 있었다.

큰이사벨섬의 등대불이 산토메 광산의 잃어버린 보물 위에서 평화롭게 타올랐다. 그 불빛은 먼 수평선을 향해 별들이 사라진 푸르스름한 밤하늘로 노란 광선을 내보냈다. 빛나는 창유리의 검은 반점처럼 린다는 바깥 전망대에서 몸을 웅크리고 난간에 머리를 올려놓았다. 서쪽 해안에서 기우는 달이 화사한 빛을 발하며 그녀를 바라보았다.

저 아래 절벽 기슭을 지나가는 배에서 규칙적으로 철썩이던 노 소리가 멎었고, 모니검 의사가 고물에서 일어섰다.

"린다!" 그가 고개를 젖히고 소리쳤다. "린다!" 린다가 일어섰다. 그 목소리를 알아차린 것이다.

"그는 죽었어요?" 그녀가 몸을 숙이고 소리쳤다.

"그래, 가엾은 아가씨. 내가 돌아서 갈게." 의사가 밑에서 대답했다. "모래사장으로 저어 가게." 그가 사공들에게 말했다.

린다의 검은 형체가 마치 몸을 내던지려는 듯이 머리 위로 양팔을 들어 올린 채 곧 등대 불빛에서 떨어져 나왔다.

"당신을 사랑한 건 나예요." 그녀는 달빛 아래에서 대리석처럼 하얗게 굳은 얼굴로 속삭였다. "나라고요! 나뿐이에요! 그 애는 그 예쁜 얼굴 때문에 비참하게 살해된 당신을 곧 잊을 거예요. 난 이해할 수 없어요. 정말 이해할 수 없어요. 그렇지만 당신을 절대로 잊지 않을 거예요. 절대로!"

그녀는 자신의 순정과 고통, 당혹감과 절망을 한마디 외침에 집어넣으려고 힘을 모으는 듯이 잠자코 가만히 서 있었다.

"절대로! 잔 바티스타!"

모니검 의사는 경찰 보트를 타고 섬을 돌아 가면서 머리 위를 스치는 그 이름을 들었다. 그것은 노스트로모의 또 다른 승리였고, 무엇보다 위대하고, 더없이 부럽고, 가장 불길한 승리였다. 푼타 말라에서 아수에라까지, 더 멀리 단단한 은 덩어리처럼 빛나는 거대한 흰 구름이 드리워진 수평선까지 크게 울려 퍼지는 듯한 그 진정한 사랑과 비탄의 외침에서, 그 위대한 부두 노동자 십장의 천부적 재능은 그가 정복한 보물과 사랑을 품은 그 어두운 만을 지배하고 있었다.

작품 해설

미

1 폴란드인 선원에서 작가로

1895년에 『올마이어의 어리석음』이 출간되면서 영국 문단에 등장한 조지프 콘래드(1857~1924)는 20세기 초에 걸출한 작품들을 발표하여 영국의 위대한 소설가로 우뚝 자리매김했지만 여러 면에서 이질적인 존재였다. 그는 폴란드인 혈통으로 본명이 유제프 테오도르 콘라트 코제니오프스키였으며 이십여 년 간 선원 생활을 해 왔고 1886년에 영국에 귀화한 이후 작품을 쓰면서 자신의 체험에서 우러나온 독특한 세계를 구축했다.

그가 태어난 소도시 베르디치우는 현재 우크라이나에 속하지만 16세기경부터 폴란드의 영토였고 당시 러시아의 지배하에 있었다. 1795년에 러시아, 오스트리아, 프러시아에게 분할 지배된 후 1919년에 독립국가로 인정될 때까지 많은 폴란드인들은 러시아 제국의 강압적인 동화정책에 반발하여 독립 운동에 가담했고 나폴레옹이 폴란드 독립을 지지해줄 것을 기대하여 나폴레옹 전쟁에도 참여했으며 몇 차례 반란을 일으키기도 했다. 콘래드의 조부는 반란을 지지하다가 재산을 몰수당했고 부친은 적극적으로 저항 운동을 벌이다 러시아의 정치범 유형지인 볼로그다에 유배되었다. 혹독하게 추운 곳에서 콘래드가 여덟 살일 때 어머니는 결핵으로 세상을 떠났고 아버지도 그가 열한 살이었을 때 결핵으로 사망했다. 이후 그는 외삼촌 타데우스 보브로프스키의 보호를 받으며 생활했으나 1874년 열일곱 살의 나이에 선원이 되기 위해 외삼촌의 만류를 뿌리치고 마르세유로 떠났다. 불우한 어린 시절의 기억과 암울한 현실의 질곡을 떨치고 자유로운 삶을 찾아 스스로 망명의 길을 택한 것이다. 그러나 어린 시절에 경험한 독립을 위한 헌신, 고통과 패배 의식으로 얼룩진 폴란드인들의 상황은 훗날 순수한 이념과 충실성, 배신의 문제를 지속적으로 탐구한 바탕이 되었을 것이다.

그는 선원으로 오랜 시간 서인도 제도와 남아메리카, 호주, 동남아시아, 인도 등을 항해했고, 이 경험을 통해 19세기 말의 국제적 역학 관계를 유럽에 제한되지 않은 다양한 시각에서 고찰할 수 있었다. 해양 소설 또는 이국적 모험담으로 분류되는 초기소설들은 바다에서 생사고락을 함께하는 선원 공동체가 겪는 모험과 여러 나라에서 관찰한 다양한 군상과 사회 공동체의 특성을 그려냈다. 공동체와 개인의 관계, 이상주의적 관념과 이데올로기의 문제는 그의 지속적인 관심사였고 거듭

된 숙고를 통해 심화되었다. 『로드 짐』(1900)은 개인의 이상적 자아상과 실제 모습과의 괴리와 자기기만 같은 주제를 본격적으로 탐구했고, 『암흑의 핵심』(1899)은 식민주의의 이상주의적 이념이 철저히 변질되는 양상을 그려냈다.

1904년에 발표된 『노스트로모』는 콘래드의 걸작일 뿐 아니라 20세기 초에 발표된 최고의 작품이고 최고의 정치 소설 중 하나라는 평가를 받아왔다. 영어로 쓰인 최고의 소설이라는 극찬을 받기도 한 이 작품을, 스물한 살에 처음으로 영국 땅을 밟고 영어를 배우기 시작한 그가 썼다는 사실은 그의 천재적 재능을 보여준다고 말할 수밖에 없다. 그는 6개 국어에 능통했고 프랑스어를 모국어처럼 구사했지만 영어를 말할 때는 폴란드어 억양이 강해서 알아듣기 어려웠다고 한다. 이후 『비밀 정보원』(1907), 『서구인의 눈으로』(1911)와 같은 비중 있는 정치 소설을 발표했지만 그가 대중적 인지도를 얻고 생활고에서 벗어나게 된 것은 『기연』(1913)과 『승리』(1915)가 발표된 후였다. 평생 류머티즘과 말라리아 후유증으로 고통을 겪으면서도 남달리 폭넓은 시각에서 현대 사회를 고찰하고 탐구한 그는 현대 문명에 관한 기념비적 작품을 남긴 거장이었다.

2 물적 이익 추구의 역사

『노스트로모』는 가상의 남아메리카 공화국 코스타구아나의 항구 도시 술라코를 배경으로 정치적 위기를 그려내고 있

시간 수백 년에 걸친 역사적 흐름이 집약된 소우주를 창조하고 있다고 볼 수 있다. 15세기경부터 시작된 신대륙 탐험과 약탈, 자본주의적 물질 개발과 신식민주의적 침탈, 부패한 정부들의 내전과 혁명으로 점철된 정치적 변동과 혼란, 급진적 노동 운동을 예고하는 계층의 부상에 이르기까지 전형적인 남아메리카 국가를 형상화하면서 이 작품은 근대 이후 물질주의 문명을 조망하는 대서사시를 이룬다.

이 거대한 역사적 흐름의 원동력은 물질적 이익(material interest) 추구이다. 소설의 핵심 축인 산토메 광산은 과거에 노예들의 등에 내리친 채찍을 동력으로 운영되었고 그 과정에서 인디언 부족 전체가 멸종했으며 이런 원시적 방법으로는 수익성이 없어 폐광되었다가, 독립 전쟁 이후 영국 회사가 개발에 착수했으나 원주민 광부들이 일으킨 폭동으로 영국인들이 살해되고 정부에서 강제로 몰수한 후 폐기된 역사를 가지고 있다. 육 년간 네 번이나 바뀐 정부는 부유한 상인인 찰스 굴드의 부친에게 강탈한 돈을 상환하는 방식으로 광산 영구 채굴권을 강제로 맡기고 추정 산출량에 대한 사용료를 추징함으로써 산토메 광산이 굴드가와 관련을 맺게 된다. 전 재산을 강탈당한 굴드의 부친은 분노와 좌절감에 정신과 신체가 파괴되고 만다.

찰스 굴드는 폐기된 광산에 매력을 느끼고 구제할 대상으로 여기며 과거의 불합리한 재앙의 원천을 도덕적 선의 원천으로 만들겠다는 이상주의적 기획에 착수한다. 은광 개발은 “법과 믿음과 질서와 안전”의 기반이 될 것이며, 돈벌이가 정당화되는 것은 "돈벌이를 위해 필요한 안정이 억압받는 사람들과 공유되기 때문"이다. 굴드가 도덕적 이념을 가지고 은광 개발에 착수하듯이, 산토메 광산에 투자하는 샌프란시스코의 금융가 홀로이드는 제국주의적 기업가로서 보다 순수한 형태의 기독교를 전파하겠다는 이념을 피력한다. 프로테스탄트 윤리가 자본주의 발전의 원동력이라는 막스 베버의 주장을 예시하듯이 이들은 각자 나름의 도덕적, 이상주의적 이념을 갖고 물질적 이익 개발에 헌신한다.

찰스 굴드는 대단히 유능한 인물로 엄청난 성공을 거두지만 그 과정에서 "이념의 도덕적 타락"을 경험한다. 관리들에게 지속적으로 뇌물을 주고 술수를 쓰면서 도덕적 타협을 감수해야 할 뿐 아니라, 그가 개발한 "황금알을 낳는 거위"가 술라코의 폭동과 몬테로와 소티요 같은 쿠데타 세력의 침입을 야기하면서 정치에 개입하지 않으려는 소신을 버릴 수밖에 없게 된다. "술라코의 왕"이라 불리는 그에게 산토메 광산은 "제국 내의 제국"으로서 어떤 희생을 바쳐서라도 지켜야하는 대상이다. 굴드 부인의 표현대로 처음에는 이념에 불과했던 것이 주물로 변하고, 은광 개발의 주역이자 자본가적 기능성의 화신으로서 그는 은광에 종속되고 만다.

이와 다른 방식으로 은에 종속되는 인물은 노스트로모이다. 제네바 하류층 출신의 선원으로 콜럼버스를 연상시키는 그는 술라코에 정착하여 부두 노동자의 십장으로서 놀라운 재능과 용기를 발휘하여 찬사를 받는다. 그에게 가장 중요한 가치는 찬사와 명성이다. 술라코의 분립 운동이 일어나는 가운네 산토메 광산의 채굴된 은괴를 숨기는 작업은 그에게 "가장 유명하고 필사적인 작업"이며 그 일에 성공하면 아메리카의 한 끝에서 다른 끝까지 자신에 대한 칭송이 울려 퍼지리라고 기대한다.

이 작품의 표제 인물 노스트로모가 비교적 단순하고 일차원적인 인물이라는 사실은 전반적으로 세밀하고 사실주의적인 심리 묘사가 뛰어난 이 소설에 엮여 짜인 다양한 서사 양식을 시사한다. 콘래드는 노스트로모에 대해 "선원 부류의 허영심을 구현한 허구, 그가 표출하는 감정을 종종 경험하는 '민중'의 낭만적 대변인"이라고 폄하하기도 하지만 1917년에 쓴 「작가 노트」에서는 "민중의 한 사람"이자 "민중의 내면에 있는 힘"으로 그를 옹호한다.

노스트로모는 평범한 사람들의 잠재적 미덕이나 힘과 용기를 구현하는 인물이고 본명인 잔 바티스타 대신 '우리의 사람'을 뜻하는 노스트로모로 불린다는 것도 그의 상징적 면모를 드러낸다. 과거의 전설적 영웅들처럼 놀라운 업적으로 불멸의 명성을 추구하는 그는 전통적 로맨스(모험담)의 잠재적 영웅이고, 그런 인물답게 초반에는 그의 은 장신구처럼 '부패할 수 없는' 인간으로 묘사된다.

은괴를 운반하는 작업은 그의 자질을 판가름하는 결정적인 테스트이자 그가 추구하는 '찬사와 명성'의 가치를 검증하는 시험대가 된다. 그 일에 나서기 전에 그는 신부를 데려다 달라는 테레사 부인의 부탁을 거절함으로써 죽어 가는 여자의 마음의 평화보다 "영혼과 몸에 대한 대가로 우스꽝스러운 이름 밖에 주지 않는 사람들의 칭찬"을 중시한다는 비난과 저주를 듣고 일말의 죄의식을 느낀다. 또한 자신은 "마치 굶주린 자에게 빵을 사 줄 지상에 남은 마지막 은이라도 되는 듯이" 죽음을 무릅쓰고 지켜야 하는 은괴가, 자본가들의 입장에서는 폭도들의 손에 들어가느니 바다 속에 가라앉는 편이 나은 물건이라는 모니검 의사의 말에 분개한다. 이런 외적 요인들은 그의 심경 변화를 자극하고 그의 자아 해체를 예고한다.

노스트로모가 은괴를 실은 거룻배를 타고 플라시도만을 벗어나려고 필사적으로 애쓰는 장면은 이 소설의 구조적 중심으로 가장 인상적인 장면이다. 어둠과 정적에 덮인 플라시도만은 지성과 감각으로 통제할 수 없는 공간이고, 여기서 그의 동행인 드쿠가 효과적으로 사용할 수 있는 유일한 무기인 지성을 빼앗겼다면 노스트로모는 실패와 죽음의 가능성에 직면해 평소의 자존심과 용기를 상실한다. 간신히 큰이사벨섬에 은괴를 숨기고 술라코에 돌아와 버려진 성채에서 시체처럼 누워 열네 시간 동안 잠을 자는 그의 이미지는 정신적 죽음을 시사한다. 그는 잠에서 깨어나 "아직 죽지 않았다."고 말하지만 그의 재생은 영웅적 자아의 상실과 물질적 인간의 탄생을 의미할 뿐이다.

새롭게 태어난 노스트로모는 자신이 노동과 헌신에 대해 온당한 존중과 대가를 받지 못했고 더구나 대가를 지급해야 할 인간들이 사욕에 따라 행동할 뿐이며 그의 인격을 배려하지 않는 존재임을 깨닫는다. 그가 세관에서 마주친 모니검 의사와 나누는 대화는 인간의 소통이 얼마나 어긋나기 쉬운 것인지를 여실히 보여준다. 굴드 부인에 대한 헌신적 애정으로 목숨을 바쳐 술라코를 내전에서 구하겠다는 일념에 사로잡힌 모니검 의사는 노스트로모가 절실히 원하는 공감과 관심을 보이지 않고 그를 카이타에 보내 바리오스 장군의 군대를 데려올 수단으로 간주함으로써 그의 배신감을 고조시킬 뿐이다. (이 장면은 소통의 어려움뿐 아니라 더없이 순수한 마음에서 비롯된 것이라도 어떤 고정관념에 사로잡힌 인간은 주위 인간들에게 극히 위험한 인물이 될 수 있다는 작가의 인식을 드러낸다.) 자신이 도구로 이용되고 배신당했다는 인식으로 자아가 해체된 상태에서 노스트로모는 물질적 이익의 신화에 감염되고 "그 보물은 배신당해서는 안 된다."라고 결심하며 은괴에 충성을 바치는 인물로 변모한다.

하지만 물질적 인간으로의 변모는 그의 타고난 자질을 질식하고 파괴할 뿐 아니라, 이미 구원받지 못한 영혼과 사라진 생명을 대가로 얻은 그 저주받은 보물은 그를 보물의 노예로 전락시킨다. 작품 도입부에 소개된 아수에라반도의 전설, 금지된 보물을 찾아 나선 두 백인이 보물을 찾았지만 치명적인 저주에 사로잡혀 보물을 감시하는 육신에서 떨어져 나오지 못하고 유령으로 떠돌고 있다는 전설은 족쇄가 철컥거리는 소리를 들을 정도로 은에 사로잡힌 그에게서 재현된다. 그는 보물에 대한 집착 때문에 원치 않는 여자에게 청혼해야 하고 사랑하는 여자와의 관계를 이루지 못한다. 물질에 대한 집착이 바람직한 인간관계를 저해한다는 점에서 노스트로모와 찰스 굴드의 삶은 유사성이 있다. 여성이나 인간적 가치에 대한 충실성(fidelity)이 물질에 대한 충성과 상충할 때 물질을 선택함으로써 그들의 인간관계는 미묘한 배신(infidelity)으로 점철되는 것이다.

3 회의주의적 역사인식

이 두 사람이 물질적 이익 발달의 역사에서 각자 주역으로 기여하는 활동가들이라면 그 역사의 흐름을 냉소적으로 비판하는 방관자적 인물은 마틴 드쿠이다. 스페인계 코스타구아나인으로 파리에서 성장한 그는 인간이 기본적으로 자기중심적이고 이기적 존재이고 인간의 신념이나 확신이란 사적 이익을 추구하기 위한 개별적 관점에 불과하다고 생각한다. “어느 누구도 이유 없이 애국자가 되는 것은 아니”고 그것이 이익이 되기 때문이라는 것이다. 그는 찰스 굴드에 대해 자신의 욕망을 “은과 보물의 빛나는 의상”으로 치장하고 자신의 삶을 “근사한 동화의 전통에서 비롯되는 도덕적 로맨스”로 생각한다고 예리하게 지적한다. 독재자들이나 제국주의자들이 내거는 민주주의, 자유, 평등, 진보와 같은 이데올로기는 모두 다 각자의 이익을 포장하는 “빛나는 의상”이자 공허한 구호이고, 그들이 정치적, 경제적 패권을 잡으려는 온갖 행위는 우스꽝스럽기도 하고 무시무시한 “죽음의 소극”이라는 것이다.

삼백 년 전 우리 스페인계 조상의 재산이 대담한 해적들로 내변된 다른 유럽 국가들의 중대한 표적이었듯이 말이죠. 우리는 헛수고의 저주를 받고 태어났습니다. 돈 키호테와 산초 판사, 기사도 정신과 물질주의, 고상하게 들리는 정조(情操)와 무력한 도덕성, 이념을 실현하려는 치열한 노력과 온갖 타락의 음울한 묵인. 우리는 독립을 얻으려고 온 대륙을 뒤흔들었지만 서툴게 모방된 민주주의의 순종적인 먹잇감이 되었고, 악당과 살인자들의 무력한 희생자가 되었을 뿐입니다. 우리의 제도는 조롱거리가 되었고, 우리의 법은 익살극이 되었죠. 구스만 벤토 같은 녀석이 우리의 지배자라니! (1권, 214쪽)

여기서 드쿠는 코스타구아나의 상황을 "돈 키호테와 산초 판사", 즉 (무력한) 이념을 실현하려는 이상주의적 노력과 물질주의적 세력의 대립으로 표현하며 그 갈등이 "헛수고의 저주"가 내린 듯 반복된다고 말한다. 그의 순환적, 비관적 역사관은 설득력 있게 보인다. 15, 16세기에 남아메리카를 침입한 스페인계 정복자들과 그 이후의 침략자들, 19세기 앵글로색슨계의 제국주의자들, 홀로이드가 대변하는 국제 금융자본세력은 물적 이익을 추구하는 외부 세력의 끊임없는 개입을 암시하며 이것은 "세상이 좋아하든 말든 우리는 온 세상의 사업을 주름잡게 될 걸세. 세상은 그것을 피할 도리가 없네. 우리도 피할 수 없겠지."라는 홀로이드의 무시무시한 말에서 단적으로 드러난다. 이에 반해 국내에서는 연방주의와 통합주의가 각축전을 벌이고, 구스만 벤토의 독재가 블랑코 당파의 리비에라 공화국으로 이어지지만 십팔 개월 만에 몬테로의 군사 독재로 다시 뒤집히며 정치적 갈등과 혼란의 소용돌이가 끊이지 않는 것이다.

작품 말미에서 모니검 의사는 산토메 광산에서 노동 소요가 일어나고 시내에서 무정부주의적 노동조합 운동을 위한 모임이 활성화되고 있다는 소식을 굴드 부인에게 전하면서 드쿠와 비슷한 생각을 피력한다.

> 물질적 이익의 발달에는 평화와 평안이 없습니다. 물질적 이익에 그 나름의 법과 정의가 있기는 하지요. 하지만 그것은 편의에 기초한 것이라 비인간적입니다. 거기에는 도덕적 원칙에서만 찾아볼 수 있는 올곧음이 없고, 영속성과 힘도 없습니다. 굴드 부인, 굴드 광산이 상징하는 모든 것이 수년 전의 야만성과 잔인함, 무질서처럼 사람들을 무겁게 짓누를 때가 다가오고 있습니다. (2권, 258쪽)

결국 역사는 물질적 이익 추구에 따라 전개되며 사회적 양태는 달라지더라도 갈등과 분쟁이 끊이지 않는다는 비관적 인식이 이 작품을 지배하는 듯 보인다. 자본주의의 팽창 과정이나 그 반발로 평등주의를 내세우며 등장한 극단적 사회운동도 물적 이익 추구라는 동력에 지배되기에 진정한 평화는 존재하지 않는다. 따라서 이 작품은 앞으로의 역사도 이익 추구의 논리에 따라 가차 없이 전개되리라는 것을 예고하는 듯하다.

4 구원적 환상의 긍정

역사에 대한 드쿠의 회의적 의식은 작가의 생각을 일면 대변하지만 세기말적 지식인 드쿠의 삶은 극단적인 회의주의적 인식의 위기를 보여 준다는 점에서 주목할 만하다. 그가 역사에 대한 소명이 없으면서도 "분리주의 운동의 젊은 사도"로 역사에 남는 것은 역사의 아이러니라고 볼 수 있다. 그런데 외부 세계와 완전히 단절된 공간에서 회의주의적 성향이 내면을 향하여 스스로를 해체함으로써 비롯되는 죽음에서 그는 코벨랑 신부의 말대로 "믿음이 없는 시대의 희생자"이다. 누구보다도 드쿠에 대해 냉소적인 화자는 똑똑한 아들이자 집안의 응석받이이고 안토니아의 애인이자 술라코의 언론인인 그가 "독자적으로 자기 자신과 싸워가기에 적합지 않은" 인물이었다고 평가하며, 자신의 지성과 감각 외에는 아무 것도 믿지 않고 충동적으로 살아온 삶이 잘못된 것이었다는 희미한 인식이 그가 성인으로서 처음 갖게 된 도덕적 감정이었다고 말한다. 이런 준엄한 평가는 인간의 삶이 공동체의 관계 안에서만 가능할 뿐 아니라 아이러니나 회의주의도 "사물의 전체 체계"에 참여할 때라야 가능하다는 작가의 생각을 드러낸다.

이 작품이 담고 있는 삶에 대한 비전은 굴드 부인의 의식을 통해 찾아볼 수 있다. 선행을 베푸는 작은 요정의 이미지로 묘사되곤 하는 굴드 부인은 질서와 안정, 번영을 위해 은광을 개발하려는 굴드의 이상에 공감했지만 물질 개발이 끝없는 갈등을 야기할 뿐 아니라 인간에 대한 배신을 불가피하게 수

반한다는 사실을 체험을 통해 알고 있다. 작품 말미에서 그녀는 환멸과 피로감에 젖어 있지만 "삶이 풍부하고 충일하기 위해서는 현재의 매순간마다 과거와 미래에 대한 배려를 담고 있어야" 하고 "우리의 일상적인 노동은 죽은 자의 영광을 위해, 이후에 올 자들에게 보탬이 되도록 이루어져야 한다."라고 생각한다. 이와 같은 유기적 역사의식은 "죽은 자를 산 자에, 산 자를 태어나지 않은 자에 결합시키는"(『나르시서스호의 검둥이』 서문) 유대감과 노동, 의무, 헌신에 대한 강조에서도 표명된 바 있는데, 이는 빅토리아시대의 대표적 작가 토머스 칼라일이나 조지 엘리엇의 근간을 이루는 의식이기도 하다.

마지막 부분에서 거짓 영웅인 노스트로모를 영웅적 인물로 역사에 남기는 인물이 굴드 부인이라는 사실은 의미심장하다. 여러 평자들은 이 작품이 위대한 소설이기는 하지만 결함이 많고 특히 후반부에서 작가의 창조적 에너지가 쇠퇴하여 노스트로모는 멜로드라마의 인물로 전락했다고 평가한다. 3부 「등대」는 1, 2부와 달리 서사의 긴박감이나 긴장감이 떨어지고 노스트로모를 둘러싼 삼각관계와 죽음, 노스트로모를 잊지 않겠다는 린다의 마지막 외침으로 멜로드라마처럼 보이는 것은 사실이다. 하지만 굴드 부인이 은의 노예가 되어버린 노스트로모의 실상을 알면서도 거짓말로 덮어 주는 작품의 결말은 삶에 대한 작가의 비전을 보여준다고 하겠다.

그것은 삶을 영위하기 위한 구원적 환상(saving illusion)의 필요성을 긍정한 행위로 볼 수 있다. 굴드 부인과 마찬가지로 『암흑의 핵심』의 화자 말로는 커츠의 약혼녀에게 거짓말로 그의 비행을 숨기는데, 여자들이 "그들만의 아름다운 세계" 즉 환상의 세계에 머물러야 하고 그것이 "우리(남성들)의 세계가 더 나빠지지 않도록" 삶을 지탱해 주기 때문이라고 말한다. 굴드 부인은 어두운 진실을 알지 못하는 커츠의 약혼녀와 달리 정치적, 사회적 현실을 정확하게 직시하고 남성들의 과오를 꿰뚫어 보면서도 실상을 덮어줄 환상을 선택한다. 너무나 적나라한 진실에 절망하지 않으려면 삶에 대한 믿음과 환상이 필요하기 때문이다.

하지만 공동체적 삶의 가치와 의미를 회복하려는 그녀의 창조적 노력은 물적 이익 추구의 흐름 앞에 무력하고 그녀의 폭포 그림이나 영웅적 설화처럼 과거의 보존에 그치고 만다. 그녀는 광산의 병원과 학교에 관심을 쏟으며 주민들의 삶을 보살피려고 노력하지만 물질적 이익의 신화는 술라코의 모든 영역을 지배하고 끝없는 갈등과 투쟁을 유발한다. 그녀가 가장 존중하는 돈 호세 아베야노스와 비올라 영감처럼 사욕 없이 이념을 추구하는 인물들의 이상주의는 잔혹한 물질주의 세력에 맞서 애처롭게도 무력한 실패로 귀결된다. 부인의 눈에 비친 코스타구아나는 "말없이 고통을 겪으며 애처로운 인내의 부동성으로 미래를 기다리는 평야와 산과 사람들의 거대한 땅"이다. 앞으로 몇백 년이 지나면 물적 가치가 아닌 정신적, 윤리적 가치에 따라 삶을 영위하는 날들이 올 것인가? 이 작품이 발표된 지 백 년이 지났지만 마지막 장면에서 플라시도만에 드리워진 불길한 구름처럼 암울한 예언적 비전은 여전히 유효하다.

『노스트로모』는 위대한 소설로 인정받고 있지만 "이전에 읽지 않았으면 읽을 수 없는 소설"이라는 평가를 받을 정도로 난해하다는 악명이 높다. 무엇보다도 파격적인 시간 전도 기법으로 인해 과거 사건과 회상뿐 아니라 미래 사건이 현재의 서술에 뒤섞이고 반복되면서 혼란스럽기 그지없게 느껴진다. 또한 대단히 함축적인 대화와 상징적이고 시적인 묘사, 예리한 심리적 통찰, 초역사적 전설에서부터 사실주의적 묘사에 이르기까지 다양한 서사 양식의 혼용으로 인해 이 작품은 그리 길지 않은 분량임에도 불구하고 고도로 압축된 대서사시의 장엄함과 깊이를 느끼게 한다. 분명 독자의 노력을 요구하는 작품이지만 그런 노력을 바쳤을 때 전개되는 넓은 전망과 명징한 인식, 다감하고 세밀한 통찰과 혜안은 높은 산에 올라 조망하는 풍경처럼 잊을 수 없는 경험이 될 것이다.

2022년 가을

이미애

작가 연보

1856년 폴란드인이었던 아버지 아폴로 코제니오프스키와 어머니 에바 보브로프스카가 결혼했다.

1857년 12월 3일에 조지프 콘래드가 태어났다. '조지프 콘래드'는 필명이고, 본명은 유제프 테오도르 콘라트 코제니오프스키(Józef Teodor Konrad Korzeniowski)이다.

1861년 아버지가 조국 폴란드를 위한 정치 활동을 한 죄명으로 제정 러시아 관헌에 체포당했다.

1862년 가족 전원이 북부 러시아의 볼로그다로 유배되었다.

1865년 어머니 별세. 콘래드는 이 무렵에 가정 교사에게 프랑스어를 배웠다.

1866년 외삼촌 타데우스 보브로프스키의 집에서 여름을 보냈다.

1868년 콘래드 부자가 르보프로 이주했다.

1869년 아버지 별세. 콘래드는 외삼촌의 후견 아래 크라쿠프에서 김나지움에 다녔다.

1873년 가정 교사와 함께 스위스를 여행했다.

1874년 선객 자격으로 몽블랑호에서 첫 항해를 체험했다.

1875년 몽블랑호의 견습 선원이 되어 서인도 제도를 항해했다.

1876년 생앙트완호에 취사 담당으로 취업해서 서인도 제도를 항해했다. 훗날 『노스트로모(Nostromo)』의 무대가 된 남미의 일부 지역으로 무기를 밀수한 것으로 알려져 있다.

1877년 서류 미비로 마르세유에서 프랑스 선박 취업을 금지당하고 빚을 지게 되었다.

1878년 권총 자살 미수. 외삼촌이 콘래드가 진 빚을 청산해 주었다. 영국으로 건너가서 호주행 영국 범선에 평선원으로 취업했다. 처음으로 영어를 익히기 시작했다.

1880년 이등 항해사 자격시험 합격. 시드니행 범선의 갑부선원으로 취업했다.

1881년 기선 팔레스타인호의 이등 항해사로 취업했다.

1883년 훗날 『청춘(Youth)』에 묘사된 화재 사건을 팔레스타인호에서 체험했다.

1884년 나르시서스호로 봄베이 항해. 일등 항해사 자격 시험에 합격했다.

1886년 영국 시민으로 귀화. 선장 자격 시험에 합격했다. 영어로 단편 소설 집필을 시도했다.

1887년 동남아 항해. 훗날 작품의 모델이 된 인물들을 만났다.

1888년 오타고호의 선장으로 임명되어 싱가포르, 시드니, 모리셔스 등지를 항해했다.

1889년 영국으로 귀환. 『올마이어의 어리석음(Almayer's Folly)』 집필을 시작했다.

1890년 폴란드의 외삼촌을 방문한 후 브뤼셀로 가서 벨기에령 콩고강을 왕래하는 기선의 선장으로 임명받고, 『암흑의 핵심(Heart of Darkness)』에 그려진 상황을 체험했다.

1891년 콩고에서 병을 얻어 연초에 귀국, 런던과 제네바 등지에서 요양했다.

1892년 기선 토런스호의 일등 항해사로 호주에서 귀항하던 도중에 선상에서 영국 소설가 존 골스워디를 만났다.

1895년 첫 작품인 『올마이어의 어리석음』을 출간했다.

1896년 제시 조지와 결혼했다.

1897년 미국 소설가 스티븐 크레인을 만났다. 『나르시서스호의 검둥이(The Nigger of the 'Narcissus')』 를 출간했다.

1898년 맏아들 보리스가 태어났다.

1899년 『암흑의 핵심』을 발표했다.

1900년 『로드 짐(Lord Jim)』을 출간했다.

1904년 『노스트로모』를 출간했다.

1906년 산문집 『바다의 거울(The Mirror of the Sea)』을 출간했다. 차남 존이 태어났다.

1907년 『비밀 정보원(The Secret Agent)』을 출간했다.

1908년 신경쇠약 증세가 나타나기 시작했다.

1910년 중편 소설 「비밀 동숙자(The Secret Sharer)」를 발표했다.

1911년 『서구인의 눈으로(Under Western Eyes)』를 출간했다.

1912년 『사사로운 기록(A Personal Record)』을 출간했다.

1913년 장편 소설 『기연(Chance)』이 미국에서 성공을 거두었다.

1915년 『승리(Victory)』를 출간했다.

1917년 『그림자 선(The Shadow Line)』을 출간했다.

1921년 『삶과 문학에 대한 노트(Notes on Life and Letters)』를 출간했다.

1924년 조각가 제이콥 엡스틴이 콘래드의 흉상을 제작했다. 현재 런던 국립초상화미술관에 소장 중이다. 8월 3일 향년 예순일곱 살에 심장 마비로 별세하여 캔터베리에 묻혔다.

세계문학전집 415

노스트로모 2

1판 1쇄 찍음 2022년 9월 23일
1판 1쇄 펴냄 2022년 9월 30일

지은이 조지프 콘래드
옮긴이 이미애
발행인 박근섭, 박상준
펴낸곳 (주)민음사

출판등록 1966. 5. 19. (제 16-490호)
서울특별시 강남구 도산대로1길 62(신사동) 강남출판문화센터 5층 (우편번호 06027)
대표전화 02-515-2000 팩시밀리 02-515-2007
www.minumsa.com

ISBN 978-89-374-6415-7 04800
ISBN 978-89-374-6000-5 (세트)

세계문학전집 목록

45 **젊은 예술가의 초상** 조이스 · 이상옥 옮김 서울대 권장도서 100선
46 **카탈로니아 찬가** 오웰 · 정영목 옮김
47 **호밀밭의 파수꾼** 샐린저 · 공경희 옮김 《타임》 선정 현대 100대 영문소설 | 미국대학위원회 선정 SAT 추천도서 | 《뉴스위크》 선정 100대 명저 | BBC 선정 꼭 읽어야 할 책
48·49 **파르마의 수도원** 스탕달 · 원윤수, 임미경 옮김
50 **수레바퀴 아래서** 헤세 · 김이섭 옮김 노벨 문학상 수상 작가 | 국립중앙도서관 선정 청소년 권장도서
51·52 **내 이름은 빨강** 파묵 · 이난아 옮김 노벨 문학상 수상 작가
53 **오셀로** 셰익스피어 · 최종철 옮김 서울대 권장도서 100선
54 **조서** 르 클레지오 · 김윤진 옮김 노벨 문학상 수상 작가
55 **모래의 여자** 아베 코보 · 김난주 옮김
56·57 **부덴브로크 가의 사람들** 토마스 만 · 홍성광 옮김 노벨 문학상 수상 작가
58 **싯다르타** 헤세 · 박병덕 옮김 노벨 문학상 수상 작가
59·60 **아들과 연인** 로렌스 · 정상준 옮김 《뉴스위크》 선정 100대 명저
61 **설국** 가와바타 야스나리 · 유숙자 옮김 노벨 문학상 수상 작가 | 서울대 권장도서 100선
62 **벨킨 이야기 · 스페이드 여왕** 푸슈킨 · 최선 옮김
63·64 **넙치** 그라스 · 김재혁 옮김 노벨 문학상 수상 작가
65 **소망 없는 불행** 한트케 · 윤용호 옮김 노벨 문학상 수상 작가
66 **나르치스와 골드문트** 헤세 · 임홍배 옮김 노벨 문학상 수상 작가
67 **황야의 이리** 헤세 · 김누리 옮김 노벨 문학상 수상 작가
68 **페테르부르크 이야기** 고골 · 조주관 옮김
69 **밤으로의 긴 여로** 오닐 · 민승남 옮김 노벨 문학상 수상 작가 | 미국대학위원회 선정 SAT 추천도서
70 **체호프 단편선** 체호프 · 박현섭 옮김
71 **버스 정류장** 가오싱젠 · 오수경 옮김 노벨 문학상 수상 작가
72 **구운몽** 김만중 · 송성욱 옮김 서울대 권장도서 100선 | 국립중앙도서관 선정 청소년 권장도서
73 **대머리 여가수** 이오네스코 · 오세곤 옮김
74 **이솝 우화집** 이솝 · 유종호 옮김 논술 및 수능에 출제된 책(1998~2005)
75 **위대한 개츠비** 피츠제럴드 · 김욱동 옮김 《타임》 선정 현대 100대 영문소설
76 **푸른 꽃** 노발리스 · 김재혁 옮김
77 **1984** 오웰 · 정회성 옮김 《타임》 선정 현대 100대 영문소설 | 《뉴스위크》 선정 100대 명저
78·79 **영혼의 집** 아옌데 · 권미선 옮김
80 **첫사랑** 투르게네프 · 이항재 옮김
81 **내가 죽어 누워 있을 때** 포크너 · 김명주 옮김 노벨 문학상 수상 작가
82 **런던 스케치** 레싱 · 서숙 옮김 노벨 문학상 수상 작가
83 **팡세** 파스칼 · 이환 옮김
84 **질투** 로브그리예 · 박이문, 박희원 옮김
85·86 **채털리 부인의 연인** 로렌스 · 이인규 옮김
87 **그 후** 나쓰메 소세키 · 윤상인 옮김
88 **오만과 편견** 오스틴 · 윤지관, 전승희 옮김 미국대학위원회 선정 SAT 추천도서
89·90 **부활** 톨스토이 · 연진희 옮김 논술 및 수능에 출제된 책(1998~2005)
91 **방드르디, 태평양의 끝** 투르니에 · 김화영 옮김
92 **미겔 스트리트** 나이폴 · 이상옥 옮김 노벨 문학상 수상 작가
93 **뻬드로 빠라모** 룰포 · 정창 옮김

94 차라투스트라는 이렇게 말했다 니체·장희창 옮김 국립중앙도서관 선정 청소년 권장도서
95·96 적과 흑 스탕달·이동렬 옮김 국립중앙도서관 선정 청소년 권장도서
97·98 콜레라 시대의 사랑 마르케스·송병선 옮김 노벨 문학상 수상 작가 | BBC 선정 꼭 읽어야 할 책
99 맥베스 셰익스피어·최종철 옮김 서울대 권장도서 100선 | 미국대학위원회 선정 SAT 추천도서
100 춘향전 작자 미상·송성욱 풀어 옮김 서울대 권장도서 100선
101 페르디두르케 곰브로비치·윤진 옮김
102 포르노그라피아 곰브로비치·임미경 옮김
103 인간 실격 다자이 오사무·김춘미 옮김
104 네루다의 우편배달부 스카르메타·우석균 옮김
105·106 이탈리아 기행 괴테·박찬기 외 옮김
107 나무 위의 남작 칼비노·이현경 옮김
108 달콤 쌉싸름한 초콜릿 에스키벨·권미선 옮김
109·110 제인 에어 C. 브론테·유종호 옮김 BBC 선정 꼭 읽어야 할 책
111 크눌프 헤세·이노은 옮김 노벨 문학상 수상 작가
112 시계태엽 오렌지 버지스·박시영 옮김 《타임》 선정 현대 100대 영문소설 | 《뉴스위크》 선정 100대 명저
113·114 파리의 노트르담 위고·정기수 옮김 미국대학위원회 선정 SAT 추천도서
115 새로운 인생 단테·박우수 옮김
116·117 로드 짐 콘래드·이상옥 옮김 《뉴스위크》 선정 100대 명저
118 폭풍의 언덕 E. 브론테·김종길 옮김 미국대학위원회 선정 SAT 추천도서
119 텔크테에서의 만남 그라스·안삼환 옮김 노벨 문학상 수상 작가
120 검찰관 고골·조주관 옮김
121 안개 우나무노·조민현 옮김
122 나사의 회전 제임스·최경도 옮김 미국대학위원회 선정 SAT 추천도서
123 피츠제럴드 단편선 1 피츠제럴드·김욱동 옮김
124 목화밭의 고독 속에서 콜테스·임수현 옮김
125 돼지꿈 황석영
126 라셀라스 존슨·이인규 옮김
127 리어 왕 셰익스피어·최종철 옮김 서울대 권장도서 100선 | 《뉴스위크》 선정 100대 명저
128·129 쿠오 바디스 시엔키에비츠·최성은 옮김 노벨 문학상 수상 작가
130 자기만의 방·3기니 울프·이미애 옮김
131 시르트의 바닷가 그라크·송진석 옮김
132 이성과 감성 오스틴·윤지관 옮김
133 바덴바덴에서의 여름 치프킨·이장욱 옮김
134 새로운 인생 파묵·이난아 옮김 노벨 문학상 수상 작가
135·136 무지개 로렌스·김정매 옮김
137 인생의 베일 서머싯 몸·황소연 옮김
138 보이지 않는 도시들 칼비노·이현경 옮김
139·140·141 연초 도매상 바스·이운경 옮김 《타임》 선정 현대 100대 영문소설
142·143 플로스 강의 물방앗간 엘리엇·한애경, 이봉지 옮김 미국대학위원회 선정 SAT 추천도서
144 연인 뒤라스·김인환 옮김
145·146 이름 없는 주드 하디·정종화 옮김
147 제49호 품목의 경매 핀천·김성곤 옮김 《타임》 선정 현대 100대 영문소설

148 **성역** 포크너 · 이진준 옮김 노벨 문학상 수상 작가 | 퓰리처상 수상 작가

149 **무진기행** 김승옥

150·151·152 **신곡(지옥편 · 연옥편 · 천국편)** 단테 · 박상진 옮김 《뉴스위크》 선정 100대 명저

153 **구덩이** 플라토노프 · 정보라 옮김

154·155·156 **카라마조프가의 형제들** 도스토옙스키 · 김연경 옮김

157 **지상의 양식** 지드 · 김화영 옮김 노벨 문학상 수상 작가

158 **밤의 군대들** 메일러 · 권택영 옮김 퓰리처상 수상 작가

159 **주홍 글자** 호손 · 김욱동 옮김 서울대 권장도서 100선 | 미국대학위원회 선정 SAT 추천도서

160 **깊은 강** 엔도 슈사쿠 · 유숙자 옮김

161 **욕망이라는 이름의 전차** 윌리엄스 · 김소임 옮김

162 **마사 퀘스트** 레싱 · 나영균 옮김 노벨 문학상 수상 작가

163·164 **운명의 딸** 아옌데 · 권미선 옮김

165 **모렐의 발명** 비오이 카사레스 · 송병선 옮김

166 **삼국유사** 일연 · 김원중 옮김 서울대 권장도서 100선

167 **풀잎은 노래한다** 레싱 · 이태동 옮김 노벨 문학상 수상 작가

168 **파리의 우울** 보들레르 · 윤영애 옮김

169 **포스트맨은 벨을 두 번 울린다** 케인 · 이만식 옮김

170 **썩은 잎** 마르케스 · 송병선 옮김 노벨 문학상 수상 작가

171 **모든 것이 산산이 부서지다** 아체베 · 조규형 옮김 《타임》 선정 현대 100대 영문소설 | 《뉴스위크》 선정 100대 명저

172 **한여름 밤의 꿈** 셰익스피어 · 최종철 옮김 미국대학위원회 선정 SAT 추천도서

173 **로미오와 줄리엣** 셰익스피어 · 최종철 옮김 미국대학위원회 선정 SAT 추천도서

174·175 **분노의 포도** 스타인벡 · 김승욱 옮김 노벨 문학상 수상 작가 | 《타임》 선정 현대 100대 영문소설

176·177 **괴테와의 대화** 에커만 · 장희창 옮김

178 **그물을 헤치고** 머독 · 유종호 옮김 《타임》 선정 현대 100대 영문소설

179 **브람스를 좋아하세요...** 사강 · 김남주 옮김

180 **카타리나 블룸의 잃어버린 명예** 하인리히 뵐 · 김연수 옮김 노벨 문학상 수상 작가

181·182 **에덴의 동쪽** 스타인벡 · 정회성 옮김 노벨 문학상 수상 작가

183 **순수의 시대** 워튼 · 송은주 옮김 《뉴스위크》 선정 100대 명저 | 퓰리처상 수상작

184 **도둑 일기** 주네 · 박형섭 옮김

185 **나자** 브르통 · 오생근 옮김

186·187 **캐치-22** 헬러 · 안정효 옮김 《타임》 선정 현대 100대 영문소설 | 《뉴스위크》 선정 100대 명저 | BBC 선정 꼭 읽어야 할 책

188 **숄로호프 단편선** 숄로호프 · 이항재 옮김 노벨 문학상 수상 작가

189 **말** 사르트르 · 정명환 옮김

190·191 **보이지 않는 인간** 엘리슨 · 조영환 옮김 《타임》 선정 현대 100대 영문소설 | 미국대학위원회 선정 SAT 추천도서 | 《뉴스위크》 선정 100대 명저

192 **왑샷 가문 연대기** 치버 · 김승욱 옮김 퓰리처상 수상 작가

193 **왑샷 가문 몰락기** 치버 · 김승욱 옮김 퓰리처상 수상 작가

194 **필립과 다른 사람들** 노터봄 · 지명숙 옮김

195·196 **하드리아누스 황제의 회상록** 유르스나르 · 곽광수 옮김

197·198 **소피의 선택** 스타이런 · 한정아 옮김 퓰리처상 수상 작가

199 **피츠제럴드 단편선 2** 피츠제럴드 · 한은경 옮김
200 **홍길동전** 허균 · 김탁환 옮김
201 **요술 부지깽이** 쿠버 · 양윤희 옮김
202 **북호텔** 다비 · 원윤수 옮김
203 **톰 소여의 모험** 트웨인 · 김욱동 옮김
204 **금오신화** 김시습 · 이지하 옮김
205·206 **테스** 하디 · 정종화 옮김 미국대학위원회 선정 SAT 추천도서 | BBC 선정 꼭 읽어야 할 책
207 **브루스터플레이스의 여자들** 네일러 · 이소영 옮김
208 **더 이상 평안은 없다** 아체베 · 이소영 옮김
209 **그레인지 코플랜드의 세 번째 인생** 워커 · 김시현 옮김 퓰리처상 수상 작가
210 **어느 시골 신부의 일기** 베르나노스 · 정영란 옮김
211 **타라스 불바** 고골 · 조주관 옮김
212·213 **위대한 유산** 디킨스 · 이인규 옮김 서울대 권장도서 100선 | BBC 선정 꼭 읽어야 할 책
214 **면도날** 서머싯 몸 · 안진환 옮김
215·216 **성채** 크로닌 · 이은정 옮김
217 **오이디푸스 왕** 소포클레스 · 강대진 옮김 서울대 권장도서 100선
218 **세일즈맨의 죽음** 밀러 · 강유나 옮김
219·220·221 **안나 카레니나** 톨스토이 · 연진희 옮김 서울대 권장도서 100선
222 **오스카 와일드 작품선** 와일드 · 정영목 옮김
223 **벨아미** 모파상 · 송덕호 옮김
224 **파스쿠알 두아르테 가족** 호세 셀라 · 정동섭 옮김 노벨 문학상 수상 작가
225 **시칠리아에서의 대화** 비토리니 · 김운찬 옮김
226·227 **길 위에서** 케루악 · 이만식 옮김 《타임》 선정 현대 100대 영문소설 | 《뉴스위크》 선정 100대 명저
228 **우리 시대의 영웅** 레르몬토프 · 오정미 옮김
229 **아우라** 푸엔테스 · 송상기 옮김
230 **클링조어의 마지막 여름** 헤세 · 황승환 옮김 노벨 문학상 수상 작가
231 **리스본의 겨울** 무뇨스 몰리나 · 나송주 옮김
232 **뻐꾸기 둥지 위로 날아간 새** 키지 · 정회성 옮김 《타임》 선정 현대 100대 영문소설 | 《뉴스위크》 선정 100대 명저
233 **페널티킥 앞에 선 골키퍼의 불안** 한트케 · 윤용호 옮김 노벨 문학상 수상 작가
234 **참을 수 없는 존재의 가벼움** 쿤데라 · 이재룡 옮김
235·236 **바다여, 바다여** 머독 · 최옥영 옮김
237 **한 줌의 먼지** 에벌린 워 · 안진환 옮김 《타임》 선정 현대 100대 영문소설
238 **뜨거운 양철 지붕 위의 고양이 · 유리 동물원** 윌리엄스 · 김소임 옮김 퓰리처상 수상작
239 **지하로부터의 수기** 도스토옙스키 · 김연경 옮김
240 **키메라** 바스 · 이운경 옮김
241 **반쪼가리 자작** 칼비노 · 이현경 옮김
242 **벌집** 호세 셀라 · 남진희 옮김 노벨 문학상 수상 작가
243 **불멸** 쿤데라 · 김병욱 옮김
244·245 **파우스트 박사** 토마스 만 · 임홍배, 박병덕 옮김 노벨 문학상 수상 작가
246 **사랑할 때와 죽을 때** 레마르크 · 장희창 옮김
247 **누가 버지니아 울프를 두려워하랴?** 올비 · 강유나 옮김

248 인형의 집 입센 · 안미란 옮김
249 위폐범들 지드 · 원윤수 옮김 노벨 문학상 수상 작가
250 무정 이광수 · 정영훈 책임 편집 서울대 권장도서 100선
251·252 의지와 운명 푸엔테스 · 김현철 옮김
253 폭력적인 삶 파솔리니 · 이승수 옮김
254 거장과 마르가리타 불가코프 · 정보라 옮김
255·256 경이로운 도시 멘도사 · 김현철 옮김
257 야콥을 둘러싼 추측들 욘존 · 손대영 옮김
258 왕자와 거지 트웨인 · 김욱동 옮김
259 존재하지 않는 기사 칼비노 · 이현경 옮김
260·261 눈먼 암살자 애트우드 · 차은정 옮김 《타임》 선정 현대 100대 영문소설
262 베니스의 상인 셰익스피어 · 최종철 옮김
263 말리나 바흐만 · 남정애 옮김
264 사볼타 사건의 진실 멘도사 · 권미선 옮김
265 뒤렌마트 희곡선 뒤렌마트 · 김혜숙 옮김
266 이방인 카뮈 · 김화영 옮김 노벨 문학상 수상 작가 | 미국대학위원회 선정 SAT 추천도서
267 페스트 카뮈 · 김화영 옮김 노벨 문학상 수상 작가 | 국립중앙도서관 선정 청소년 권장도서
268 검은 튤립 뒤마 · 송진석 옮김
269·270 베를린 알렉산더 광장 되블린 · 김재혁 옮김
271 하얀 성 파묵 · 이난아 옮김 노벨 문학상 수상 작가
272 푸슈킨 선집 푸슈킨 · 최선 옮김
273·274 유리알 유희 헤세 · 이영임 옮김 노벨 문학상 수상 작가
275 픽션들 보르헤스 · 송병선 옮김 서울대 권장도서 100선
276 신의 화살 아체베 · 이소영 옮김
277 빌헬름 텔 · 간계와 사랑 실러 · 홍성광 옮김
278 노인과 바다 헤밍웨이 · 김욱동 옮김 노벨 문학상 수상 작가 | 퓰리처상 수상작
279 무기여 잘 있어라 헤밍웨이 · 김욱동 옮김 미국대학위원회 선정 SAT 추천도서
280 태양은 다시 떠오른다 헤밍웨이 · 김욱동 옮김 《타임》 선정 현대 100대 영문 소설
281 알레프 보르헤스 · 송병선 옮김
282 일곱 박공의 집 호손 · 정소영 옮김
283 에마 오스틴 · 윤지관, 김영희 옮김
284·285 죄와 벌 도스토옙스키 · 김연경 옮김 미국대학위원회 선정 SAT 추천도서
286 시련 밀러 · 최영 옮김
287 모두가 나의 아들 밀러 · 최영 옮김
288·289 누구를 위하여 종은 울리나 헤밍웨이 · 김욱동 옮김 노벨 문학상 수상 작가
290 구르브 연락 없다 멘도사 · 정창 옮김
291·292·293 데카메론 보카치오 · 박상진 옮김
294 나누어진 하늘 볼프 · 전영애 옮김
295·296 제브데트 씨와 아들들 파묵 · 이난아 옮김 노벨 문학상 수상 작가
297·298 여인의 초상 제임스 · 최경도 옮김 미국대학위원회 선정 SAT 추천도서
299 압살롬, 압살롬! 포크너 · 이태동 옮김 노벨 문학상 수상 작가
300 이상 소설 전집 이상 · 권영민 책임 편집

301·302·303·304·305 레 미제라블 위고 · 정기수 옮김
306 관객모독 한트케 · 윤용호 옮김 노벨 문학상 수상 작가
307 더블린 사람들 조이스 · 이종일 옮김
308 에드거 앨런 포 단편선 앨런 포 · 전승희 옮김 미국대학위원회 선정 SAT 추천도서
309 보이체크 · 당통의 죽음 뷔히너 · 홍성광 옮김
310 노르웨이의 숲 무라카미 하루키 · 양억관 옮김
311 운명론자 자크와 그의 주인 디드로 · 김희영 옮김
312·313 헤밍웨이 단편선 헤밍웨이 · 김욱동 옮김 노벨 문학상 수상 작가
314 피라미드 골딩 · 안지현 옮김 노벨 문학상 수상 작가
315 닫힌 방 · 악마와 선한 신 사르트르 · 지영래 옮김
316 등대로 울프 · 이미애 옮김 《타임》 선정 현대 100대 영문소설 | 《뉴스위크》 선정 100대 명저
317·318 한국 희곡선 송영 외 · 양승국 엮음
319 여자의 일생 모파상 · 이동렬 옮김
320 의식 노터봄 · 김영중 옮김
321 육체의 악마 라디게 · 원윤수 옮김
322·323 감정 교육 플로베르 · 지영화 옮김
324 불타는 평원 룰포 · 정창 옮김
325 위대한 몬느 알랭푸르니에 · 박영근 옮김
326 라쇼몬 아쿠타가와 류노스케 · 서은혜 옮김
327 반바지 당나귀 보스코 · 정영란 옮김
328 정복자들 말로 · 최윤주 옮김
329·330 우리 동네 아이들 마흐푸즈 · 배혜경 옮김 노벨 문학상 수상 작가
331·332 개선문 레마르크 · 장희창 옮김
333 사바나의 개미 언덕 아체베 · 이소영 옮김
334 게걸음으로 그라스 · 장희창 옮김 노벨 문학상 수상 작가
335 코스모스 곰브로비치 · 최성은 옮김
336 좁은 문 · 전원교향곡 · 배덕자 지드 · 동성식 옮김 노벨 문학상 수상 작가
337·338 암 병동 솔제니친 · 이영의 옮김 노벨 문학상 수상 작가
339 피의 꽃잎들 응구기 와 시옹오 · 왕은철 옮김
340 운명 케르테스 · 유진일 옮김 노벨 문학상 수상 작가
341·342 벌거벗은 자와 죽은 자 메일러 · 이운경 옮김 퓰리처상 수상 작가
343 시지프 신화 카뮈 · 김화영 옮김 노벨 문학상 수상 작가
344 뇌우 차오위 · 오수경 옮김
345 모옌 중단편선 모옌 · 심규호, 유소영 옮김 노벨 문학상 수상 작가
346 일야서 한사오궁 · 심규호, 유소영 옮김
347 상속자들 골딩 · 안지현 옮김 노벨 문학상 수상 작가
348 설득 오스틴 · 전승희 옮김
349 히로시마 내 사랑 뒤라스 · 방미경 옮김
350 오 헨리 단편선 오 헨리 · 김희용 옮김
351·352 올리버 트위스트 디킨스 · 이인규 옮김
353·354·355·356 전쟁과 평화 톨스토이 · 연진희 옮김
357 다시 찾은 브라이즈헤드 에벌린 워 · 백지민 옮김

358 **아무도 대령에게 편지하지 않다** 마르케스 · 송병선 옮김
359 **사양** 다자이 오사무 · 유숙자 옮김
360 **좌절** 케르테스 · 한경민 옮김 노벨 문학상 수상 작가
361·362 **닥터 지바고** 파스테르나크 · 김연경 옮김 노벨 문학상 수상 작가
363 **노생거 사원** 오스틴 · 윤지관 옮김
364 **개구리** 모옌 · 심규호, 유소영 옮김 노벨 문학상 수상 작가
365 **마왕** 투르니에 · 이원복 옮김 공쿠르상 수상 작가
366 **맨스필드 파크** 오스틴 · 김영희 옮김
367 **이선 프롬** 이디스 워튼 · 김욱동 옮김 퓰리처상 수상 작가
368 **여름** 이디스 워튼 · 김욱동 옮김 퓰리처상 수상 작가
369·370·371 **나는 고백한다** 자우메 카브레 · 권가람 옮김
372·373·374 **태엽 감는 새 연대기** 무라카미 하루키 · 김연경 옮김
375·376 **대사들** 제임스 · 정소영 옮김
377 **족장의 가을** 마르케스 · 송병선 옮김 노벨 문학상 수상 작가
378 **핏빛 자오선** 매카시 · 김시현 옮김
379 **모두 다 예쁜 말들** 매카시 · 김시현 옮김
380 **국경을 넘어** 매카시 · 김시현 옮김
381 **평원의 도시들** 매카시 · 김시현 옮김
382 **만년** 다자이 오사무 · 유숙자 옮김
383 **반항하는 인간** 카뮈 · 김화영 옮김 노벨 문학상 수상 작가
384·385·386 **악령** 도스토옙스키 · 김연경 옮김
387 **태평양을 막는 제방** 뒤라스 · 윤진 옮김
388 **남아 있는 나날** 가즈오 이시구로 · 송은경 옮김
389 **앙리 브륄라르의 생애** 스탕달 · 원윤수 옮김
390 **찻집** 라오서 · 오수경 옮김
391 **태어나지 않은 아이를 위한 기도** 케르테스 · 이상동 옮김 노벨 문학상 수상 작가
392·393 **서머싯 몸 단편선** 서머싯 몸 · 황소연 옮김
394 **케이크와 맥주** 서머싯 몸 · 황소연 옮김
395 **월든** 소로 · 정회성 옮김
396 **모래 사나이** E. T. A. 호프만 · 신동화 옮김
397·398 **검은 책** 오르한 파묵 · 이난아 옮김 노벨 문학상 수상 작가
399 **방랑자들** 올가 토카르추크 · 최성은 옮김 노벨 문학상 수상 작가
400 **시여, 침을 뱉어라** 김수영 · 이영준 엮음
401·402 **환락의 집** 이디스 워튼 · 전승희 옮김
403 **달려라 메로스** 다자이 오사무 · 유숙자 옮김
404 **아버지와 자식** 투르게네프 · 연진희 옮김
405 **청부 살인자의 성모** 바예호 · 송병선 옮김
406 **세피아빛 초상** 아옌데 · 조영실 옮김
407·408·409·410 **사기 열전** 사마천 · 김원중 옮김 서울대 권장도서 100선
411 **이상 시 전집** 이상 · 권영민 책임 편집
412 **어둠 속의 사건** 발자크 · 이동렬 옮김
413 **태평천하** 채만식 · 권영민 책임 편집
414·415 **노스트로모** 콘래드 · 이미애 옮김

세계문학전집은 계속 간행됩니다.